Science Fiction

Science Fiction
Ullstein Buch Nr. 31071
im Verlag Ullstein GmbH,
Frankfurt/M – Berlin – Wien
Titel der Originalausgabe:
THE END OF ALL SONGS
Aus dem Englischen übersetzt
von Thomas Ziegler

Umschlagentwurf:
Hansbernd Lindemann
Umschlagillustration: Thomas Kidd

Printed in Germany 1984
Gesamtherstellung:
Clausen & Bosse, Leck
ISBN 3 548 31071 0

April 1984

CIP-Kurztitelaufnahme
der Deutschen Bibliothek

Moorcock, Michael:
Wo die Gesänge enden: Roman/
Michael Moorcock. [Aus d. Engl.
übers. von Thomas Ziegler]. –
Frankfurt/M; Berlin; Wien:
Ullstein, 1984.
(Ullstein-Buch; Nr. 31071:
Science-fiction)
Einheitssacht.: The end of
all songs ‹dt.›
ISBN 3-548-31071-0

NE: GT

Michael Moorcock

Wo die Gesänge enden

Roman

Science Fiction

Inhalt

Für
John Clute
und
Tom Disch

*

Das Feuer ist aus und seine Wärme verbraucht,
(Dies ist das Ende aller menschlichen Lieder!)
Nur Bodensatz verbleibt vom goldenen Wein,
So bitter wie Wermut und salzig wie Pein;
Gesundheit und Hoffnung sind mit der Liebe verraucht,
Was einst gewesen, kommt niemals wieder,
Der Weg bis zum Ende von Schatten gesäumt;
Dort eine Geliebte, da vielleicht noch ein Freund.
Die Augen sind leer, und wir warten, allein,
Daß der Vorhang sich senkt und wir kehren heim:
Dies ist das Ende aller menschlichen Lieder.

Ernest Dowson
Bodensatz
1899

Anmerkung

Bis auf die Gedichte Alfred Austins sind alle im Text zitierten Verse von Ernest Wheldrake. Der Großteil wurde dem 1881 veröffentlichten und nie wieder aufgelegten Werk *Posthumous Poems* entnommen.

1. Kapitel

IN DEM JHEREK CARNELIAN UND MRS. AMELIA UNDERWOOD BIS ZU EINEM GEWISSEN GRAD MIT DER NATUR EINS WERDEN

»Ich meine wirklich, Mr. Carnelian, daß wir sie zumindest roh *versuchen* sollten, oder?«

Mrs. Amelia Underwood schob mit der linken Hand eine widerborstige rotbraune Haarsträhne hinter ihr Ohr zurück und strich mit der rechten ihr zerschlissenes Kleid glatt, so daß der Saum wieder ihre Fesseln bedeckte. Die Bewegung wirkte fast trotzig, das Glitzern in ihren grauen Augen war nahezu wölfisch. Nur mühsam schien sie ihre Beherrschung zu bewahren, als sie auf dem jungfräulichen Kalksteinfelsen hockte und Jherek Carnelian beobachtete, der auf Knien und Ellbogen im Sand eines paläozoischen Strandes kauerte und in der Hitze der riesigen silurischen (oder auch devonischen) Sonne schwitzte.

Vielleicht zum tausendsten Mal versuchte er, zwei seiner Energieringe aneinanderzuschlagen und einen Funken zu erzeugen, um das Häuflein halbgetrockneter Farne in Brand zu setzen, die er vor einigen Stunden im längst vergangenen Überschwang der Gefühle gesammelt hatte.

»Aber Sie sagten doch«, murmelte er, »daß Sie den Gedanken nicht ertragen könnten ... Da! War das ein Funke? Oder nur ein Lichtreflex?«

»Ich glaube, ein Lichtreflex«, antwortete sie.

»Wir dürfen nicht verzweifeln, Mrs. Underwood.« Sein Optimismus wirkte ungewöhnlich gequält. Erneut schlug er die Ringe aneinander.

Überall um ihn verstreut lagen die zerfetzten und zerbrochenen Überreste der Farnwedel, die er auf ihren Vorschlag hin bereits erfolglos aneinandergerieben hatte. Das Klicken der Energieringe ließ Mrs. Underwood zusammenzucken. In der Stille dieses silurischen Nachmittags (sofern sie sich im Silur befanden) übte das Geräusch eine Wirkung auf ihr Nervenkostüm aus, die sie nie zuvor für möglich gehalten hätte; schließlich gehörte sie ihrer Einschätzung nach nicht zu jenen überempfindlichen Frauen, die die Romane Marie Corellis bevölkerten. Sie galt als robust und außergewöhnlich gesund. Sie seufzte. Zweifellos war ihre derzeitige Gemütsverfassung auf die Langeweile zurückzuführen.

Jherek seufzte ebenfalls. »Es steckt bestimmt irgendein Trick dahinter«, gab er zu. »Wo sind die Trilobiten?« Geistesabwesend sah er sich um.

»Ich glaube, die meisten sind zurück ins Meer gekrochen«, sagte sie kühl. »Aber auf Ihrem Rock sitzen zwei Brachiopoden.«

»Aha!« Fast liebevoll pflückte er die Mollusken vom schmutzigen schwarzen Tuch seines Gehrocks. Forschend äugte er in die Schalen.

Mrs. Underwood leckte ihre Lippen. »Geben Sie sie mir«, befahl sie und brachte eine Hutnadel zum Vorschein.

Den Kopf gebeugt, wie Pilatus bei den Pharisäern, gehorchte er.

»Schließlich«, erklärte sie mit stoßbereiter Nadel, »fehlen uns Knoblauch und Butter zu einem Mahl, das eines französischen Gourmets würdig wäre.« Die Bemerkung schien sie zu deprimieren. Sie zögerte.

»Mrs. Underwood?«

»Ich frage mich, ob wir ein Tischgebet sprechen sollten.« Sie runzelte die Stirn. »Das würde es möglicherweise leichter machen. Diese Farbe ...«

»Sie ist zu schön«, stimmte er eifrig zu. »Ich weiß, was Sie meinen. Wer könnte etwas derart Liebliches vernichten?«

»Diese grünlich-violette Farbe gefällt Ihnen?«

»Ihnen nicht?«

»Nicht an einer *Mahlzeit*, Mr. Carnelian.«

»Wo dann?«

»Oh ...« Sie stockte. »Bei ... nein, nicht einmal bei einem Gemälde. Sie erinnert mich an die Exzesse der Prä-Raphaeliten. Eine morbide Farbe.«

»Ah.«

»Vielleicht gefällt sie Ihnen deswegen ...« Sie ließ das Thema fallen. »Wenn ich mich nur überwinden könnte ...«

»Wie wäre es mit einer gelben?« Verführerisch zeigte er ihr eine wabbelige Kreatur, die er soeben in einer Gesäßtasche gefunden hatte. Sie klammerte sich an seinen Finger; es fühlte sich wie ein Kuß an.

Sie ließ Mollusken und Hutnadel fallen, bedeckte ihr Gesicht mit den Händen und fing an zu weinen.

»Mrs. Underwood!« Jherek war ratlos. Mit der Schuhspitze stocherte er im Farnhäuflein. »Vielleicht, wenn ich einen Ring als Brennglas benutze und die gebündelten Sonnenstrahlen auf ...«

Ein lautes Quieken ertönte, und im ersten Moment glaubte er, daß es von einer der Kreaturen stammte. Das Quieken hinter seinem Rükken wiederholte sich. Mrs. Underwood ließ die Hände sinken, und ihre geröteten Augen weiteten sich vor Überraschung.

»Hi! Hallo – Sie da!«

Jherek drehte sich um. Durch das seichte Wasser watete ein Mann in einem Matrosenpullover, einer Norfolkjacke aus Tweed, Knickerbokkers, dicken wollenen Kniestrümpfen und festen Haferlschuhen, und die Nässe schien ihn nicht im geringsten zu kümmern. In einer Hand hielt er einen eigenartig geformten Stock aus Kristall. Ansonsten wirkte er wie ein Zeitgenosse Mrs. Underwoods. Er lächelte. »Sagen Sie, sprechen Sie zufällig Englisch?« Er war braungebrannt. Sein Schnurrbart war buschig, und auf seinen Wangen wuchsen Bartstoppeln. Er strahlte sie an. Dann blieb er stehen und stemmte die Arme in die Hüften. »Nun?«

Mrs. Underwood war verwirrt. »Wir sprechen Englisch, Sir. Um genau zu sein, wir sind ... zumindest ich bin Engländerin. Sie sind ein Landsmann?«

»Wunderschöner Tag, nicht wahr?« Der Fremde nickte in Richtung Meer. »Warm und ruhig. Wahrscheinlich frühes Devon, eh? Sind Sie schon lange hier?«

»Lange genug, Sir.«

»Wir sind hier gestrandet«, erklärte Jherek. »Unsere Zeitmaschine hat versagt. Ich vermute, die Paradoxa waren zuviel für sie.«

Der Fremde nickte ernst. »Ich habe schon mehrmals mit ähnlichen Schwierigkeiten zu kämpfen gehabt, aber glücklicherweise ohne derart drastische Folgen. Ich nehme an, Sie kommen aus dem neunzehnten Jahrhundert?«

»Mrs. Underwood. Ich bin vom Ende der Zeit.«

»Aha!« Der Fremde lächelte. »Ich komme direkt von dort. Ich hatte das Glück, den vollständigen Zerfall des Universums zu erleben – natürlich nur kurz. Auch ich stamme aus dem neunzehnten Jahrhundert. Bei meinen Reisen in die Vergangenheit lege ich hier gewöhnlich eine Rast ein. Merkwürdig ist nur, daß ich der Meinung war, mich zeitaufwärts zu bewegen – über das Ende der Zeit hinaus. Zumindest haben das meine Instrumente angezeigt. Trotzdem bin ich hier gelandet.« Er kratzte sein rotblondes Haar und fügte leicht enttäuscht hinzu: »Ich hatte gehofft, einige neue Erkenntnisse zu gewinnen.«

»Demnach sind Sie auf dem Weg in die Zukunft?« fragte Mrs. Underwood. »Ins neunzehnte Jahrhundert?«

»Es sieht so aus. Wann haben Sie es verlassen?«

»1896«, antwortete Mrs. Underwood.

»Ich komme aus dem Jahr 1896. Allerdings wußte ich nicht, daß außer mir noch jemand aus dieser Epoche die Zeitmaschine erfunden hat...«

»Ha!« rief Jherek. »Mr. Wells hatte recht!«

»Unsere Maschine stammte aus Mr. Carnelians Epoche«, sagte sie. »Ursprünglich bin ich zum Ende der Zeit entführt worden, unter Umständen, die noch immer ungeklärt sind. Auch die Motive meines Entführers liegen nach wie vor im dunkeln. Ich...« Sie schwieg entschuldigend. »Aber natürlich ist das für Sie von keinem Interesse.« Sie befeuchtete ihre Lippen. »Sie sind vermutlich auch nicht in der Lage, ein Feuer zu machen, oder, Sir?«

Der Fremde suchte in den ausgebeulten Taschen seiner Norfolkjacke. »Irgendwo muß ich ein paar Streichhölzer haben. Ich nehme immer soviel nützliche Dinge wie möglich mit auf die Reise. Für den Fall, daß ich irgendwo Schiffbruch erleide ... Hier sind sie.« Er brachte eine große Schachtel Streichhölzer zum Vorschein. »Ich würde Ihnen gern die ganze Schachtel geben, aber...«

»Ein paar genügen schon. Sie sagten, Sie kennen sich im frühen Devon aus?«

»So gut es geht.«

»Dann wäre uns Ihr Rat hochwillkommen. Wie steht es beispielsweise mit der Eßbarkeit der Mollusken?«

»Ich nehme an, Sie werden die *Myalina subquadrata* am verträglichsten finden, und nur die wenigsten sind wirklich giftig, obwohl sich eine leichte Magenverstimmung niemals vermeiden läßt. Ich für meinen Teil werde laufend von Magenverstimmungen heimgesucht:«

»Und wie sehen diese *Myalina* aus?« fragte Jherek.

»Oh, wie Miesmuscheln. Sie müssen nach ihnen graben.«

Mrs. Underwood nahm fünf Streichhölzer aus der Schachtel und gab sie ihm zurück.

»Ihre Zeitmaschine funktioniert einwandfrei, Sir?« erkundigte sich Jherek.

»Oh, ja, problemlos.«

»Und Sie kehren ins neunzehnte Jahrhundert zurück?«

»Ins Jahr 1895, wie ich hoffe.«

»Könnten Sie uns nicht mitnehmen?«

Der Fremde schüttelte den Kopf. »Sie ist ein Einsitzer. Der Sattel hält selbst mich kaum noch aus, seit ich zugenommen habe. Kommen Sie, ich zeige sie Ihnen.« Er drehte sich um und watete in die Richtung, aus der er gekommen war. Sie folgten ihm.

»Außerdem«, fügte der Fremde hinzu, »wäre es unklug von mir, Leute aus dem Jahr 1896 ins Jahr 1895 zu bringen. Sie könnten sich selbst begegnen. Ein erhebliches Durcheinander würde entstehen. Man kann ein wenig gegen die Logik der Zeit verstoßen, aber ich wage gar nicht daran zu denken, was geschehen könnte, wenn man derart krasse Paradoxa erzeugt. Mir scheint, wenn Sie mit der Logik so leichtfertig umgegangen sind, wie es aussieht – ohne daß ich jetzt moralisieren will –, ist es kein Wunder, daß Sie in diese Lage geraten sind.«

»Demnach halten Sie die Morphail-Theorie für richtig«, sagte Jherek, während er an die Seite des Zeitreisenden glitt. »Die Zeit setzt sich gegen Paradoxa zur Wehr, reagiert entsprechend – man könnte vielleicht sagen, sie weigert sich, einen fremden Körper in einer Epoche zu dulden, in die er nicht hineingehört.«

»Wenn dadurch die Gefahr eines Paradoxons entsteht, ja. Ich vermute, daß das mit dem Bewußtsein zusammenhängt und mit unserem Verständnis der Vergangenheit, Gegenwart und Zukunft. Das heißt, die Zeit an sich existiert nicht ...«

Mrs. Underwood stieß einen leisen Schrei aus, als die Maschine des Fremden in Sicht kam. Der Rahmen bestand aus röhrenförmigen Messing- und Ebenholzteilen. Hier und dort hatte ein Stück Elfenbein oder Silber Verwendung gefunden, und am Oberteil des Rahmens, unmittelbar über einem gutgefederten ledernen Fahrradsattel, waren Kupferspulen befestigt. Wo bei einem Fahrrad normalerweise der Lenker saß, befanden sich ein kleines Instrumentenpult und ein halbierter Messingring. Der Rest der Maschine bestand größtenteils aus Nickel und Kristall und wies bereits erste Abnutzungserscheinungen auf. Sie war an mehreren Stellen eingedellt, zerbeult und rissig. Hinter dem Sattel war eine große Truhe festgegurtet, und der Fremde trat neben sie, löste die Messingverschlüsse und klappte den Deckel auf. Der erste Gegenstand, den er aus der Truhe zog, war eine doppelläufige Schrotflinte, die er an den Sattel lehnte; als nächstes brachte er einen Ballen Musselin und einen Tropenhelm zum Vorschein, und schließlich holte er mit beiden Händen einen großen Weidenkorb heraus und stellte ihn vor ihre Füße in den Sand.

»Das wird Ihnen vielleicht weiterhelfen«, sagte er, während er die anderen Gegenstände wieder in der Truhe verstaute und die Gurte sicherte. »Das ist das Beste, was ich Ihnen als Ersatz für die Heimreise anbieten kann. Und ich habe erklärt, warum es unmöglich ist. Es würde Ihnen bestimmt nicht gefallen, mitten auf dem Waterloo Circus sich selbst zu begegnen, oder?« Er lachte.

»Sie meinen doch sicher den Piccadilly Circus, Sir?« fragte Mrs. Underwood stirnrunzelnd.

»Nie davon gehört«, erwiderte der Zeitreisende.

»Und ich habe nie vom Waterloo Circus gehört«, sagte sie. »Sind Sie sicher, daß Sie aus dem Jahr 1896 sind?«

Der Fremde kratzte die Bartstoppeln an seinem Kinn. Er wirkte ein wenig irritiert. »Ich dachte, ich hätte mich nur im Kreis bewegt«, murmelte er. »Hm – vielleicht ist dieses Universum nicht ganz mit dem identisch, das ich verlassen habe. Ist es möglich, daß sich für jeden neuen Zeitreisenden eine neue Chronologie entwickelt? Könnte es eine unendliche Anzahl von Universen geben?« Er strahlte. »Ich muß sagen, das ist wirklich ein herrliches Abenteuer. Sind Sie hungrig?«

Mrs. Amelia Underwood wölbte ihre wunderschönen Augenbrauen.

Der Fremde deutete auf den Korb. »Meine Verpflegung«, sagte er. »Bedienen Sie sich, wenn Sie möchten. Ich riskiere es, mich bei meinem nächsten Halt mit Lebensmitteln einzudecken – was hoffentlich im Jahre 1895 sein wird. Nun, ich muß mich jetzt auf den Weg machen.«

Er verbeugte sich und wedelte bedeutungsvoll mit seinem Quarzstock. Er kletterte in den Sattel, steckte den Stock in die Messinghalterung und justierte seine Kontrollen.

Mrs. Underwood hob bereits den Deckel des Korbs. Ihr Gesicht war ausdruckslos, aber Jherek glaubte zu hören, daß sie leise vor sich hinsummte.

»Ich wünsche Ihnen beiden viel Glück«, sagte der Fremde fröhlich. »Ich bin sicher, Sie werden nicht ewig hierbleiben müssen. Es ist unwahrscheinlich, nicht wahr? Ich meine, was wäre das ein Fund für die Archäologen, ha, ha! Das heißt, Ihre Knochen!«

Ein scharfes Klicken ertönte, als der Fremde sein Lenkrad um ein oder zwei Striche zur Seite drehte, und fast im selben Moment begannen die Umrisse der Zeitmaschine zu verschwimmen. Kupfer funkelte und Kristall glitzerte; über dem Kopf des Fremden schien etwas rasend schnell zu rotieren, und schon waren Mann und Maschine halb durchsichtig. Aus dem Nichts blies Jherek ein plötzlicher Windstoß ins Gesicht, und dann war der Zeitreisende verschwunden.

»Oh, schauen Sie, Mr. Carnelian!« rief Mrs. Underwood und schwenkte ihre Trophäe. »Hühnchen!«

2. Kapitel

IN DEM INSPEKTOR SPRINGER DEN GESCHMACK DES EINFACHEN LEBENS KOSTET

In den folgenden zwei Tagen und Nächten knisterte eine gewisse Spannung zwischen den beiden Liebenden (denn sie *waren* Liebende – nur ihre Erziehung ließ Amelia es leugnen), eine Spannung, die vor der Ankunft des Zeitreisenden verflogen und danach neu entstanden war. Die beiden schliefen unruhig nebeneinander auf einem farnumwedelten Kalksteinfelsen, und das einzige, was sie fürchten mußten, war die Neugier der kleinen Mollusken und Trilobiten, deren Leben nun dank des Korbes keine Gefahr mehr drohte, denn der Korb war mit Dosen und Flaschen vollgestopft, die ausreichten, eine vielköpfige Expedition einen Monat lang zu versorgen. Keine großen Tiere, kein unerwarteter Wetterumschwung bedrohte unseren Adam und unsere Eva; Eva allein hatte mit inneren Konflikten zu kämpfen; Adam war lediglich verwirrt, aber schließlich war er Verwirrung gewohnt, und plötzliche Stimmungswechsel oder Schicksalsschläge hatten bis vor kurzem sein Leben bestimmt: Dennoch, seine Lebensgeister schienen ihn verlassen zu haben.

Aber diese Lebensgeister kehrten mit der Morgendämmerung zurück – denn deren Schönheit übertraf in ihrer Finesse jede noch so kunstvolle Schöpfung des *fin de cosmos*. Das gewaltige Halbrund der Sonne schob sich über den Horizont und bemalte den Himmel mit tausend verschiedenen Kupfertönen, während ihre Strahlen wie blaue, graue, ocker- und rosafarbene Fäden die See einsponnen, bis sie den Strand erreichten und sich miteinander verwoben, um wie zum Höhepunkt den gelben Sand regenbogenweiß erstrahlen zu lassen, den Kalkstein in schimmerndes Silber zu verwandeln und die einzelnen Blätter und Halme der Farne in ein Grün zu tauchen, das fast empfindungsfähig schien, so lebendig war es; und dort, in der Mitte dieses Bildes, zeichnete sich eine menschliche Gestalt gegen den pulsierenden Halbkreis aus dunklem Scharlach ab, das Samtkleid wie dunkelroter Bernstein, das rotbraune Haar in Flammen stehend, das Weiß des Halses und der Hände ein Spiegel für die Farben, ein zarter Hinweis auf die blasseste aller Mohnblüten. Und er hörte volltönende Musik – es war ihre Stimme; sie deklamierte eines ihrer Lieblingsgedichte, dessen Thema in leichtem Gegensatz zur Atmosphäre stand.

Wo das rote Wurmweib wild nach Rache rief,
Während die Brandung brodelte unter des Mondes Silbergesicht,
Wo ihre rauhe Stimme, einst eine süße Stimme, sang,
War nun ich.
Und kroch ihr Geist in diesem grauen, kalten Morgen,
Kroch ihr Geist ans Licht?

Atemlos setzte sich Jherek auf und schob den Gehrock zur Seite, der ihm während der Nacht als Decke gedient hatte; der Anblick seiner Liebsten in einer Szenerie, die der Vollkommenheit ihrer Schönheit entsprach, löschte alle anderen Gedanken in Sekundenschnelle aus; seine Augen leuchteten; sein Gesicht strahlte. Er wartete darauf, daß sie fortfuhr, aber sie schwieg, warf ihre Locken zurück, klopfte Sand von ihrem Rocksaum, schürzte diese lieblichsten aller Lippen.

»Nun?« sagte er.

Langsam, schillernd, hob sie das Gesicht aus dem Schatten ins Licht. Ihr Mund formte eine Frage.

»Amelia?« wagte er ihren Namen auszusprechen. Ihre Lider senkten sich.

»Was ist?« flüsterte sie.

»Hat er es getan? War es ihr Geist? Ich warte auf die Lösung.«

Die Lippen krümmten sich jetzt, vielleicht aus Befangenheit, aber die Augen hielt sie weiter auf den Sand gerichtet, in den sie mit der scharfen Spitze ihres halb aufgeknöpften Stiefels stocherte. »Wheldrake geht nicht darauf ein. Es ist eine rhetorische Frage ...«

»Es ist ein sehr ernstes Gedicht, nicht wahr?«

Ein Hauch von Überlegenheit mischte sich in ihre bescheidenen Züge und ließ sie einen Moment lang die Wimpern rasch hintereinander heben und senken. »Die meisten guten Gedichte sind ernst, Mr. Carnelian, wenn sie uns etwas ... Bedeutendes mitteilen wollen. Es handelt natürlich vom Tod. Wheldrake schrieb viel über den Tod – und starb selbst sehr früh. Meine Kusine schenkte mir die *Posthumen Gedichte* zu meinem zwanzigsten Geburtstag. Kurz darauf ging sie ebenfalls von uns; sie starb an Schwindsucht.«

»Handelt jede gute Literatur vom Tod?«

»Ernste Literatur.«

»Der Tod ist ernst?«

»Er ist jedenfalls das Ende.« Aber sie erkannte schockiert den Zynismus ihrer Bemerkung und fügte reumütig hinzu: »Obwohl er in Wirklichkeit nur der Anfang ist – unseres richtigen Lebens, unseres ewigen Lebens ...«

Sie drehte sich zur Sonne um, die bereits höher gestiegen war und viel von ihrem Zauber verloren hatte.

»Sie meinen am Ende der Zeit? In unserem kleinen Haus?«

»Niemals.« Sie stockte und sprach dann mit höherer, unnatürlich klingender Stimme weiter. »Ich nehme an, es ist meine Strafe, daß mir in meinen letzten Stunden die Gesellschaft eines Christenmenschen versagt bleibt.« Aber in ihren Worten lag eine gewisse Unaufrichtigkeit. Das gute Essen der vergangenen zwei Tage hatte ihre Stimmung gehoben. Sie hatte fast die einfachen Schrecken des Verhungerns den komplexeren Gefahren der Hingabe zu diesem Clown vorgezogen, diesem Unschuldsengel (oh, ja, und vielleicht diesem edlen, männlichen Wesen, denn sein Mut und seine Freundlichkeit standen außer Frage). Sie bemühte sich mit nachlassendem Erfolg, wieder in diese frühere, weitaus passendere Stimmung resignierter Mutlosigkeit zu versinken.

»Ich habe Sie unterbrochen.« Er lehnte sich an seinen Fels. »Verzeihen Sie mir. Es war so herrlich, zum Klang Ihrer Stimme zu erwachen. Möchten Sie nicht fortfahren?«

Sie räusperte sich und wandte das Gesicht wieder dem Meer zu.

Was wirst du mir sagen, Kind unter dem Mond,
Wenn wir zusammen sind am hellen Strand?
Wenn Blätter raschelnd musizieren, dem Nachtwind zum
Lohn.
Gibst du mir dann deine Hand, Kind unter dem Mond?
Gibst du mir dann deine Hand?

Aber ihrem Vortrag mangelte es an der erforderlichen Eindringlichkeit, selbst für ihre Ohren, und sie rezitierte den nächsten Vers mit noch weniger Überzeugungskraft.

Zeigst du mir dann dein Feuerbett, Tochter der Sonne,
Wenn der Himmel von Flammen gleißt?
Wenn des Tages Glut uns umgibt mit Trug und erfüllt mit
Wonne.
Sagst du mir dann, wie du heißt, Tochter der Sonne?
Sagst du mir dann, wie du heißt?

Jherek blinzelte. »Ich fürchte, der Zauber ist verflogen ...« Die Sonne stand voll am Himmel, die magische Stimmung wich, obwohl noch immer mattgoldenes Licht die See überflutete, und der Tag war still und schwül. »Oh, was für Dinge könnte ich mit solcher Inspiration erschaffen, wenn nur meine Energieringe funktionieren würden. Ein Bild nach dem anderen, und alle für Sie, Amelia!«

»Gibt es keine Literatur am Ende der Zeit?« fragte sie. »Ist Ihre Kunst rein visueller Natur?«

»Wir unterhalten uns«, sagte er. »Sie haben uns zugehört.«

»Die Konversation ist als Kunst bezeichnet worden, dennoch ...«

»Wir schreiben sie nicht nieder«, unterbrach er, »wenn es das ist, was Sie meinen. Warum sollten wir? Ähnliche Unterhaltungen entstehen oft – ähnliche Beobachtungen werden stets neu gemacht. Erkennt man mehr, wenn man die Zeichen malt, die Sie zuweilen gemalt haben? Wenn dem so ist, sollte ich vielleicht ...«

»Es wird uns die Zeit vertreiben«, stimmte sie zu, »wenn ich Ihnen Lesen und Schreiben beibringe.«

»Gewiß«, nickte er.

Sie wußte, daß er seine Fragen in aller Unschuld stellte, aber sie kamen ihr wie Absicht vor. Sie lachte. »Ach du meine Güte, Mr. Carnelian. Ach du meine Güte!«

Es störte ihn nicht, daß er den Grund ihres Stimmungswechsels nicht kannte; es genügte ihm, ihre gute Laune zu teilen. Er fiel in ihr Gelächter ein und sprang auf. Er ging auf sie zu. Sie erwartete ihn. Ein paar Schritte von ihr entfernt blieb er stehen. Er war jetzt ernst, und er lächelte.

Sie strich über ihren Hals. »Jedenfalls gibt es mehr Literatur als Unterhaltungen. Es gibt Geschichten.«

»Am Ende der Zeit machen wir aus unserem Leben Geschichten. Wir haben die Mittel dafür. Würden Sie es nicht auch tun, wenn Sie könnten?«

»Das Leben in der Gesellschaft verbietet das.«

»Aber warum?«

»Vielleicht, weil die Geschichten miteinander in Konflikt geraten könnten. Es gibt so viele Menschen – dort.«

»Hier«, sagte er, »gibt es nur uns beide.«

»Die Dauer unseres Aufenthalts in diesem – diesem Garten Eden – ist ungewiß. Wer weiß, wann ...?«

»Der Logik nach werden wir dann zum Ende der Zeit zurückkehren, nicht ins Jahr 1896. Und dort erwartet uns nichts anderes als ein zweites Eden.«

»Nein, ich würde es nicht so bezeichnen.«

Sie sahen sich in die Augen. Die See flüsterte. Sie war lauter als ihre Worte.

Er konnte sich nicht bewegen, obwohl er auf sie zugehen wollte. Ihre Haltung ließ ihn verharren; es lag an der Art, mit der sie das Kinn vorschob und leicht eine Schulter hob.

»Wir könnten allein sein, wenn wir wollen.«

»In Eden dürfte es keine Wahl geben.«

»Aber zumindest hier ...« Sein Blick war drängend, verlangend, flehend.

»Und dann nehmen wir die Sünde mit aus Eden?«

»Keine Sünde, falls Sie damit das meinen, was Ihren Mitmenschen Leid verursacht. Was ist mit mir?«

»Wir leiden. Beide.« Die See wirkte sehr laut, die Stimme so leise wie der Wind im Farn. »Liebe ist grausam.«

»Nein!« Sein Schrei zerriß die Stille. Er lachte. »Das ist Unsinn! Furcht ist grausam! Furcht allein!«

»Oh, ich habe so viel davon!« rief sie und hob das Gesicht zum Himmel. Sie fing an zu lachen, und sie lachte weiter, als er sie ergriff, ihre Hände in die seinen nahm und sich nach unten beugte, um ihre Wange zu küssen.

Tränen tropften aus ihren Augen; sie wischte sie sich mit dem Ärmel fort, und der Kuß wurde im Keim erstickt. Statt dessen summte sie eine Melodie und legte ihm die andere Hand auf die Schulter. Sie machte zwei, drei Tanzschritte. »Vielleicht ist mein Schicksal besiegelt«, sagte sie und lächelte ihn an, eine Verschwörung aus Liebe, Schmerz und etwas Selbstmitleid. »Oh, kommen Sie, Mr. Carnelian, ich werde Ihnen das Tanzen beibringen. Wenn dies der Garten Eden ist, dann wollen wir ihn genießen, solange wir können!«

Jhereks Stimmung verbesserte sich erheblich, und er ließ sich von ihr führen.

Bald lachte er, ein verliebtes Kind und – für den Moment – nicht der Erwachsene, der Mann, dessen Befehl erobern konnte.

Dem Unglück (falls es ein Unglück war) vorübergehend entronnen, tanzten sie am paläozoischen Strand eine improvisierte Polka.

Aber das Unglück war nur aufgeschoben. Beide waren voller Erwartung, Sehnsucht, Verlangen, Glück. Und Jherek sang ein wortloses Lied; in wenigen Momenten würde sie seine Braut, seine Frau, seine Gemahlin sein.

Das Lied sollte nicht lange währen. Sie umrundeten ein verkrüppeltes Gebüsch, liefen über gelben Fels und blieben unvermittelt und verblüfft stehen. Beide starrten, beide spürten, wie die Hochstimmung sie verließ und kalter Wut wich. Mrs. Underwood zog sich seufzend in den steifen Samt ihres Kleides zurück.

»Wir *sind* verdammt«, murmelte sie. »Wir *sind* es!«

Sie starrten weiter den Rücken des Ahnungslosen an, der ihr Glück zerstört hatte. Er bemerkte nichts von ihrem Zorn, ihrer Gegenwart.

Die Ärmel und Hosenbeine bis zu den Ellbogen respektive den Knien hochgerollt, die Melone fest auf dem massigen Kopf, die Bruyèrepfeife zwischen den Lippen, planschte der Neuankömmling selig im amniotischen Ozean.

Während sie ihn beobachteten, zog er ein großes weißes Taschentuch aus seiner dunklen Sergenhose (Weste und Jacke, Schuhe und Socken lagen ordentlich gefaltet hinter ihm am Strand), schüttelte es aus, verknotete es an jeder Ecke, nahm den Hut ab und legte das Taschentuch auf seinen kahlen Schädel. Als er damit fertig war, summte er »Bumm-di-bumm, bumm-bumm-bumm, di-bumm-bumm«, watete ein wenig weiter ins seichte Wasser und verharrte. Er hob einen roten, mit Gänsehaut überzogenen Fuß und wischte zwei oder drei weizenfarbene Trilobiten fort, die an seinem Bein hinaufkletterten.

»Drollige Kerlchen«, hörten sie ihn murmeln, aber sie schienen ihn nicht sonderlich zu stören.

Mrs. Underwood war blaß. »Wie ist das möglich?« Ein böses Flüstern. »Er hat uns durch die Zeit verfolgt!« Sie ballte eine Hand zur Faust. »Ich glaube, mein Respekt vor Scotland Yard wächst ...«

Jherek verdrängte seine private Enttäuschung, um seinen gesellschaftlichen Verpflichtungen nachzukommen (er sah das Paläozoikum als seinen persönlichen Besitz an), und rief: »Willkommen im Paläozoikum, Inspektor Springer!«

Mrs. Underwood griff nach seinem Arm, wie um ihn zum Schweigen zu bringen, aber es war zu spät. Inspektor Springer drehte sich unwillig um, und seine fast verzückt zu nennende Miene wich seinem weitaus vertrauteren strengen Alltagsgesicht.

Ohne zu bemerken, daß er in der linken Hand noch die Melone hielt, nahm er die Pfeife aus dem Mund. Er gaffte. Er zwinkerte. Er stieß einen Seufzer aus, der genau wie die Seufzer klang, die sie vor wenigen Minuten von sich gegeben hatten. Glück verflog.

»Himmel!«

»Das Paläozoikum ist der Himmel?« Jherek war für die Information dankbar, denn er studierte noch immer das neunzehnte Jahrhundert.

»Ich *hielt's* für den Himmel.« Inspektor Springer wischte auf weitaus weniger tolerante Weise als zuvor einen neugierigen Trilobiten von seinem Bein. »Aber jetzt zweifle ich allmählich daran. Sieht mehr wie die Hölle ...« Er wurde sich der Gegenwart von Mrs. Underwood bewußt. Traurig starrte er seine durchnäßten Hosenbeine an. »Ich meine den *anderen* Ort.«

Ein Unterton boshafter Befriedigung schwang in ihrer Stimme mit. »Sie halten sich für tot, Inspektor Springer?«

»Die Schlußfolgerung drängt sich auf, Madam.«

Nicht ohne Würde setzte er die Melone auf das verknotete Taschentuch. Er äugte in den Pfeifenkopf, stellte zufrieden fest, daß sie ausgegangen war, und schob sie in eine Tasche. Ihre Ironie war verschwendet; er wurde ein wenig vertraulicher.

»Hielt's für 'nen Herzanfall, ausgelöst durch den Streß in der letzten Zeit. Ich war gerade dabei, diese Ausländer zu verhören – die kleinen, einäugigen Anarchisten – oder die dreiäugigen, wenn man so will –, als sie sich plötzlich in Luft aufzulösen schienen.« Er räusperte sich und senkte ein wenig die Stimme. »Tscha, ich drehte mich um und wollte gerade den Sergeanten rufen, als mir schwindlig wurde, und im nächsten Moment war ich hier im Himmel.« Dann schien er sich seiner früheren Erlebnisse mit den beiden zu erinnern. Verärgert straffte er sich. »Das habe ich bis zu Ihrem Auftauchen zumindest gedacht.« Er watete weiter, bis er auf glitzerndem Sand stand, und rollte seine Hosenbeine nach unten. »Also«, sagte er barsch, »ich verlange eine Erklärung. Knapp, klar. Keine Märchen.«

»Es ist ganz einfach.« Jherek war gern zu einer Erklärung bereit. »Wir sind durch die Zeit geschleudert worden, das ist alles. In eine Epoche vor dem Zeitalter der Morgenröte. Das heißt, in eine Epoche, in der es den Menschen noch nicht gibt. Millionen Jahre. Das Obere oder ...?« Hilfesuchend wandte er sich an Mrs. Underwood.

»Wahrscheinlich das Untere Devon«, sagte sie leichthin. »Nach den Worten des Fremden zu urteilen.«

»Ein Zeitsturm«, fuhr Jherek fort. »Sie sind von ihm erfaßt worden, genau wie wir. Da die Zeit keine größeren Paradoxa erlaubt, hat sie uns aus Ihrer Ära entfernt. Zweifellos sind die Lat ebenfalls entfernt worden. Unglücklicherweise befanden Sie sich in ihrer Nähe, als es geschah ...«

Inspektor Springer bedeckte die Ohren und steuerte auf seine Schuhe zu, als handelte es sich bei ihnen um einen sicheren Hafen. »Jesses! Nicht schon wieder. Es *ist* die Hölle! Sie *ist* es!«

»Ich fange allmählich an, Ihre Ansicht zu teilen, Inspektor.« Mrs. Underwoods Stimme als kühl zu bezeichnen, wäre eine Untertreibung gewesen. Sie machte auf dem Absatz kehrt und marschierte auf den Farnwald am Rand des Strandes zu. Normalerweise unterband ihr Gewissen derart plumpe Manöver, aber sie war an ihrem Glück gehindert worden; sie war verzweifelt – und sie vermittelte Jherek den Eindruck, daß sie ihm die Schuld an Inspektor Springers Auftauchen gab, als hätte er durch die Erwähnung der Sünde Satan in den Garten Eden gelockt.

Jherek war wie erstarrt; der Winkelzug wirkte auf ihn wie auf jeden Verliebten aus dem viktorianischen Zeitalter. »Amelia«, war alles, was er krächzen konnte.

Natürlich antwortete sie nicht.

Inspektor Springer war bei seinen Schuhen angelangt. Er setzte sich; aus einem der Schuhe zog er eine graue Wollsocke. Er sprach mit ihr, während er versuchte, sie über seinen nassen Fuß zu ziehen. »Ich möchte nur wissen«, sinnierte er, »ob ich rein technisch gesehen noch immer im Dienst bin oder nicht.«

Mrs. Underwood hatte den Farnwald erreicht. Zielbewußt verschwand sie in den raschelnden Tiefen. Jherek gewann seine Fassung so weit zurück, um ihr mit unglücklichem Gesichtsausdruck zu folgen. Der Gastgeber in ihm ließ ihn für einen Moment zögern. »Vielleicht sehen wir uns später, Inspektor?«

»Nicht, wenn ich ...«

Aber ein schriller Schrei brachte sie beide zum Schweigen. Sie wechselten einen Blick. Inspektor Springer vergaß ihre Differenzen, sprang instinktiv auf und stolperte hinter Jherek her, der bereits losgestürmt war und in die Richtung rannte, aus der der Schrei gekommen war.

Doch Mrs. Underwood floh bereits aus dem Wald, entrüstet und entsetzt, und so schön wie nie zuvor. Sie blieb keuchend stehen, als sie sah, daß Rettung nahte; stumm wies sie auf das raschelnde Dickicht.

Die Farnwedel teilten sich. Ein Auge mit drei Pupillen erschien und starrte mit einem lüsternen Ausdruck Mrs. Underwoods bebende Rundungen an.

»Mibix«, sagte eine gutturale Stimme anzüglich.

»Ferkit«, antwortete eine zweite.

3. Kapitel

TEESTUNDE IM UNTEREN DEVON

In einem zerrissenen Streifenpyjama stolzierte ein etwa ein Meter großer Humanoider mit Knollennase, birnenförmigem Kopf, großen abstehenden Ohren und einem Schnurrbart aus dem Farnwald; in der einen Hand hielt er eine silberne Gabel, in der anderen ein silbernes Messer.

Auch Jherek hatte einst die Pyjamas des Kinderhorts getragen und unter dem Regiment dieses Roboters aus dem Zeitalter der Späten Vielfältigen Kulturen gelitten. Er erkannte Kapitän Mubbers, den Anführer der Brigantenmusiker vom Volk der Lat, sofort. Seit ihrer

Begegnung im Kinderhort war er ihm zweimal begegnet – im Café Royal und später in der Gemeinschaftszelle bei Scotland Yard.

Kapitän Mubbers grüßte Jherek mit einem Grunzen, das widerwillige Neutralität auszudrücken schien, aber als sich seine drei Pupillen auf Inspektor Springer richteten, stieß er ein unangenehmes Gelächter aus.

Inspektor Springer war nicht bereit, mit sich spaßen zu lassen, selbst dann nicht, als fünf weitere Lat sich zu ihrem Anführer gesellten und in dessen Gelächter einfielen. »Im Namen Ihrer Majestät der Königin«, begann er. Aber dann verstummte er; schließlich war er nicht im Dienst.

»Ood ja shag ok gongong pish?« sagte Kapitän Mubbers verächtlich. »Klixshat efang!«

Inspektor Springer war derartige Bemerkungen gewöhnt; er blieb äußerlich gelassen und sagte bedächtig: »Das erfüllt den Tatbestand der Beamtenbeleidigung. Du bringst dich damit nur in Schwierigkeiten, Junge. Je eher du begreifst, daß das britische Gesetz ...« Irritiert brach er ab. »Wir sind doch noch in England, oder nicht?« Mrs. Underwood antwortete ihm.

»Ich bin mir nicht ganz sicher, Inspektor.« Es klang nicht bedauernd; eher befriedigt. »Es sieht alles so fremd aus.«

»Für Bognor ist es zweifellos zu warm. Gut möglich, daß ich hier gar nicht zuständig bin.« Inspektor Springer witterte einen Ausweg. Das Notizbuch, das er soeben aus der Gesäßtasche ziehen wollte, blieb an seinem Platz. Unter seinem zerzausten Schnurrbart erschien ein gequältes Lächeln. Es war nicht sehr überzeugend. Er hatte die Runde an die Lat verloren. Lahm fuhr er fort: »Du kannst dich glücklich schätzen, mein Junge. Wenn du jemals wieder einen Fuß in die Stadt setzt ...«

»Hrunt!« Höhnisch winkte Kapitän Mubbers den letzten noch fehlenden Lat heran. Vorsichtig schob er sich aus dem Gebüsch, und seine Pupillen bewegten sich suchend hin und her, als erwarte er, im nächsten Moment müßten Inspektor Springers Männer auftauchen. Und Jherek entspannte sich ein wenig, denn er wußte, daß die Lat nichts unternehmen würden, solange sie nicht überzeugt waren, daß ihre Gegner ohne Verbündete waren.

Inspektor Springer schien mit seinem selbstgewählten Diplomatenstatus unzufrieden zu sein. »Wie es aussieht«, wandte er sich an die Lat, »sitzen wir alle im selben Boot. Jetzt ist nicht die richtige Zeit, alte

Rechnungen zu begleichen, Freunde. Das ist doch sicher auch eure Meinung, oder?«

Kapitän Mubbers sah fragend zu Jherek und Mrs. Underwood auf. »Kaprim ul shim mibix clom?« sagte er mit einer Kopfbewegung zu dem Polizeibeamten.

Jherek zuckte die Schultern. »Ich bin geneigt, dem Inspektor zuzustimmen, Kapitän Mubbers.«

»Ferkit!« stieß einer der anderen Lat hervor. »Potkup mef rim chokkum! Shag ugga?« Er machte einen Schritt nach vorn und fuchtelte mit einer Fischgabel herum, die mit dem Signum des Café Royal gekennzeichnet war.

»Thurk!« befahl Kapitän Mubbers. Er warf Mrs. Underwood einen lüsternen Blick zu und verbeugte sich schleimig. Er rückte näher und flüsterte: »Dwap ker niknur, fazzy?«

»Also wirklich!« Mrs. Underwood verlor ihre mühsam bewahrte Fassung. »Mr. Carnelian! Inspektor Springer! Wie können Sie zulassen, daß mir derartige Angebote ...? Oh!«

»Kroofrudi.« Kapitän Mubbers zeigte keine Reue. Vielsagend klopfte er auf seinen Ellbogen. »Kwot-kwot?« Er schielte zum Farnwald hinüber. »Nizzle uk?«

Inspektor Springers Sinn für Anstand war verletzt. Mit einem Schuh in der Hand trat er dazwischen. »Recht oder Unrecht ...«

»Fwik hrunt!« knurrte Kapitän Mubbers. Die anderen lachten und amüsierten sich königlich über die witzige Bemerkung; aber das Eingreifen des Polizeibeamten hatte die Spannung entschärft.

Mit fester Stimme sagte Mrs. Underwood: »Sie sind wahrscheinlich hungrig. Wir haben in unserem Lager noch einige Kekse. Vielleicht sollten wir sie dorthin führen ...«

»Sofort«, stimmte Jherek zu und setzte sich in Bewegung. Sie hakte sich bei ihm ein, ein Umstand, der sowohl Jherek als auch Kapitän Mubbers zu verwirren schien.

Inspektor Springer hielt Schritt mit ihnen. »Ich muß gestehen, gegen einige leckere Butterkekse hätte ich auch nichts einzuwenden.«

»Ich befürchte, ich habe die meisten schon aufgegessen«, gestand Jherek reumütig. »Aber wir haben noch eine ganze Schachtel Feigen.«

»Ho, ho!« Inspektor Springer schenkte ihnen ein verschwörerisches Zwinkern. »Die Feigen überlassen wir *ihnen*, eh?«

Irritiert, aber für den Moment friedlich gestimmt, schlurften die Lat hinter ihnen her.

Jherek genoß die köstliche Berührung ihres Arms und fragte sich, ob ein Polizeiinspektor und sieben Außerirdische jene »Gesellschaft« darstellten, die nach Mrs. Underwoods Worten mit ihrem Einfluß auf die »Moral« und das »Gewissen« verhinderte, daß seine Liebe zu ihr Erfüllung fand. Tief im Herzen fühlte er, daß sie die Gruppe so definieren würde. Erneut füllte Resignation den Raum aus, der vor kurzem noch von Erwartung eingenommen worden war.

Sie erreichten den Fels und den Korb; ihr Heim. Mit dem Kessel in der Hand wanderte er zu der Quelle, die sie entdeckt hatten. Mrs. Underwood bereitete den Primuskocher vor.

Als Jherek allein war, fiel ihm ein, daß ihre Vorräte bald erschöpft sein würden, jetzt, wo sie acht weitere Münder zu stopfen hatten. Er sah sogar voraus, daß es zu Auseinandersetzungen kommen und die Lat versuchen würden, die Vorräte in ihren Besitz zu bringen. Zumindest bedeutete dies Abwechslung. Er lächelte. Es konnte sogar Krieg bedeuten.

Ein wenig später, als der Primuskocher gefüllt und angezündet war und der Kessel auf der Flamme stand, musterte er die Lat. Ihm schien, daß sich ihr Verhalten gegenüber Mrs. Underwood seit ihrer ersten Begegnung im Farnwald ein wenig verändert hatte. Sie saßen in einem Halbkreis im Sand, ein wenig abseits des Felsens, in dessen Schatten sich die drei Menschen niedergelassen hatten. Amelia würde ihr Benehmen gewiß noch immer als »beleidigend« bezeichnen, doch eine gewisse Zurückhaltung oder gar Respekt ließ sich nicht verleugnen; vielleicht waren sie von der Leichtigkeit entmutigt, mit der sie die Dinge in die Hand genommen hatte. Erinnerte sie die Lat womöglich an jenen unverwundbaren alten Roboter namens Amme? Sie hatten Amme fürchten gelernt. Zweifellos entsprach ihre Haltung – die Beine gekreuzt, die Hände auf den Knien – dem guten Benehmen, das Amme von den ihr anvertrauten Kindern verlangt hatte.

Der Kessel fing an zu dampfen. Der Inspektor griff mit einer höflichen Geste zu Mrs. Underwood nach dem Henkel. Seine Gastgeberin reichte ihm die metallene Teekanne, und er goß das Wasser hinein. Die Lat sahen ernst und würdevoll zu, als wären sie Zeuge eines religiösen Rituals (denn Inspektor Springer erzeugte gewiß diesen Eindruck – er der Priester, Mrs. Underwood die Priesterin). Jherek teilte ihre Gefühle während des andächtig zelebrierten Rituals.

Sie stellten drei Blechtassen und eine Blechschüssel auf den Dekkel des Korbs (in dem sich noch mehr solche nützlichen Dinge befanden). Ein Milchkännchen und eine Zuckerdose mit Löffel folgten.

»Zwei Minuten ziehen, dann ist die Sache gediehen«, intonierte Inspektor Springer. Beiläufig sagte er zu Jherek: »Das habe ich am meisten vermißt.«

Jherek wußte nicht, ob er den Tee oder das damit verbundene Ritual meinte.

Aus einer Schachtel an ihrer Seite wählte Mrs. Underwood einige Kekse aus und arrangierte sie kunstvoll auf einem Blechteller.

Und schließlich wurde der Tee serviert. Milch wurde hinzugefügt. Zucker wurde hinzugefügt.

Inspektor Springer trank den ersten Schluck.

»Ah!« Die feierliche Stimmung blieb. »Das ist besser, eh?«

Mrs. Underwood reichte Kapitän Mubbers die große Schüssel. Er roch daran, blies hinein, und mit einem Schluck hatte er sie zur Hälfte geleert.

»Gurp?« fragte er.

»Tee«, antwortete sie. »Ich hoffe, er schmeckt Ihnen. Wir haben nichts Stärkeres.«

»Tee-ee!« Kapitän Mubbers, immer sofort zur Stelle, wenn es darum ging, aus den harmlosesten Bemerkungen Anzüglichkeiten herauszuhören, schielte (mit zweien seiner Pupillen) zu seinen Gefährten hinüber. Sie kicherten. »Kroofrudi.« Er hielt die Schüssel hin und wollte mehr.

»Ihr müßt euch das teilen«, sagte sie fest. Sie deutete auf seine Leute. »Es ist für alle.«

»Frit hrunti?« Er wirkte unzufrieden.

Sie nahm ihm die Schüssel aus der Hand und reichte sie seinem Nachbarn.

»Grotchit snirt.« Kapitän Mubbers schnaubte und stieß seinen Kameraden mit dem Ellbogen an. »Nootchoo?«

Der Lat war amüsiert. Der Tee schwappte hin und her, als er in Gelächter ausbrach.

Inspektor Springer räusperte sich. Mrs. Underwood wandte den Blick ab. Jherek, von dem Bedürfnis erfüllt, den Lat ein gewisses Maß an Freundschaft zu erweisen, ließ seinen eigenen Tee hin und her schwappen und stimmte in ihr Gelächter ein.

»Nicht auch noch Sie, Mr. Carnelian«, wies sie ihn zurecht. »Sie sollten es wirklich besser wissen. Sie sind schließlich kein Wilder.«

»Es verletzt Ihr moralisches Empfinden?«

»Mein moralisches Empfinden? Nein. Lediglich mein Feingefühl.«

»Es ist in Ihren Augen unästhetisch?«

»Ihre Analyse ist zutreffend.«

Sie hatte sich wieder von ihm zurückgezogen. Er leerte seine Tasse. Geschmack und Zusammensetzung des Tees erschienen ihm ordinär. Aber er akzeptierte ihre Maßstäbe; ihnen Genüge zu tun und ihren Beifall zu finden, war sein einziger Wunsch.

Die Kekse wurden nacheinander verzehrt.

Inspektor Springer war als erster fertig; er zog ein großes weißes Taschentuch aus seiner Hose und tupfte sich den Schnurrbart ab. Er wirkte nachdenklich. Dann sprach er Jhereks Sorge aus: »Natürlich«, sagte er, »werden diese Fressalien nich ewig reichen, nich wahr?«

»Sie werden nicht einmal sehr lange reichen«, nickte Mrs. Underwood.

»Und die Lat werden versuchen, sie zu stehlen«, fügte Jherek hinzu.

»Da werden sie sich aber verdammt anstrengen müssen.« Inspektor Springers Worte verrieten das unerschütterliche Selbstvertrauen des professionellen Gesetzeshüters. »Als Engländer sind wir von Natur aus gerecht, und deshalb werden wir die Vorräte verwalten. Natürlich können wir sie nich verhungern lassen. Wir müssen den Proviant strecken – uns von dem ernähren, was die Natur liefert. Fisch und so.«

»Fisch?« Mrs. Underwood war verwirrt. »Gibt es hier denn Fische?«

»Ungeheuer!« verriet er ihr. »Hamse noch keine gesehen? 'ne Art Haifische, nur ein bißchen kleiner. Wenn wir eins von diesen Viechern fangen, haben wir für vierzehn Tage genug zu essen. Ich werde mich darum kümmern.« Seine Stimmung hatte sich wieder gebessert, und er schien die Herausforderung, die das Untere Devon an ihn stellte, zu genießen. »Ich glaube, ich hab im Korb 'n Stück Schnur gesehen. Als Köder könnten wir Schnecken nehmen.«

Kapitän Mubbers machte Mrs. Underwood darauf aufmerksam, daß seine Schüssel leer war.

»Grotchnuk«, sagte er einschmeichelnd.

»Nichts da«, wehrte sie energisch ab. »Die Teestunde ist vorbei, Kapitän Mubbers.«

»Grotchnuk mibix?«

»Alles alle«, sagte sie wie zu einem Kind. Sie hob den Deckel von der Kanne und zeigte ihm die durchweichten Teeblätter. »Sehen Sie?«

Seine Hand war flink. Sie hielt die Kanne fest. Mit der anderen griff er hinein, holte die Teeblätter heraus und stopfte sie sich in den Mund. »Glop-pib!« schmatzte er genießerisch. »Drexy glop-pib!«

Fatalistisch ließ Mrs. Underwood zu, daß er seine Mahlzeit beendete.

4. Kapitel

EINE NEUE SUCHE – AUF DEN SPUREN DES KORBES

»Aber, Inspektor, Sie haben uns versichert, daß niemand den Korb wegnehmen kann, ohne Sie sofort aufzuwecken!« Mrs. Amelia Underwood hätte um ein Haar mit dem Fuß gestampft; Jherek kannte diesen Tonfall.

Inspektor Springer kannte ihn ebenfalls. Er errötete, als er das Handgelenk hob, an dem ein dicker Strick befestigt war. »Ich hab den Korb festgebunden«, verteidigte er sich lahm. »Sie müssen ihn abgeschnitten haben.«

»Wie lange haben Sie geschlafen, Inspektor?« fragte Jherek.

»Praktisch gar nich. Ab und zu mal 'n paar Momente. Nich der Rede wert.«

»Schöne Momente waren das!« Sie zog scharf die Luft ein und sah sich im grauen Licht des einbrechenden Morgens um. »Nach Ihrem Schnarchen zu urteilen. Ich habe Sie die ganze Nacht gehört.«

»Oh, kommen Sie, Madam ...«

»Sie können schon über alle Berge sein«, sagte Jherek. »Sie sollten mal sehen, wie sie rennen können, wenn sie müssen. Mrs. Underwood, Sie haben auch nicht gut geschlafen?«

»Wie es scheint, hat nur der Inspektor Ruhe gefunden.« Finster sah sie den Polizeibeamten an. »Wenn man will, daß einem das Haus ausgeraubt wird, braucht man nur der Polizei mitzuteilen, daß man Urlaub macht, wie mein Bruder immer zu sagen pflegte.«

»Das is nich gerecht, Ma'am ...«, sagte Springer, aber er wußte, daß er sich auf unsicherem Boden bewegte. »Ich habe alle denkbaren Vorkehrungen getroffen. Aber diese Ausländer – mit ihren *Messern*« – er zeigte erneut den durchschnittenen Strick –, »nun, wie hätte ich wissen können ...«

Sie musterte den Sand in ihrer Umgebung und sagte klagend: »*Schauen* Sie sich all diese Fußspuren an. Wissen Sie noch, Mr. Carnelian, wie wir am Morgen aufgestanden und hinunter zum Meer gegangen sind und nicht einen einzigen Abdruck am Strand gesehen haben? Nicht den geringsten Hinweis auf eine andere Seele! Alles ist jetzt so *verdorben.*« Sie streckte die Hand aus. »Da – eine frische Spur. Sie führt landeinwärts.«

Der Boden war tatsächlich aufgewühlt. Jherek entdeckte die breiten Fußabdrücke der verschwundenen Lat.

»Sie müssen den Korb tragen«, bemerkte Inspektor Springer, »also werden sie nich so schnell vorankommen.« Er rieb seinen Bauch. »Uh, ich hasse es, den Tag mit leerem Magen zu beginnen.«

»Das«, sagte sie befriedigend, »ist allein Ihre Schuld, Inspektor!«

Sie ging voran, während Jherek und Inspektor Springer in ihre Röcke schlüpften und sich Mühe gaben, mit ihr Schritt zu halten.

Noch bevor sie einen breiten Streifen Farnwald erreicht hatten und eine Anhöhe hinaufstiegen, wo Mrs. Underwoods waches Auge einen zerbrochenen Zweig oder ein geknicktes Blatt entdeckte, die ihnen bei der Verfolgung der Diebe als Wegweiser dienten, war die Sonne aufgegangen, hing strahlend und golden am Himmel und überschüttete sie mit verschwenderischer Wärme. Inspektor Springer wischte sich ständig mit einem Taschentuch über den Nacken und die Stirn, aber Mrs. Underwood gönnte ihnen keine Rast.

Der Hügel wurde steiler. Fast senkrecht fiel der Hang ab. Aber sie kletterte weiter; und noch immer gönnte sie ihnen keine Rast. Sie keuchten – Jherek voller Vergnügen, Inspektor Springer voller Groll. Anfänglich stieß er mehrfach das Wort »Frau« in einem verzweifelten, beschwörenden Tonfall aus, um später mit unhörbarer Stimme ein weiteres Wort hinzuzufügen. Im Gegensatz dazu genoß Jherek die Anstrengung und den Hauch des Abenteuers, obwohl er nicht glaubte, daß es ihnen gelingen würde, Kapitän Mubbers und seine Leute einzuholen.

Sie war zwanzig Meter vor und über ihnen. »Ich bin fast oben«, rief sie.

Es ermutigte Inspektor Springer nicht sonderlich. Er blieb stehen und lehnte sich an den Stamm eines Farns, der ihn um viereinhalb Meter überragte und unter dem Gewicht seines massigen Körpers ächzte.

»Es wäre besser«, sagte Jherek im Vorbeigehen, »wenn wir so nah wie möglich beieinander bleiben würden. Wir könnten uns sonst leicht verlieren.«

»Sie ist ganz und gar wahnsinnig«, grunzte der Inspektor. »Ich habe es schon immer gewußt.« Aber er folgte Jherek und holte ihn sogar ein, als er über einen umgestürzten Stamm kletterte, der auf den Knien seiner Hose einen grünen Streifen hinterließ. Jherek schnüffelte. »Ihr Geruch! Ich habe mich schon gefragt, ob ich jemals etwas Vergleichbares gerochen habe. *Sie* sind es. Sehr merkwürdig. Aber angenehm ...«

»Grr!« machte Inspektor Springer.

Jherek schnüffelte noch einmal, aber er kletterte auf allen vieren weiter. »Gewiß, er ist ein wenig streng ...«

»Kerl! Du unverschämter kleiner B ...«

»Exzelsior!« Es war Mrs. Underwoods Stimme, auch wenn sie nicht mehr zu sehen war. »Oh, es ist zauberhaft!«

Inspektor Springer packte Jhereks Knöchel. »Wenn Sie noch weitere Kommentare über mich auf Lager haben, wäre ich Ihnen dankbar, wenn Sie sie für sich behalten würden.«

»Es tut mir leid, Inspektor.« Jherek versuchte, seinen Fuß loszureißen. Er runzelte die Stirn. »Ich wollte sie ganz gewiß nicht beleidigen. Es ist einfach so, daß derartige Gerüche – Schweiß, nicht wahr? – am Ende der Zeit unbekannt sind. Ich liebe ihn. Wirklich.«

»Arg!« Inspektor Springer ließ Jhereks Bein los. »Sie hab ich auch direkt von Anfang an richtig eingeschätzt. Verdammter Windbeutel. Café Royal – Oscar Wilde – hätte meinem Urteil vertrauen sollen ...«

»Ich kann sie sehen!« Wieder Mrs. Underwoods Stimme. »Die Bande ist in Sicht!«

Jherek schob sich unter einem niedrigen Ast hindurch und entdeckte sie.

»Puh!« machte Inspektor Springer hinter ihm. »Kerl! Falls ich jemals nach London zurückkehren und Sie in die Finger bekommen sollte ...«

Seine Kampfeslust schien ihn anzuspornen, und er holte erneut auf. Schulter an Schulter erreichten sie Mrs. Underwood. Ihr Gesicht war gerötet. Ihre Augen leuchteten. Sie streckte den Arm aus.

Sie standen am Rand einer fast senkrecht abfallenden Klippe; die Felswände waren hier und dort mit Buschwerk bewachsen. Fast hundert Meter unter ihnen ging die Klippe in einen steinigen Strand über, an den die weiten, ruhigen Fluten einer Bucht rollten, deren strahlendes, den Himmel spiegelndes Blau in wunderschönem und harmonischem Kontrast zu dem Braun, Grün und Gelb der Klippen stand.

»Es ist einfach«, sagte sie, »und es ist zauberhaft! Schauen Sie, Mr. Carnelian! Es ist grenzenlos. Es ist die Welt! So viel davon. Alles unberührt. Nicht einmal ein wildes Tier, das die Ruhe stört. Ich möchte zu gern wissen, was Mr. Rankin dazu sagen würde. Die Schweiz ist nichts im Vergleich ...« Sie lächelte Jherek an. »Oh, Mr. Carnelian – es *ist* Eden. Es ist der Garten Eden!«

»Hm«, machte Inspektor Springer. »Hübsche Landschaft. Aber wo stecken unsere kleinen Freunde? Sie sagten ...«

»Dort!«

Am Strand waren winzige Gestalten zu erkennen. Sie wimmelten hin und her. Sie arbeiteten.

»Wie's aussieht, bauen sie was«, brummte Inspektor Springer. »Aber was?«

»Wahrscheinlich ein Boot.« Sie breitete die Arme aus. »Wie Sie sehen, gibt es nur ein kleines Stück Strand – die Bucht ist nicht sehr breit. Der einzige Weg führt über das Wasser. Sie werden nicht umkehren, da sie fürchten müssen, daß wir sie verfolgen.«

»Aha!« Inspektor Springer rieb sich die Hände. »Dann sitzen sie in der Falle. Wir schnappen sie, bevor sie das Boot fertig ...«

»Es sind sieben«, erinnerte sie ihn. »Wir sind zu dritt. Und einer von uns ist eine Frau.«

»Ja«, sagte er. »Das stimmt.« Mit Daumen und Zeigefinger lüftete er die Melone und kratzte sich mit dem kleinen Finger am Kopf. »Aber wir sind größer. Und wir haben das Überraschungsmoment auf unserer Seite. Überraschung ist manchmal mehr wert als jede Artillerie ...«

»So steht es im Pfadfinderhandbuch«, sagte Mrs. Underwood säuerlich. »Aber ich gäbe im Moment eine ganze Menge für einen einfachen Revolver.«

»Ohne besonderen Anlaß dürfen wir sie nicht tragen, Ma'am«, erklärte Inspektor Springer gewichtig. »Hätten wir frühzeitig erfahren, daß ...«

»Aber wirklich, Inspektor!« Sie war aufgebracht. »Mr. Carnelian? Haben Sie irgendwelche Vorschläge?«

»Vielleicht könnten wir sie lange genug hinhalten, Mrs. Underwood, um den Korb wieder an uns zu bringen.«

»Und dann verfolgen und überwältigen sie uns? Nein. Kapitän Mubbers muß gefangengenommen werden. Mit einer Geisel gelingt es uns vielleicht, zum Lager zurückzukehren und mit ihnen zu verhandeln. Ich hatte gehofft, daß wir uns wie zivilisierte Menschen benehmen können, aber ...«

Sie musterte den Steilhang. »Sie sind dort hinuntergeklettert. Wir nehmen denselben Weg.«

»Ich hab noch nie was fürs Bergsteigen übrig gehabt.« Zweifelnd verfolgte Inspektor Springer, wie sie sich über die Kante schwang und – sich an Wurzelwerk und Felsvorsprünge klammernd – nach unten kletterte. Jherek, der sich zwar um ihre Sicherheit sorgte, ihre Führung aber akzeptierte, sah wachsam zu und folgte ihr. Grummelnd bildete Inspektor Springer das Schlußlicht. Ein Regen aus kleinen Steinen und Erde ging auf Jhereks Kopf nieder.

Die Klippe war nicht so steil, wie Jherek sich vorgestellt hatte, und nach den ersten zehn Metern fiel ihnen der Abstieg wesentlich leichter, so daß sie bald aufrecht stehen und gehen konnten.

Jherek hatte den Eindruck, daß die Lat sie entdeckt hatten, denn sie arbeiteten noch hektischer weiter. Aus den Stämmen der größeren Farne, die nah am Wasser wuchsen, bauten sie ein breites Floß; sie hatten ihre Pyjamas in Streifen gerissen und banden die recht fleischigen Stämme damit zusammen. Jherek verstand zwar nicht viel von diesen Dingen, aber ihm schien, daß sich das Floß rasch voll Wasser saugen und sinken würde. Er fragte sich, ob die Lat schwimmen konnten. Er zumindest konnte es nicht.

»Ah! Wir kommen zu spät!« Mrs. Underwood ließ sich den Hang hinunterrutschen, wobei ihr fadenscheiniges Kleid an mehreren Stellen riß, und kümmerte sich nicht um Anstand und Schicklichkeit, als sie sah, wie auf Kapitän Mubbers Befehl hin der Korb auf das Floß geschafft wurde. Auf ein Kommando ihres Kapitäns hoben die sechs Lat das Floß an und trugen es zu den brackigen Fluten der Bucht.

Jherek, bestrebt, in Mrs. Underwoods Nähe zu bleiben, folgte ihrem Beispiel, und schon schlidderte er hilflos hinter ihr her.

»Halt!« schrie sie und vergaß alle Pläne zur Gefangennahme Kapitän Mubbers'. »Wir möchten verhandeln!«

Möglicherweise von dem wilden Abstieg aufgeschreckt, begannen die Lat mit ihrem Floß zu laufen, bis sie zu den Hüften im Wasser standen. Kapitän Mubbers sprang an Bord. Das Floß drohte zu kentern. Er warf sich auf den Korb, um ihn zu retten. Das Floß trieb ab und die Lat strampelten heftig, um es einzuholen und sich an Bord zu ziehen, aber zwei blieben zurück. Ihre Schreie drangen bis zu den Menschen, die den Fuß der Klippe fast erreicht hatten.

»Ferkit!«

»Kroofrudi!«

»Nukgnursh!«

Kapitän Mubbers und seine Leute hatten ihre Paddel am Strand liegengelassen. Mit den Händen versuchten sie, das Floß zurück zum Land zu rudern.

»Schnell!« rief Mrs. Underwood befehlend. »Packt sie. Dort sind unsere Geiseln!«

Das Floß war jetzt viele Meter von der Küste entfernt, aber Kapitän Mubbers schien entschlossen, seine Männer zu retten.

Jherek und Inspektor Springer wateten in das seichte Wasser und packten die beiden Lat, deren Zöpfe inzwischen von den Wellen umspült wurden. Sie schlugen um sich; sie versuchten zu treten, aber nach und nach wurden sie an Land getrieben, wo Mrs. Underwood mit blitzenden Augen und entschlossenem Gesicht auf sie wartete (es war offensichtlich, daß sie sich weitaus mehr vor Mrs. Underwood fürchteten als vor jenen, die sie als ihre Untergebenen betrachteten).

»Knuxfelp!« rief Kapitän Mubbers seinen Männern zu. »Groo hrunt bookra.« Seine Stimme wurde leiser.

Die beiden Lat erreichten den Strand, schossen wie der Blitz an Mrs. Underwood vorbei und rannten auf die Klippen zu. Sie waren in Panik geraten.

»Blett mibix gurp!« kreischte einer der hysterischen Lat, als er über einen Stein stolperte. Sein Kamerad half ihm wieder hoch und sah düster zu dem davontreibenden Floß hinüber. Plötzlich schien er zu erstarren – alle drei Pupillen auf das Floß gerichtet. Er ignorierte Jherek und Inspektor Springer völlig, als sie ihn erreichten und festhielten. Jherek drehte sich als erster um.

Etwas war im Wasser, neben dem Floß. Ein grün glitzerndes, insektenähnliches Wesen, das sich sehr schnell bewegte.

»Jesses!« keuchte Inspektor Springer. »Es muß über zwei Meter lang sein!«

Jherek sah, wie sich Fühler, grauweiße Klauen, zackig und scharf, ein aufgerichteter, biegsamer Schwanz, mit braunen Stacheln bewaffnet, und ruderförmige Hinterläufe halb aus den trüben Fluten hoben und das Floß angriffen.

Zwei laute schnappende Geräusche ertönten kurz hintereinander, und die vorderen Klauen hielten je einen Lat umklammert. Sie wehrten sich und schrien. Der Stachelschwanz peitschte hin und her und schlug sie bewußtlos. Dann war der riesige Skorpion (er ähnelte nichts anderem mehr) wieder in die Tiefen zurückgekehrt und hinterließ diverse Trümmer: einen auf den Wellen tanzenden Weidenkorb und grüne breiige Stämme, an denen sich die überlebenden Lat festhielten.

Jherek entdeckte in der Ferne, etwa in der Mitte der Bucht, eine Spur. Ihm war klar, daß es sich dabei um ein weiteres Ungeheuer handeln mußte; er watete ins Meer, streckte den verzweifelten Lat die Arme entgegen und rief: »Oh, was für ein herrliches Abenteuer. Der Herzog von Queens hätte sich kein sensationelleres Drama ausdenken können! Stellen Sie sich vor, Mrs. Underwood – nichts davon war geplant. Alles hat sich spontan entwickelt – auf vollkommen natürliche Weise. Die Skorpione! Sind sie nicht ungemein schrecklich, schönste Schwester der Sphinx?«

»Mr. Carnelian!« Ihre Stimme klang mehr als dringend. »Retten Sie sich. Die Kreaturen kommen von allen Seiten!«

Es stimmte. Das Wasser in seiner Umgebung wurde von riesigen Skorpionen aufgewühlt. Sie kamen näher.

Jherek zog Kapitän Mubbers und einen anderen Lat ans Ufer. Aber ein dritter war zu langsam. Ihm blieb nur noch die Zeit für ein letztes »Ferkit!«, dann schlossen sich die Klauen, der große Schwanz schlug zu, und er wurde zum Zankapfel zwischen dem Skorpion, der ihn gefangen hatte, und den anderen Skorpionen, die über ihren mangelnden Erfolg enttäuscht waren.

Mrs. Underwood lief auf Jherek zu. Beunruhigung und Mißbilligung verriet sich in ihrem Gesicht. »Mr. Carnelian – Sie haben mich so in Angst versetzt. Aber Ihr Mut ...«

Er wölbte beide Augenbrauen.

»Er war vorbildlich«, sagte sie. Ihre Stimme klang weicher, aber nur für einen Moment. Sie erinnerte sich an den Korb. Er war im Wasser zurückgeblieben und offenbar ohne Interesse für die Skorpione, die sich weiter um den Besitz des rasch kleiner werdenden Leichnams stritten, der gelegentlich an der Wasseroberfläche auftauchte. Schaum lag auf den Wellen, und Blut färbte das Meer.

Der Korb tanzte auf den Wogen, die die kämpfenden Wasserskorpione erzeugten; er hatte fast die Mitte der Bucht erreicht.

»Wir müssen beobachteten, wohin er treibt«, sagte sie. »Vielleicht können wir ihn später herausfischen. Gibt es eine Strömung? Ist sie landwärts oder meerwärts gerichtet? Wo ist das Meer?«

»Warten wir ab«, schlug Jherek vor. »Mit ein wenig Glück können wir den Kurs des Korbes zumindest in groben Umrissen bestimmen.«

Etwas Fischähnliches durchstieß in der Nähe des Korbs die Wasseroberfläche. Ein brauner, funkelnder, flossenbewehrter Rücken, der beinahe sofort wieder verschwand.

»Die Haie«, sagte Inspektor Springer. »Ich habe Ihnen davon erzählt.«

Der Korb, der diese Welt wahrhaft in den Garten Eden verwandelt hatte, stieg auf dem Rücken von zumindest einer großen Flossenkreatur in die Höhe. Er kippte um.

»Oh!« rief Mrs. Underwood.

Sie sahen den Korb sinken. Sie sahen ihn wieder auftauchen. Der Deckel war aufgeklappt, aber er schwamm noch immer.

Völlig unvermittelt setzte sich Mrs. Underwood auf den Kieselstrand und fing an zu weinen. Für Jherek machte dieser Laut all den Lärm vergessen, der von der wilden Bucht im Unteren Devon drang. Er ließ sich neben sie nieder und legte seinen schlanken Arm um ihre einsamen Schultern.

In diesem Moment bog ein kleines Motorboot brummend um die Landspitze. Auf ihm befanden sich zwei schwarzgekleidete Gestalten; eine saß am Steuer, die andere stand mit einem Bootshaken in der Hand aufrecht da. Das Boot näherte sich zielsicher dem Korb.

5. Kapitel

IM ZEITZENTRUM

Mrs. Underwood hörte zu weinen auf und blinzelte.

»Allmählich sieht's hier wie im verdammten Brighton aus«, stellte Inspektor Springer unwillig fest. »Am Anfang war alles so unverdorben. Was für einen Krach dieses Boot macht!«

»Sie haben den Korb gerettet«, sagte sie. Die beiden Gestalten zogen ihn an Bord. Das Boot wurde von den heftigen Bewegungen des großen Fisches durchgeschüttelt. Einige Gegenstände fielen aus dem

Korb. Die beiden Gestalten schienen außergewöhnlich besorgt um die Bergung der Gegenstände und nahmen große Mühe auf sich, einen Zinnkrug zu verfolgen und herauszufischen, der abgetrieben war. Als sie damit fertig waren, brummte das Boot in ihre Richtung.

Jherek hatte noch nie solche Kleidung gesehen, wie sie die beiden Frauen trugen; sie erinnerte leicht an die Anzüge mancher Raumfahrer; einteilig, glänzend und schwarz, mit Taschen besetzt und gefüttert und mit breiten Gurten versehen, an denen Gegenstände, wahrscheinlich Werkzeuge, hingen. Sie trugen enganliegende Helme aus dem gleichen Material, mit Schutzbrillen und Kopfhörern, und schwarze Stulpenhandschuhe.

»Die Kerle gefallen mir nich«, murmelte Inspektor Springer. »Taucher, wie?« Er sah zurück zu den Klippen. »Vielleicht planen sie irgendeine Schandtat. Warum haben sie sich nich schon früher gezeigt?«

»Möglicherweise haben sie nicht gewußt, daß wir hier sind«, sagte Jherek nüchtern.

»Sie zeigen ein ungewöhnliches Interesse an unserem Korb. Könnte sein, daß wir ihn nie mehr wiedersehen.«

»Sie haben uns fast erreicht«, sagte Mrs. Underwood leise. »Fällen wir über sie oder ihre Absichten erst ein Urteil, wenn wir mit ihnen geredet haben. Hoffentlich sprechen sie etwas Englisch oder wenigstens Französisch.«

Der Kiel des Bootes kam knirschend auf dem Kieselstrand zum Stillstand; der Motor wurde abgeschaltet; die beiden Passagiere stiegen aus, schöpften Wasser aus dem kleinen Rumpf, ergriffen den Korb und trugen ihn zwischen sich zu der Stelle, wo Mrs. Underwood, Jherek Carnelian, Inspektor Springer, Kapitän Mubbers und die drei überlebenden Lat sie erwarteten. Jherek bemerkte, daß es ein Mann und eine Frau waren, beide gleich groß. Über den hohen Kragen und unter den Schutzbrillen war wenig von ihren Gesichtern zu erkennen. Als sie nur noch ein paar Meter entfernt waren, blieben sie stehen und setzten den Korb ab. Die Frau schob ihre Schutzbrille hoch und enthüllte ein herzförmiges Gesicht und große, blaugraue Augen, die Mrs. Underwoods Blicke ruhig erwiderten, und einen vollen Mund.

Es war nicht erstaunlich, daß Mrs. Underwood sie für eine Französin hielt.

»Je vous remercie bien ...«, begann sie.

»Aha!« sagte die Frau ohne Ironie. »Sie sind also Engländer.«

»Nur einige von uns«, erklärte Inspektor Springer würdevoll. »Bei diesen kleinen Burschen handelt es sich um Letten.«

»Ich bin Mrs. Persson. Darf ich Ihnen Captain Bastable vorstellen?« Der Mann salutierte; er nahm seine Schutzbrille ab. Sein Gesicht war braungebrannt und hübsch; seine Augen waren hellblau.

»Ich bin Mrs. Underwood. Das sind Mr. Carnelian, Inspektor Springer, Kapitän Mubbers – ich fürchte, ich kenne die Namen der anderen Herrschaften nicht. Sie sprechen kein Englisch. Ich glaube, sie sind Raumfahrer aus der fernen Zukunft. Nicht wahr, Mr. Carnelian?«

»Sie sind Lat«, sagte er. »Wir haben uns nie völlige Klarheit über ihre Herkunft verschaffen können. Aber sie sind mit einem Raumschiff eingetroffen. Am Ende der Zeit.«

»Sie kommen vom Ende der Zeit, Sir?« Captain Bastable benutzte die leichte, abgehackte Sprechweise, die Jherek aus dem neunzehnten Jahrhundert kannte.

»So ist es.«

»Jherek Carnelian, natürlich«, rief Mrs. Persson. »Ein Freund des Herzog von Queens, nicht wahr? Und von Lord Jagged?«

»Sie kennen sie?« Jherek war entzückt.

»Ich kenne Lord Jagged flüchtig. Oh, da fällt mir ein – Sie haben sich in diese Lady verliebt, Ihre – Amelia?«

»Meine Amelia!«

»Ich bin nicht ›Ihre Amelia‹, Mr. Carnelian«, sagte Mrs. Underwood scharf. Sie sah Mrs. Persson mißtrauisch an.

Mrs. Persson entschuldigte sich. »Sie sind aus dem Jahr 1896, ich vergaß. Ich hoffe, Sie können mir verzeihen, Mrs. Underwood. Ich habe so viel von Ihnen gehört. Ihre Geschichte zählt zu unseren größten Legenden. Ich versichere Ihnen, wir fühlen uns geehrt, Ihnen persönlich zu begegnen.«

Mrs. Underwood runzelte die Stirn, argwöhnte Sarkasmus, aber es gab keinen.

»Sie haben von mir gehört ...?«

»Wir sind nur ein paar. Wir klatschen, tauschen Erlebnisse und Geschichten aus, so wie alle Reisenden, bei den seltenen Gelegenheiten, bei denen wir uns sehen. Und wir versammeln uns alle im Zentrum.«

Der junge Mann lachte. »Ich glaube nicht, daß sie dir folgen können, Una.«

»Ich schwatze zu viel. Würden Sie unsere Gäste sein?«

»Sie haben eine Maschine?« fragte Mrs. Underwood hoffnungsvoll.

»Wir haben eine Basis. Sie haben noch nicht von ihr gehört? Demnach sind Sie noch nicht Mitglieder der Gilde?«

»Gilde?« Mrs. Underwood zog die Augenbrauen zusammen. »Nein.«

»Die Gilde der Temporal-Abenteurer«, erklärte Captain Bastable. »Die GTA?«

»Ich habe noch nie davon gehört.«

»Ich auch nicht«, sagte Jherek. »Warum haben Sie einen Verband gegründet?«

Mrs. Persson zuckte die Schultern. »Hauptsächlich, um Informationen auszutauschen. Informationen bedeuten für uns ›professionelle Zeitreisende‹, wenn Sie so wollen, eine unschätzbare Hilfe.« Sie lächelte selbstkritisch. »Selbst im besten Fall ist es ein riskantes Geschäft.«

»Das ist es wahrhaftig«, stimmte Jherek zu. »Wir nehmen mit ganzem Herzen Ihre Einladung an. Oder, Mrs. Underwood?«

»Danke, Mrs. Persson.« Mrs. Underwood war noch immer unbehaglich zumute, aber sie ließ sich nichts anmerken.

»Wir werden zwei Fahrten unternehmen müssen. Ich schlage vor, Oswald, du nimmst die Lat und Inspektor Springer mit und holst danach uns drei ab.«

Captain Bastable nickte. »Wir sollten zunächst lieber den Korb überprüfen. Nur um sicherzugehen.«

»Natürlich. Würden Sie bitte einen Blick hineinwerfen, Mrs. Underwood, und mir sagen, ob irgend etwas fehlt?«

»Es spielt keine Rolle. Ich halte es wirklich nicht ...«

»Es ist von äußerster Wichtigkeit. Falls irgend etwas fehlt, müssen wir so lange danach suchen, bis wir es finden. Wir verfügen über Instrumente, die fast alles aufspüren können.«

Sie äugte hinein. Sie stöberte. »Ich glaube, es ist alles da.«

»Schön. Wissen Sie, die Zeit duldet uns nur. Wir dürfen nicht gegen ihre Regeln verstoßen.«

Captain Bastable, die Lat und Inspektor Springer befanden sich bereits im Boot. Der Motor heulte auf. Das Wasser schäumte. Sie fuhren los.

Mrs. Persson sah dem Boot nach, bis es verschwunden war. Dann drehte sich wieder zu Jherek und Mrs. Underwood um. »Ein herrlicher Tag. Sie sind schon länger hier?«

»Ich würde sagen, ungefähr seit einer Woche.« Mrs. Underwood strich über ihr ruiniertes Kleid.

»Solange man das Wasser meidet, kann es sehr schön sein. Viele kommen einfach zur Erholung ins Untere Devon. Wenn es die Eurypteriden nicht gäbe – die Wasserskorpione –, wäre es paradiesisch. Von allen paläozoischen Epochen gefällt mir diese hier am besten. Und natürlich ist es ein äußerst freundliches Zeitalter, das mehr Anachronismen als die meisten anderen zuläßt. Dies ist Ihr erster Besuch?«

»Der erste«, bestätigte Mrs. Underwood. Ihr Gesichtsausdruck verriet, daß allein ihr Anstand sie von der Bemerkung abhielt, daß es hoffentlich auch ihr letzter sein würde.

»Es kann langweilig sein.« Mrs. Persson hatte den leisen Wink verstanden. »Aber wenn man sich entspannen, die Route neu festlegen, sich orientieren will – es gibt wenig Zeiten, die besser dafür geeignet sind.« Sie gähnte. »Captain Bastable und ich werden froh sein, wenn wir wieder unterwegs sind, aber zuerst müssen wir noch unseren Hausmeisterpflichten nachkommen und auf die Ablösung warten. In vierzehn Tagen sind wir wieder in einem der zwanzigsten Jahrhunderte.«

»Sie scheinen damit andeuten zu wollen, daß es mehr als eins gibt?« fragte Jherek. »Sind unterschiedliche Methoden der Geschichtsschreibung dafür verantwortlich, oder ...?«

»Es gibt so viele Versionen der Geschichte, wie es passionierte Zeitreisende gibt.« Mrs. Persson lächelte. »Das Problem ist, in einem einheitlichen Zyklus zu bleiben. Gelingt dies nicht, sind alle möglichen Schocks wahrscheinlich – die Rückgewöhnung an die alte Umgebung wird fast unmöglich. Wahnsinn ist die Folge. Was glauben Sie, wieviel modische Geisteskrankheiten von geistig gestörten Temporal-Abenteurern erzeugt worden sind? Wir werden es nie erfahren!« Sie lachte. »Captain Bastable zum Beispiel war ein unfreiwilliger Reisender (so etwas gibt es manchmal), und er stand am Rande des Wahnsinns, als wir ihn retteten. Zunächst stellt man fest, daß die Zukunft nicht die richtige zu sein scheint, und das ist furchteinflößend genug, wenn man es nicht erwartet. Aber das Schlimmste kommt nach der Rückkehr – man entdeckt, daß sich die Vergangenheit verändert hat. Ich nehme an, daß Sie beide eine gemeinsame Zeitspur haben. Schätzen Sie sich glücklich, sofern Sie nicht wissen, was multiverselle Zeitreisen bedeuten.«

Jherek konnte nur mit größter Mühe die Bedeutung ihrer Worte erfassen, und Mrs. Underwood war völlig hilflos, obwohl sie allmählich etwas ahnte. »Sie meinen, daß der Zeitreisende, der uns hier über den Weg gelaufen ist und etwas vom Waterloo Circus sagte, überhaupt nicht aus meiner Zeit stammt, sondern aus einer entsprechend veränderten ...?« Sie schüttelte den Kopf. »Das kann nicht sein. Meine Zeit existiert nicht mehr, nur weil ...?«

»Ihre Zeit existiert. Nichts vergeht wirklich, Mrs. Underwood. Verzeihen Sie, daß ich es sage, aber Sie scheinen außerordentlich schlecht für Temporal-Abenteurer vorbereitet zu sein. Wie sind Sie zum Beispiel auf das Untere Devon gekommen?«

»Es war nicht unsere Entscheidung«, erklärte Jherek. »Wir waren zum Ende der Zeit unterwegs. Unsere Maschine war in keinem besonders guten Zustand. Sie hat uns hier abgesetzt – obwohl wir überzeugt waren, uns zeitaufwärts zu bewegen.«

»Vielleicht haben Sie das auch getan.«

»Wie ist das möglich?«

»Wenn Sie den Zyklus vollendet haben, gelangen Sie ans Ende und beginnen wieder beim Anfang.«

»Die Zeit verläuft demnach im Kreis?«

»Schon möglich.« Mrs. Persson lächelte. »Aber auch spiralförmig. Niemand von uns versteht es, Mr. Carnelian. Wir sammeln alle erreichbaren Informationen. Inzwischen sind uns einige grundsätzliche Dinge bekannt, die zu unserem Schutz beitragen. Aber nur die wenigsten erhalten einen tiefen Einblick in die Natur der Zeit, weil diese Natur keinen bleibenden Gesetzmäßigkeiten unterworfen ist. Die Chronon-Theorie zum Beispiel, die in einigen Kulturen sehr populär war, ist inzwischen zum größten Teil widerlegt worden – dennoch scheint sie für Zivilisationen, die von ihrer Richtigkeit überzeugt sind, Gültigkeit zu haben. Ihre Morphail-Theorie hat eine Menge für sich, aber sie läßt sich auf die Permutationen und Komplikationen nicht anwenden. Sie behauptet, daß die Zeit nur eine einzige Dimension hat – als ob der Raum auch nur eine hätte. Können Sie mir folgen, Mr. Carnelian?«

»Bis zu einem gewissen Grad.«

Sie lächelte. »Und mehr als ›bis zu einem gewissen Grad‹ kann ich mir selbst auch nicht folgen. Es gibt einen Satz, den die Gilde jedem neuen Mitglied einprägt: ›Wenn es um die Zeit geht, gibt es keine Experten!‹ Unser einziges Bestreben ist es, zu überleben, zu forschen und gelegentlich einige Entdeckungen zu machen. Nach einer bestimmten Theorie führt jede neue Erkenntnis über die Natur der Zeit zu zwei neuen Fragen. Die Zeit kann im Gegensatz zum Raum nicht kodifiziert werden, weil unsere eigenen Gedanken, unser Wissen darüber und unsere Handlungen, die auf diesem Wissen basieren, nur dazu führen, daß die Grenzen hinausgeschoben, neue Anomalien erzeugt und der Natur der Zeit neue Aspekte hinzugefügt werden. Werde ich zu abstrakt? Falls ja, so liegt es daran, daß das Thema selbst abstrakt – unfaßbar –, vielleicht wahrhaft metaphysisch ist. Die Zeit ist ein Traum – oder ein Alptraum –, aus dem es kein Erwachen gibt. Wir Zeitreisende sind Träumer, die gelegentlich dieselben Erfahrungen machen. Die eigene Identität zu bewahren, seinem Leben einen Sinn zu bewahren, ist alles, worauf ein Zeitreisender hoffen kann – deshalb existiert die Gilde. Sie können von Glück sagen, daß sie nicht ins Multiversum abgetrieben worden sind, so wie Captain Bastable, denn dann kann es einem ergehen wie dem Ertrinkenden, der nicht schwimmen will, aber strampelt – und jede Welle, die man im Meer der Zeit erzeugt, hat die Gewohnheit, zu einem Ozean zu werden.«

Mrs. Underwood hatte mit wachsender Beunruhigung zugehört. Sie hob den Deckel des Korbes, öffnete eine luftdicht verschlossene Dose und bot Mrs. Persson ein Gebäckröllchen mit Ingwergeschmack an.

Sie aßen.

»Köstlich«, sagte Mrs. Persson. »Das neunzehnte Jahrhundert hat mir nach dem zwanzigsten schon immer am besten gefallen.«

»Aus welchem Jahrhundert kommenSie ursprünglich?« fragte Jherek, um sich die Zeit zu vertreiben.

»Aus dem zwanzigsten – aus der Mitte des zwanzigsten Jahrhunderts. Ich habe eine Menge mit Ihrem Vorfahren gemeinsam. Und natürlich mit seiner Schwester. Eine meiner besten Freundinnen.« Sie sah, daß Jherek verwirrt war. »Sie kennen ihn nicht? Seltsam. Dennoch, Jagged – Ihre Gene ...« Sie zuckte die Schultern.

Er war jedenfalls neugierig. Vielleicht erhielt er hier die Antwort, die er vergeblich von Jagged verlangt hatte.

»Jagged hat über dieses spezielle Thema nicht offen mit mir reden wollen«, erklärte er. »Ich wäre Ihnen sehr dankbar, wenn Sie mich ins Bild setzen würden. Er hat versprochen, nach unserer Rückkehr alle Fragen zu beantworten.«

Aber sie nagte an ihrer Lippe, als hätte sie unabsichtlich einen Vertrauensbruch begangen. »Ich kann nicht«, sagte sie. »Er muß seine Gründe haben – ohne seine Erlaubnis kann ich nicht reden ...«

»Es muß tatsächlich einen Grund geben«, warf Mrs. Underwood mit scharfer Stimme ein. »Es scheint, daß er uns absichtlich zusammengeführt hat. Es gibt mehr als nur einen Hinweis darauf, daß er für einige unserer Notlagen verantwortlich ist ...«

»Und daß er uns aus anderen gerettet hat«, fügte Jherek der Gerechtigkeit halber hinzu. »Er behauptet zwar, daß ihn die Angelegenheit nicht interessiert, aber ich bin davon überzeugt ...«

»Ich kann Sie nicht am Spekulieren hindern«, sagte Mrs. Persson. »Da kommt Captain Bastable.«

Das kleine Boot hüpfte mit heulendem Motor über die Wellen und kam rasend schnell und mit weißer Gischt im Kielwasser näher. Kurz vor dem Strand drehte Captain Bastable bei und schaltete den Motor aus. »Ich hoffe, es stört Sie nicht, wenn Sie ein wenig naß werden. Es sind keine Skorpione in der Nähe.«

Sie wateten zum Boot und kletterten an Bord, nachdem sie den Korb hineingeworfen hatten. Mrs. Underwood beobachtete das Meer. »Ich wußte gar nicht, daß Kreaturen dieser Größe je existiert haben ... Dinosaurier, ja, aber keine Insekten – natürlich sind sie keine richtigen Insekten, aber ...«

»Sie werden nicht überleben«, sagte Captain Bastable, während er den Motor wieder anwarf. »Im Lauf der Zeit werden sie von den Fischen verdrängt. Die Fische werden ständig größer. Die nächsten eine Million Jahre werden in dieser Bucht schon für beträchtliche Veränderungen sorgen.« Er lächelte. »Unsere Aufgabe ist es, zu verhindern, daß diese Veränderungen von uns ausgelöst werden.« Er deutete auf das Wasser. »Wir können keinen Tropfen Öl verlieren, ohne daß ihn eine unserer Maschinen aufspürt und entfernt.«

»Und auf diese Weise entgehen Sie dem Morphail-Effekt«, stellte Jherek fest.

»Wir benutzen zwar nicht diese Bezeichnung«, warf Mrs. Persson ein, »aber, ja – solange wir keine bleibenden Widersprüche schaffen, duldet die Zeit unsere Anwesenheit hier. Und damit sind auch Spuren gemeint, die von zukünftigen Forschern entdeckt und als anachronistisch erkannt werden könnten. Deshalb haben wir uns auch so sehr bemüht, diesen Zinnkrug aufzufischen. Unsere gesamte Ausrüstung besteht aus extrem kurzlebigen Materialien. Sie erfüllt ihre Zwecke, aber kein einziges Teil wird mehr als ein Jahrhundert überdauern. Wir sind hier nur geduldete Gäste – jeden Moment können wir aus diesem Zeitalter hinausgeschleudert und nicht nur für immer getrennt werden, sondern auch in einer Welt landen, die für menschliches Leben ungeeignet ist.«

»Wie es scheint, nehmen Sie große Risiken auf sich«, bemerkte Mrs. Underwood. »Warum?«

Mrs. Persson lachte. »Mit der Zeit kommt man auf den Geschmack. Aber das wissen Sie ja schließlich aus eigener Erfahrung.«

Die Bucht wurde schmaler, zwängte sich an flechtenbewachsenen Sandbänken vorbei, und in der Ferne tauchte ein hölzerner Landesteg auf. An der Pier waren zwei weitere Boote vertäut. Hinter dem Landesteg, im Schatten des dichten Unterholzes, zeichneten sich die Umrisse eines dunklen, massigen Bauwerks ab.

Ein blonder junger Mann, der einen ähnlichen Anzug wie Mrs. Persson und Captain Bastable trug, fing das Tau auf, das Mrs. Persson ihm zuwarf. Als Jherek und Mrs. Underwood auf die Pier sprangen, nickte er ihnen fröhlich zu. »Ihre Freunde sind schon in der Basis«, sagte er.

Die vier wanderten über den flechtenbedeckten Felsboden auf die schwarzen, glatten Mauern zu, die vor ihnen aufragten; sie waren hoch und nach innen geneigt, und ein angenehmer Gummigeruch ging von ihnen aus. Mrs. Persson nahm den Helm ab und schüttelte ihr kurzes schwarzes Haar; in diesem Moment hatte sie etwas jungenhaft Hübsches an sich. Mit anmutigenden Bewegungen berührte sie an zwei Stellen die Mauer, und ein Teil der Wand glitt zur Seite. Sie traten durch die Öffnung.

Auf dem Hof erhoben sich mehrere quadratische Gebäude, einige von eindrucksvollen Ausmaßen. Mrs. Persson führte sie zu dem größten. Nur wenig Tageslicht fiel in den Hof, aber an der Innenseite der Mauer waren in regelmäßigen Abständen Lampen angebracht. Der Boden bestand aus dem gleichen, leicht federnden schwarzen Material, und Jherek hatte den Eindruck, daß das ganze Lager binnen weniger Sekunden zusammengefaltet und in einem Stück abtransportiert werden konnte. Er hielt es für ein riesiges Zeitschiff, denn es hatte eine gewisse Ähnlichkeit mit der Maschine, mit der er seine erste Reise ins neunzehnte Jahrhundert gemacht hatte.

Captain Bastable blieb neben dem Eingang stehen und ließ Mrs. Persson und Mrs. Underwood eintreten. Als nächstes folgte Jherek. Überall befanden sich Schalttafeln, Bildschirme und Kontrolldioden von jener primitiven, faszinierenden Art, die Jherek mit der fernen Vergangenheit in Verbindung brachte.

»Es ist perfekt«, rief er. »Und es paßt sich so harmonisch der Umgebung an.«

»Vielen Dank.« Mrs. Persson lächelte verhalten. »Die Gilde speichert hier all ihre Informationen. Wir können außerdem, wenn nötig, den Kurs der Zeitschiffe im Megastrom überwachen. Übrigens, Ihre Maschine haben wir nicht geortet. Dafür aber eine Art Riß in der Zeit, der sich rasch wieder schloß. Sie sind nicht mit einem Schiff gekommen?«

»Doch. Es muß noch dort am Strand stehen, wo wir es zurückgelassen haben.«

»Bisher haben wir es noch nicht gefunden.«

Captain Bastable zog den Reißverschluß seines Overalls auf. Darunter trug er eine einfache graue Militäruniform. »Vielleicht ist es automatisch zurückgekehrt«, meinte er. »Oder wenn es beschädigt war, könnte es steuerlos seine Fahrt fortgesetzt haben und jetzt überall sein.«

»Die Maschine hat versagt«, teilte Mrs. Underwood ihm mit. »Zum Beispiel hätten wir gar nicht erst hier auftauchen dürfen. Ich wäre Ihnen mehr als dankbar, Captain Bastable, wenn Sie uns – oder zumindest mir – eine Möglichkeit zur Rückkehr ins neunzehnte Jahrhundert verschaffen könnten.«

»Das ist kein Problem«, sagte er, »aber die Frage ist, ob Sie dann auch dort bleiben. Einmal ein Zeitreisender, immer ein Zeitreisender, wissen Sie? Es ist unser Schicksal, nicht wahr?«

»Ich verstehe nicht ...«

Mrs. Persson legte Mrs. Underwood eine Hand auf die Schulter. »Einige von uns können in bestimmten Zeitaltern leichter bleiben als andere – und es gibt Epochen nahe am Anfang oder am Ende der Zeit, die nur sehr selten jene ausstoßen, die sich in ihnen niederlassen wollen. Ich schätze, es hat etwas mit den Genen zu tun. Aber das ist Jaggeds Spezialität, und er hat Sie mit seinen Spekulationen zweifellos so sehr gelangweilt wie uns.«

»Niemals!« rief Jherek.

Mrs. Persson schürzte die Lippen. »Dürfte ich Ihnen vielleicht eine Tasse Kaffee anbieten?« fragte sie.

Jherek drehte sich zu Mrs. Underwood um. Er wußte, daß sie sich freuen würde. »Ist das nicht herrlich, Mrs. Underwood? Sie haben einen Stand hier. Jetzt müssen Sie sich wirklich wie zu Hause fühlen!«

6. Kapitel

BERATUNGEN UND BESCHLÜSSE

Kapitän Mubbers und seine Männer saßen nebeneinander auf einer Art gepolsterter Bank; sie hatten die Beine gekreuzt und versuchten, ihre nackten Knie und Ellbogen zu bedecken – ihre Pyjamas hatten sie ja zerrissen. Vor Verlegenheit wurden sie pflaumenblau im Gesicht, und sie wandten die Augen ab, als die beiden Männer in Begleitung von Mrs. Persson und Mrs. Underwood den Raum betraten. Inspektor Springer hatte sich für einen kugelförmigen Sessel entschieden, in dem er – die Knie ans Kinn gedrückt – hockte; er wollte einen Schluck aus einem Pappbecher nehmen und sich erheben, als die Damen eintraten, aber das Ergebnis war, daß er den Kaffee über seine Sergenhose schüttete. Sein Knurren klang halb protestierend, halb entschuldigend; er ließ sich wieder zurücksinken. Captain Bastable trat an einen schwarzen Automaten, der mit Buchstaben aus dem Alphabet beschriftet war. »Milch und Zucker?« fragte er Mrs. Underwood.

»Ja, bitte, Captain Bastable.«

»Mr. Carnelian?« Captain Bastable drückte einige der Buchstaben. »Für Sie?«

»Das gleiche, bitte. « Jherek sah sich in dem kleinen Erholungsraum um. »Hier ist alles ein wenig anders als in den Ständen, die es in London gibt, nicht wahr, Captain Bastable?«

»Stände?«

»Mr. Carnelian meint Kaffeestände«, erklärte Mrs. Underwood. »Ich glaube, er hat dort zum ersten und einzigen Mal Kaffee getrunken.«

»Trinkt man ihn noch woanders?«

»Wie den Tee«, sagte sie.

»Wie unvollkommen doch meine Kenntnis Ihres komplizierten Zeitalters ist.« Jherek nahm den Pappbecher von Captain Bastable entgegen, der Mrs. Underwood bereits mit Kaffee versorgt hatte. Pflichtbewußt und erwartungsvoll nahm er einen Schluck.

Offenbar bemerkten die anderen seinen enttäuschten Gesichtsausdruck. »Möchten Sie lieber Tee, Mr. Carnelian?« fragte Mrs. Persson. »Oder Limonade? Oder etwas Suppe?«

Er schüttelte den Kopf, aber sein Lächeln war matt. »Ich möchte im Moment keine neuen Erfahrungen sammeln. Es gibt so viele Eindrücke, die ich erst verarbeiten muß. Natürlich weiß ich, daß es Ihnen langweilig und alltäglich erscheinen muß – aber für mich ist es wundervoll. Die Verfolgungsjagd! Die Skorpione! Und jetzt diese Hütten!« Er warf den Lat einen Blick zu. »Die anderen drei sind noch nicht wieder da?«

»Die anderen ...?« Captain Bastable war verdutzt.

»Er meint die Lat, die von den Skorpionen gefressen wurden«, begann Mrs. Underwood. »Er glaubt ...«

»Daß sie wiederhergestellt werden!« Mrs. Persson strahlte. »Natürlich. Am Ende der Zeit gibt es keinen Tod.« Entschuldigend sagte sie zu Jherek: »Ich fürchte, uns fehlen die zur Wiederbelebung der Lat notwendigen technischen Geräte, Mr. Carnelian. Um offen zu sein, selbst mit den Geräten wären wir nicht dazu in der Lage. Wenn Miss Brunner oder einer ihrer Leute in dieser Zeit Dienst gehabt hätten – aber, nein, auch dann wäre es nicht möglich. Sie müssen sich mit dem Verlust Ihrer Lat abfinden, fürchte ich. Vielleicht ist es für Sie ein Trost, wenn ich Ihnen sage, daß sie vermutlich ein paar von diesen Skorpionen vergiftet haben. Glücklicherweise gibt es so viele Skorpione, daß das Gleichgewicht der Natur nicht merklich verändert wird, und so können wir weiter im Unteren Devon bleiben.«

»Der arme Kapitän Mubbers«, sagte Jherek. »Er gibt sich so viel Mühe, aber all seine Pläne schlagen fehl. Vielleicht könnten wir irgendeine Farce inszenieren, bei der er ungeheuren Erfolg hat. Es würde ihn moralisch aufrichten. Gibt es hier etwas, das er stehlen kann, Captain Bastable? Oder jemand, den er vergewaltigen kann?«

»Ich fürchte, leider nicht.« Aber obwohl er sich bemühte, unbeteiligt zu erscheinen, errötete er, was Mrs. Persson zu einem Lächeln und zu der Bemerkung veranlaßte: »Zu meinem Bedauern, Mr. Carnelian, gibt es hier für Raumfahrer nur sehr wenig Zerstreuungsmöglichkeiten. Aber wir werden alles versuchen, um sie zurück in ihre Heimatzeit – in Ihre Epoche – zu bringen und sie in der Nähe ihres Schiffes abzusetzen. Bald werden sie wieder mit Genuß plündern und schänden können!«

Captain Bastable räusperte sich. Mrs. Underwood beschäftigte sich intensiv mit einem Kissen.

»Ach, das habe ich ganz vergessen«, fügte Mrs. Persson hinzu. »Captain Bastable ist übrigens fast ein Zeitgenosse von Ihnen, Mrs. Underwood. Er stammt aus dem Jahr 1901. Es *ist* doch das Jahr 1901, oder, Oswald?«

Bastable nickte und befingerte seine Manschette. »So ungefähr.«

»Aber was mich am meisten verwirrt«, erklärte Mrs. Persson, »ist die Tatsache, daß zur gleichen Zeit so viel Leute hier aufgetaucht sind. Einen derartigen Betrieb habe ich noch nie erlebt. Und zwei Gruppen verfügen nicht einmal über eine Maschine. Wie schade, daß wir uns nicht mit den Lat unterhalten können.«

»Oh, das ist kein Problem«, sagte Jherek.

»Sie beherrschen ihre Sprache?«

»Viel einfacher. Ich habe noch immer eine Übersetzerpille. Zwar habe ich sie ihnen schon angeboten, aber sie schienen nicht interessiert gewesen zu sein. Im Café Royal. Sie erinnern sich, Inspektor?«

Inspektor Springer war so niedergeschlagen wie Kapitän Mubbers. Er schien jegliches Interesse an dem Gespräch verloren zu haben. Gelegentlich drang ein sonderbarer, selbstbemitleidender Grunzlaut über seine Lippen.

»Ich kenne die Pillen«, sagte Mrs. Persson. »Wirken sie unabhängig von Ihren Städten?«

»Oh, gewiß. Ich habe sie überall benutzt. Soweit ich weiß, verändern sie in bestimmter Weise das Sprachzentrum des Gehirns. In der Pille sind alle möglichen Wirkstoffe enthalten – aber rein biologischer Natur, da bin ich sicher. Sie sehen doch, wie gut ich *Ihre* Sprache beherrsche!«

Mrs. Persson richtete ihre Blicke auf die Lat. »Ob sie uns wohl mehr Informationen liefern könnten als Inspektor Springer?«

»Kaum«, erwiderte Jherek. »Sie sind ungefähr zur gleichen Zeit vom neunzehnten Jahrhundert abgestoßen worden.«

»Ich glaube, wir sollten die Pille deshalb für Notfälle reservieren.«

»Verzeihen Sie«, meldete sich Mrs. Underwood zu Wort, »wenn ich hartnäckig erscheine, aber mich würde interessieren, wie unsere Chancen auf eine Rückkehr in unsere Heimatzeit stehen.«

»In Ihrem Fall sehr schlecht, Mrs. Underwood«, antwortete Captain Bastable. »Ich spreche aus Erfahrung. Sie haben nur die Wahl, sich in einer Epoche Ihrer Zukunft niederzulassen oder in eine Gegenwart ›zurückzukehren‹, die unter Umständen radikal verändert oder Ihnen gar völlig fremd sein wird. Unsere Instrumente haben zahlreiche Störungen, Schwankungen und Zufallswirbel im Megastrom registriert, die darauf hindeuten, daß es zu umfassenderen Störungen und Veränderungen als gewöhnlich kommen wird. Die multiversellen Ströme scheinen zusammenzufließen ...«

»Die Konjugation der Megasphäre«, bestätigte Mrs. Persson. »Sie haben davon gehört?«

Jherek und Mrs. Underwood verneinten.

»Es gibt eine Theorie, nach der das Multiversum konjugiert, sobald die Zahl der Zufälle einen bestimmten Wert übersteigt. Sie postuliert, daß das Multiversum in Wahrheit endlich ist und nur eine begrenzte Menge Kontinua aufnehmen kann – und wenn das Maximum an Kontinua erreicht ist, kommt es zu einer vollständigen Neuordnung. Das Multiversum bringt sein Haus in Ordnung, wie wir sagen.« Mrs. Persson wandte sich zur Tür. »Möchten Sie sich unsere Arbeit anschauen?«

Inspektor Springer brütete weiter vor sich hin, und die Lat waren noch immer zu verlegen, so daß nur Amelia Underwood und Jherek Carnelian ihren Gastgebern durch einen kurzen Verbindungstunnel und in einen Raum voller riesiger Bildschirme folgten, auf denen farbenprächtige dreidimensionale Grafiken zu sehen waren, die sich laufend veränderten. Am eindrucksvollsten war ein Rad mit acht Speichen, dessen Größe und Form ständig wechselten. An dem Schaltpult vor den Monitoren saß ein kleiner, dunkelhäutiger, bärtiger Mann; gelegentlich nahm er mürrisch eine Justierung vor.

»Guten Abend, Sergeant Glogauer.« Captain Bastable beugte sich über die Schulter des bärtigen Mannes und studierte die Instrumente. »Irgendwelche Veränderungen?«

»Chronoströme 3, 4 und 6 zeigen ein äußerst ungewöhnliches Maß an Aktivität«, antwortete der Sergeant. »Es entspricht Faustaffs Informationen, widerspricht aber seiner Theorie der automatischen Neuordnung. Schauen Sie sich den Ausschlag von Nummer 5 an!« sagte er und deutete auf den Bildschirm. »Und das ist nur eine Grobmessung. Die Paradoxfaktoren werden von diesem Gerät nicht erfaßt – nicht, daß das irgendeinen Sinn hätte bei der Geschwindigkeit, mit der sie sich vermehren. Ähnliche Zuwachsraten sind überall zu verzeichnen. Es ist ein *Wunder*, daß *wir* noch nicht davon betroffen sind. An manchen Stellen ist alles ruhig, aber diese hektische Aktivität gefällt mir ganz und gar nicht. Ich schlage vor, wir setzen einen Rundruf ab – jedes Gildenmitglied soll Kontinuum, Ort und Jahrhundert seiner Geburt aufsuchen. Vielleicht trägt das zur Stabilisierung bei. Sofern es überhaupt etwas mit uns zu tun hat.«

»Es ist zu spät, um das festzustellen«, sagte Mrs. Persson. »Ich bin noch immer von der Theorie der reagierenden Konjugation überzeugt, aber alles andere – ob wir davon betroffen werden – läßt sich nur vermuten.« Sie zuckte die Schultern und fügte heiter hinzu: »Es stärkt den Glauben an die Wiedergeburt.«

»Mich stört vor allem das Gefühl der Unsicherheit«, gestand Glogauer.

»Hübsch sieht es aus«, bemerkte Jherek. »Der Anblick erinnert mich an einige Dinge, die ich in den verfallenen Städten gesehen habe.«

Mrs. Persson wandte sich von dem Bildschirm ab. »Ihre Städte, Mr. Carnelian, sind fast so verwirrend wie die Zeit selbst.«

»Ich glaube«, stimmte Jherek zu, »sie sind auch fast so alt.«

Captain Bastable war amüsiert. »Das wiederum läßt vermuten, daß die Zeit senil geworden ist. Eine nette Metapher.«

»Meiner Meinung nach kommen wir auch ohne Metaphern aus«, wies ihn Sergeant Glogauer zurecht.

»Sie sind alles, was wir haben.« Captain Bastable erlaubte sich ein kurzes Gähnen. »Wie stehen die Chancen für eine Rückkehr von Mrs. Underwood und Mr. Carnelian ins neunzehnte Jahrhundert?«

»Standardspur?«

Captain Bastable nickte.

»Derzeit sind sie fast null. Falls sie noch etwas warten können ...«

»Wir möchten so schnell wie möglich aufbrechen.« Mrs. Underwood sprach für beide.

»Was ist mit dem Ende der Zeit?« erkundigte sich Captain Bastable bei Glogauer.

»Heimatzeit? Ausgangspunkt?«

»Mehr oder weniger.«

Der Sergeant zog die Stirn kraus und betrachtete die Monitoren. »Sehr gut.«

»Wären Sie damit einverstanden?« wandte sich Captain Bastable an seine Gäste.

»Das war unser ursprüngliches Ziel«, sagte Jherek.

»Dann versuchen wir es.«

»Und Inspektor Springer?« Ihr Gewissen ließ Mrs. Underwood nicht ruhen. »Und die Lat?«

»Ich denke, wir werden es mit ihnen getrennt versuchen – schließlich sind sie auch getrennt eingetroffen.«

Una Persson rieb sich die Augen. »Wenn es doch nur eine Möglichkeit gäbe, mit Jagged Verbindung aufzunehmen, Oswald. Wir könnten ihn um Rat fragen.«

»Die Wahrscheinlichkeit ist groß, daß er zum Ende der Zeit zurückgekehrt ist«, versicherte ihr Jherek. »Ich wäre bereit, ihm eine Botschaft zu übermitteln.«

»Ja«, nickte sie. »Vielleicht kommen wir auf Ihr Angebot zurück. Sehr gut. Ich schlage vor, Sie essen jetzt etwas und legen sich dann schlafen. Wir kümmern uns um die Vorbereitungen. Wenn keine Schwierigkeiten auftreten, können Sie morgen aufbrechen. Ich werde unsere Energiereserven überprüfen. Unsere Mittel sind natürlich nicht unbegrenzt. Schließlich handelt es sich hierbei nur um eine Beobachtungsstation und einen Treffpunkt für die Gildenmitglieder. Wir haben nur wenig überschüssige Ausrüstung und Energie. Aber wir tun unser Bestes.«

Captain Bastable bot Mrs. Underwood seinen Arm an, und gemeinsam verließen sie den Kontrollraum.

»Ich schätze, Ihnen muß das alles ein wenig prosaisch erscheinen«, sagte er. »Nach den Wundern am Ende der Zeit, meine ich.«

»Keineswegs«, murmelte sie. »Für mich ist es eher verwirrend. Noch vor ein paar Monaten schien mein Leben in Bromley so wohlgeordnet zu sein. Die Anstrengung ...«

»Sie *sehen* erschöpft aus, liebe Amelia«, sagte Jherek, der den beiden folgte. Ihn störten Captain Bastables Aufmerksamkeiten.

Sie ignorierte ihn. »All dieses Hin und Her durch die Zeit kann nicht gesund sein«, sagte sie. »Ich bewundere jeden, der so ruhig dabei bleiben kann wie Sie, Captain.«

»Ach, wissen Sie, man gewöhnt sich daran.« Er streichelte ihre Hand. »Aber Sie tragen es mit bewundernswürdiger Fassung, Mrs. Underwood, wenn dies Ihre erste Reise ins Paläozoikum ist.«

Sie war geschmeichelt. »Ich finde Trost in meinen Gebeten. Und bei Wheldrake. Kennen Sie Wheldrakes Gedichte, Captain Bastable?«

»Als Junge habe ich nichts anderes gelesen. Seine Verse können sehr zutreffend sein. Ich verstehe Sie vollkommen.«

Sie hob den Kopf, und während sie durch den schwarzen, gewundenen Korridor schritten, begann sie mit langsamer, volltönender Stimme zu deklamieren:

Einst sah ich der Welten Herrlichkeit,
Sah reine Schönheit, der Zeit befreit,
Glück grenzenlos, Hoffnung im Überschwang;
und, Feigling ich, entfloh!

Captain Bastables Lippen hatten die Worte lautlos mitgesprochen. »Genau!« sagte er und fuhr fort:

Entdeckt ist unterm Orgelklang
Der Orgel Seufzer, des Blasbalgs Leid;
Und was in der Sonne lichterloh,
Sinkt der Sonn' beraubt in Dunkelheit!

Beim Zuhören überkam Jherek Carnelian ein sonderbares und unbekanntes Gefühl. Er hatte den Drang, sie zu trennen, dazwischenzufahren, sie zu nehmen und wegzutragen, fort von diesem stattlichen viktorianischen Offizier, diesem Zeitgenossen, der es um so vieles besser verstand, ihr zu gefallen, sie zu trösten. Er war verwirrt.

Er hörte, wie Mrs. Persson sagte: »Ich hoffe, unser Arrangement gefällt Ihnen, Mr. Carnelian? Fühlen Sie sich jetzt besser?«

»Nein«, antwortete er zögernd. »Nein. Ich glaube, ich muß ›unglücklich‹ sein.«

7. Kapitel

AUF DEM WEG ZUM ENDE DER ZEIT

»Die Kapsel hat keine eigene Energieversorgung«, erklärte Mrs. Persson, Morgenlicht fiel durch die Dachluke über ihren Köpfen, als die vier auf dem Hof des Zeitzentrums standen und das rechteckige Objekt betrachteten, das gerade groß genug für zwei Personen war, und, wie Mrs. Underwood bereits bemerkt hatte, auf verblüffende Weise einer Sänfte ähnelte. »Wir steuern sie von hier aus. Sie ist wirklich sicherer als jede andere Maschine, denn wir können den Megastrom beobachten und größeren Störungen ausweichen. Keine Angst, wir bringen Sie schon gesund nach Hause.«

»Und vergessen Sie nicht, Lord Jagged auszurichten, daß wir ihm für seinen Rat sehr dankbar wären«, fügte Captain Bastable hinzu. Er küßte Mrs. Underwood die Hand. »Es ist mir ein großes Vergnügen gewesen, Ma'am.« Er salutierte.

»Und mir ist es ein Vergnügen gewesen, einen Gentleman kennenzulernen«, erwiderte sie. »Ich danke Ihnen für Ihre Freundlichkeit, Sir.«

»Zeit, an Bord zu gehen, eh?« Jhereks Jovialität war geheuchelt und sollte nur seine Ungeduld verbergen.

Una Persson schien Schadenfreude zu empfinden. Sie zupfte an Captain Bastables Ärmel und flüsterte ihm etwas ins Ohr. Er errötete.

Jherek kletterte in die Maschine und nahm seinen Platz ein. »Wenn es etwas gibt, das ich ihnen vom Ende der Zeit schicken kann, lassen Sie es mich wissen«, rief er. »Wir müssen in Verbindung bleiben.«

»Gewiß«, sagte sie. »Wie die Dinge einmal liegen, haben wir Zeitreisende nur uns selbst. Fragen Sie Jagged nach der Gilde.«

»Ich denke, daß Mr. Carnelian sein Maß an Zeitabenteuern inzwischen erfüllt hat, Mrs. Persson.« Amelia Underwood lächelte. Ihr Verhalten Jherek gegenüber hatte etwas Besitzergreifendes an sich, das ihn nur noch mehr verwirrte.

»Wenn man einmal damit angefangen hat, kann man zuweilen nicht mehr damit aufhören«, erwiderte Mrs. Persson. »Ich wollte es nur erwähnen. Aber ich hoffe, es gelingt Ihnen, seßhaft zu werden, falls dies Ihr Wunsch ist. Wissen Sie, manche würden sagen, daß die Zeit menschliche Verhältnisse schafft – sie und nur sie allein.«

Sie hatten zu schreien begonnen, da inzwischen lautes Dröhnen die Luft erfüllte.

»Wir sollten besser Abstand halten«, riet Captain Bastable. »Manchmal entsteht eine Schockschwelle. Du weißt schon, das Vakuum.« Er führte Mrs. Persson zur größten der schwarzen Baracken. »Die Kapsel findet von allein ihr Kontinuum. In dieser Hinsicht brauchen Sie sich keine Sorgen zu machen. Sie werden weder ertrinken noch verbrennen oder zerquetscht werden.«

Jherek verfolgte, wie sie sich entfernten. Das Dröhnen wurde lauter und lauter. Rücken an Rücken saßen Jherek und Mrs. Underwood da. Er drehte sich und wollte fragen, ob sie es bequem hatte, aber bevor er den Mund öffnen konnte, trat Ruhe ein, und es wurde völlig still. Sein Kopf fühlte sich plötzlich so leicht an. Fragend sah er zu Mrs. Persson und Captain Bastable, aber sie waren verschwunden. Nur noch die schattenhaften, verschwommenen Umrisse der schwarzen Mauer waren zu erkennen. Schließlich verschwanden auch sie und wurden durch Vegetation ersetzt. Etwas Großes und Schweres und Lebendes kam näher, glitt scheinbar durch sie hindurch und war fort. Hitze und Kälte schienen zuzunehmen. Hunderte von Farben kamen und gingen, aber sie waren blaß, ausgebleicht, wässerig. Die Luft, die Jherek atmete, war von Feuchtigkeit gesättigt; Schmerz flackerte in ihm auf und ließ so schnell wieder nach, daß sein Gehirn ihn fast nicht registrieren konnte. Hallendes Donnern – langsam, tief und schwerfällig – marterte seine Ohren. Er schwang hin und her, nach oben und zur Seite, als würde die Kapsel an einer Schnur hängen, wie ein Pendel. Er spürte den Druck ihres warmen Körpers an seinen Schultern, aber er konnte weder ihre Stimme hören noch sich nach ihr umsehen, denn es dauerte Ewigkeiten, bis er sich zu einer Bewegung entschloß und sie ausführte, und er schien Tonnen zu wiegen, als würde sich sein Fleisch über Kilometer im Raum und Jahre in der Zeit verteilen. Die Kapsel kippte nach vorn, aber er fiel nicht vom Sitz; etwas schützte ihn, hielt ihn fest; graue Wellen überspülten ihn; rote Strahlen durchdrangen ihn von Kopf bis zu den Zehen. Der Sitz begann sich zu drehen. Er hörte eine hohe, spöttische Stimme seinen Namen rufen, oder etwas, das dem sehr nahekam. Worte umschwirrten ihn; alle Worte seines Lebens.

Er atmete ein. Der Niagara verschlang ihn. Er atmete aus; der Vesuv sprach.

Instrumente rutschten an seiner Wange vorbei. Fell verstopfte seine Nase. Fleisch pochte dicht an seinen Lippen. Zarte Flügel flatterten, wilde Winde wehten; er wurde von salzigem Nebel durchnäßt (er wurde zur Menschheitsgeschichte, er wurde zu tausend warmblütigen Tieren, ihn überkam unerträgliche Ruhe). Er wurde zu reinem Schmerz und war das Universum, die großen Sterne, die langsam tanzten. Sein Körper sang.

In der Ferne: *»Mein Schatz – mein Schatz – mein einziger Schatz.«*

Seine Augen waren geschlossen. Er öffnete sie.

»Mein Schatz!«

War es Amelia?

Aber, nein – er konnte sich bewegen –, er konnte sich umdrehen und sehen, daß sie nach vorn gesunken, bewußtlos war. Noch immer wallten überall die blassen Farben. Sie verschwanden.

Grüne Eichen umstanden eine grasbewachsene Lichtung; kaltes Sonnenlicht fiel durch das Laubwerk.

Er hörte ein Geräusch. Sie war aus der Kapsel gestolpert und lag mit dem Gesicht nach unten auf dem Boden. Er kletterte mit zitternden Beinen von seinem Platz und ging zu ihr, und in diesem Moment drang ein Knirschen aus der Kapsel. Dann war sie fort.

»Amelia!« Er berührte ihr weiches Haar, streichelte ihren lieblichen Hals, küßte das Leinen, das von dem zerrissenen Samt ihres Ärmels entblößt wurde. »Oh, Amelia!«

Ihre Stimme klang gepreßt. »Selbst diese Umstände, Mr. Carnelian, berechtigen Sie nicht dazu, sich derartige Freiheiten herauszunehmen. Ich bin nicht ohnmächtig.« Sie drehte den Kopf und sah ihn mit ihren kühlen grauen Augen an. »Nur ein wenig schwach. Vielleicht etwas benommen. Wo sind wir?«

»Fast mit Sicherheit am Ende der Zeit. Die Handschrift des Schöpfers dieser Bäume ist mir vertraut.« Er half ihr beim Aufstehen. »Ich glaube, dies ist die Stelle, wo wir den Lat zum ersten Mal begegnet sind. Eine Rückkehr an diesen Ort entspräche der Logik, denn Ammes Zuflucht ist nicht weit von hier entfernt.« Er hatte ihr bereits von seinen Abenteuern berichtet. »Wahrscheinlich befindet sich auch das Raumschiff der Lat ganz in der Nähe.«

Sie wurde nervös. »Sollten wir nicht nach Ihren Freunden suchen?«

»Wenn Sie überhaupt zurückgekehrt sind. Vergessen Sie nicht, zuletzt haben wir sie im London des Jahres 1896 gesehen. Sie sind verschwunden – aber sind sie auch zurückgekehrt? Wir hatten alle das gleiche Ziel. Es ist sehr wahrscheinlich, daß der Morphail-Effekt sie nach Hause befördert hat – doch wir wissen inzwischen, daß Brannarts Theorie nicht auf alle Phänomene der Zeit zutrifft.«

»Spekulationen nützen uns nichts«, erklärte sie. »Haben Sie noch immer diese Energieringe?«

Ihre Weitsicht beeindruckte ihn. »Natürlich!« Er drehte einen Rubin, und drei der Eichen verwandelten sich in eine größere und aus durchscheinender Jade bestehende Ausgabe des Motorboots aus dem Paläozoikum. »Meine Ranch erwartet uns – wer rastet, der fastet!« Er verbeugte sich, als sie sich mit ernstem Gesichtsausdruck dem Boot näherte. Er deutete auf das Heck. »Sie halten eine Schraube aus Juwelen doch nicht etwa für vulgär?« fragte er, begierig auf ihr Lob. »Mir schien es eine Verfeinerung zu sein.«

»Es ist wunderschön«, sagte sie kühl. Mit bewunderungswürdiger Anmut stieg sie in das Boot. Die Sitze waren gepolstert und mit goldenem Tuch bezogen. Sie entschied sich für einen Platz in der Mitte des Bootes. Er folgte ihr und ließ sich im Bug nieder. Eine Handbewegung, und das Boot hob sich in die Luft. Er lachte. Er war wieder der alte. Er war Jherek Carnelian, der Sohn einer Frau, der Liebling seiner Welt, und seine Geliebte war bei ihm.

»Endlich«, rief er, »liegen unsere Anstrengungen und Abenteuer hinter uns. Der Weg war lang und steinig, und doch wartete an seinem Ende unser kleines Häuschen auf uns, samt Kind und Kegel, Sahne, Süßholz, Apfelmus, Bückling, Kohl und Tortenguß, Pfefferminzgebäck zum Tee zu zweit auf unserem Canapé! Oh, Amelia, Sie werden glücklich sein! Sie werden es sein!«

Obwohl sie steif dasaß, wirkte sie eher amüsiert als gekränkt. Sie schien den Anblick der vertrauten Landschaft unter ihnen zu genießen, und sie wies ihn weder zurecht, weil er sie beim Vornamen genannt hatte, noch schalt sie ihn für seine Worte, die natürlich unangebracht waren.

»Ich weiß es!« sang er. »Sie haben das Ende der Zeit lieben gelernt!«

»Es hat gewisse Vorzüge«, gab sie zu, »im Vergleich zum Unteren Devon.«

8. Kapitel

ALLE REISENDEN WIEDER DAHEIM: EIN FEST

Der Flugapparat aus Jade erreichte die Ranch und verharrte in der Luft. »Wie Sie sehen«, sagte Jherek, »ist alles unverändert geblieben, seit Sie mir entrissen und in die Vergangenheit geschleudert worden sind. All Ihre Verbesserungen sind noch da, die liebenswerten Bequemlichkeiten Ihres geschätzten Zeitalters der Morgenröte. Sie werden glücklich sein, Amelia. Ich werde Ihnen jeden Wunsch erfüllen. Bedenken Sie – meine Kenntnis Ihrer Bedürfnisse, Ihres Zeitalters, ist jetzt weitaus intimer. Ich bin nicht mehr der Einfaltspinsel, der Ihnen damals, vor langer Zeit, den Hof gemacht hat!«

»Das Haus ist dasselbe«, sagte sie im wehmütigen Tonfall, »aber wir sind es nicht.«

»Ich bin jetzt reifer«, nickte er, »männlicher.«

»Ah!« Sie lächelte.

Er spürte die Vieldeutigkeit ihrer Bemerkung. »Sie lieben doch keinen anderen? Captain Bastable ...«

Sie wurde böse. »Er ist ein Gentleman mit ausgezeichneten Manieren. Und seine Haltung – so soldatisch ...« Aber ihre Augen lachten bei diesen Worten. »Eine Partie, von der jede Mutter begeistert wäre. Wenn ich nicht schon verheiratet wäre, würde mich ganz Bromley um ihn beneiden – aber ich bin natürlich verheiratet, mit Mr. Underwood.«

Jherek steuerte den Luftwagen spiralförmig hinunter zum Rosen- und Steingarten, den er für sie erschaffen hatte, und sagte mit einiger Nervosität: »Er sagte, er würde sich – wie hieß es doch gleich? – von Ihnen ›schänden‹ lassen!«

»Scheiden. Ich hätte vor Gericht erscheinen müssen – schon vor Millionen von Jahren. Offenbar« – sie wandte sich ab, um ihr Gesicht vor ihm zu verbergen – »werde ich niemals frei sein.«

»Frei? Frei? Keine Frau ist je freier gewesen. Hier hat die Menschlichkeit gesiegt – die Natur ist gezähmt –, alle Wünsche werden wahr –, Feinde gibt es keine. Sie können leben, wie Sie wollen. Ich werde Ihr Diener sein. Ihre Launen werden die meinen sein, liebste Amelia!«

»Aber mein Gewissen«, erinnerte sie. »Kann ich davon frei sein?«

Sein Gesicht verfinsterte sich. »Oh, natürlich, Ihr Gewissen. Ich hatte es vergessen.« Der Wagen landete auf dem Rasen. »Also haben Sie es nicht zurückgelassen? Im Garten Eden?«

»Dort? Da habe ich es um so nötiger gehabt, nicht wahr?«

»Ich dachte, Sie hätten etwas anderes behauptet.«

»Dann halten Sie mich eben für launisch. Das sind alle Frauen.«

»Sie widersprechen sich selbst, aber offenbar ohne Genuß.«

»Ha!« Sie stieg als erste aus dem Wagen. »Sie weigern sich, mir Vorwürfe zu machen, Mr. Carnelian? Sie wollen das Spiel nicht spielen? Das alte Spiel?«

»Ich habe von diesem Spiel nichts gewußt, Amelia. Sind Sie verärgert? Ihre Schulterhaltung verrät es. Ich bin verwirrt.«

Sie fauchte ihn noch immer an, aber ihr Gesichtsausdruck wurde weicher. Mit ungläubigen Blicken rief sie: »Also bin ich in Ihren Augen keine Frauenrechtlerin? Sie werfen mir nicht vor, unweiblich zu sein?«

»All diese Worte sind ohne Bedeutung.«

»Demnach gibt es vielleicht doch ein gewisses Maß an Freiheit hier am Ende der Zeit, neben all Ihren Grausamkeiten.«

»Grausamkeiten?«

»Sie halten sich Sklaven. Ungerührt zerstören Sie alles, was Sie langweilt. Haben Sie denn kein Mitleid mit diesen Zeitreisenden, die

Sie einfangen? Bin ich nicht auch gefangen – und in eine Menagerie gesperrt worden? Und Yusharisp – er wurde gegen mich eingetauscht. Selbst in meiner Zeit sind derartige Barbareien verboten!«

Er akzeptierte ihre Vorwürfe. Er neigte den Kopf. »Dann müssen Sie mir beibringen, was richtig ist«, erklärte er. »Ist dies ›Moral‹?«

Sie wurde plötzlich von der Schwere ihrer Verantwortung überwältigt. War es Erlösung, was sie ins Paradies brachte, oder war es nur Schuld? Sie zögerte. »Wir werden uns zu gegebener Zeit darüber unterhalten«, sagte sie.

Sie betraten das Mosaikpflaster des Weges, der sich zwischen niedrigen Eibenhecken schlängelte. Die Ranch – eine Reproduktion ihrer geliebten Bromleyer Villa aus rotem Ziegelstein und im gotischen Stil – erwartete sie. Auf dem Schornstein und Giebel hockten mehrere Papageien; sie schienen ihnen ein Willkommen entgegenzuzwitschern.

»Es ist alles so, wie Sie es verlassen haben«, bemerkte er voller Stolz. »Aber an einer anderen Stelle habe ich für Sie ein ›London‹ errichtet, damit Sie kein Heimweh bekommen. Die Ranch gefällt Ihnen noch immer?«

»Sie ist so, wie ich sie in Erinnerung hatte.«

Er bemerkte die Enttäuschung, die aus ihren Worten sprach. »Ich nehme an, Sie vergleichen sie jetzt mit dem Original.«

»Sie entspricht im wesentlichen dem Original.«

»Aber sie ist trotzdem ›nur eine Kopie‹, eh? Zeigen Sie mir ...«

Sie hatte die Veranda erreicht, strich mit der Hand über das lakkierte Holz, berührte zärtlich eine der noch immer blühenden Rosen (denn seit ihrem Verschwinden war keine verwelkt) und roch an der Blume. »Es ist schon lange her«, murmelte sie. »Damals habe ich eine vertraute Umgebung gebraucht.«

»Jetzt brauchen Sie sie nicht mehr?«

»Ah, ja. Ich bin ein Mensch. Ich bin eine Frau. Aber vielleicht gibt es andere Dinge, die mir mehr bedeuten. Damals hatte ich das Gefühl, in der Hölle zu sein – gequält, verhöhnt, mißbraucht –, umgeben von Verrückten. Ich hatte keine Perspektive.«

Er öffnete die Tür mit den Buntglasscheiben. Er ging in den Salon, sah sich in dieser Collins Avenue aus Erinnerungen um, betrachtete durch die Fenster die freundlichen grünen Hügel, die mechanischen Kühe und Schafe mit ihren mechanischen Cowboys und Schäfern, alles perfekt reproduziert, damit sie sich wie zu Hause fühlte. Er gestand sich ein, daß ihre Antwort ihn verwirrt hatte. Es schien fast, als hätte sie den Geschmack an ihrer bevorzugten Umgebung verloren. Er seufzte. Als sie noch gewußt hatte, was sie wollte, war es um vieles leichter gewesen. Jetzt, wo sie es selbst nicht mehr wußte, war er hilflos. Die Sesselschoner, die Möbel mit den Roßhaarbezügen, die roten, schwarzen und gelben Teppiche mit den geometrischen Mustern, die gerahmten Fotografien, die dickblättrigen Pflanzen, das Harmonium, das ihr Trost gespendet hatte, alles verhöhnte ihn jetzt (wo sie es zu mißbilligen schien) als Rohling, der keine Frau glücklich machen konnte, und die schönste Frau, die es jemals auf Erden gegeben hatte, schon gar nicht. Noch immer in den schmutzigen Lumpen seines Anzugs aus dem neunzehnten Jahrhundert ließ er sich in einen Sessel sinken, stützte den Kopf in die Hand und überdachte die Ironie seiner Situation. Vor nicht allzu langer Zeit hatte er mit Mrs. Underwood in diesem Haus gesessen und Vorschläge zu seiner Verbesserung gemacht. Sie hatte sich jede Veränderung verbeten. Dann war sie verschwunden, und ihm war von ihr nur das Haus geblieben. Als Ersatz hatte er es zu lieben begonnen. Jetzt war sie es, die Verbesserungen vorschlug (und zwar dieselben wie er), und er empfand großen Widerwillen bei der Vorstellung, auch nur eine einzige Zimmerpalme, ein einziges Regal auszutauschen. Er hatte Sehnsucht nach den Tagen, in denen er um sie geworben, und sie versucht hatte, ihm die Bedeutung der Tugend beizubringen, Sehnsucht nach den Abenden voll gemeinsam gesungener Lieder (wieder war es sie gewesen, die darauf bestanden hatte, die Tage so zu verbringen, wie sie es von Bromley her gewöhnt war) – und mit der Sehnsucht kam die Furcht, daß seine Hoffnungen aussichtslos waren. Jedesmal, wenn sie dicht davor stand, ihm ihre Liebe zu gestehen, sich ihm hinzugeben, war sie daran gehindert worden. Es war, als ob Jagged sie beobachtete und absichtlich jede Einzelheit ihres Lebens manipulierte. Dies zu glauben war leichter, als ein Universum zu akzeptieren, in dem Willkür herrschte.

Er erhob sich, und mit trotzigem Gesichtsausdruck (sie hatte immer darauf bestanden, daß er ihren Gepflogenheiten folgte) schuf er ein Loch in der Decke, durch das er sein Zimmer verlassen und betreten konnte, einen Himmel aus strahlendem Weiß, Gold und Silber. Er brachte den Boden vollständig in Ordnung, und sein Rubinring reinigte seinen Körper vom Schmutz des Paläozoikums, hüllte ihn in ein Gewand aus weißen Spinnweben und hob seine Stimmung, als ihm dämmerte, daß seine alten Kräfte (und damit auch seine alte Unschuld) wieder zurückgekehrt waren. Er streckte sich und lachte. Es hatte gewiß einiges für sich, von der Gnade urzeitlicher Elemente abhängig zu sein, von Entwicklungen überrollt zu werden, über die man nicht die geringste Kontrolle hatte, aber es war gut, heimzukehren und sich uneingeschränkt selbst verwirklichen zu können. Kreativ, so wußte er, war er in der Lage, die besten Darbietungen zu erschaffen, die diese Welt je von ihm zu Gesicht bekommen hatte. Er sehnte sich nach Gesellschaft, nach seinen alten Freunden, denen er von seinen Abenteuern erzählen konnte. War seine Mutter, die zauberhafte Eiserne Orchidee, bereits zum Ende der Zeit zurückgekehrt? War der Herzog von Queens so vulgär wie immer, oder hatte er durch seine Erlebnisse an Geschmack gewonnen? Es verlangte ihn brennend nach Neuigkeiten.

In wogendem Weiß verließ er sein Zimmer und eilte durch den winkligen Stiegengang mit den zahllosen Nischen und Ecken voller zahlloser kleiner Porzellanfiguren, Porzellanvasen, Porzellantiere und Porzellanblumen und stieg die Treppe hinunter. Sein smaragdener Energiering erzeugte für ihn die köstlichen Düfte der Farne aus dem Unteren Devon, der Straßen des neunzehnten Jahrhunderts, der Meere und Wiesen. Leichtfüßig näherte er sich dem Eßzimmer. »Alles ist so hell und rein«, sang er, »alle Geschöpfe groß und klein ...«

Eine Drehung des Bernsteinrings, und er wurde von ätherischen Orchesterklängen begleitet. Der Amethyst – und Pfauen stolzierten hinter ihm her, trugen seine Schleppe in den Schnäbeln, spreizten ihr Gefieder. Er kam an einem verschnörkelten Erbauungsspruch vorbei – er konnte noch immer nicht lesen, aber sie hatte ihm den Sinn erklärt (sofern er überhaupt Sinn hatte!): »Was sagen diese Steine?« intonierte er. »Was sagen diese – tra-la-la – Steine?«

Sein Spinnwebengewand schleifte über die Regale neben der Treppe und riß Ziergegenstände herunter. Ohne die geringsten Schuldgefühle verbreiterte er die Stufen ein wenig, damit er sich freier bewegen konnte.

Das Eßzimmer, düster, mit schweren Vorhängen und braunen, dunklen Möbeln, dämpfte seine gute Laune für einen Moment. Er wußte, was sie früher stets verlangt hatte – halbverbranntes Tierfleisch und fast geschmackloses Gemüse –, und hielt sich damit nicht weiter auf. Wenn sie ihre Wünsche nicht mehr nannte, würde er ihr eben wieder seine eigenen Köstlichkeiten anbieten.

Der Tisch erstrahlte in exotischer Pracht. Eine Hommage an ihr kürzliches Abenteuer – als glitzernder Tafelaufsatz ein Wasserskorpion aus Zuckerwatte –, zwei durchscheinende, knapp siebzig Zentimeter hohe Portionen Rote Grütze, die bis ins kleinste Detail Inspektor Springer nachempfunden waren. Belebte miniaturene Kühe und Schafe aus Marzipan (um ihrer Vorliebe für die Tierwelt gerecht zu werden) grasten am Fuß der Grützen. Überall gelbe, blaue, rosa, weiße, violette und purpurrote Farnwedel aus mürbem Salzgebäck. Keine typische Tafel, denn Jherek ging normalerweise mit Farben sehr wählerisch um und beschränkte sich vorzugsweise auf zwei, von denen eine dominierte – und vielleicht war es auch nicht einmal eine besonders appetitliche, dafür aber eine sehr fröhliche, die Mrs. Underwood hoffentlich gefiel. Große grüne Soßenseen; goldene Senfberge; brauner, dampfender Vanillepudding und Pasteten in einem Dutzend Pastelltönen; Schälchen voller Kristalle – Kokain im blauen, Heroin im silbernen, Zucker im schwarzen – und schwankende Pyramiden aus Haferbrei – ein Gedeck für jede Stimmung, für jeden Geschmack. Er trat zurück und lächelte vor Entzücken. Es war nicht geplant gewesen, es war zusammengeschustert, aber es hatte einen gewissen Reiz, der zweifellos ihre Bewunderung finden würde.

Er schlug den Gong. Ihre Schritte waren bereits auf der Treppe zu hören.

Sie betrat den Raum. »Oh!«

»Mittagessen, meine liebe Amelia. Ein wenig zusammengestoppelt, fürchte ich, aber alles ist eßbar.«

Sie starrte die kleinen Wiederkäuer aus Marzipan an.

Er strahlte. »Ich wußte, daß sie Ihnen gefallen würden. Und Inspektor Springer? Finden Sie ihn nicht auch amüsant?«

Ihre Hand flog zu den Lippen; ein Laut drang aus ihren Nüstern. Ihre Brust hob sich, und es dauerte lange, bis sie sich wieder senkte; sie war fast so rot wie die Grütze.

»Sie sind erschüttert.«

Ausbruch. Sie krümmte sich, keuchte.

»Rauch?« Er sah sich wild um. »Etwas Giftiges?«

»Oh, ho, ho ...« Sie richtete sich auf, hielt sich die Seite. »Oh, ho, ho!«

Er entspannte sich. »Es *gefällt* Ihnen.« Er rückte ihren Stuhl vom Tisch, wie sie es ihm beigebracht hatte. Sie ließ sich darauffallen und griff noch immer vor Heiterkeit bebend nach einem Löffel. »Oh, ho, ho ...«

Er fiel in das Gelächter ein. »Oh, ho, ho.«

Genau in diesem Moment, noch bevor sie auch nur einen einzigen Bissen zum Mund führen konnten, erschien die Eiserne Orchidee. Sie sahen sie erst nach einiger Zeit im Türrahmen stehen. Sie lächelte. Sie strahlte.

»Lieber Jherek, Blüte meines Bauches! Anmutigste Amelia, unvergleichliche Ahnin! Versteckt ihr euch vor uns? Oder seid ihr soeben erst zurückgekehrt? Wenn ja, seid ihr die letzten. Alle Reisenden sind wieder daheim – sogar Mongrove, stellt euch vor! Er ist aus dem Weltraum zurück – düsterer denn je. Wir haben auf euch gewartet. Jagged ist hier gewesen – er sagte, er hätte euch losgeschickt, aber nur die Maschine wäre angekommen, ohne Passagiere. Manche meinten – vor allem Brannart Morphail –, daß ihr auf ewig in irgendeinem primitiven Zeitalter gestrandet seid – tot. Ich habe es natürlich nicht geglaubt. Noch kürzlich wurde von einer Expedition gesprochen, aber es kam nichts dabei heraus. Heute ging bei Lady Charlotina das Gerücht um, daß Brannarts Instrumente für eine oder zwei Sekunden eine Fluktuation angemessen hätten, eine Zeitmaschine. Ich wußte, daß ihr es sein mußtet!«

Als Hauptfarbe hatte sie Rot gewählt. Ihre Karmesinaugen strahlten in mütterlichem Glück ihren heimgekehrten Sohn an. Ihr Scharlachhaar kräuselte sich hier und da wie in Ekstase, und ihr mohnfarbenes Fleisch schien vor Entzücken zu beben. Als sie sich bewegte, knisterte leise ihr klementinenfarbenes Plexiglaskleid.

»Ihr wißt, daß ein Fest stattfindet?« fragte sie. »Eine Party, auf der es das Neueste von Mongrove zu hören gibt. Er hat zugesagt, daß er kommen und Rede und Antwort stehen wird. Und der Herzog von Queens, Bischof Burg, Lady Charlotina – wir werden alle dort sein und unsere Geschichten zum Besten geben. Und wie ist es mit dir und Mrs. Underwood? Wo seid ihr gewesen, ihr Schurken? Habt ihr euch hier versteckt, oder seid ihr als Abenteurer durch die Geschichte gereist?«

»Wir haben eine anstrengende Zeit hinter uns, Mrs. Carnelian«, begann Mrs. Underwood, »und ich denke ...«

»Anstrengend? Mrs. wie? Anstrengend? Die Bedeutung dieses Wortes ist mir nicht ganz klar. Aber Mrs. Carnelian – das ist hervorragend. Ich hätte nie gedacht – ja, hervorragend. Das muß ich dem Herzog von Queens erzählen.« Sie eilte zur Tür. »Ich möchte euch nicht länger bei eurer Mahlzeit stören. Das Fest steht natürlich im Zeichen des Jahres 1896« – sie blinzelte Mrs. Underwood zu – »und ich weiß, daß ihr euch beide selbst übertreffen werdet! Lebt wohl!«

»Wir gehen doch nicht hin, oder?«

»Wir müssen!«

»Wird es von uns erwartet?«

Seine Hinterlist bereitete ihm diebische Freude. »Oh, und ob«, versicherte er.

»Dann werde ich Sie natürlich begleiten.«

Er musterte ihr steifes cremefarbenes Kleid, ihr hochgestecktes rotbraunes Haar. »Und das Schönste ist«, erklärte er, »wenn Sie so, wie Sie jetzt sind, dorthin gehen, wird die Authentizität Ihres Kostüms alle anderen in den Schatten stellen!«

Sie brach einen Zweig von einem gesalzenen Farn ab.

9. Kapitel

DIE VERGANGENHEIT WIRD GEWÜRDIGT – DIE ZUKUNFT INS AUGE GEFASST

Zuerst kam eine breite Ebene, ein riesiger, flacher Teppich aus hellem Grün; das Motorboot aus Jade schoß in geringer Höhe darüber hinweg – dann erschienen Alleen, die vom Perimeter eines Halbkreises ausgehend nach innen zu einer Nabe führten. Der Luftwagen folgte einer der Alleen. Zypressen, Palmen, Eiben, Holunder, Kiefern, Platanen und Mastbäume schossen rechts und links vorbei – ihre Vielfalt bewies, daß der Herzog von Queens seinen Hang zum Vulgären nicht verloren hatte. (Jherek fragte sich, ob er es an seiner Stelle getan hätte.) Das Zentrum kam in Sicht, aber sie hörten die Musik, bevor sie an der Schöpfung des Herzogs Einzelheiten erkennen konnten.

»Ein Walzer!« rief Mrs. Underwood (sie hatte ihr nüchternes Alltagskleid gegen feine blaue Seide, weiße Spitzen, einige Rüschen und sogar den Hauch einer Turnüre eingetauscht, und der Hut, den sie trug, hatte an der Krempe einen Durchmesser von siebzig Zentimetern; in den Spitzenhandschuhen hielt sie einen blauweißen Sonnenschirm). »Ist er von Strauß, Mr. Carnelian?«

In seinem Tweedanzug, bei dessen Erschaffung sie ihm behilflich gewesen war, das Gesicht halb von seiner Mütze überschattet, lehnte er sich gegen die Seite des Wagens. Eine Hand spielte mit der Kette seiner Taschenuhr, während er in der anderen die Bruyèrepfeife hielt, die ihrer Meinung nach zu ihm paßte. (»Alles in allem sehen Sie jetzt reifer aus«, hatte sie zufrieden gemurmelt, nachdem er in die Haferlschuhe geschlüpft war und die Krawatte gebunden hatte, »und um Ihre Figur würde man Sie überall beneiden.« Und dann war sie ein wenig verlegen geworden.) Er schüttelte den Kopf. »Oder Starkey oder Stockhausen. Ich habe mich leider noch nicht näher mit den frühen Primitiven befaßt. Lord Jagged müßte es wissen. Ich hoffe, er ist da.«

»Bei unserer Abreise ist er fast geschwätzig geworden«, sagte sie. »Ich frage mich, ob er es inzwischen bedauert, wie das zuweilen geschieht. Ich kann mich erinnern, daß der Bruder einer meiner Schulfreundinnen einmal die ganzen Ferien mit uns verbracht hat. Ich dachte, er würde mich nicht leiden können. Er gab sich so verächtlich. Am Ende der Ferien fuhr er mich zum Bahnhof, war schweigsam, sogar mürrisch. Es tat mir leid, daß ich ihm so zur Last fiel. Ich stieg in den Zug. Er blieb auf dem Bahnsteig. Als der Zug abfuhr, lief er neben ihm her. Er wußte, daß ich ihn wahrscheinlich nie mehr wiedersehen würde. Er war rot wie eine Tomate, als er mir seine Abschiedsworte nachrief.« Sie betrachtete die silberne Spitze ihres Sonnenschirms.

Er entdeckte ein kleines, zartes Lächeln um ihre Lippen, die alles waren, was er unter der Krempe ihres Hutes von ihrem Gesicht sehen konnte.

»Seine Worte waren?«

»Oh!« Sie sah auf, und als sich ihre Blicke begegneten, flackerte für einen Moment ein Funken Fröhlichkeit in ihren Augen auf. »Er sagte ›Ich liebe Sie, Miss Ormont‹, mehr nicht. Er konnte es erst eingestehen, als er wußte, daß ich ihm nie wieder begegnen würde.«

Jherek lachte. »Und der Witz war natürlich, daß Sie gar nicht diese Miss Ormont waren. Er hat Sie mit einer anderen verwechselt.«

Er fragte sich, warum sich ihr Tonfall und ihr Gesichtsausdruck so plötzlich veränderten, obwohl sie noch immer amüsiert wirkte. Sie richtete ihre Aufmerksamkeit wieder auf den Sonnenschirm. »Mein Mädchenname war Ormont«, erklärte sie. »Wenn wir heiraten, wissen Sie, nehmen wir den Namen des uns Angetrauten an.«

»Wundervoll! Darf ich dann erwarten, eines Tages Jherek Underwood genannt zu werden?«

»Um Ihre Ziele zu erreichen, befleißigen Sie sich äußerst hinterhältiger Methoden, Mr. Carnelian. Aber ich lasse mich nicht so leicht übertölpeln. Nein, Sie werden niemals Jherek Underwood *sein.*«

»Ormont?«

»Die Vorstellung ist amüsant, sogar angenehm.« Sie hüstelte. »Selbst die radikalste Frauenrechtlerin hat es meines Wissens nie gewagt, eine derartige Umkehrung vorzuschlagen.« Lächelnd nagte sie an ihrer Unterlippe. »O je! Was für gefährliche Gedanken geben Sie mir doch in Ihrer Unschuld ein!«

»Ich habe Sie doch nicht gekränkt?«

»Früher hätten Sie es vielleicht getan. Ich bin über mich selbst schockiert, weil ich nicht schockiert bin. Wäre ich jetzt in Bromley, die Leute würden mich für eine verdorbene Person halten.«

Er konnte ihr schwerlich folgen, aber es störte ihn nicht. Er lehnte sich wieder zurück und zündete zum zigsten Mal die Pfeife an (sie hatte ihm nicht sagen können, wie man sie in Gang hielt). Er genoß den goldenen Sonnenschein des Herzogs und den Himmel, der zufälligerweise zum Kleid seiner Geliebten paßte. Andere Luftwagen schossen über die Nachbaralleen und näherten sich der Nabe – sie war rot und vergoldet und plüschüberladen, eine phantasievolle Reproduktion des neunzehnten Jahrhunderts, wie es der Herzog von seinem einzigen längeren Aufenthalt in Erinnerung hatte.

Jherek berührte ihre Hand. »Erkennen Sie es wieder, Amelia?«

»Es ist überwältigend hoch.« Die Krempe ihres Hutes glitt höher und höher, ein Spitzenhandschuh berührte ihr Kinn. »Sehen Sie, es verschwindet in den Wolken.«

Sie hatte es nicht erkannt. »Aber wenn man sich die Proportionen kleiner vorstellt ...«, half er ihr.

Sie legte den Kopf zur Seite, schaute noch immer nach oben. »Irgendein amerikanisches Gebäude?«

»Sie haben es bereits betreten!«

»Ich?«

»Das Original steht in London.«

»Doch nicht das Café Royal?«

»Erkennen Sie es denn nicht? Er hat das Dekor des Café Royal genommen und Ihrem Scotland Yard hinzugefügt.«

»Ein Polizeihauptquartier – mit roten Plüschwänden!«

»Ausnahmsweise hat sich der Herzog um Schlichtheit bemüht. Halten Sie es für zu armselig?«

»Über dreihundert Meter hoch! Das ist das größte Stück Plüsch, Mr. Carnelian, das ich jemals gesehen habe. Und was ist das da auf dem Dach – die Wolkendecke reißt auf –, dieses Dunkle dort?«

»Schwarz?«

»Ich glaube, es ist blau.«

»Eine Kuppel. Ja, ein Hut, von der Art, wie ihn Ihre Polizisten tragen.«

Es schien ihr den Atem zu rauben. »Natürlich.«

»Die Musik wurde lauter. Er dämpfte sie mit einer Handbewegung. Aber sie war leicht irritiert. »Ein wenig langsam – zu sehr in die Länge gezogen – für einen Walzer, meinen Sie nicht auch? Als würde er auf diesen indischen Instrumenten gespielt – oder waren es arabische? Jedenfalls haben die Klänge etwas Orientalisches an sich. Außerdem sind sie zu schrill.«

»Die Aufnahmen stammen zweifellos aus einer der Städte«, sagte Jherek. »Sie sind alt – wahrscheinlich fehlerhaft. Das Stück ist also nicht authentisch?«

»Nicht für meine Zeit.«

»Wir sagen dem Herzog von Queens besser nichts davon. Es würde ihn enttäuschen, meinen Sie nicht auch?«

Sie nickte zustimmend. »Allerdings ist es auf die Dauer enervierend. Ich hoffe, es geht nicht die ganze Zeit über so. Die Instrumente kennen Sie nicht?«

»Die Musik wird mit elektronischen oder ähnlich primitiven Mitteln erzeugt. Sie müßten es besser wissen als ich ...«

»Keineswegs.«

»Ah.«

Verlegenes Schweigen folgte, und beide suchten krampfhaft nach einem neuen Thema, um das entspannte Verhältnis, das bis jetzt zwischen ihnen bestanden hatte, neu zu beleben. Vor ihnen, am Fuß des Gebäudes, war ein großer schattiger Torbogen, in dem die anderen Luftwagen verschwanden – phantasievolle Konstruktionen, die zumeist auf technischen oder mythologischen Überlieferungen aus dem Zeitalter der Morgenröte basierten: Jherek sah ein Steckenpferd, dessen mechanische, kupferne Beine galoppierende Bewegungen in der Luft machten; ein Modell T, dessen Besitzer an der Stelle saß, wo der lange vertikale Balken mit dem kurzen horizontalen zusammentraf; und er hörte das charakteristische Quietschen einer Schiffschaukel, aber sie verschwand, ehe er sie näher betrachten konnte. Einige der

Vehikel bewegten sich mit erheblicher Geschwindigkeit, andere kamen nur langsam voran, wie der große lederne Wagen – unverkennbar eine Reisetasche –, der vor ihnen den Torbogen passierte.

»Die ganze Welt scheint am Fest teilzunehmen«, bemerkte Jherek.

Sie strich über die feingearbeitete Spitze ihres Oberteils, glättete eine Falte. Die Musik änderte sich; das Donnern langsamer Explosionen und das Knirschen eines schweren Gegenstandes, der über Sand geschoben wurde, umgab sie, als ihr Wagen in eine große Halle glitt, dessen Decke von kannelierten Rundbögen gestützt wurde, unter denen die Flugmaschinen offenbar abgestellt werden sollten. Prächtig gekleidete Gestalten strömten aus ihren Luftwagen und durch eine Türöffnung in die Halle; Stimmen echoten.

»Dagegen wirkt King's Cross wie ein Zwerg!« rief Mrs. Underwood. Sie bewunderte die feingearbeiteten, farbenfrohen Mosaike an den Wänden und Rundbögen. »Es fällt schwer zu glauben, daß es nicht schon seit Jahrhunderten existiert.«

»In gewissem Sinne hat es das«, sagte Jherek. Er hatte bemerkt, daß sie sich bemühte, ein Gespräch in Gang zu bringen. »In den Erinnerungen der Städte.«

»All das wurde von einer Ihrer Städte geschaffen?«

»Nein, aber bei derartigen Projekten bittet man die Städte um Rat. Auch wenn sie senil geworden sind, wissen sie noch immer ungeheuer viel über die Geschichte unserer Rasse. Kommt Ihnen das Innere des Gebäudes bekannt vor?«

»Es hat große Ähnlichkeit mit dem Gewölbe einer gotischen Kathedrale, nur daß alles viel prachtvoller ist. Ich glaube nicht, daß ich das Original kenne, sofern es eins gibt. Sie dürfen nicht vergessen, Mr. Carnelian, daß ich kein Experte bin. Die meisten Aspekte meiner Welt, die meisten Landstriche sind mir unbekannt. Ich glaube sogar, ich habe weniger von London gesehen als Sie. Den größten Teil meines Lebens habe ich in Bromley verbracht, wo die Welt klein ist.« Sie seufzte, als sie den Wagen verließen. »Sehr klein«, fügte sie fast unhörbar hinzu. Sie rückte ihren Hut zurecht und warf den Kopf auf eine Art zurück, die er entzückend fand. In diesem Moment erschien sie ihm so voller Leben und Melancholie wie nie zuvor. Er zögerte den Bruchteil einer Sekunde, bevor er ihr den Arm anbot, aber sie akzeptierte ihn bereitwillig und lächelte, so daß ihre Traurigkeit dahinschmolz. Gemeinsam stiegen sie hinauf zum Eingang.

»Sind Sie froh, mitgekommen zu sein?« fragte er leise.

»Ich bin entschlossen, mich zu amüsieren«, antwortete sie.

Dann keuchte sie, denn sie hatte das Bild, das sich ihnen beim Eintreten bot, nicht erwartet. Das gesamte Gebäude wurde nicht durch die Fußböden und Decken einzelner Stockwerke unterteilt, sondern es gab schwebende Plattformen und Galerien, die in der Ferne höher und höher wuchsen, und auf den Galerien und Emporen standen die Besucher in Gruppen zusammen, plauderten, aßen, tranken, während andere Gruppen oder Einzelpersonen durch die Luft drifteten, von einer Plattform zur anderen, wie sich die Menschen in Mrs. Underwoods Welt über den Boden eines Ballsaals bewegten. Hoch, hoch über ihnen waren die Gestalten so winzig, daß man sie kaum erkennen konnte. Die Beleuchtung war raffiniert, schuf Licht und Schatten und veränderte sich die ganze Zeit über fast unmerklich; die Farben waren leuchtend, von allen denkbaren Tönen und Schattierungen, und ergänzten die Kostüme der Gäste, wo vom einfachsten Modell bis hin zur grotesken Kreation alles vertreten war. Vielleicht lag es an einer geschickten Manipulation der Hallenakustik, daß die Stimmen wie Wellen heranbrandeten und sich wieder verliefen, ohne jemals laut genug zu werden, um eine bestimmte Unterhaltung zu stören, und in Mrs. Underwoods Ohren schienen sie zu einem einzigen und dennoch unendlich variationsreichen Chor orchestriert, harmonisiert. Hier und dort benutzten einige Gäste selbstverständlich die Wände als Boden, indem sie mit ihren Energieringen die Schwerkraft manipulierten und so die Dimensionen der Halle (oder zumindest ihre Erfahrung dieser Dimensionen) ins Gegenteil verkehrten, ihre Länge beeindruckender erschienen ließ als ihre Höhe.

»Es erinnert mich an ein mittelalterliches Gemälde«, sagte sie. »Eines Italieners ... Vom Himmel ... Im Haus meines Vaters ... Obwohl die Perspektive besser ist ...« Als sie bemerkte, daß sie geschwätzig wurde, verstummte sie mit einem Seufzer und sah ihn mit einem Gesichtsausdruck an, der Belustigung über ihre eigene Verwirrung verriet.

»Aber es gefällt Ihnen trotzdem?« Er war besorgt, obwohl er sehen konnte, daß sie nicht unglücklich war.

»Es ist wundervoll.«

»Es beleidigt nicht Ihr Moralempfinden?«

»Ich habe mich entschlossen, Mr. Carnelian, für heute den größten Teil meiner Moral zu Hause zu lassen.« Erneut lachte sie über sich selbst.

»Sie sind schöner als je zuvor«, sagte er. »Sie gefallen mir sehr.«

»Pst, Mr. Carnelian. Sie machen mich noch verlegen. Ausnahmsweise einmal habe ich das Gefühl, wieder ganz ich selbst zu sein. Lassen Sie es mich genießen. Ich werde« – sie lächelte – »ein gelegentliches Kompliment tolerieren – aber ich wäre Ihnen dankbar, wenn Sie für den heutigen Abend auf Liebeserklärungen verzichten würden.«

Er verneigte sich. »Wie Sie befehlen.«

Aber sie war eine Göttin geworden, und er konnte sein Erstaunen nicht verhehlen. In seinen Augen war sie stets schön und begehrenswert gewesen. Er hatte sie in gewisser Weise wegen ihres Mutes bewundert, wegen ihrer Widerstandskraft gegen die Verführungen seiner Welt. Doch dies war der Mut angesichts einer tödlichen Herausforderung gewesen, und jetzt schien sie fast beiläufig genau jene Gesellschaft herauszufordern, die noch vor Monaten gedroht hatte, ihre Identität aufzusaugen und zu zerstören. Ihre Haltung drückte Entschlossenheit aus, eine Leichtigkeit, ein Selbstvertrauen, das allen zeigte, was er immer in ihr gesehen hatte – und er war stolz, daß seine Welt sie als die Frau sah, die er kannte, die sich selbst und ihre Situation unter Kontrolle hatte. Dennoch kam eine persönliche Vertrautheit hinzu, ein intimes Einverständnis zwischen ihnen über die Kraft ihrer Persönlichkeit, die es ihr ermöglichte, diese Kontrolle aufrechtzuerhalten. Zum ersten Mal wurde ihm die Tiefe seiner Liebe zu ihr offenbar, und obwohl er schon immer gewußt hatte, daß sie ihn liebte, war er nun überzeugt, daß ihr Gefühl so stark wie das seine war. Genau wie sie benötigte er keine Bestätigung; ihre Haltung war Bestätigung genug.

Gemeinsam stiegen sie in die Höhe.

»Jherek!«

Es war Mistress Christia, die Ewige Konkubine, in Seide gekleidet, die so fein war, daß sie fast durchsichtig wirkte; zweifellos war ihr Kostüm von den Wandgemälden im Café Royal inspiriert, die ihr von einem der Besucher des neunzehnten Jahrhunderts beschrieben worden sein mußten. Sie hatte ihre Figur fülliger, rundlicher gemacht, und sie war zierlich, entzückend, mollig.

»Könnte das Amelia sein?« fragte sie auf Mrs. Underwood bezogen und sah beide fragend an.

Lächelnd bestätigte Mrs. Underwood.

»Ich habe von all euren Abenteuern im neunzehnten Jahrhundert gehört. Natürlich bin ich rasend eifersüchtig, denn dieses wundervolle

Zeitalter scheint mir genau die Art Epoche zu sein, die ich gerne besuchen würde. Das Kostüm ist nicht meine eigene Schöpfung, wie ihr bereits vermutet haben werdet. Eigentlich wollte Lady Charlotina es tragen, aber sie meinte, es würde besser zu mir passen. Ist es authentisch, Amelia?« Dicht über ihren Köpfen drehte sie sich in der Luft.

»Griechisch ...?« Mrs. Underwood zögerte, wollte nicht widersprechen. Dann, so schien es, wurde ihr die Wirkung klar, die ihr Urteil haben würde. »Es steht Ihnen hervorragend. Sie sehen allerliebst aus.«

»Ich wäre so auch in Ihrer Welt willkommen?«

»Oh, gewiß! Bei vielen gesellschaftlichen Anlässen würden Sie im Mittelpunkt des Interesses stehen.«

Mistress Christa strahlte und beugte sich vor. Sie hauchte Mrs. Underwood mit weichen Lippen einen Kuß auf die Wange und sagte leise: »Sie sehen natürlich auch bezaubernd aus. Haben Sie das Kleid gemacht oder aus dem Zeitalter der Morgenröte mitgebracht? Es muß ein Original sein.«

»Es wurde hier gemacht.«

»Es ist trotzdem schön. Sie sind uns allen weit voraus. Und auch du, Jherek, wirkst wie das Urbild des edlen Helden aus dem Zeitalter der Morgenröte. So männlich! So begehrenswert!«

Mrs. Underwoods Hand schloß sich ein wenig fester um Jhereks Arm. Er wurde fast euphorisch.

Aber auch Mistress Christia besaß Einfühlungsvermögen. »Ich werde nicht die einzige sein, die Sie heute beneiden wird, Amelia.« Sie erlaubte sich ein Zwinkern. »Oder Jherek?« Sie sah an ihnen vorbei. »Hier kommt unser Gastgeber!«

Der Herzog von Queens war während seines kurzen Aufenthalts im Jahr 1896 ein Soldat gewesen. Aber weder war ein scharlachroter Uniformrock je so scharlachrot gewesen wie der, den er trug, noch Knöpfe so golden, Epauletten so prächtig oder Gürtel und Stiefel so spiegelblank wie seine. Er hatte sich den Bart geschoren und sich dafür einen Dundreary-Backenbart zugelegt; auf seinem breiten Kopf saß schräg ein Tschako; seine Hose war dunkelblau und mit gelben Biesen versehen. Seine Handschuhe waren weiß, und eine Hand ruhte auf dem Knauf seines tressenbehangenen Schwertes. Er salutierte und verbeugte sich. »Ich fühle mich durch euer Kommen geehrt«, sagte er.

Jherek umarmte ihn. »Du hast dich gemausert, bester Freund! Du siehst so stattlich aus!«

»Ganz natürlich«, erklärte der Herzog mit einigem Stolz. »Dank intensiver Anstrengung und der Hilfe einiger zeitreisender Militärberater. Du hast von meinem Duell mit Lord Hai gehört?«

»Lord Hai! Ich hielt ihn für einen absoluten Menschenfeind. Im Vergleich zu ihm ist Mongrove so gesellig wie Gaf das Pferd in Tränen. Was hat ihn aus seiner grauen Festung gelockt?«

»Eine Ehrensache«

»Tatsächlich?« sagte Amelia Underwood. »Inklusive Beleidigungen und Pistolen im Morgengrauen?«

»Ich habe ihn gekränkt. Ich weiß nicht mehr, wodurch. Aber ich war reumütig. Wir trugen es mit Schwertern aus. Jahrelang habe ich trainiert. Aber ironischerweise ...«

Er wurde von Bischof Burg unterbrochen, der in vollem Abendanzug, zweifellos von Mr. Harris abgeschaut, erschienen war. Seine stattlichen, recht asketischen Gesichtszüge wurden von einem Kragen umrahmt, der vielleicht ein wenig größer war als die im Jahr 1896 gebräuchlichen. Er verabscheute Schwarz und hatte Rock und Hose deswegen einen flaschengrünen Ton verliehen; die Weste war braun, das Hemd cremefarben. Seine Krawatte paßte zu seinem Rock und dem außerordentlich hohen Zylinder, den er trug.

»Jecker Jherek, du hast dich zu lange versteckt!« Seine Stimme klang durch den Kragen, der seinen Mund bedeckte, leicht gedämpft. »Und deine Mrs. Underwood! Düsterkeit weicht. Wir sind alle wieder vereint!«

»Ist es erlaubt, Ihnen für Ihr Kostüm ein Kompliment zu machen, Bischof Burg?« Sie hob ihren Sonnenschirm.

»Komplimente sind das Kredo unserer Konversation, liebste Mrs. Underwood. Wir schmachten nach Schmeicheleien; wir leben vom Lob; wir verbringen unsere Tage mit der Suche nach der perfekten Präsentation der Persiflage, damit der Pfau in uns sich prächtig spreizt und spricht: ›Haltet ein – ich verschöne die Welt!‹ Kurz gesagt, Betörende in Blau, loben Sie mich, den alten Pfau. Darf ich Ihnen im Gegenzug meine Anerkennung für Ihr Kostüm ausdrücken? Es ist von einem Reiz, dem traurigerweise keiner von uns etwas entgegenzusetzen hat. Es zieht nicht nur die Blicke auf sich – es hält sie fest. Es ist hier die schönste Schöpfung. Deshalb steht es außer Frage, daß Sie uns in Zukunft in Modefragen leiten werden. Jherek ist von seinem Platz verdrängt!«

Sie wölbte eine Braue und gab zu verstehen, daß sie die Ehre zu schätzen wußte; er verbeugte sich tief und verlor fast den Hut, während sein Kopf buchstäblich für einen Moment aus dem Sichtfeld verschwand. Er richtete sich wieder auf, entdeckte einen Freund, verbeugte sich erneut und entfernte sich. »Später«, rief er ihnen zu, »müssen wir in unseren Erinnerungen schwelgen.«

Jherek bemerkte Belustigung in Mrs. Underwoods Augen, während sie verfolgte, wie Bischof Burg zu einer nahen Galerie hinaufschwebte. »Ein redseliger Geistlicher«, sagte sie. »1896 hat es Bischöfe gegeben, die ihm sehr ähnlich waren.«

»Sie müssen ihm davon erzählen, Amelia. Welch größeres Kompliment könnten Sie ihm machen?«

»Ich habe nicht daran gedacht.« Sie zögerte, und ihre Selbstsicherheit wich für einen Moment. »Sie halten mich nicht für unreif?«

»Ha! Sie herrschen hier bereits. Ihre Meinung ist gefragt. Ihre Haltung und Ihre Herkunft haben Gewicht. Bischof Burg hat nichts als die Wahrheit gesagt. Ihr Lob hat ihn beglückt.«

Er wollte sie schon höher begleiten, als der Herzog von Queens, der sich mit Mistress Christia unterhalten hatte, zu ihnen zurückkehrte. »Seid ihr schon lange wieder am Ende der Zeit, Jherek und Amelia?«

»Kaum länger als ein paar Stunden«, antwortete sie.

»Also seid ihr noch nach uns im Jahr 1896 gewesen? Dann könnt ihr uns sagen, was aus Jagged geworden ist?«

»Also ist er noch nicht zurück?« Sie warf Jherek einen beunruhigten Blick zu. »Wir haben gehört ...«

»Also habt ihr ihn im Jahr 1896 nicht wiedergetroffen? Ich nahm an, daß dies sein Ziel war.« Der Herzog von Queens runzelte die Stirn.

»Er könnte dort sein«, erklärte Jherek, »denn uns hat es in eine andere Epoche verschlagen. Um genau zu sein, zum Anfang der Zeit.«

»Lord Jagged von Kanarien wird mehr und mehr zum Geheimniskrämer«, beklagte sich der Herzog und strich über eine Tresse. »Wenn er herausgefordert wird, erweist er sich als Meister der Sophisterei. Seine Geheimnisse verlieren immer mehr an Unterhaltungswert, weil er sie so rätselhaft macht.«

»Es ist möglich«, warf Amelia Underwood ein, »daß er in der Zeit gestrandet ist; daß er sein Verschwinden gar nicht geplant hat. Hätten wir nicht so viel Glück gehabt, wären wir jetzt noch immer verschollen.«

Der Herzog von Queens war von seiner Kleinlichkeit peinlich berührt. »Natürlich. O je, die Zeit ist zu einem so beliebten Gesprächsthema geworden, und ich befürchte, zu einem Thema, das mich nicht sonderlich interessiert. Ich habe noch nie Lord Jaggeds Vorliebe für das Abstrakte geteilt. Ihr wißt, was für ein Langweiler ich sein kann.«

»Niemals«, widersprach Jherek zärtlich. »Und selbst deine Geschmacklosigkeiten sind ausgezeichnet.«

»Ich hoffe es«, sagte er bescheiden. »Ich tue mein Bestes. Dir gefällt das Gebäude, Jherek?«

»Es ist ein Meisterwerk.«

»Disziplinierter als gewöhnlich?«

»Um vieles disziplinierter.«

Die Miene des Herzogs erhellte sich. »Was für eine Autorität wir doch aus dir machen, Jherek! Liegt es nur an den Neuerungen, die du in letzter Zeit eingeführt hast, oder auch daran, daß wir deine Erfahrung respektieren?«

Jherek zuckte die Achseln. »Darüber habe ich noch nicht nachgedacht. Aber Bischof Burg behauptet, daß die Kunst einen neuen Leitstern hat.« Er verneigte sich vor Amelia.

»Ihnen gefällt mein Royal Scotland Yard, Mrs. Underwood?« fragte der Herzog eifrig.

»Ich bin überaus beeindruckt, Herzog von Queens.« Sie schien ihre Position zu genießen.

Er war befriedigt. »Aber wie war das mit dem Anfang der Zeit? Wollt ihr uns mit neuen Einfällen überraschen, wo wir doch die alten kaum verarbeitet haben?«

»Vielleicht«, sagte Jherek. »Mollusken. Und Farne. Felsen. Körbe. Wasserskorpione. Zeitzentren. Ja, genug Stoff für eine bescheidene Darbietung.«

»Ihr habt auch Geschichten für uns!« Mistress Christia hatte sich wieder zu ihnen gesellt. »Abenteuer, eh?«

Inzwischen waren weitere Gäste auf sie aufmerksam geworden und begannen sich um sie zu versammeln.

»Ich glaube, zumindest einige werden Ihnen gefallen«, erklärte Mrs. Underwood. Jherek schien ihre Stimme um eine Spur härter zu klingen, als sie sich für die Konfrontation mit der wachsenden Menschenmenge wappnete, aber der Tonfall wich wieder, als sie fortfuhr: »Wir sind dort auf viele Überraschungen gestoßen.«

»Oh, das ist köstlich!« rief Mistress Christia. »Was seid ihr doch für ein beneidenswertes Paar!«

»Und mutig dazu, daß sie sich den Fallen und Gefahren der Zeit aussetzen«, sagte der Herzog von Queens.

Gaf das Pferd in Tränen, eine zum Leben erwachte Dicke Berte mit einer Matrosenmütze auf dem kugelrunden Kopf, beugte sich nach vorn. »Brannart hat gesagt, daß ihr verdammt, für immer verloren seid. Sogar vernichtet.«

Der scharfgesichtige Doktor Volospion, ausstaffiert mit einem schwarzen, wehenden Umhang und einem schwarzen, breitkrempigen Hut, der das Gesicht in Schatten tauchte, aus denen nur die Augen hervorglitzerten, sagte sanft: »Wir haben ihm natürlich nicht geglaubt.«

»Trotzdem verschwinden unsere Zeitreisenden – die Menagerien leeren sich mit erstaunlicher Schnelligkeit. Erst kürzlich habe ich vier Adolf Hitler verloren.« Süßes Gestirn Mazis war prächtig herausgeputzt: Rubaschka, Tarbusch, Pantalons und hohe bestickte Stiefel. »Und einer, davon bin ich überzeugt, war echt. Wenn auch zugegebenermaßen etwas alt ...«

»Brannart behauptet, daß dieses Verschwinden ein Beweis dafür ist, daß die Zeit zerbricht.« Werther de Goethe, ein finsterer sizilianischer Bandit, komplett mit gekräuseltem Schnurrbart, der allerdings eher einen Kontrast zu seiner sonstigen Erscheinung darstellte, ordnete seinen Mantel. »Er warnt uns, daß wir an einem Abgrund stehen, daß wir bald allesamt holterdipolter in die klaffenden Schluchten der Zeit stürzen werden.«

Das Stimmengewirr verstummte, denn Werthers düstere monotone Stimme hatte zuweilen diese Wirkung, bis Amelia sagte: »Mir scheint, seine Warnungen sind nicht von der Hand zu weisen.«

»Wie?« Der Herzog von Queens lachte herzlich. »Ihr beide seid der lebende Beweis dafür, daß es keinen Morphail-Effekt gibt!«

»Da bin ich anderer Meinung.« Bescheiden gab sie Jherek mit einem Blick zu verstehen, daß er fortfahren sollte, aber er überließ ihr das Feld. »Wie ich es sehe, sind Brannart Morphails Erklärungen nur unvollständig. Sie sind nicht falsch. Es gibt viele Theorien der Zeit – und alle sind beweisbar.«

»Eine exzellente Zusammenfassung«, sagte Jherek. »Meine Amelia hat euch damit über das informiert, herzigster Herzog, was wir am Anfang der Zeit erfahren haben. Außer Brannart beschäftigen sich noch mehr Wissenschaftler mit der Erforschung der Natur der Zeit. Ich glaube, er wird erfreut sein über die Informationen, die wir ihm mitgebracht haben. Daß er mit seinen Forschungen nicht allein steht, wird ihn glücklich machen.«

»Sind Sie sich dessen sicher?« fragte Amelia, die ihn bei seinem »Meine Amelia« ein wenig seltsam (obwohl ohne offenkundiges Mißvergnügen) angesehen hatte.

»Warum sollte es ihn nicht glücklich machen?«

Sie zuckte die Schultern. »Ich bin dem Herrn natürlich nur unter dramatischen Umständen begegnet ...«

»Wird er erwartet?« fragte Jherek den Herzog.

»Er ist eingeladen worden – wie jedermann. Du kennst ihn. Er wird spät kommen und behaupten, wir hätten ihn gegen seinen Willen dazu gezwungen.«

»Dann weiß er vielleicht auch, wo Jagged steckt.« Er überflog mit einem prüfenden Blick den Saal, als ob die Erwähnung des Namens den Mann zum Vorschein bringen würde, den er am meisten zu sehen wünschte. Viele, die nicht gerade für ihre Geselligkeit bekannt waren, hatten sich eingefunden, sogar Lord Hai (oder einer seiner Automaten, die er an seiner Stelle geschickt hatte), der sich selbst als »Der Unbekannte« stilisierte; sogar Werther de Goethe, der geschworen hatte, nie wieder ein Fest zu besuchen. Allerdings war bislang das letzte Mitglied des misanthropischen Triumvirats vom Ende der Zeit, Lord Mongrove, der verbitterte Riese, zu dessen Ehren diese Feier stattfand, nirgends zu erblicken.

Amelia hielt Jherek noch immer untergehakt. Leichter Druck ließ ihn auf sie aufmerksam werden. »Sie machen sich Sorgen um Jaggeds Wohlergehen?« fragte sie.

»Er ist mein bester Freund, so hinterhältig er auch zu sein scheint. Könnte er nicht das gleiche Schicksal wie wir erlitten haben? Nur drastischer?«

»Wenn ja, werden wir es nie erfahren.«

Jherek verdrängte seine Besorgnis; es stand einem Gast nicht an, in düsteres Brüten zu versinken. »Schauen Sie«, sagte er, »dort ist Lady Charlotina!«

Sie hatte sie von oben aus gesehen und flog nun heran, um sie zu begrüßen, und ihr goldenes Festkleid mit seinen Kristallperlen, den Schleifchen und den Rosen flatterte bei ihrer Landung.

»Unser Held und unsere Heldin sind glücklich zu uns zurückgekehrt. Ist dies die Schlußszene? Werden Schlittenglocken klingen und Blaublütler singen, ist der Höhepunkt erreicht und Entspannung eingekehrt? Ich habe so viel von der Handlung versäumt. Erzählt mir davon – ergötzt uns alle. Oh, sprecht, meine Schönheiten. Oder werden wir gar Zeugen einer Neuinszenierung?«

Mrs. Underwoods Antwort klang trocken. »Die Geschichte ist noch nicht zu Ende; es tut mir leid, Lady Charlotina. Viele Fragen sind noch ungeklärt, Handlungsstränge müssen noch verwoben werden. Ein Muster ist noch nicht erkennbar – und wird es vielleicht auch niemals sein.«

Lady Charlotinas ungläubiges Gelächter enthielt keine Bosheit. »Unsinn – es ist eure Pflicht, bald zu einer Lösung zu kommen. Es ist grausam von euch beiden, uns so in Spannung zu halten. Wenn ihr euren Zeitplan nicht genau einhaltet, werdet ihr euer Publikum verlieren, meine Lieben. Zunächst wird es zu Kritik an den Einzelheiten kommen, und dann – was ihr nicht riskieren könnt – folgt Desinteresse. Aber ihr müßt mich erst wieder auf den neuesten Stand bringen, bevor ich ein Urteil abgeben kann. Gebt mir ruhig eine grobe Zusammenfassung, wenn es das ist, was ihr wollt, und laßt den Klatsch die Geschichte für euch ausmalen.«

Mit breitem Lächeln begann Mrs. Underwood die Geschichte ihrer Abenteuer am Anfang der Zeit zu erzählen.

10. Kapitel

IN DEM DIE EISERNE ORCHIDEE NICHT GANZ SIE SELBST IST

Jherek suchte noch immer nach Jagged. Er ließ Amelia ihr Garn spinnen, ohne es durch seine Unterbrechungen zu verheddern, und schwebte zum Dach hinauf, bis seine Geliebte und der Kreis der Zuhörer nur noch ein Fleckenmuster unter ihm waren.

Jagged allein konnte ihm jetzt helfen, glaubte Jherek. Er hatte bei seiner Rückkehr Aufklärung erwartet. Wenn Jagged sich einen Scherz mit ihnen erlaubt hatte, sollte der Scherz deutlich gemacht werden; wenn er eine Geschichte zur Unterhaltung der Welt eingefädelt hatte – dann hatte die Welt, wie Lady Charlotina gesagt hatte, ein Recht auf eine Lösung. Das Stück ging weiter, wie es schien, obwohl der Autor nicht in der Lage gewesen war, die Schlußszenen zu schreiben. Mit einem Anflug von Bosheit rief er sich in Erinnerung, daß Jagged ihn zu diesem Melodram ermutigt hatte (oder war es eine Farce gewesen, und er der arme Narr in den Augen der ganzen Welt? Oder vielleicht eine Tragödie?), und deshalb mußte Jagged ihm helfen. Aber wenn Jagged für immer verschwunden war, was dann?

»Nun«, sagte Jherek zu sich selbst, »ich werde das Stück nach besten Kräften vollenden müssen. Ich werde beweisen, daß ich nicht nur ein Schauspieler bin, der Wegen folgt, die ein anderer vorgezeichnet hat. Ich werde zeigen, daß ich auch ein Stückeschreiber bin!«

Li Pao aus dem siebenundzwanzigsten Jahrhundert hatte seine Worte gehört. Starrköpfig in seinen üblichen blauen Overall gekleidet, stieß das ehemalige Mitglied des Volksregierungskomitees Jherek an, damit er sich zu ihm umdrehte.

»Du hältst dich für einen Schauspieler in einem Theaterstück, Jherek Carnelian?«

»Hallo, Li Pao. Ich habe unausgegorene Gedanken laut ausgesprochen, das ist alles.«

Aber Li Pao war begierig auf eine Diskussion und nicht bereit, das Thema fallenzulassen. »Ich dachte, ihr lenkt euer Schicksal selbst. Diese ganze Sache mit der Liebesgeschichte, die die Frauen so begeistert, hat sie nicht als Besessenheit begonnen?«

»Das habe ich vergessen.« Er sprach die Wahrheit. Widersprüchliche Gefühle rangen in ihm, miteinander, alle begierig, sich Gehör zu verschaffen. Er erteilte keinem das Wort.

»Gewiß«, lächelte Li Pao, »hast du dich nicht mit deiner Rolle identifiziert, wie es zuweilen den alten Schauspielern ergangen sein soll, und hältst die Gefühle deines dargestellten Charakters für deine eigenen? Das wäre wirklich drollig.« Li Pao lehnte sich an das Geländer seiner Schwebegalerie. Sie neigte sich leicht und begann zu sinken. Er ließ sie wieder steigen, bis er auf gleicher Höhe mit Jherek war.

»Jedenfalls ist es möglich«, sagte Jherek.

»Vorsicht, Jherek Carnelian. Das Leben wird ernst für dich. Es könnte niemals gutgehen. Du bist Mitglied einer absolut amoralischen Gesellschaft; wunderlich und fast unvorstellbar, ungeheuer mächtig. Dein Verhalten bedroht eure Lebensart. Sehe ich da ein morsches Schiff namens Selbstzerstörung mit zerschrammtem Schanzkleid am Horizont erscheinen? Was ist, Jherek? Ist deine Liebe gar echt?«

»Sie ist es, Li Pao. Verspotte mich, wenn du möchtest, aber ich werde nicht leugnen, daß in deinen Worten Wahrheit liegt. Du glaubst also, daß ich mich gegen meinen eigenen Seelenfrieden verschworen habe?«

»Du hast dich gegen deine ganze Zivilisation verschworen. Was deine Freunde bei dir für morbides Interesse an der Moral halten, bedroht den Status quo – einen Status quo, der allein in dieser Form mindestens seit einer Million Jahre besteht! Willst du, daß deine Freunde so unglücklich werden wie ich?« Li Pao lachte. Sein liebliches gelbes Gesicht strahlte wie eine kleine Sonne. »Du kennst meine Abneigung gegen deine Welt und ihre Vergnügungen.«

»Du hast mich oft genug damit gelangweilt ...« Jherek blieb liebenswürdig.

»Ich gebe zu, daß mich ihr Untergang traurig stimmen würde. Sie ähnelt diesem Kinderhort, den du vor deinem Verschwinden entdeckt hast. Es wäre schade, wenn sich all diese Kinder der Realität stellen müßten.«

»All dies« – Jherek machte eine ausholende Handbewegung – »ist nicht die ›Realität‹?«

»Illusion, bis ins winzigste Detail. Was wird aus euch allen, wenn sich eure Städte in diesem Moment abschalten, wenn ihr mit einem Mal ohne Wärme und Licht – die geringsten tierischen Bedürfnisse – dasteht? Was werdet ihr dann tun?«

Jherek sah in dieser Frage wenig Sinn. »Zittern und herumstolpern«, sagte er, »bis wir sterben. Warum fragst du?«

»Diese Aussicht macht dir keine Angst?«

»Sie ist nicht realer als alles andere, was ich erlebe oder zu erleben erwarte. Ich kann nicht behaupten, daß dieses Schicksal wünschenswert ist. Natürlich würde ich versuchen, ihm zu entgehen. Aber wenn es unausweichlich ist, dann hoffe ich, mit Würde und Anstand zu sterben.«

Li Pao schüttelte amüsiert den Kopf. »Du bist unbelehrbar. Ich hatte gehofft, dich überzeugen zu können, jetzt, wo du als einziger von allen hier deine Menschlichkeit wiederentdeckt hast. Aber vielleicht ist die Furcht kein gutes Mittel. Vielleicht sind es nur wir, die Furchtsamen, die versuchen, unser Gefühl der Dringlichkeit anderen zu vermitteln, die die Realität fliehen, die andere durch Täuschung zu dem Glauben bringen, daß nur Konflikte und Unglück uns zur Wahrheit führen.«

»Sogar einige von uns hier am Ende der Zeit sind dieser Ansicht, Li

Pao.« Die Eiserne Orchidee gesellte sich zu ihnen; sie trug ein seltsames, starres Gewand aus stumpfem Metall, das ihren nackten, konventionell geformten weiblichen Körper und ihr Gesicht verhüllte. »Werther de Goethe vertritt sie. Und Lord Hai. Und natürlich auch Mongrove.«

»Sie sind pervers. Sie nehmen diese Haltung nur ein, um einen Kontrast zu bilden.«

»Und du, Li Pao?« fragte Jherek. »Warum nimmst du sie ein?«

»Sie wurde mir als Kind beigebracht. Ich bin sozusagen auf die von dir beschriebenen Assoziationen konditioniert.«

»Also leiten dich nicht deine Instinkte?« sagte die Eiserne Orchidee. Sie legte ihren Arm in einer müden Geste um die Schulter ihres Sohnes. Offensichtlich mit den Gedanken woanders, streichelte sie seine Wange.

»Du sprichst von Instinkten? Ihr habt keine, sieht man von eurer Vergnügungssucht ab.« Der kleine Chinese zuckte die Achseln. »Man könnte sagen, daß ihr keine braucht.«

»Du hast ihre Frage nicht beantwortet.« Jherek Carnelian war von den Zärtlichkeiten seiner Mutter ein wenig irritiert. Er sah sich nach Amelia um, aber sie war nirgends zu entdecken.

»Ich behaupte, daß die Frage sinnlos ist, da ihr nicht einmal wißt, was Instinkte sind.«

»Dennoch ...?« murmelte die Eiserne Orchidee. Ihre Finger kitzelten Jhereks Ohr.

»Meine Instinkte und mein Verstand sind sich einig«, erklärte Li Pao. »Beide sagen mir, daß eine Rasse, die kämpft, auch eine Rasse ist, die überlebt.«

»Wir kämpfen mit aller Kraft gegen die Langeweile«, erwiderte sie. »Sind wir dir nicht einfallsreich genug, Li Pao?«

»Ich bin nicht überzeugt. Die Gefangenen in euren Menagerien – die Zeitreisenden und die Raumfahrer –, sie verfluchen euch. Ihr nutzt sie aus. Ihr nutzt das Universum aus. Dieser Planet und vielleicht die Sonne, um die er kreist, bezieht seine Energie von einer Galaxis, die selbst im Sterben liegt. Er ist wie ein Blutegel. Ist das gerecht?«

Jherek hatte aufmerksam zugehört. »Meine Amelia hat etwas ähnliches gesagt. Ich habe sie ebensowenig verstanden, Li Pao. Deine Welt und ihre scheinen sich in einigen Dingen zu gleichen, und meines Wissens gibt es auch in ihnen Menagerien.«

»Du meinst Gefängnisse? Das ist reine Sophisterei, Jherek Carnelian, wie dir klar sein muß. Wir haben Gefängnisse für jene, die sich gegen die Gesellschaft stellen. Wer dort einsitzt, ist ein Hasardeur. Normalerweise wird die persönliche Freiheit für irgendeinen persönlichen Vorteil aufs Spiel gesetzt.«

»Die Zeitreisenden glauben oft, daß sie wie die Raumfahrer ihr Leben aufs Spiel setzen. Wir bestrafen sie nicht. Wir kümmern uns um sie.«

»Ihr bringt ihnen keinen Respekt entgegen«, sagte Li Pao.

Die Eiserne Orchidee schürzte die Lippen zu einer Art Lächeln. »Einige von den armen Dingern sind zu verwirrt, um ihr Schicksal zu verstehen, aber jene, die es nicht sind, passen sich bald an. Hast *du* dich denn nicht völlig angepaßt, Li Pao? Du versäumst kaum ein Fest. Ich kenne viele andere Zeitreisende und Raumfahrer, die mit uns zusammenleben und sich kaum noch in den Menagerien aufhalten. Zwingen wir sie denn, dort zu bleiben, mein Lieber? Täuschen wir sie?«

»Manchmal.«

»Nur wie wir uns gegenseitig täuschen, aus reinem Vergnügen.«

Erneut zog Li Pao es vor, das Thema zu wechseln. Er deutete mit einem plumpen Finger auf Jherek. »Und was ist mit ›deiner Amelia‹? War sie erfreut darüber, von euch für eure Spiele mißbraucht zu werden? Hat es ihr Vergnügen bereitet, euer Hampelmann zu sein?«

Jherek war überrascht. »Komm, Li Pao. Körperlich ist sie überhaupt nicht verändert worden – und bestimmt sieht sie nicht wie ein Mann aus.«

Li Pao legte einen Finger an die Lippen und seufzte.

Die Eiserne Orchidee – ihr Arm lag immer noch um Jhereks Schultern – zog ihn fort. »Komm, Frucht meiner Lenden. Du entschuldigst uns, Li Pao.«

Li Pao verbeugte sich kurz.

»Ich habe Mrs. Underwood getroffen«, sagte die Eiserne Orchidee zu Jherek, während sie in die Höhe stiegen, wo nur wenige Leute schwebten. »Sie sieht schöner aus als je zuvor. Und sie war so freundlich, mir zu meinem Kostüm zu gratulieren. Du weißt, wen ich darstelle?«

»Ich glaube nicht.«

»Mrs. Underwood wußte es, als ich ihr die Legende in Erinnerung brachte. Eine hübsche kleine Geschichte. Eine der Städte hat sie mir erzählt. Ich kenne nicht die ganze Geschichte, denn die Stadt hat den

Großteil vergessen, aber sie wußte noch genug, um das Kostüm zu erschaffen. Es ist die Geschichte von Florence und der Nacht der Erregung, und von der Lady in der Lampe, die sich an einem einzigen Tag fünfhundert Soldaten hingab! Stell dir das vor! Fünfhundert!« Sie befeuchtete ihre purpurnen Lippen und lächelte. »Diese Ahnen! Ich habe vor, die ganze Geschichte nachzuspielen. Wie du vielleicht weißt, haben wir auch Soldaten hier. Sie sind erst kürzlich angekommen und befinden sich in der Menagerie des Herzog von Queens. Aber es sind nicht mehr als zwanzig!«

»Du könntest dir eigene Soldaten erschaffen.«

»Ich weiß, Fleisch meines Fleisches, aber das wäre nicht dasselbe. Es ist deine Schuld.«

»Wie das, blühendste, glühendste Mutter?«

»Heutzutage wird großen Wert auf Authentizität gelegt. Reproduktionen zu nehmen, wenn Originale zur Verfügung stehen, ist der Gipfel der Geschmacklosigkeit. Und sie werden immer seltener, sie verschwinden so schnell.«

»Zeitreisende?«

»Natürlich. Die Raumfahrer bleiben. Aber sie sind nutzlos.«

»Hat Morphail mit dir gesprochen, schönste aller Blumen?«

»Oh, nur kurz, meine Saat. Aber alles ist Warnung. Alles ist Prophezeihung. Er ergeht sich in Tiraden. Was er sagt, seine Worte – unerträglich. Ich nehme an, daß Mrs. Underwood bald verschwinden wird. Vielleicht werden dann wieder normale Verhältnisse einkehren.«

»Amelia bleibt bei mir«, sagte Jherek, der glaubte, eine Spur von Schwermut in der Stimme seiner Mutter entdeckt zu haben.

»Du beschäftigst dich ausschließlich mit ihr«, klagte die Eiserne Orchidee. »Du bist besessen. Warum?«

»Liebe«, gestand er.

»Aber meines Wissens erwidert sie deine Liebe nicht. Du hast sie kaum berührt!«

»Ihre Bräuche unterscheiden sich von den unseren.«

»Sie sind primitiv, ihre Bräuche!«

»Anders.«

»Ah!« Seine Mutter machte eine wegwerfende Handbewegung. »Sie hat dich ganz in ihren Bann geschlagen. Sie verdirbt deinen Geschmack. Laß sie ihren eigenen Weg gehen, und geh du deinen. Wer weiß, vielleicht werden sich diese Wege später wieder kreuzen. Ich habe einiges über eure Abenteuer gehört. Sie waren wild und atemberaubend. Ihr müßt euch entspannen, euch erholen, weniger anstrengende Gesellschaft genießen. Sproß meines Bauches, hältst du sie fest, obwohl sie frei sein will?«

»Sie ist frei. Sie liebt mich.«

»Ich wiederhole es – es gibt keine Beweise dafür.«

»Ich habe Beweise.«

»Und zwar?«

»Es sind ihre Gesten, es ist ihr Tonfall, der Ausdruck ihrer Augen.«

»Ho, ho! Das ist zu subtil für mich, diese Telepathie! Liebe ist Fleisch, das sich an Fleisch reibt, das geflüsterte Wort, der Fingernagel, der auf köstliche Weise am Rücken hinunterfährt, die Umklammerung der Schenkel. Eure Liebe, Jherek, ist saftlos. Sie ist ohne Kraft – und knauserig, eh?«

»Nein, Spenderin des Lebens. Du schützt Begriffsstutzigkeit vor, ich durchschaue dich. Aber warum?«

Ihr Blick war ungewöhnlich durchdringend, aber rätselhaft.

»Mutter? Stärkste aller Orchideen?«

Aber sie hatte an einem Energiering gedreht und ließ sich ohne ein weiteres Wort wie ein Stein in die Tiefe fallen. Er verfolgte ihren Sturz, bis sie in einer Menschenmenge verschwand, die auf halber Höhe hin und her wogte.

Er fand das Verhalten seiner Mutter sonderbar. Sie erging sich in Launen, die er nie zuvor bei ihr bemerkt hatte. Sie schien an Witz verloren und ihn durch Bosheit ersetzt zu haben (für die sie schon immer eine entzückende Schwäche gehabt hatte, aber die Bosheit war auf den Witz angewiesen, um unterhaltsam zu sein); sie schien eine Abneigung gegen Amelia Underwood zu hegen, die ihm bislang verborgen geblieben war. Er schüttelte den Kopf und rieb sich das Kinn. Wieso konnte sie nicht mehr so wie früher Freude über seine Freude empfinden? Mit einem Achselzucken sank er in die Tiefe.

Ein Fremder schoß von einer nahen Galerie her auf ihn zu. Der Fremde trug einen Sombrero, Weste, lederne Reithosen, Stiefel und Schulterpatronengurte, alles in leuchtendem Rot gehalten.

»Jherek, mein Gut, mein Blut! Warum fliegst du so schnell?«

Nur die Augen enthüllten die Identität des Fremden, und selbst sie täuschten ihn einen Moment lang, bevor er die Wahrheit erkannte.

»Eiserne Orchidee! Wie hast du dich vermehrt!«

»Du bist den anderen bereits begegnet?«

»Einer. Welche ist das Original?«

»Das zu sein, können wir alle von uns behaupten, aber es gibt eine Programmierung. Zu einem bestimmten Zeitpunkt verschwinden alle bis auf eine. Es spielt keine Rolle, welche bleibt, oder? Auf diese Weise sieht man mehr vom Fest.«

»Du hast Mrs. Underwood bisher noch nicht getroffen?«

»Nicht mehr seit meinem Besuch auf eurer Ranch, mein Lieber. Sie ist noch immer mit dir zusammen?«

Er entschied, eine Wiederholung des letzten Gesprächs zu vermeiden. »Dein Kostüm ist sehr beeindruckend.«

»Ich stelle einen berühmten Helden aus Mrs. Underwoods Zeit dar. Einen Banditenkönig – einen Schurken, der von allen geliebt wurde –, der die Herrschaft über eine Nation übernahm und auf dem Höhepunkt seiner Macht ermordet wurde. Um ihn rankt sich ein ganzes Bündel von Legenden, die du eigentlich kennen müßtest.«

»Sein Name?«

»Ruby Jack Kennedy. Irgendwo«, – sie sah sich um – »bin ich in der Maske der heimtückischen Frau, die ihn am Ende verraten hat. Sie hieß Rosie Lee.« Die Eiserne Orchidee senkte die Stimme. »Sie verliebte sich in einen Italiener, der ›Der Mauser‹ genannt wurde, weil er seine Opfer auf so geschickte Weise in die Falle lockte ...«

Er fand diese Unterhaltung weitaus erträglicher und lieh ihr bereitwillig sein Ohr, während sie voller Entzücken die alte Legende voller Blut, Mord, Rache und dem Fluch erzählte, der den Clan wegen des falschen Stolzes seines Patriarchen heimgesucht hatte. Doch seine Aufmerksamkeit wurde erst vollends geweckt, als sie einen bekannten Satz von sich gab (und damit verriet, wie sehr er ihr doch gefiel, denn sie konnte nicht wissen, daß eines ihrer anderen Egos ihn bereits benutzt hatte. »Heutzutage wird großen Wert auf Authentizität gelegt. Hast du nicht auch das Gefühl, Jherek, daß die Phantasie von der Realität verdrängt wird? Erinnerst du dich, wie wir stets Li Pao daran gehindert haben, uns Einzelheiten über die Zeitalter zu verraten, die wir neu erschaffen wollten? War das nicht klüger von uns?«

Er antwortete nur widerwillig. »Ich gebe zu, daß unsere Vergnügungen für mich an Reiz verloren haben, seit ich durch die Zeit gereist bin. Und natürlich könnte man sagen, daß ich verantwortlich für die Mode bin, die du so besorgniserregend findest.«

Sie hatte ihm nur halb zugehört. Unzufrieden sah sie sich in der

Halle um. »Ich glaube«, murmelte sie, »man nennt es ›sozialen Realismus‹.«

»Mein ›London‹ löste einen Trend zur Reproduktion erlebter Wirklichkeit aus ...«, fuhr Jherek fort, aber sie winkte ab; nicht, weil sie damit nicht einverstanden war, sondern weil er ihren Monolog unterbrochen hatte.

»Es ist der Geist, der dahintersteht, mein Kleiner, nicht die Form selbst. Etwas hat sich verändert. Wir scheinen an Einfallsreichtum verloren zu haben. Was ist mit unserer Vorliebe für das Widersprüchliche? Sind wir dabei, uns alle in Antiquare zu verwandeln? Was geschieht mit uns, Jherek? Es ... wird dunkler ...«

Die Stimmung dieser Eisernen Orchidee unterschied sich erheblich von der seiner anderen Mutter, der er kurz zuvor begegnet war. Wenn es ihr lediglich darum ging, Zuhörer für ihren Sermon zu finden, war er gern bereit, ihr diesen Wunsch zu erfüllen – auch wenn er ihrem Thema wenig abgewinnen konnte.

Vielleicht war dies das einzige Thema, das diese Kopie kannte, dachte er. Schließlich hatte die Selbstreproduktion den großen Vorteil, daß man so viele verschiedene Meinungen zur gleichen Zeit haben konnte, wie man wollte.

In seiner Kindheit, erinnerte sich Jherek, hatte er einmal der Diskussion eines Dutzends Eiserner Orchideen beigewohnt. Sie hatte eine Phase durchgemacht, in der es ihr angenehmer erschien, sich zu teilen und mit sich selbst zu debattieren, als ihre Gedanken auf die konventionelle Weise zu ordnen. Wie dem auch sei, diese Kopie war ein Langweiler (eine Gefahr, die immer bestand, wenn man nur eine Meinung hatte und starrsinnig an ihr festhielt), obwohl sie auch jene Gabe besaß, die den Langweiler davor bewahrte, geschnitten oder geächtet zu werden – und die unglücklicherweise den Langweiler in seiner Ansicht bestärkte, ein interessanter Gesprächspartner zu sein –, die Gabe des Pathos.

Pathos, dachte Jherek, paßte nicht zum Charakter seiner Mutter. War ihm dies schon bei der Kopie aufgefallen, mit der er sich zuvor unterhalten hatte? Er glaubte schon ...

»Ich verehre natürlich die Überraschung«, fuhr sie fort. »Ich vergöttere die Abwechslung. Sie ist die Würze des Lebens, wie die Ahnen zu sagen pflegten. Deshalb müßte ich an sich all die neuen Entwicklungen willkommen heißen. Diese Brannartschen ›Zeitstörungen‹, das Verschwinden der Menageristen, all das Kommen und Gehen. Ich frage mich, warum ich deswegen so – wie soll ich sagen? – ›verstört‹ bin. Verstört? Hast du mich jemals ›verstört‹ erlebt, mein Ei?«

»Niemals«, murmelte er.

»Ja, ich bin verstört. Aber was ist der Grund dafür? Ich kann ihn nicht erkennen. Soll ich mir selbst die Schuld geben, Jherek?«

»Natürlich nicht . . .«

»Warum? Warum? Glück verfliegt; die Freude verläßt mich – und was an ihre Stelle tritt, ist das Furcht? Ha! Eine Krankheit der Zeitreisenden und Raumfahrer, gegen die wir vom Ende der Zeit immun sind. Bis jetzt, Jherek . . .«

»Zarteste Haut, stärkster Wille, ich verstehe nicht . . .«

»Wenn es Mode geworden ist, die alten Psychosen wiederzuentdekken und sich von ihnen infizieren zu lassen, werde ich diese Mode nicht mitmachen. Der Wahnsinn wird vergehen. Was kann ihn schon am Leben halten? Mongroves Neuigkeiten? Jaggeds Machenschaften? Brannarts Experimente?«

»Bei den beiden letzten handelt es sich um Symptome«, warf er ein. »Wenn das Universum stirbt . . .«

Aber sie wechselte bereits zu einem neuen Thema über, und erneut enthüllte sie die Besessenheit ihres Originals. Ihr Tonfall war heiter, aber Jherek ließ sich davon nicht täuschen. »Man könnte natürlich auch deine Mrs. Underwood als Anstifterin in Erwägung ziehen . . .«

Die Bemerkung wurde auf verräterische Weise betont. Vor und nach dem Namen legte sie eine winzige Pause ein. Sie wollte ihn dazu veranlassen, sie zu verteidigen oder zu verleugnen, aber er ließ sich nicht dazu verleiten.

Konziliant erwiderte er: »Bezaubernde Blüte, Li Pao würde sagen, daß der Grund unserer Verwirrung in uns selbst zu suchen ist. Er glaubt, daß wir uns der Wahrheit verweigern und uns statt dessen der Illusion hingeben. Die Illusion, so seine Andeutung, enthüllt sich allmählich als das, was sie ist. Deshalb, behauptet Li Pao, machen wir uns Sorgen.«

Sie war zu einer uneinsichtigen Kopie geworden. »Und du, Jherek. Einst das glücklichste aller Kinder! Der geistreichste aller Männer! Der schöpferischste aller Künstler! Hoffnungsvoller Junge, mir scheint, daß du ein Dummkopf geworden bist. Und warum? Und wann? Weil Jagged dich dazu gebracht hat, den Verliebten zu spielen! Verliebt in diese primitive . . .«

»Mutter! Was ist mit deinem Sinn für Humor? Aber, um dir zu antworten, nun, ich bin sicher, daß wir bald heiraten werden. Ich habe eine Veränderung in ihrem Verhalten mir gegenüber festgestellt.«

»Ein Schlußstrich? Ich jubiliere!«

Ihr Mangel an Humor erstaunte ihn. »Härtestes aller Metalle, ich flehe dich an, mach aus mir keinen Bittsteller. Muß ich nun eine Xanthippe besänftigen, wo ich einst die Anmut einer guten Freundin genossen habe?«

»Ich bin mehr als das, hoffe ich, Blut von meinem Blut.«

Ihm kam der Gedanke, daß er zwar die Liebe, sie aber die Eifersucht wiederentdeckt hatte. Konnte das eine nie ohne die Gegenwart des anderen existieren?

»Mutter, ich bitte dich, dir ins Gedächtnis zu rufen ...«

Ein Schnauben drang unter dem Sombrero hervor. »Wie ich sehe, schwebt sie in die Höhe. Demnach hat sie inzwischen eigene Ringe?«

»Natürlich?«

»Du hältst es für klug, eine Wilde mit ...?«

Amelia glitt heran und war jetzt in Hörweite. Ein falsches Lächeln krümmte die Lippen des Schattens, dieser unvollkommenen Doppelgängerin. »Aha! Mrs. Underwood. Was für ein faszinierend einfacher Geschmack, dieses Blau und Weiß!«

Amelia Underwood brauchte einen Moment, um die Eiserne Orchidee zu erkennen. Ihr Nicken, mit dem sie sie grüßte, war höflich, aber sie dachte nicht daran, der Herausforderung auszuweichen. »Ich bin völlig von der brillanten Exotik Ihres Rots überwältigt, Mrs. Carnelian.«

Die Krempe neigte sich. »Und welche Rolle, meine Liebe, spielen Sie heute?«

»Ich muß gestehen, daß wir nur als wir selbst gekommen sind. Aber habe ich Sie nicht schon in einem kastenähnlichen Kostüm und später in einem gelben Gewand gesehen? So viele hervorragende Verkleidungen.«

»Ich glaube, es gibt eine in Gelb, ja. Ich habe es vergessen. Manchmal bin ich so voller Ideen, daß ich mehr als eine ausführen muß. Sie müssen mich für ungehobelt halten, liebe Ahnin.«

»Niemals, üppigste aller Orchideen.«

Jherek war amüsiert. Es war das erste Mal, daß er Mrs. Underwood solche Redewendungen benutzen hörte. Allmählich genoß er die Begegnung, aber die Eiserne Orchidee zog es vor, das Spiel zu beenden. Sie beugte sich vor. Ihr Sohn erhielt einen demonstrativen Kuß, Mrs.

Underwood ein Küßchen. »Brannart ist eingetroffen. Ich habe versprochen, ihm eine Zusammenfassung unserer Erlebnisse im Jahr 1896 zu geben. Allein ist es ihm bestimmt langweilig. Bis später, liebe Kinder.«

Sie schraubte sich in die Tiefe. Jherek fragte sich, wo sie Brannart Morphail gesehen haben mochte, denn der bucklige, klumpfüßige Wissenschaftler war nirgends zu entdecken.

Amelia Underwood hakte sich wieder bei ihm ein. »Ihre Mutter schien ganz außer sich zu sein. Nicht so selbstbewußt wie sonst.«

»Sie hat sich nur zu oft geteilt. Die Substanz jeder Kopie ist ein wenig dünn geraten«, erklärte er.

»Dennoch ist es unübersehbar, daß sie mich als Feindin betrachtet.«

»Schwerlich. Sie ist nicht ganz sie selbst, verstehen Sie ...?«

»Ich fühle mich dadurch geschmeichelt, Mr. Carnelian. Es ist mir ein Vergnügen, ernstgenommen zu werden.«

»Aber ich mache mir Sorgen um sie. Sie ist noch nie in ihrem Leben ernst gewesen.«

»Und Sie glauben, daß es meine Schuld ist.«

»Ich glaube, sie ist beunruhigt, weil sie spürt, wie ihr Schicksal ihrer Kontrolle entgleitet, genau wie es uns am Anfang der Zeit ergangen ist. Es ist ein merkwürdiges Gefühl.«

»Ich kenne es nur zu gut, Mr. Carnelian.«

»Vielleicht wird sie Gefallen daran finden. Es wäre ungewöhnlich für sie, sich einer neuen Erfahrung zu verschließen.«

»Ich würde ihr nur zu gern helfen, damit zurechtzukommen.«

Er hörte Ironie aus ihren Worten und warf ihr einen fragenden Blick zu. Ihre Augen lachten. Er unterdrückte den Wunsch, sie zu umarmen, aber er berührte sacht ihre Hand, und ein Schauer überlief ihn.

»Sie haben dort unten alle unterhalten?« fragte er.

»Ich hoffe es. Dank Ihrer Pillen ist die Sprache kein Problem. Ich habe das Gefühl, meine eigene zu sprechen. Aber manchmal ist es schwierig, gewisse Ideen zu vermitteln. Ihre Ansichten sind so fremd.«

»Aber Sie verdammen sie nicht länger.«

»Fallen Sie keinem Irrtum zum Opfer – ich mißbillige sie weiterhin. Aber durch ständiges Leugnen und Anprangern wird nichts gewonnen.«

»Sie haben gewonnen, wie Sie wissen. Genau das flößt der Eisernen Orchidee so viel Unbehagen ein.«

»Ich scheine einige kleine gesellschaftliche Fortschritte gemacht zu haben. Was wiederum peinliche Momente mit sich bringt.«

»Peinliche Momente?« Er verbeugte sich vor O'Kala Incarnadine, der ihn als Königin Britannia maskiert gegrüßt hatte.

»Sie bitten mich um mein Urteil. Über die Authentizität ihrer Kostüme.«

»Der Mangel an Einfallsreichtum ist beschämend.«

»Nicht im geringsten. Aber keins ist authentisch, auch wenn die meisten phantasiereich und viele wunderschön sind. Das Wissen Ihres Volkes über mein Jahrhundert ist lückenhaft, um es vorsichtig auszudrücken.«

Langsam sanken sie hinunter zum Boden der Halle.

»Trotzdem ist es das Jahrhundert, über das wir am meisten wissen«, erklärte er. »Vor allem natürlich deswegen, weil ich es studiert und in Mode gebracht habe. Was stimmt an den Kostümen nicht?«

»Als Kostüme an sich sind sie in Ordnung. Aber nur sehr wenige haben etwas mit dem Jahr 1896 zu tun. Zwischen dem einen und dem anderen Kostüm liegt manchmal eine Zeitspanne von tausend Jahren. Eine Frau kam mit einem Arm, der ihr aus der Brust wuchs – eine ›Armbrust‹, wie sie sagte – und einem Apfel auf dem Kopf und behauptete, Wilhelmine Tell zu sein.«

»Die Frau des Schillernden Dichterfürsten, nicht wahr?«

»Nein, Mr. Carnelian. Das Kostüm war auf jeden Fall unmöglich.«

»Könnte sie denn diese Wilhelmine Tell gewesen sein, was meinen Sie? Wir haben eine Menge berühmter Temporalabenteurer in unseren Menagerien.«

»Es ist unwahrscheinlich.«

»Schließlich sind mehrere Millionen Jahre vergangen, und viele Dinge kennen wir nur noch vom Hörensagen. Wir sind bei unseren Informationen völlig auf die verfallenen Städte angewiesen. Als die Städte jünger waren, konnte man sich mehr auf sie verlassen. Vor einer Million Jahre hätte es auf einer derartigen Party weitaus weniger Anachronismen gegeben. Ich habe von Festen unserer Vorfahren (das heißt, Ihrer Nachkommen) gehört, bei denen alle Mittel eingesetzt wurden, die den Städten auf dem Höhepunkt ihrer Macht zur Verfügung standen. Im Vergleich dazu muß dieser Maskenball kläglich erscheinen. Dennoch, es macht Spaß, mit dem eigenen Einfallsreichtum den *Geist* der Vergangenheit zu beschwören.«

»Ich finde es wundervoll. Ich leugne keineswegs, daß ich davon sowohl beeindruckt als auch verwirrt bin. Sie müssen mich für engstirnig halten ...«

»Sie überschütten uns mit Lob. Ich bin überglücklich, daß Sie meine Welt zumindest akzeptabel finden, denn das läßt mich hoffen, daß Sie bald bereit sein werden, mich zu ...«

»Ah!« rief sie plötzlich und streckte den Arm aus. »Dort ist Brannart Morphail. Wir müssen ihm unsere Neuigkeiten mitteilen.«

11. Kapitel

EINIGE STILLE AUGENBLICKE IN DER MENAGERIE

»... und so, größter aller Geister, sind wir also zurückgekehrt«, schloß Jherek und griff nach einem vorbeitreibenden Rebhuhnbaum – er pflückte zwei Früchte, eine für sich und eine für Mrs. Underwood an seiner Seite. »Sind die Informationen wertvoll genug, um den Verlust deiner Maschine auszugleichen?«

»Kaum!« Brannarts Buckel war seit ihrer letzten Begegnung noch um dreißig oder vierzig Zentimeter gewachsen. Jetzt war er größer als sein Körper und gefährdete seine Balance. Zum Ausgleich hatte er seinen Klumpfuß anschwellen lassen. »Eine Erfindung. Deine Geschichten verstoßen gegen die Logik. Jeder Satz verrät deine Unwissenheit über die wahre Natur der Zeit.«

»Ich dachte, wir hätten Ihnen neue Erkenntnisse vermittelt, äh, Professor«, sagte Mrs. Underwood, während sie einer Polonaise aus etwa zwanzig mit Latzhosen bekleideten Jungen und Mädchen nachsah, die einer weiteren Eisernen Orchidee in der Maske eines flötespielenden Harlekins hinauf zum Dach folgten. Argonherz Po, dick und vergnügt, mit Flügeln am Rücken (er war als Friedrich Engels gekommen), verteilte in ihrem Kielwasser eßbare Revolver. »Ich bin zum Beispiel überzeugt, daß ich jetzt gefahrlos ins neunzehnte Jahrhundert zurückkehren kann.«

»Sie wollen noch immer zurückkehren, Amelia?« Was war das für ein seltsam flaues Gefühl in seiner Magengegend? Er löste die Überreste des Rebhuhns auf.

»Sollte ich nicht?«

»Ich dachte, Sie wären zufrieden.«

»Ich habe mich mit dem Unabänderlichen abgefunden, Mr. Carnelian – das ist nicht notwendigerweise mit Zufriedenheit identisch.«

»Ich glaube, da haben Sie recht.«

Brannart Morphail schnaubte. Sein Buckel bebte. Er kippte langsam nach vorn und richtete sich wieder auf. »Warum habt ihr beide euch in den Kopf gesetzt, die Arbeit von Jahrhunderten zu zerstören? Jagged hat mich immer um meine Entdeckungen beneidet. Hat er sich mit dir verschworen, Jherek Carnelian, um mich zu verwirren?«

»Aber wir leugnen nicht die Richtigkeit deiner Entdeckungen, lieber Brannart. Wir haben nur herausgefunden, daß sie lediglich ein Teil der Wahrheit sind, daß es nicht nur ein Gesetz der Zeit, sondern viele Gesetze gibt.«

»Aber ihr habt keinen Beweis.«

»Du willst ihn nur nicht sehen, Brannart. Wir sind der Beweis. Hier stehen wir, immun gegen deinen unzweifelhaft exquisiten, aber nicht unfehlbaren Effekt. Es ist ein wundervoller Effekt, genialstes aller Gehirne, und trifft in mindestens Milliarden Fällen zu – aber gelegentlich ...«

Eine große grüne Träne rollte über die Wange des Wissenschaftlers. »Jahrtausendelang habe ich versucht, eigenhändig das Banner der wahren Forschung hochzuhalten. Während ihr anderen eure Energien an Phantastereien und Schrullen verschwendet habt, habe ich mich geplagt. Während ihr nur von den Früchten unserer Ahnen Arbeit gezehrt habt, habe ich mich bemüht, ihr Werk fortzusetzen, das größte aller Geheimnisse zu enträtseln ...«

»Aber es ist bereits enträtselt worden, Brannart, hingebungsvollster aller Forscher, durch die Mitglieder der von mir erwähnten Gilde ...«

»... aber ihr wollt mir selbst diese Arbeit vergällen mit euren phantastischen Geschichten, diesen sensationellen Anekdoten, diesen offensichtlich erfundenen Berichten über Zonen, die frei vom Einfluß meines geliebten Effekts sind, und Gruppen, die beweisen, daß die Zeit nicht einem, sondern vielen Gesetzen unterliegt ... Ah, Jherek! Habe ich solche Grausamkeit verdient, ich, der ich nur ein Diener der Wissenschaft sein wollte, der sich niemals in die Angelegenheiten seiner Mitmenschen eingemischt ... nun ja, sie vielleicht ein wenig kritisiert, sich aber niemals in sie eingemischt hat?«

»Mir ging es nur darum, dir die Augen zu öffnen ...«

Lady Charlotina kam in einem großen Korb voller Lavendel vorbei, aus dem nur ihr Kopf herausschaute. Sie rief: »Glück zu verkaufen! Jherek! Amelia! Glück zu verkaufen!« Es war unübersehbar, daß sie das Beste aus ihrem kurzen Gastspiel als Temporaltouristin gemacht hatte. »Langweile sie nicht zu sehr, Brannart. Sonst ziehe ich meine Schirmherrschaft zurück.«

Brannart lachte höhnisch. »Ich mache diese Farce nicht mehr mit!« Aber ihm schien diese Drohung keineswegs zu behagen. »Der Tod hat sein Haupt erhoben, aber ihr tanzt noch immer und verspottet die wenigen, die euch helfen könnten!«

Mrs. Underwood verstand. Sie murmelte: »Wheldrake wußte es, Professor Morphail, als er in einem seiner letzten Gedichte schrieb:

Einsam von meinen Basalthöhen
Sah ich sie feiernd vorüberziehen –
Mit Gesichtern maskenbewehrt,
Die Kleider voller Geschmeid' –
Die Mäntel gebauscht wie von Windesböen,
Gewänder leuchtend wie im Licht der Höllen!
Purpurkaraffen von Purpurlippen geleert,
Und diamantharter Augen Grausamkeit.
Waren das die alten Freunde, einst verehrt?
Waren das die Träumer meiner Jugendzeit?
Ah, aber Zeit verhöhnt mehr als das Fleisch!
(Mit dem Tod, ihrem Geschmeiß.)
Die Zeit Dir auch die Seel' zerreibt!
Und Zeit den Geist verhöhnt,
Zeit den Geist verhöhnt –
Es herrscht die Zeit!«

Aber Brannart konnte ihr wissendes, mitleidiges Lächeln nicht erwidern. Er wirkte nachdenklich.

»Es ist sehr schön«, sagte Jherek, in Erinnerung an Captain Bastables Erfolge. »Ah, ja ... Es scheint mir jetzt wieder einzufallen.« Mit geheuchelter Ergriffenheit sah er hinauf zur Decke, wie er es bei ihnen beobachtet hatte. »Sie müssen mir eines Tages noch mehr von Wheldrakes Gedichten vortragen.«

Der Seitenblick, den sie ihm zuwarf, war nicht ohne Belustigung.

»Tscha!« sagte Brannart Morphail. Die kleine Schwebegalerie, auf der er stand, fing wild an zu schaukeln, als er sein Gewicht verlagerte. Er brachte sie zur Ruhe. »Ich werde mir diesen Unsinn nicht länger anhören. Jherek Carnelian, richte deinem Meister Lord Jagged aus, daß ich nicht mehr bereit bin, seine Spiele mitzumachen! Von jetzt an lege ich den Schleier des Geheimnisses über meine Experimente! Warum auch nicht? Zeigt er mir etwa seine Arbeit?«

»Ich bin nicht sicher, ob er sich hier bei uns am Ende der Zeit befindet. Ich wollte fragen ...«

»Genug!«

Brannart Morphail stampfte ungeduldig mit seinem monströsen Schuh auf den Boden der Plattform, die schaukelnd davonschwebte.

Der Herzog von Queens entdeckte sie. »Schaut, verehrteste meiner Gäste! Wakaka Nakooka ist als marsianische Pastorelle aus dem Jahr 1896 gekommen.«

Der kleine schwarze Mann, der selbst ein Zeitreisender war, drehte sich lächelnd um und verbeugte sich. Aus seiner Nase flossen junge Habichte. Sie flatterten zu Boden, auf dem schon mindestens zweihundert ihrer Brüder und Schwestern lagen. Er hüllte sich in seinen Mantel und verwandelte sich in eine übergroße Schleiereule. Elegant flog er davon.

»Immer sind es Vögel«, sagte der Herzog von Queens fast entschuldigend. »Und manchmal Eulen. Es gibt Leute, die sich freiwillig derartigen Beschränkungen unterwerfen. Amüsiert ihr euch?«

»Deine Gastfreundschaft ist so herzlich wie immer, betörendster aller Herzöge.« Jherek schwebte an die Seite seines Freundes und fügte leise hinzu: »Allerdings wirkt Brannart verzweifelt.«

»Seine Theorien brechen zusammen. Sie sind sein ganzes Leben. Ich hoffe, ihr seid freundlich zu ihm gewesen, Jherek.«

»Er hat uns wenig Gelegenheit dazu gegeben«, erklärte Mrs. Underwood. Ihre nächste Bemerkung klang ein wenig trocken. »Selbst mein Zitat aus Wheldrakes Gedichtsammlung schien ihn nicht zu trösten.«

»Ich hätte an sich gedacht, Jherek, daß der Kinderhort und die Kinder, die du entdeckt hast, ihn stimulieren würden. Statt dessen ignoriert er Ammes unterirdische Zuflucht mit all ihren Maschinen zur Kontrolle der Zeit. Er beklagt sich über unsere Winkelzüge und behauptet, wir hätten sie nur erfunden, um ihn zu täuschen. Nebenbei, hast du deine alten Schulkameraden schon gesehen?«

»Vor einem Moment«, entgegnete Jherek. »Gefällt ihnen ihr neues Leben?«

»Ich glaube schon. Ich mache ihnen weniger Vorschriften als Amme. Und natürlich werden sie allmählich größer, jetzt, wo sie nicht mehr dem Einfluß des Kinderhorts unterliegen.«

»Du kümmerst dich um sie?«

Der Herzog schien vor Stolz zu platzen. »In der Tat – ich bin ihr Vater. Es ist ein angenehmes Gefühl. Und ihre Quartiere in der Menagerie sind wunderschön.«

»Sie halten sie in Ihrer Menagerie, Herzog?« Mrs. Underwood war schockiert. »Menschliche Kinder?«

»Sie haben dort genug Spielzeug – Spielplätze und so weiter. Wo sollte ich sie sonst unterbringen, Mrs. Underwood?«

»Aber sie wachsen. Sind die Jungen wenigstens von den Mädchen getrennt?«

»Sollten sie das sein?« Der Herzog von Queens war neugierig. »Sie glauben, daß sie sich paaren werden, wie?«

»Oh!« Mrs. Underwood wandte sich ab.

»Jherek!« Der Herzog legte seinem Freund einen langen Arm um die Schulter. »Da wir gerade von den Menagerien sprechen, darf ich dich für einen Moment zur meinigen entführen – zumindest, bis Mongrove eintrifft? Ich habe verschiedene Neuerwerbungen gemacht, die dir bestimmt gefallen werden.«

Jherek fühlte sich von der Party ein wenig überfordert, denn es war schon eine Weile her, daß er so viel Zeit in der Gesellschaft so vieler Menschen verbracht hatte. Er nahm die Einladung des Herzogs mit Erleichterung an.

»Kommen Sie auch mit, Mrs. Underwood? «Der Herzog schien mehr aus Höflichkeit denn aus Begeisterung heraus zu fragen.

»Ich glaube, ich sollte es. Schließlich ist es meine Pflicht, mich von den Bedingungen zu überzeugen, unter denen zu leben diese armen Kinder gezwungen werden.«

»Im neunzehnten Jahrhundert hat man Kindern offenbar eine gewisse religiöse Bedeutung zubemessen«, fügte der Herzog im Plauderton hinzu, als er sie durch eine Tür im Boden führte. »Wurden sie nicht gleichzeitig verehrt und geopfert?«

»Sie müssen das mit einer anderen Kultur verwechseln«, korrigierte ihn Mrs. Underwood. Sie hatte ihren Gleichmut zum größten Teil zurückgewonnen, aber an ihrem Verhalten gegenüber ihrem extravaganten Gastgeber verriet sich noch immer ein Hauch von Feindseligkeit.

Sie gelangten in ein klassisches Labyrinth aus Durchgängen und Korridoren, die von Energiekuppeln der unterschiedlichsten Größen und Formen gesäumt wurden, in denen sich die Vertreter Tausender verschiedener Spezies befanden, angefangen von Viren und intelligenten mikrokosmischen Lebewesen bis hin zu einer riesigen, sechshundert Meter langen Pythonkreatur, deren Raumschiff vor etwa siebenhundert Jahren auf der Erde zerschellt war. Die Käfige waren gepflegt und rekonstruierten so genau wie möglich die Umweltbedingungen, an die ihre Insassen gewöhnt waren. Mrs. Underwood hatte selbst einige Zeit in einem dieser Käfige verbracht. Sie betrachtete sie mit einer Mischung aus Abscheu und Nostalgie.

»Es schien so einfach«, murmelte sie, »als ich noch glaubte, nur in die Hölle verdammt zu sein.«

Der Herzog von Queens strich über seinen stattlichen Dundreary-Backenbart. »Meine Homosapiens-Sammlung ist derzeit ein wenig klein, Mrs. Underwood – die Kinder, ein paar Zeitreisende, ein Raumfahrer, der behauptet, menschlicher Abstammung zu sein (obwohl Sie es nicht glauben würden!). Vielleicht möchten Sie ihn sehen, wenn ich Ihnen meine letzten nichtmenschlichen Neuerwerbungen gezeigt habe?«

»Danke, Herzog von Queens, aber Ihr Zoo interessiert mich herzlich wenig. Ich wollte mich lediglich vergewissern, daß Ihre Kinder vernünftig und anständig behandelt werden; ich hatte allerdings die Eigenheiten Ihrer Welt vergessen. Deshalb möchte ich lieber nicht ...«

»Wir sind da!« Stolz deutete der scharlachrote Herzog auf seine Neuerwerbungen. Es waren insgesamt fünf Außerirdische mit kugelförmigen Körpern und einem Augenring im oberen Drittel, der an eine Krone erinnerte; darunter befand sich eine rechteckige Öffnung, zweifellos ein Mund. Der Rumpf ruhte auf vier krummen Gliedmaßen, die sowohl als Arme wie auch als Beine zu dienen schienen. Die Hautfarbe der Geschöpfe unterschied sich von Individuum zu Individuum, war aber von überwiegend hellgrauer und dunkelbrauner Tönung.

»Ist das Yusharisp mit seinen Freunden?« Jherek war entzückt, den düsteren kleinen Außerirdischen wiederzusehen, der ihnen als erster die Nachricht vom bevorstehenden Untergang des Universums überbracht hatte. »Warum hat Mongrove nicht ...?«

»Sie kommen von Yusharisps Heimatwelt«, erklärte der Herzog

von Queens, »aber er ist nicht dabei. Es sind fünf Neue! Ich glaube, sie haben ihn gesucht. Während er, wie allgemein bekannt, auf seinem Planeten gewesen und wieder hierher zurückgekehrt ist.«

»Er weiß nichts von der Anwesenheit seiner Freunde auf unserer Welt?«

»Noch nicht.«

»Du willst es ihm heute abend sagen?«

»Ich glaube schon. Im passenden Moment.«

»Können sie sich mit uns unterhalten?«

»Sie weigern sich, die Übersetzerpillen zu nehmen, aber sie haben ihre eigenen mechanischen Übersetzer dabei, die allerdings, wie du weißt, von eher mangelhafter Qualität sind.«

Jherek preßte sein Gesicht gegen die Energiekuppel. Er strahlte sie an. Er lächelte. »Hallo! Willkommen am Ende der Zeit!«

Porzellanblaue Augen sahen ihn gleichgültig an.

»Ich bin Jherek Carnelian. – Ein Freund von Yusharisp«, fügte er erklärend hinzu.

»Der Anführer, der in der Mitte, heißt Oberverwaltungsrat Shashurup«, informierte ihn der Herzog von Queens.

Jherek machte einen erneuten Versuch. Er winkte. »Guten Tag, Oberverwaltungsrat Shashurup!«

»Warumchch (Kreisch) wii-iilst du-u-u-u uuuns (Brüll) wei-iter quälen?« fragte der OVR. »Wi-ir bittenrrrr (Kreisch) nu-uur daru-um, dassss du-u uunssss die Höf(öf-öf-öf)lichkei-it er-wei-ist, unsssserrre Bit-te-te uuuum Kom(kom-kom-kom)munikationnn ann eurrrre Rrrregierung-rung-rung wwwwei-iterzuuuleiten!« Er sprach teilnahmslos und schien keine Antwort zu erwarten.

»Wir haben keine Regierung außer uns selbst«, sagte Jherek. »Stimmt irgend etwas mit eurer Unterkunft nicht? Ich bin überzeugt, der Herzog ist bereit, jeder Veränderung vorzunehmen, die ihr für erforderlich haltet ...«

»Kreischschsch«, sagte OVR Shashurup verzweifelt. »Es ist nicht-t-t unsere Art-t-t (Kreisch), Drohu-hu-hungen auszusto-toßen, aber wir müssen euch warnen (Kreisch), dasss unser Volk-k-k gewissssse Schritte-te-te (Kreisch) unternehmen wird, um unssss zzzzu schüt-t-tzen und-d-d unssss zzzzu be-be-befreien. (Kreisch) Ihr benehmt euch kindisch! Es ist einfach unmög-mög-möglich, daß so eine alte Rasse trotzdem-dem-dem Kreisch-kreisch urgh iiiieh krrrrk!«

Nur Mrs. Underwood zeigte ehrliches Interesse für die Versuche des Oberverwaltungsrats, sich mit ihnen zu verständigen. »Sollten Sie sie nicht freilassen, Herzog von Queens?« fragte sie sanft. »Ich dachte, Sie hätten behauptet, daß keine Lebensform gegen ihren Willen hier festgehalten wird.«

»Ah«, machte der Herzog und klopfte Staub von seinen Tressen. »Im großen und ganzen trifft das zu. Aber wenn ich sie jetzt freilasse, wird sich irgendein Rivale ihrer bemächtigen. Ich bin bisher noch nicht dazu gekommen, allen zu zeigen, daß sie mir gehören, Sie verstehen?«

»Wie lange müssen sie dann Gefangene bleiben?«

»Gefangene? Ich weiß nicht, was Sie meinen, Mrs. Underwood. Aber sie bleiben zumindest bis zum Ende dieser Party für Mongrove hier. Ich habe für später eine besondere Darbietung geplant, bei der ich sie mit größtmöglichem Nutzen präsentieren werde.«

»Unnnver-ver-verantwortlicher Flegel-l-l!« schrie OVR Shashurup, der einiges davon mitgehört hatte. »Ihr Kerle saugt-t-t bereits das Universum aus, und wir beklagen-en-en uns nicht. Oh, aber wir werden das ändern (Kreisch-Kreisch-Kreisch), sobald wir freiiiii sind!«

Der Herzog von Queens betrachtete den Nagel seines Zeigefingers, auf dem ein kleines, scharfgestochenes Bild sichtbar wurde. Es zeigte die über ihnen stattfindende Party.

»Ah, Mongrove ist endlich eingetroffen. Sollen wir zurückgehen?«

12. Kapitel

IN DEM UNS LORD MONGROVE AN DEN UNAUSWEICHLICHEN UNTERGANG ERINNERT

»Wirklich, meine lieben Freunde, auch ich war so skeptisch wie ihr«, seufzte Mongrove von seinem Platz in der Hallenmitte, ». . . aber Yusharisp hat mir verwelkte Planeten und ausgebrannte Sterne gezeigt – die Materie zerfällt, löst sich auf, verschwindet ... Ah, es ist trostlos dort draußen. So unvorstellbar trostlos.« Sein großer, massiger Kopf fiel auf seine breite, kräftige Brust, und ein ungeheures Ächzen entfloh seinen Lippen. Prankenhände falteten sich vor einem mächtigen Bauch. »Nur Geister sind geblieben, und selbst sie vergehen. Zivilisationen, die bis vor kurzem noch über tausend Sonnensysteme verbreitet waren, haben sich in statisches Rauschen verwandelt. Spurlos verschwunden. Spurlos verschwunden. Und auch *wir* werden verschwinden, meine Freunde.« Mongrove sah sie mit einer Mischung aus Mitleid und Vorwurf an. »Aber mein Führer Yusharisp, der sein Leben riskiert hat, um zu uns zu kommen und uns vor diesem Schicksal zu warnen, und dem nur ich Gehör geschenkt habe, soll es euch mit seinen eigenen Worten sagen.«

»Kaum (Kreisch) kaum noch Leben existiert im Universum«, begann der kugelförmige Außerirdische. »Der Zusammenbruch erfolgt schneller als (Brüll) ich es vorhergesagt habe. Dies ist vor allem (Kreisch) die Schuld der Bewohner dieses Planeten. Eure Städte (Zisch) beziehen ihre Energie von den am leichtesten zugänglichen (Kreisch-kreisch) Quellen. Jetzt zapfen (Brüll) sie die Energien verwehender Novae und sterbender (Kreisch) Sonnen an. Das ist der einzige (Kreisch) Grund dafür, daß (Zisch) ihr noch am Leben seid!«

Bischof Burg stand links neben Jherek. Er neigte sich zur Seite und flüsterte: »Um offen zu sein, Langeweile langweilt mich schnell. Die Versuche des Herzogs von Queens, diesen Außerirdischen zur Unterhaltung einzusetzen, sind völlig sinnlos, wie er inzwischen selbst einsehen muß.« Aber er hob den Kopf, rief pflichtbewußt: »Hurra! Hurra!« und applaudierte.

Mongrove hob eine Hand. »Yusharisp will damit sagen, daß wir für die Geschwindigkeit verantwortlich sind, mit der sich das Universum auflöst. Wenn wir weniger Energie für Zwecke wie – wie diese Party – verbrauchen würden, könnten wir das Tempo des Zusammenbruchs verlangsamen. Alles geht dem Ende zu, meine Freunde!«

Mit gedämpfter, aber weithin hörbarer Stimme bemerkte Lady Charlotina: »Ich dachte, Mongrove würde das, was er ›Materialismus‹ nennt, verabscheuen. Diese Worte klingen ganz danach, wenn ich mich nicht irre. Aber wahrscheinlich irre ich mich.« Sie lächelte in sich hinein.

Aber Li Pao sagte ernst: »Er wiederholt nur das, was ich schon seit Jahren predige.«

Eine Eiserne Orchidee mit roten und weißen Wangen und in einem einfachen rot und weiß gemusterten Domino hakte sich bei Bischof Burg ein. »Ich meine auch, daß die Welt immer langweiliger wird, präzisester aller Priester. Jeder scheint sich selbst zu wiederholen.« Sie kicherte. »Besonders ich!«

»Dank unserer Städte liegt es sogar in unserer Macht, diesen Planeten zu erhalten«, fuhr Mongrove fort und hob seine Stimme, um die aufgekommenen Gespräche zu übertönen. »Yusharisps Volk hat uns seine größten Geister zu Hilfe gesandt. Sie müßten jeden Moment eintreffen. Sobald das geschieht, bleibt vielleicht noch genug Zeit, unsere Welt zu retten.«

»Er muß damit die Fremden meinen, die wir gerade in der Menagerie des Herzogs gesehen haben«, sagte Mrs. Underwood. Sie umklammerte Jhereks Arm. »Wir müssen Lord Mongrove informieren, wo sie sind!«

Jherek streichelte ihre Hand. »Das können wir nicht. Es wäre geschmacklos, dem Herzog die Überraschung zu verderben.«

»Geschmacklos!«

»Natürlich.«

Stirnrunzelnd resignierte sie.

Milo de Mars kam vorbei und zog einen Schweif aus völlig symmetrischen, goldenen, sechszackigen Sternen hinter sich her. »Verzeih mir, Lord Mongrove«, flötete sie, als der Riese pikiert die metallenen Objekte zur Seite wischte.

»Oh, was seid ihr doch für selbstzufriedene Narren!« rief Mongrove.

»Sollten wir das nicht sein? Gibt es denn etwas Besseres?« fragte Mistress Christa verblüfft. »Ist das denn nicht, wie uns gesagt wurde, das Ziel gewesen, nach dem die menschliche Rasse im Lauf all dieser Jahrmillionen gestrebt hat? Zufriedenheit?« Sie drehte sich in ihrem griechischen Kleid. »Haben wir dieses Ziel nicht endlich erreicht?«

»Ihr habt sie euch nicht erkämpft«, sagte Li Pao. »Ich glaube, deshalb unternehmt ihr auch keinen Versuch, sie zu bewahren.«

Amelia lächelte zustimmend, aber Jherek war irritiert. »Wie meint er das?«

»Er spricht von der praktischen Grundlage der Moral, die Sie so begierig lernen wollten, Mr. Carnelian.«

Jherek strahlte, jetzt, wo er erkannte, daß es um ein interessantes Thema ging. »Tatsächlich? Und wie sieht diese praktische Grundlage aus?«

»Alles in allem – was man sich nicht erarbeitet hat, lohnt sich auch nicht zu besitzen.«

Nicht ohne Hinterlist erwiderte er: »Ich habe hart gearbeitet, um Sie zu besitzen, liebste Amelia.«

Erneut schien Belustigung die Oberhand über ihren Ärger zu gewinnen. Der Widerstreit der Gefühle verriet sich einen Moment lang in ihrem Gesicht, dann hatte sie sich wieder gefaßt. »Warum, Mr. Carnelian, müssen Sie diese Angelegenheit eigentlich komplizieren, indem Sie persönliche Dinge ins Spiel bringen?«

»Sind derartige Dinge weniger wichtig?«

»Alles zu seiner Zeit. Ich dachte, unser Gespräch wäre ein wenig abstrakter. Wir unterhielten uns über die Moral und ihren Wert im täglichen Leben. Ein Thema, das meinem Vater sehr am Herzen lag und in viele seiner Predigten Eingang fand.«

»Dennoch ist Ihre Zivilisation, wenn Sie mir diese Bemerkung gestatten, nicht von langer Dauer gewesen. Sie zerfiel nach einigen hundert Jahren.«

Sie war völlig verdutzt, fand aber bald eine Antwort: »Es hat nichts mit dem Überleben einer Zivilisation als solcher, sondern mit der persönlichen Befriedigung zu tun. Wenn man ein moralisches, nützliches Leben führt, ist man glücklicher.«

Er kratzte sich unter der Tweedmütze am Kopf. »Mir scheint, daß beinahe jeder am Ende der Zeit glücklicher ist als jene Menschen, denen ich im Zeitalter der Morgenröte begegnet bin. Und wie Sie wissen, ist Moral uns unbekannt.«

»Es ist ein sinnloses Glück – wie soll es denn die Katastrophe überstehen, vor der Lord Mongrove uns warnt?«

»Diese Entwicklung ist eigentlich nur dann eine Katastrophe, wenn man sie wichtig nimmt. Was meinen Sie, wie viele der Anwesenden an Mongroves Warnung vor dem Weltuntergang glauben?«

»Aber sie werden es.«

»Sind Sie sicher?«

Mrs. Underwood sah sich um. Sie konnte nicht behaupten, daß sie sicher war.

»Aber fürchten *Sie* sich nicht ein wenig?« fragte sie.

»Fürchten? Nun, ich würde das Ende dieser Vielfalt, dieses Reichtums an Geist bedauern. Aber es hat existiert. Zweifellos wird etwas ähnliches wieder existieren.«

Sie lachte und ergriff seinen Arm. »Wenn ich Sie nicht besser kennen würde, Mr. Carnelian, würde ich Sie für den weisesten und tiefschürfendsten aller Philosophen halten.«

»Sie schmeicheln mir, Amelia.«

Mongroves grollender Baß übertönte noch immer das Stimmengewirr, aber er war kaum zu verstehen. »Wenn ihr schon nicht euch selbst retten wollt, dann denkt an das Wissen, das ihr retten könnt – das Erbe einer Million Generationen!«

Eine Eiserne Orchidee in grünem Samt und Brokat glitt an Brannart Morphail vorbei, dessen Monolog eine unleugbare thematische Ähnlichkeit mit Mongroves Ausführungen besaß, obwohl er dem düsteren Riesen mit Sicherheit nicht zuhörte. Mit einiger Beunruhigung hörte Jherek, wie sie sagte: »Natürlich hast du völlig recht, Brannart. Um offen zu sein, ich habe vor, selbst eine Zeitreise zu unternehmen. Ich weiß, daß du das mißbilligst, aber es ist möglich, daß ich dir von Nutzen sein werde ...«

Ihre weiteren Worte konnte Jherek nicht verstehen. Er zuckte die Schultern und tat die Bemerkung als vorübergehende Laune ab.

Süßes Gestirn Mazis liebte sich auf äußerst interessante Weise mit Mistress Christia, der Ewigen Konkubine. Ihre ineinander verschlungen Körper trieben durch das Gewirr der anderen Gäste. An einer anderen Stelle reichten sich Orlando Chombi, Kimick Miethirn und O'Kala Incarnadine die Hände zu einem komplizierten Lufttanz, während die kürzlich neu erschaffene Gräfin von Monte Carlo ihren Körper ausdehnte, bis er zehn Meter groß und fast unsichtbar war; dies geschah offenbar zur Unterhaltung der Kinder aus dem Hort, die sich um sie drängten und vor Entzücken lachten.

»Wir haben eine Pflicht unseren Ahnen gegenüber!« ächzte Mongrove, der vorübergehend verschwunden war. Jherek vermutete, daß er irgendwo unter der Lawine aus blauen und grünen Rosen begraben lag, die Doktor Volospion von seiner pegasusgezogenen Plattform gekippt hatte. »Und jenen (Kreisch) gegenüber, die nach uns kommen ...« fügte eine krächzende, gedämpft klingende Stimme hinzu.

Jherek seufzte. »Wenn sich nur Jagged erklären würde, Amelia! Ich bin sicher, das würde der Verwirrung ein Ende bereiten.«

»Vielleicht ist er tot«, sagte sie. »Das war Ihre Befürchtung.«

»Dieser Schlag wäre schwer zu ertragen. Er war mein bester Freund. Ich habe noch nie jemand gekannt, der nicht wiederbelebt werden konnte.«

»Genau das meint Mongrove – daß nach der Apokalypse niemand wiederbelebt werden wird.«

»Ich glaube auch, daß diese Perspektive attraktiver ist, denn dann wird niemand unter dem Verlust leiden.« Sie sanken zu Boden, der noch immer von matt flatternden Habichtjungen übersät war. Viele waren bereits verhungert, weil Wakaka Nakooka vergessen hatte, sie zu füttern. Geistesabwesend desintegrierte Jherek sie, damit er und Amelia landen und von unten das Fest betrachten konnten, auf dem es inzwischen wesentlich lebhafter zuging als bei ihrer Ankunft.

»Ich dachte, Sie wären der Meinung, daß das Leben ewig währt, Amelia?« sagte er, während er nach oben schaute.

»Das ist mein *Glaube*, nicht meine Meinung.«

Der Unterschied blieb ihm verborgen.

»Das Leben nach dem Tod«, begann sie, bemüht, ihrer Stimme einen überzeugten Tonfall zu verleihen, um dann zu zögern und halb zu sich selbst hinzuzufügen: »Nun ja, vielleicht gibt es ein Leben nach dem Tod, so schwer vorstellbar das auch ist. Ah, es ist so schwer, den Glauben zu bewahren ...«

»Es ist das Ende aller Dinge«, fuhr Mongrove aus dem Inneren des Rosenbergs fort. »Ihr seid verloren! Verloren! Ihr wollt nicht hören! Ihr wollt nicht verstehen! Wehe! Oh, wehe euch!«

»Mr. Carnelian, wir sollten wirklich versuchen, Lord Mongrove Gehör zu verschaffen!«

Jherek schüttelte den Kopf. »Was er zu sagen hat, ist nicht besonders interessant. Schließlich wiederholt er sich, oder? Und Yusharisp hat das gleiche schon auf der afrikanischen Party des Herzogs prophezeit. Es bedeutet niemandem ...«

»Mir bedeutet es sehr viel.«

»Wie das?«

»Es bringt eine Saite in mir zum Schwingen. Mongrove ist wie der Prophet, auf den niemand hören will. Und am Ende bewahrheiten sich seine Worte doch. Die Bibel ist voll von solchen Geschichten.«

»Dann brauchen wir doch gewiß nicht noch mehr?«

»Sie stellen sich bewußt dumm!«

»Ich versichere Ihnen, das ist nicht der Fall.«

»Dann helfen Sie Mongrove.«

»Unsere Charaktere sind so verschieden. Brannart wird ihn trösten, und Werther de Goethe natürlich auch. Und Li Pao. Er hat viele Freunde; viele, die ihm zuhören werden. Sie werden sich treffen und einander versichern, daß alle anderen Narren sind, daß nur sie die Wahrheit kennen und daß sie das Recht haben, alles zu bestimmen und so weiter. Es wird sie aufheitern, und sie werden zweifellos niemandem das Vergnügen verderben. Unter Umständen erweisen sich ihre Eskapaden sogar als unterhaltsam.«

»Ist ›unterhaltsam‹ Ihr einziges Kriterium?«

»Amelia, wenn Sie möchten, werde ich sofort zu Mongrove gehen und in seine Klagen einstimmen. Aber ich werde nicht mit dem Herzen dabei sein, Liebe meines Lebens, Freude meines Daseins.«

Sie seufzte. »Ich möchte nicht, daß Sie eine Lüge leben, Mr. Carnelian. Sie durch Heuchelei zu ermutigen wäre eine Sünde.«

»Sie sind wieder ein wenig ernst geworden, liebste Amelia.«

»Ich bitte um Entschuldigung. Offenbar gibt es also keine Möglichkeit. Sie glauben, daß Mongroves Verhalten nur eine Pose ist?«

»So wie unser aller Verhalten, was vom jeweiligen Charakter abhängig ist. Er ist nicht unehrlich, es ist nur so, daß er eine bestimmte Rolle gewählt hat, obwohl er weiß, daß viele andere Meinungen ebenso interessant und wertvoll sind wie seine.«

»Nur noch wenige kurze Jahre verbleiben uns ...«, grollte Mongrove; er schien jetzt weiter weg zu sein.

»Er glaubt nicht wirklich an das, was er sagt?«

»Ja und nein. Er hat sich entschlossen, daran zu glauben. Es war eine bewußte Entscheidung. Morgen könnte er eine entgegengesetzte Entscheidung treffen, wenn ihn seine Rolle langweilen sollte (und ich vermute, sie *wird* ihn langweilen, wenn er erkennt, wie sehr er andere langweilt).«

»Aber Yusharisp ist aufrichtig.«

»In der Tat, der arme Kerl.«

»Dann gibt es keine Hoffnung für unsere Welt.«

»Das glaubt Yusharisp.«

»Sie nicht?«

»Ich glaube alles und nichts.«

»Mir ist bis jetzt nicht klar gewesen ... Ist das die Philosophie vom Ende der Zeit?«

»Ich nehme es an.« Jherek sah sich um. »Ich glaube nicht, daß wir Lord Jagged hier treffen werden. Lord Jagged könnte Ihnen alles erklären, denn er diskutiert gern über abstrakte Dinge. Ich habe noch nie viel dafür übrig gehabt. Ich habe es immer vorgezogen, etwas zu unternehmen, statt zu reden. Ich bin ein Mann der Tat, wissen Sie. Zweifellos liegt es an dem Umstand, daß ich das Produkt einer natürlichen Geburt bin.«

Als sie ihn das nächste Mal ansah, waren ihre Augen voller Wärme.

13. Kapitel

DIE EHRE EINES UNDERWOOD

»Ich bin mir noch immer unschlüssig. Vielleicht sollten wir von vorn anfangen?«

Liebenswürdig desintegrierte Jherek den Westflügel.

Sie bauten seine Ranch um. Die gotische Bromleyer Villa aus rotem Ziegelstein war verschwunden. An ihrer Stelle erhob sich ein größeres, wesentlich freundlicheres Gebäude, das durch seine kannelierten Türme und kunstvoll geformten Fenster weit mehr mit dem echten gotischen Stil des mittelalterlichen Frankreich und Belgien gemein hatte.

»Ich glaube, es ist alles ein wenig zu prächtig«, sagte sie und rieb ihr zartes Kinn. »Und dennoch würde es nur in Bromley eindrucksvoll wirken. Hier sieht es beinahe simpel aus.«

»Wenn Sie es einmal mit Ihrem Amethyst-Energiering versuchen wollen?« murmelte Jherek.

»Ich muß mich erst noch daran gewöhnen ...« Aber sie drehte den Ring und konzentrierte sich gleichzeitig.

Ein Märchenturm, Wunschbild ihrer Kindheit, erschien. Sie konnte sich nicht dazu überwinden, ihn wieder aufzulösen.

Er war entzückt und bewunderte das schlanke, vierzig Meter hohe Bauwerk, das von Zwillingsecktürmen mit roten konischen Dächern gekrönt wurde. Es glitzerte. Es war weiß. Es hatte winzige Fenster.

»Welch elegantes Beispiel für die Architektur des Zeitalters der Morgenröte!« lobte er sie.

»Sie halten es nicht für zu phantasievoll?« Ihr Werk gefiel ihr, aber sie war zu schüchtern, es laut zu sagen.

»Ein Paradebeispiel zweckmäßigen Bauens!«

»Das wohl kaum...« Sie errötete. Ihre gestaltgewordene Phantasie versetzte sie in Erstaunen.

»Mehr! Sie müssen mehr erschaffen!«

Sie drehte erneut den Ring, und ein zweiter Turm erschien, durch eine kleine Marmorbrücke mit seinem Gegenstück verbunden. Nach kurzem Zögern desintegrierte sie das ursprüngliche Gebäude, das er auf ihre Bitte hin erschaffen hatte, und ersetzte es durch eine Eingangshalle mit darüberliegenden Wohnräumen. Dann kümmerte sie sich um die Landschaft. Ein Burggraben erschien, der von einem glitzernden Fluß mit Wasser versorgt wurde. Geometrisch angelegte Ziergärten, in denen ihre Lieblingsblumen wuchsen, erstreckten sich in alle Richtungen und wichen dann Heckenrosen, weiten Rasenflächen und einem See mit Zypressen, Pappeln und Trauerweiden. Der Himmel nahm eine blaßblaue Färbung an, und die weißen Wolken waren noch nie so weiß gewesen; dann bemalte sie den Hintergrund mit zarten rosa und gelben Tönen, wie bei einem beginnenden Sonnenuntergang. Alles war so, wie sie es sich einst erträumt hatte, nicht als respektable Bromleyer Hausfrau, sondern als kleines Mädchen, das Märchen mit dem Gefühl gelesen hatte, sich mit verbotener Lektüre zu beschäftigen. Ihr Gesicht leuchtete, während sie das Kunstwerk schuf. Eine neue Unschuld erblühte in ihr. Jherek beobachtete sie und genoß ihre Freude.

»Oh, ich sollte nicht ...«

Ein Einhorn graste auf dem Rasen. Es sah mit sanften, klugen Augen auf. Sein goldenes Horn funkelte im Sonnenlicht.

»Man hat mir gesagt, so etwas würde es nie geben, und jetzt ist es Wirklichkeit geworden. Ich weiß noch, daß mich meine Mutter wegen meiner Vorliebe für törichte Märchen ermahnt hat. Sie meinte, daraus könnte nichts Gutes entstehen.«

»Und so denken Sie noch immer, nicht wahr?«

Sie warf ihm einen kurzen Blick zu. »Das *sollte* ich denken, nehme ich an.«

Er sagte nichts.

»Meine Mutter behauptete, daß kleine Mädchen, die an Märchen glauben, zu oberflächlichen, nutzlosen und schlußendlich enttäuschten Frauen heranwachsen, Mr. Carnelian. Die Welt, wurde mir gesagt, sei hart und schrecklich, und wir müßten in ihr leben, um zu beweisen, daß wir es wert sind, im Himmel zu wohnen.«

»Ein vernünftiger Glaube. Obwohl, wie ich meine, auf lange Sicht wenig lohnenswert. Zumindest schränkt er einen ein.«

»Einschränkungen wurden für gut gehalten. Ich bin ebenfalls dieser Meinung gewesen.«

»Ich weiß.«

»Trotzdem gibt es hier nicht mehr Grausamkeit als in meiner Welt.«

»Grausamkeit?«

»Ihre Menagerien.«

»Natürlich.«

»Aber ich erkenne jetzt, daß Sie nicht bewußt grausam sind. In dieser Hinsicht sind Sie und Ihre Freunde keine Heuchler.«

Er war überglücklich. Er genoß den Klang ihrer Stimme, wie er vielleicht das friedliche Summen eines Insektes genossen hätte. Er sprach nur, um sie zum Fortfahren zu ermuntern.

»In meiner Gesellschaft gibt es mehr Gefangene als Sie sich vorstellen können«, sagte sie. »Wie viele Frauen sind die Gefangenen ihres Haushaltes, ihrer Männer?« Sie schwieg einen Moment. »Zu Hause hätte ich es nie gewagt, solch radikale Dinge zu denken, geschweige denn, sie auszusprechen!«

»Warum nicht?«

»Weil es andere verletzt und meine Freunde gestört hätte. Die sozialen Zwänge, denen man unterliegt, sind viel stärker als die gesetzlichen und moralischen. Haben Sie nicht gewußt, daß es so etwas in meiner Welt gibt, Mr. Carnelian?«

»Ich weiß einiges über sie, aber nicht viel. Sie müssen mir mehr beibringen.«

»Ich habe die Gefängnisse gesehen, als Sie eingesperrt waren. Wie viele Gefangene sind dort ohne eigenes Verschulden hineingeraten? Opfer der Armut. Und die Armut versklavt Millionen Menschen, mehr, als in Ihre Menagerien hineinpassen würden. Oh, ich weiß. Ich weiß. Sie hätten darauf hinweisen können, und mir wäre es nicht möglich gewesen, es zu leugnen.«

»Ah?«

»Es ist freundlich von Ihnen, daß Sie mich aufheitern wollen, Mr. Carnelian.« Mrs. Underwoods Stimme sank zu einem Flüstern herab, als sie wieder ihre erste Schöpfung betrachtete. »Oh, es ist so schön!«

Er stellte sich neben sie, und als er einen Arm um ihre Schulter legte, wehrte sie sich nicht.

Die Zeit verging. Sie richtete ihren Palast mit einfachen, bequemen Möbeln ein, ohne die Räume zu überladen. Boden und Wände wurden mit Gobelins und Brokat geschmückt. Sie sorgte für die strikte Einhaltung des Tag-und-Nacht-Rhythmus. Sie erschuf zwei große, langhaarige, schwarz-weiß-gefleckte Katzen, und die Parks um den Palast wurden mit Hirschen und Einhörnern bevölkert. Sie sehnte sich nach Büchern, aber er konnte keine für sie finden, und schließlich begann sie sich selbst eins zu schreiben und fand dies fast so befriedigend wie das Lesen. Aber er mußte noch immer um sie werben. Und noch immer weigerte sie sich, ihm ihre Zuneigung zu gestehen. Wenn er ihr einen Heiratsantrag machte, wie er es gelegentlich tat, entgegnete sie, daß sie den feierlichen Schwur abgelegt hatte, Mr. Underwood treu zu bleiben, bis daß der Tod sie schied.

Mit der Zeit gelangte er zu der logischen Erkenntnis, daß Mr. Underwood tot war, und das schon seit vielen Jahrtausenden. Sie war mithin frei. Er begann zu argwöhnen, daß sie sich einen Dreck um ihr Gelöbnis zu Mr. Underwood scherte, daß sie ein Spiel mit ihm trieb oder darauf wartete, daß er etwas unternahm. Doch was er unternehmen sollte, darauf lieferte sie ihm nicht den kleinsten Hinweis.

Dieses Idyll, so beglückend es auch war, wurde nicht nur durch seine Enttäuschung, sondern auch durch seine Sorge um Lord Jagged von Kanarien getrübt. Ihm war klar geworden, in welchem Ausmaß er sich darauf verlassen hatte, daß Jagged ihm sagte, was er tun mußte, daß er ihm die Welt erklärte und ihm half, sein Schicksal zu bestimmen. Der Humor seines Freundes, seine Ratschläge, ja, seine Weisheit, vermißte Jherek sehr. Jeden Morgen beim Aufwachen hoffte er, Lord Jaggeds Luftwagen am Horizont zu sehen, und jeden Morgen wurde er enttäuscht.

Eines Morgens jedenfalls, als er es sich allein auf einem Balkon bequem gemacht hatte, während Mrs. Underwood an ihrem Buch arbeitete, erschien eine Art ägyptisches Schiff aus Ebenholz und Gold, und es war Bischof Burg, eine Krone auf dem eindrucksvollen Kopf balancierend, in der linken Hand einen langen Stab, und am Gürtel drei goldene Reichsäpfel – der würdevoll von seinem Luftwagen auf den Balkon übersetzte, Jherek leicht auf die Stirn küßte und seinen weißen Leinenanzug bewunderte, den Mrs. Underwood für ihn erschaffen hatte.

»Seit der Party des Herzogs«, berichtete der Bischof, »haben sich die Wogen wieder geglättet. Wir führen wieder unser altes Leben; nicht ohne Erleichterung, wie ich gestehen muß. Mongrove war eine große Enttäuschung, meinst du nicht auch?«

»Der Herzog von Queens hält ihn für ein großes Unterhaltungstalent. Ich kann mir nicht vorstellen, warum.«

»Er ist in Geschmacksfragen wirklich nicht mehr auf dem laufenden. Für jemand, der der beliebteste Gastgeber sein möchte, ist das wohl kaum von Vorteil.«

»Dabei«, fügte Jherek hinzu, »haben ihn persönlich die Prophezeiungen des Außerirdischen nicht im geringsten interessiert. Wahrscheinlich hat er gehofft, daß Mongrove auf seiner Reise durch das Universum einige Abenteuer erlebt hat – sensationell genug, daß sie die Weitergabe lohnen. Aber ich fürchte, Mongrove würde selbst die beste Anekdote verderben.«

»Deshalb lieben wir ihn auch.«

»Zweifellos.«

Mrs. Underwood, ganz in Rosarot und Gelb, betrat das Zimmer hinter dem Balkon. Sie streckte ihre Hand aus. »Lieber Bischof Burg. Wie freue ich mich, Sie zu sehen. Bleiben Sie zum Mittagessen?«

»Wenn es Ihnen keine Umstände macht, Mrs. Underwood.« Er hatte sich offensichtlich mit den Sitten und Gebräuchen des neunzehnten Jahrhunderts vertraut gemacht.

»Natürlich nicht.«

»Und wie geht es meiner Mutter, der Eisernen Orchidee?« fragte Jherek. »Hast du sie in der letzten Zeit gesehen?«

Bischof Burg kratzte sich mit seinem Bischofsstab die Nase. »Also hast du es noch nicht gehört? Sie will dir Konkurrenz machen, Jherek, wenn du mich fragst. Irgendwie hat sie Brannart Morphail dazu gebracht, ihr eine seiner kostbaren Zeitmaschinen zu überlassen. Sie ist fort!«

»Durch die Zeit?«

»Nichts weniger als das. Sie hat Brannart versprochen, mit einem Beweis für seine Theorien zurückzukehren, mit Belegen dafür, daß die Geschichten, die du ihm erzählt hast, frei erfunden waren! Ich bin überrascht, daß dir noch niemand etwas davon gesagt hat.« Bischof Burg lachte. »Sie ist so originell, deine wunderschöne Mutter!«

»Aber vielleicht wird sie dabei umkommen«, sagte Mrs. Underwood. »Ist sie sich der Risiken bewußt?«

»Voll und ganz, vermute ich.«

»Oh!« rief Jherek. »Mutter!« Er schlug die Hand vor den Mund; er biß sich auf die Unterlippe. »Sie sind es, Amelia, der sie Konkurrenz machen will. Sie fühlt sich von Ihnen verdrängt!«

»Hat sie gesagt, wann sie zurückkehren will?« wandte sich Mrs. Underwood an Bischof Burg.

»Nicht direkt. Vielleicht weiß Brannart Bescheid. Er überwacht das Experiment.«

»Überwacht! Ha!« Jherek griff sich an den Kopf.

»Wir können nur beten – Verzeihung – hoffen, daß sie unversehrt zurückkehrt«, erklärte Mrs. Underwood.

»Die Zeit kann die Eiserne Orchidee nicht besiegen!« Bischof Burg lachte. »Sie sehen alles zu düster. Sie wird bald zurück sein – zweifellos mit Geschichten über Heldentaten, die eure verblassen lassen –, und ich bin sicher, daß genau das ihre Absicht ist.«

»Nur Glück hat uns beide vor dem Tod bewahrt«, erwiderte Mrs. Underwood.

»Dann wird das gleiche Glück ihr zu Hilfe eilen.«

»Wahrscheinlich hast du recht«, stimmte Jherek zu. Er war bedrückt. Zuerst war sein bester Freund verschwunden, und jetzt seine Mutter. Er sah Mrs. Underwood an, als würde sie im nächsten Moment direkt vor seinen Augen verschwinden, wie es schon einmal, vor langer Zeit geschehen war, als er zum ersten Mal versucht hatte, sie zu küssen.

Für Jhereks Gefühl klang Mrs. Underwoods Stimme fröhlicher, als es die Situation erwarten ließ. »Ihre Mutter wird nicht sterben, Mr. Carnelian. Sie wissen doch auch, daß sie nur eine Kopie in die Vergangenheit geschickt hat. Das Original ist wahrscheinlich noch immer hier.«

»Ich glaube nicht, daß das möglich ist«, sagte er. »Es hat etwas mit der Lebensessenz zu tun. Ich habe die Theorie der Transmigration nie ganz verstanden, aber ich glaube nicht, daß man einen Doppelgänger durch die Zeit schicken kann, ohne ihn zu begleiten.«

»Sie wird zurückkehren«, versicherte Bischof Burg lächelnd.

Aber Jherek, der in seiner Sorge um Lord Jagged bereits zu der Überzeugung gelangt war, daß ihn der Tod ereilt hatte, versank in Schweigen und war während des Mittagessens ein schlechter Gastgeber.

Die nächsten Tage vergingen ohne Zwischenfall, und gelegentlich kamen Lady Charlotina, der Herzog von Queens oder Bischof Burg zu Besuch. Die Gespräche drehten sich oft um das vermutliche Schicksal der Eisernen Orchidee, was unvermeidbar war, aber falls Brannart Morphail eine Nachricht von ihr erhalten hatte, gab er sie an niemanden weiter, nicht einmal an Lady Charlotina, die noch immer seine Schutzherrin spielte und ihm in ihrem riesigen Palast Unter-dem-See Laboratorien zur Verfügung stellte. Und Brannart weigerte sich auch, das Ziel der Eisernen Orchidee zu verraten.

In der Zwischenzeit machte Jherek Amelia Underwood weiter den Hof. Sie brachte ihm die Gedichte Wheldrakes bei (oder zumindest jene, die sie behalten hatte), und er stellte fest, daß sie sich auf ihre

Situation beziehen ließen. – *»So nah sich diese Liebenden auch standen – die Welt sie dennoch trennte«* – *»Des Schicksals Grausamkeit sie zwang / Allein zu sein, ein Leben lang«* und so weiter – bis sie gestand, daß er, der ihr Lieblingsdichter gewesen war, sie nicht mehr interessierte. Aber Jherek Carnelian hatte den Eindruck, daß Amelia Underwood sich ein wenig für ihn zu erwärmen begann. Die Tatsache, daß sie ihm häufiger als bisher einen schwesterlichen Kuß gewährte, die Intensität ihres Händedrucks, die Art ihres Lächelns, alles verriet, daß ihre Vorbehalte schwanden. Er schöpfte Mut. In der Tat verlief ihr Zusammenleben in so ruhigen Bahnen, daß es fast schien, als wären sie verheiratet. Er hoffte, daß sich mit der Zeit zwangsläufig auch der Vollzug der Ehe daraus ergeben würde.

Friedlich lebten sie in den Tag hinein, und abgesehen von der nagenden Furcht im Hintergrund seiner Gedanken, daß seine Mutter und Lord Jagged vielleicht nie zurückkehren würden, war er so zufrieden wie nie zuvor seit jener Zeit, in der er zum ersten Mal zusammen mit Mrs. Underwood unter einem Dach gelebt hatte; und er verdrängte jeden Gedanken daran, daß jedesmal, wenn er sich an einen derartigen Frieden gewöhnt hatte, irgendein neues Drama über sie hereingebrochen war. Aber als die Tage auch weiterhin ereignislos verstrichen, wuchs in ihm die Furcht vor einer unvermeidlichen Katastrophe, bis er allmählich den Wunsch verspürte, daß das, was geschehen mußte, so bald wie möglich geschah. Er glaubte sogar den Auslöser des nächsten Schicksalsschlags zu kennen – entweder würde die Eiserne Orchidee mit sensationellen Neuigkeiten zurückkehren oder Jagged würde auftauchen und ihnen sagen, daß sie ins Paläozoikum reisen und dort eine bisher übersehene Aufgabe erledigen mußten.

Der Schicksalsschlag ließ nicht lange auf sich warten. Er erfolgte eines Morgens, etwa drei Wochen nachdem sie sich in ihrem neuen Haus eingerichtet hatten. Und er erfolgte in Form eines lauten und anhaltenden Klopfens an der Haustür. Jherek kroch aus seinem Bett und ging auf den Balkon, wo er sich über die Brüstung lehnte, um nachzuschauen, wer sie auf diese eigenartige Weise störte (niemand, den er kannte, hatte je diese Tür benutzt). Auf der reinen Dekorationszwecken dienenden Zugbrücke standen eine Anzahl Männer, denen er allen schon einmal begegnet war. Die Person, die an der Tür klopfte, war Inspektor Springer. Er trug einen neuen Anzug und eine neue Melone, die sich von ihren Vorgängern in keinerlei Hinsicht unterschieden. Um ihn drängten sich zehn oder zwölf kräftige Polizeibeamte; hinter den Polizeibeamten hatte sich mit wichtigtuerischem Gesichtsausdruck, der allerdings nur seine Nervosität verbergen sollte, kein anderer als Mr. Harold Underwood aufgebaut, auf der Nase der Kneifer, das heufarbene Haar streng in der Mitte gescheitelt, bekleidet mit einem Anzug aus gutem, dunklem Kammgarnstoff, Kragen und Manschetten blütenweiß und gestärkt, die Krawatte sorgfältig gebunden, die Schuhe spiegelblank. In der Hand hielt er einen Hut, der genauso wie Inspektor Springers Kopfbedeckung aussah. Etwas weiter entfernt, im Ziergarten, brummte ein großes Vehikel, das aus Zahnrädern, Ratschen, Kristallstäben und Polsterbänken bestand – ein offener, schachtelähnlicher Apparat, der Jherek an die Maschine aus dem Paläozoikum erinnerte. An den Kontrollen saß der bärtige Mann in Knickerbockers und Norfolkjacke, der ihnen seinen Korb überlassen hatte. Er war der erste, der Jherek entdeckte. Er winkte grüßend.

Von einem benachbarten Balkon drang ein erstickter Schrei: »Harold!«

Mr. Underwood hob den Kopf und sah kalt seine Gattin an, die mit ihrem Negligé und ihren Sandalen ganz und gar nicht wie eine brave Bromleyer Hausfrau wirkte.

»Ha!« machte er, als er seine schlimmsten Befürchtungen bestätigt fand. Dann entdeckte er Jherek, der auf ihn hinunterschaute. »Ha!«

»Was wollen Sie?« krächzte Jherek, bevor ihm einfiel, daß sie ihn nicht verstehen konnten.

Inspektor Springer räusperte sich, aber Harold Underwood kam ihm zuvor.

»Igrie gazer«, schien er zu sagen. »Rijika batterob Ehre!«

»Wir sollten Sie lieber hereinlassen, Mr. Carnelian«, sagte Mrs. Underwood mit matter Stimme.

14. Kapitel

ALARMIERENDE NACHRICHTEN, VIEL VERWIRRUNG, EIN ÜBERSTÜRZTER AUFBRUCH

»Ich bin, Sir«, sagte Inspektor Springer mit unverkennbarer Befriedigung, »mit Sondervollmachten ausgestattet. Der Innenminister persönlich hat mich beauftragt, diesen Fall zu übernehmen.«

»Die neue Maschine – mein, äh, Chronomnibus – ist beschlagnahmt worden«, meldete sich der Zeitreisende entschuldigend aus dem Hintergrund zu Wort. »Als Patriot, wenn auch nicht direkt einer, der aus diesem Universum stammt ...«

»Unter strengster Geheimhaltung«, fuhr der Inspektor fort, »haben wir unsere Mission vorbereitet ...«

Jherek und Mrs. Underwood standen an der Tür und musterten ihre Besucher.

»Und Ihre Mission ist?« Mrs. Underwood sah ihren Gatten nachdenklich an.

»Die Rädelsführer dieses Komplotts unter Arrest zu stellen und in unser Jahrhundert zurückzubringen, damit sie – unter anderem sind das natürlich Sie – betreffs ihrer Pläne und Ziele verhört werden können.« Offenbar zitierte Inspektor Springer direkt aus seinen Befehlen.

»Und Mr. Underwood?« fragte Jherek höflich. »Warum ist er hier?«

»Er is einer der wenigen, die die Leute, hinter denen wir her sind, identifizieren können. Jedenfalls hat er sich freiwillig gemeldet.«

Geistesabwesend fragte Mrs. Underwood: »Bist du gekommen, um mich heimzuholen, Harold?«

»Ha!« macht ihr Mann.

Sergeant Sherwood, schwitzend, und, wie es schien, mit den Nerven am Ende, löste sich von seinen Kollegen (die ebenso wie er unter einem Schock zu stehen schienen), nestelte an seinem steifen, dunkelblauen Kragen und trat salutierend neben seinen Vorgesetzten.

»Sollen wir diese beiden verhaften, Sir?«

Inspektor Springer befeuchtete nachdenklich seine Lippen. »Nee, noch 'n Momentchen, bevor's soweit is.« Er griff in seine Jackentasche, brachte ein Schriftstück zum Vorschein und wandte sich an Jherek: »Sind Sie der Eigentümer dieses Anwesens?«

»Nicht direkt«, erwiderte Jherek und fragte sich, ob die Übersetzerpillen, die er und Amelia genommen hatten, auch richtig wirkten. »Das heißt, wenn Sie mir vielleicht die Bedeutung dieses Begriffes erklären würden, könnte ich ...«

»Sind Sie der Eigentümer oder sind Sie's nich ...?«

»Sie meinen, ob ich dieses Haus erschaffen habe?«

»Von mir aus können Sie's auch gebaut haben. Ich will nur eines wissen ...«

»Mrs. Underwood hat es erschaffen, nicht wahr, Amelia?«

»Ha!« machte Mr. Underwood, als hätte sich sein schlimmster Verdacht bestätigt. Kühl musterte er das Märchenschloß.

»Diese Dame soll es gebaut haben?« Groll wallte in Inspektor Springer auf. »Nun hören Se mal zu ...«

»Ich nehme an, Sie kennen sich mit den Methoden des Häuserbaus am Ende der Zeit nicht aus, Inspektor«, sagte Mrs. Underwood in dem Versuch, die Situation zu retten. »Jeder Mensch hier trägt Energieringe. Mit ihnen kann man ...«

Gebieterisch hob Inspektor Springer eine Hand. »Lassen Se es mich anders ausdrücken. Ich hab hier 'nen Durchsuchungsbefehl für Ihre Wohnung und für jede andere Wohnung, die irgendwie verdächtig is oder von der ich glaube, daß sich in ihr mutmaßliche Kriminelle verstecken. Wenn Se also so freundlich wären und mir und meinen Männern gestatten würden, ins Haus ...«

»Gewiß.« Jherek und Amelia traten zur Seite, als Inspektor Springer seine Leute in den Hausflur führte. Harold Underwood zögerte einen Moment, aber schließlich schritt er dann doch über die Türschwelle, als beträte er damit die Unterwelt, während der Zeitreisende zurückblieb, die Mütze in den Händen hielt und unzusammenhängende Sätze von sich gab. »Schrecklich peinlich ... Hatte nicht die leiseste Ahnung ... Hielt es für einen Scherz, wirklich ... Bedaure die Unannehmlichkeiten ... Innenminister versicherte mir ... Sehe keinen Grund für das Eindringen ... Hätte niemals zugestimmt ...« Aber auf Jhereks einladenden Wink hin gesellte er sich zu den anderen. »Entzückendes Haus ... Große Ähnlichkeit mit den Bauwerken des, äh ... achtundfünfzigsten Jahrhunderts, oder? ... Freut mich, daß Sie unversehrt heimgekehrt sind ... Bin selbst noch unterwegs ...«

»Ich habe noch nie eine so große Zeitmaschine gesehen«, sagte Jherek, um ihn zu beruhigen.

»Nein?« Der Zeitreisende strahlte. »Sie ist ungewöhnlich, nicht wahr? Natürlich sind mir die kommerziellen Möglichkeiten nicht entgangen, obwohl alles für geheim erklärt wurde, seit sich die Regierung dafür zu interessieren begann, wie Sie sich vorstellen können. Dies war meine erste Gelegenheit, sie unter realistischen Bedingungen zu testen.«

»Ich halte es für das Beste, Sir«, schaltete sich Inspektor Springer ein, »diesen Leuten keine weiteren Informationen zu geben. Schließlich handelt es sich bei ihnen um mutmaßliche ausländische Agenten.«

»Oh, aber ich bin ihnen früher schon begegnet. Als ich mich bereiterklärte, Ihnen zu helfen, wußte ich nicht, daß es um diese Leute ging. Glauben Sie mir, Inspektor, sie sind mit fast an Sicherheit grenzender Wahrscheinlichkeit unschuldig.«

»Das habe ich zu entscheiden, Sir«, erwiderte der Polizeibeamte. »Die Beweise, die ich nach meiner Rückkehr dem Innenminister vorlegen konnte, waren erdrückend genug, um ihn von einer Verschwörung gegen die Krone zu überzeugen.«

»Er schien gar nicht recht zu wissen, um was es bei dieser undurchsichtigen Angelegenheit eigentlich ging. Die Fragen, die er mir stellte, waren nicht gerade klar zu nennen ...«

»Oh, der Fall ist wahrhaftig *undurchsichtig*. Derartige Fälle sind es oft. Aber mit der Zeit werde ich der Sache schon auf den Grund gehen.« Inspektor Springer befingerte die Kette seiner Taschenuhr. »Dafür gibt es eine Polizei, Sir. Um undurchsichtige Fälle aufzuklären.«

»Sind Sie sicher, daß Sie hier überhaupt zuständig sind, Inspektor?« fragte Mrs. Underwood.

»Dieser Herr hier«, – Inspektor Springer deutete auf den Zeitreisenden –, »hat mir versichert, daß wir noch immer auf englischem Boden sind. Deshalb ...«

»Wirklich?« rief Jherek. »Wie wundervoll!«

»Se dachten wohl, Se würden damit durchkommen, eh?« brummte Sergeant Sherwood und sah ihn höhnisch an. »Ham aber 'nen Fehler gemacht, wat, Kerl?«

»Wer wohnt hier noch?« fragte Inspektor Springer, als er und seine Leute in den Salon polterten. Voller Abscheu beäugte er die überall hängenden Blumenkörbe, Gobelins, Teppiche und Möbel, alles vom denkbar dekadentesten Zuschnitt.

»Nur wir.« Mrs. Underwood wich dem grimmigen Blick ihres Mannes aus.

»Ha!« machte Mr. Underwood.

»Wir haben getrennte Zimmer«, erklärte sie dem Inspektor, dessen gerötetes Gesicht allmählich einen lüsternen Ausdruck annahm.

»Nun, Sir«, sagte Sergeant Sherwood, »sollen wir dieses Pärchen zuerst zurückbringen?«

»Ins neunzehnte Jahrhundert?« fragte Jherek.

»Genau das meint er«, antwortete der Zeitreisende anstelle des Sergeanten.

»Das wäre Ihre Gelegenheit, Amelia.« Jhereks Stimme klang gepreßt. »Sie sagten doch, daß Sie noch immer den Wunsch haben ...«

»Das stimmt schon ...«, begann sie.

»Also ...?«

»Die Umstände ...«

»Sie beide bleiben besser hier«, wandte sich Inspektor Springer an zwei seiner Beamten, »und behalten sie im Auge. Wir werden das Haus durchsuchen.« An der Spitze seiner Leute steuerte er auf eine Treppe zu. Jherek und Amelia nahmen auf einer gepolsterten Bank Platz.

»Wie wäre es mit einer Tasse Tee?« fragte Amelia ihren Mann, den Zeitreisenden und die beiden Beamten.

»Nun ...«, sagte einer der Beamten.

»Das wäre 'ne gute Idee, Ma'am«, meinte der andere.

Jherek freute sich, ihnen gefällig sein zu können. Er drehte einen Energiering und ließ eine silberne Teekanne, sechs Porzellantassen samt Untertassen, einen Krug mit Milch und einen Krug mit heißem Wasser, ein Teesieb, sechs Silberlöffel und einen Primuskocher erscheinen.

»Keinen Kocher«, flüsterte sie ihm zu, »sondern Zucker.«

Er berichtigte seinen Fehler.

Wie ein Mann setzten sich die beiden Beamten plötzlich hin und starrten staunend den Tee an. Mr. Underwood blieb stehen, aber er wirkte noch steifer als zuvor. Er murmelte irgend etwas vor sich hin. Nur der Zeitreisende benahm sich normal.

Mrs. Underwood schien ein Lachen zu unterdrücken, während sie den Tee eingoß und die Tassen verteilte. Die Beamten akzeptierten den Tee, aber nur einer von ihnen trank ihn auch. Der andere sagte nur: »Jesses!« und stellte die Tasse auf den Tisch, während sein Kollege verzerrt lächelte und immer wieder: »Sehr gut, sehr gut!« sagte.

Über ihnen ertönte unvermittelt ein lautes Krachen. Dann ein Schrei. Verwirrt schauten Jherek und Amelia auf.

»Ich hoffe, sie beschädigen nicht ...«, begann der Zeitreisende.

Polternde Schritte näherten sich, und Inspektor Springer, Sergeant Sherwood und ihre Leute stürmten atemlos in den Salon.

»Sie greifen an!« schrie Sergeant Sherwood den beiden anderen Polizisten zu.

»Wer?«

»Die Feinde natürlich!« antwortete Inspektor Springer, eilte zum Fenster und sah vorsichtig nach draußen. »Sie müssen von der Besetzung dieses Hauses erfahren haben. Ein hinterhältiger Haufen, kann ich Ihnen sagen.«

»Was ist dort oben geschehen, Inspektor?« fragte Jherek und brachte seinem Gast eine Tasse Tee.

»Etwas hat die Turmspitze weggesäbelt, das is alles!« Automatisch nahm der Inspektor die Tasse entgegen. »Einfach abrasiert. Schätze, mit irgend'ner verdammten Schiffskanone. Ham Se hier irgendwo 'n Meer in der Nähe?«

»Ich fürchte, nein. Und ich frage mich, wer wohl dafür verantwortlich ist.« Jherek sah Amelia fragend an. Sie zuckte die Achseln.

»Der Zorn Gottes!« schlug Mr. Underwood hilfsbereit vor, aber niemand beachtete ihn.

»Ich erinnere mich, wie einmal ein Flugapparat des Herzogs von Queens auf meine Ranch gestürzt ist«, sagte Jherek. »Haben Sie einen Flugapparat gesehen, Inspektor?«

Inspektor Springer sah weiter nach draußen. »Es war wie'n Blitz aus heiterem Himmel«, brummte er.

»In dem einen Moment war das Dach noch da«, fügte Sergeant Sherwood hinzu, »im nächsten Moment war's verschwunden. Eine Explosion – dann – Peng! – verschwunden. Und 'ne Sekunde lang war's verdammt heiß.«

»Klingt nach einer Art Strahlenwaffe«, bemerkte der Zeitreisende und füllte seine Tasse.

Inspektor Springer erwies sich durch die Schnelligkeit, mit der er die Bemerkung aufnahm, als eifriger Leser populärer Wochenzeitschriften. »Sie meinen einen Todesstrahl?«

»Wenn Sie es so ausdrücken möchten.«

Inspektor Springer zupfte an seinem Schnurrbart. »Wir waren Narren, daß wir unbewaffnet hergekommen sind«, knurrte er.

»Ah!« Jherek erinnerte sich an seine erste Begegnung mit den Brigantenmusikern im Wald. »Wahrscheinlich sind die Lat zurückgekehrt. Sie hatten Waffen. Und sie haben ihre Wirkung demonstriert. Sehr beeindruckend.«

»Diese Letten! Hätt's mir denken können!« Inspektor Springer duckte sich. »Ham Se 'ne Möglichkeit, denen beizubringen, daß Se unsere Gefangenen sind?«

»Nicht die geringste, fürchte ich. Ich könnte hinausgehen und sie suchen, aber sie könnten Hunderte von Kilometern entfernt sein.«

»Hunderte? Oh, Jesses!« rief Sergeant Sherwood. Er sah hinauf zur Decke, als erwartete er, daß sie im nächsten Moment einstürzen würde. »Sie ham recht, Inspektor. Wir hätten 'n paar Pistolen einstekken sollen.«

»Der Jüngste Tag hat begonnen!« intonierte Harold Underwood mit erhobenem Finger.

»Wir müssen ihn mit Lord Mongrove bekanntmachen«, sagte Jherek begeistert. »Die beiden würden wunderbar miteinander auskommen, meinen Sie nicht auch, Amelia?«

Aber sie antwortete nicht. Mit einer Mischung aus Mitleid und Resignation sah sie ihren armen, verrückten Mann an. »Es ist meine Schuld«, murmelte sie. »Es ist alles meine Schuld. Oh, Harold, Harold!«

Erneut ertönte ein lauter Knall. Risse zeigten sich in den Wänden und der Decke. Jherek drehte einen Energiering und restaurierte das Schloß. »Ich glaube, das Dach ist wieder da, Inspektor, wenn Sie Ihren Rundgang fortsetzen wollen.«

»Ich werde 'nen Orden dafür bekommen, wenn ich das überlebe«, sagte Inspektor Springer. Er seufzte.

»Ich schlage vor, Sir«, meldete sich der Sergeant zu Wort, »daß wir das Beste daraus machen und schon einmal mit diesen beiden zurückkehren.«

»Wahrscheinlich ham Se recht. Wir schlagen uns zur Maschine durch. Und den beiden legen wir besser Handschellen an, eh?«

Zwei Beamte holten ihre Handschellen hervor und näherten sich Jherek und Amelia.

In diesem Moment tauchte eine Erscheinung vor dem Fenster auf und schwebte in den Salon. Es war Bischof Burg; er war völlig außer Atem und überaus erregt; die hohe Mitra saß schief auf seinem Kopf. »Oh, welche Abenteuer, ihr Lieben! Die Lat sind zurückgekehrt und zerstören *alles*! Sie morden, brandschatzen, vergewaltigen! Es ist wundervoll! Ah, ihr habt Besuch ...«

»Ich glaube, die meisten kennst du bereits«, sagte Jherek. »Dies ist Inspektor Springer, Sergeant Sherwood ...«

Bischof Burg sank langsam zu Boden, nickte, lächelte. Blinzelnd wichen die Beamten zurück.

»Sie haben auch *Gefangene* gemacht. Genauso, wie sie uns damals gefangengenommen haben. Oh, endlich ist die Langeweile beendet! Und es hat eine *Schlacht* gegeben – der Herzog von Queens als stolzer Kommandant unserer Luftflotte (die unglücklicherweise binnen weniger Sekunden vernichtet wurde, aber sehr hübsch aussah), und Lady Charlotina als Amazone auf einem *Streitwagen*. Das Vergnügen kehrt auf unsere öde Welt zurück! Zumindest einige Dutzend sind *tot*!« Um Verzeihung heischend fuchtelte er mit seinem Bischofsstab und wandte sich an die Gäste: »Sie müssen die Störung entschuldigen. Es tut mir so leid. Ich habe meine Manieren vergessen.«

»Ich kenn Sie«, sagte Inspektor Springer bedeutungsvoll. »Ich hab Sie schon mal verhaftet, im Café Royal.«

»Was bin ich froh, Sie wiederzusehen, Inspektor.« Es war offenkundig, daß Bischof Burg kein Wort von dem verstanden hatte, was der Inspektor zu ihm gesagt hatte. »Demnach haben Sie sich entschlossen, unsere Party am Ende der Zeit fortzusetzen?«

»Ende der Zeit?« echote Harold Underwood interessiert. »Armageddon?«

Amelia Underwood ging zu ihm. Sie versuchte, ihn zu trösten. Er schüttelte sie ab.

»Ha!« machte er.

»Harold. Du benimmst dich kindisch.«

»Ha!«

Niedergeschlagen blieb sie, wo sie war, und starrte ihn an.

»Ihr solltet die *Zerstörung* sehen«, fuhr Bischof Burg fort. Er lachte. »Bis auf Brannarts Laboratorien ist nichts von Unter-dem-See übriggeblieben. Aber die Menagerie ist vollständig verschwunden, und alle von Lady Charlotinas Räumlichkeiten – der See selbst – alles verschwunden! Es wird *Stunden* dauern, alles wieder herzustellen.« Er zupfte an Jhereks Ärmel. »Du mußt mit mir kommen und dir das Schauspiel ansehen, Jherek. Deshalb bin ich hier; um dafür zu sorgen, daß du nichts verpaßt!«

»Ihre Freunde werden nirgendwo hingehen, Sir. Und Sie, wie ich hinzufügen muß, auch nich.« Inspektor Springer bedeutete seinen Beamten einzugreifen.

»Wie wundervoll! Sie wollen auch Gefangene machen! Haben Sie auch Waffen, wie die Lat? Sie müssen sich irgend etwas besorgen, Inspektor, um sie auszustechen, wenn Sie nicht völlig im Schatten der Lat stehen wollen!«

»Ich dachte, diese Letten wären auf Ihrer Seite. Sie vergewaltigen, brandschatzen, morden?«

»Genau.«

»Ich hätte nie ...« Inspektor Springer kratzte sich am Kopf. »Also sind Sie nur die Werkzeuge dieser Burschen gewesen und nicht umgekehrt?«

»Ich glaube, es liegt ein Mißverständnis vor, Inspektor«, sagte Mrs. Underwood. »Sehen Sie ...«

»Mißverständnis!« Plötzlich sprang Harold Underwood auf sie zu. »Jezebel!«

»Harold!«

»Ha!«

Erneut ein Knall, lauter als die vorhergegangenen, und die Decke verschwand, gab den Blick auf den Himmel frei.

»Es können nur die Lat sein«, stellte Bischof Burg fachmännisch fest. »Ihr müßt wirklich mit mir kommen, Jherek und Amelia, wenn ihr nicht vernichtet werden wollt, bevor ihr an diesem Vergnügen teilgenommen habt.« Er führte sie zu seinem Luftwagen, der vor dem Fenster schwebte. »Wenn sie mit dieser Geschwindigkeit weitermachen, wird bald nichts mehr von unserer Welt übrig sein.«

»Haben sie wirklich vor, Sie alle zu töten?« fragte der Zeitreisende, als sie an ihm vorbeigingen.

»Ich glaube nicht. Eigentlich sind sie gekommen, um Gefangene zu machen. Mistress Christia«, wandte der Bischof sich an Jherek, »haben sie natürlich schon erwischt. Ich nehme an, es ist ihre Gewohnheit, durch die Galaxis zu ziehen und die Männer zu töten und die Frauen zu schänden.«

»Sie lassen das zu?« fragte Mrs. Underwood.

»Wie meinen Sie das?«

»Sie wollen dem nicht Einhalt gebieten?«

»Oh, irgendwann wird es sich nicht vermeiden lassen. Mistress Christia wäre im Weltraum bestimmt nicht glücklich. Insbesondere, wenn es dort so trostlos aussieht, wie Mongrove behauptet.«

»Was meinen Sie, Amelia? Sollen wir es uns anschauen? Mitmachen?« wollte Jherek wissen.

»Natürlich nicht.«
Er verbarg seine Enttäuschung.
»Vielleicht möchten Sie, daß *ich* von diesen Kreaturen geschändet werde?« sagte sie.
»Keinesfalls!«
»Vielleicht wäre es am besten, wenn wir uns in meinen Chronomnibus zurückziehen würden«, schlug der Zeitreisende vor, »zumindest bis ...«
»Amelia?«
Sie schüttelte den Kopf. »Die Umstände sind für mich zu peinlich. Der Zugang zur ehrbaren Gesellschaft ist mir von jetzt an verwehrt.«
»Dann werden Sie bleiben, liebste Amelia?«
»Mr. Carnelian, dies ist nicht der richtige Zeitpunkt, um Ihre Belästigungen fortzusetzen. Ich werde mich damit abfinden, daß ich eine Ausgestoßene bin, aber ich lege noch immer Wert auf gewisse Umgangsformen. Außerdem bin ich für Harold verantwortlich. Er ist ganz außer sich. Und das ist unsere Schuld. Nun, Ihre vielleicht nicht direkt – aber ein Großteil der Schuld lastet auf meinen Schultern. Ich hätte standhafter sein müssen. Ich hätte meine Liebe zu Ihnen nicht eingestehen dürfen ...« Und sie brach in Tränen aus.
»Also geben Sie es zu, Amelia!«
»Sie sind herzlos, Mr. Carnelian«, schluchzte sie, »und wenig taktvoll ...«
»Ha!« machte Harold Underwood. »Nur gut, daß ich die Scheidung bereits eingereicht habe ...«
»Hervorragend!« rief Jherek.
Erneut ein Knall.
»Meine Maschine!« schrie der Zeitreisende und rannte nach draußen.
»In Deckung, Männer«, befahl Inspektor Springer. Alle warfen sich zu Boden.
Bischof Burg war bereits in seinem Luftwagen, eingehüllt in eine Staubwolke. »Kommst du, Jherek?«
»Bedaure. Ich hoffe, du wirst dich auch allein amüsieren, Bischof Burg.«
»Das werde ich. Das werde ich.« Der Luftwagen stieg wie Charons Kahn hinauf in die oberen Luftschichten.
Nur Mr. und Mrs. Underwood und Jherek Carnelian standen noch aufrecht zwischen den Trümmern des Schlosses. »Kommen Sie«, sagte

Jherek zu beiden, »ich glaube, ich kenne einen sicheren Ort.« Er drehte einen Energiering. Sein alter Luftwagen, die Lokomotive, materialisierte. Sie war jetzt leuchtend rot und schwarz, aber noch immer quoll kalkfarbener Rauch aus ihrem Schornstein. »Vergeben Sie mir den Mangel an Einfallsreichtum«, bat er sie, »aber da wir in Eile sind ...«

»Sie wollen auch Harold retten?« fragte sie, als Jherek ihrem Mann hinaufhalf.

»Warum nicht? Sie haben gesagt, daß Sie für ihn verantwortlich sind.« Er lächelte fröhlich, während über ihren Köpfen ein sengender, roter Lichtblitz aus purer Energie röhrend hinwegzuckte. »Außerdem interessieren mich die Einzelheiten seiner geplanten Scheidung. Handelt es sich dabei nicht um die Zeremonie, die stattfinden muß, bevor wir heiraten können?«

Sie gab ihm keine Antwort darauf, als sie sich zu ihm auf den Führerstand gesellte. »Wohin bringen Sie uns, Mr. Carnelian?«

Die Lokomotive dampfte himmelwärts. »Ich bin völlig verräuchert«, sang er, »ich bin voller Ruß. Ich eß Aal geräuchert, und ich geh nie zu Fuß!« Mr. Underwood klammerte sich an die Brüstung und sah auf die Ruinen, die unter ihnen zurückblieben. Seine Knie zitterten. »Das war ein Eisenbahnerlied aus Ihrer Zeit«, erklärte Jherek. »Möchten Sie den Posten des Heizers übernehmen?«

Er bot Mr. Underwood die Platinschaufel an. Mr. Underwood nahm wortlos die Schaufel entgegen und fing mit mechanischen Bewegungen an, Kohle in die Feuerluke zu schaufeln.

»Mr. Carnelian! Wohin bringen Sie uns?«

»In Sicherheit, liebste Amelia. In Sicherheit, verlassen Sie sich darauf.«

15. Kapitel

IN DEM JHEREK CARNELIAN UND MRS. UNDERWOOD EINE ART ZUFLUCHT FINDEN UND MR. UNDERWOOD EINEN NEUEN FREUND GEWINNT

»Diese Stadt, liebste Amelia, bedrückt Sie doch nicht?«

»Ich finde diesen Ort so unwirklich. Mir ist gar nicht klar geworden, nach dem, was ich von diesen Siedlungen gehört habe, wie groß und wie, nun, wie irreal diese Städte sind!«

Mr. Underwood stand in einiger Entfernung auf der anderen Seite des kleinen Platzes. Grüne, fahl leuchtende Kugeln von der Größe eines Tennisballs glitten an seinen Armen hinauf und hinunter; er betrachtete sie in kindlicher Verzückung; die Luft hinter ihm war schwarz, purpurn und dunkelgrün, hier und dort karmesinrot gesprenkelt vom Dunst der Chemikalien, die in simulierten Atemzügen ausgestoßen und wieder eingesogen wurden; dicht daneben regnete es Bronzefunken, ein Bogen aus rosa Energie verband zwei Türme miteinander, Stahl sang. Die Stadt sprach murmelnd mit sich selbst, schien zu schlafen, gewiß aber vor sich hin zu dösen. Selbst die kleinen Bäche aus Quecksilber, die kreuz und quer vor ihnen den Boden teilten, schienen nur träge zu fließen.

»Die Städte schützen sich selbst«, erklärte Jherek. »Ich habe es schon erlebt. Keine Waffe funktioniert in ihren Mauern, keine Waffe von außen kann sie beschädigen, denn sie können mehr Energie aufbringen, als jede Waffe, die gegen sie eingesetzt wird. Sie sind so konstruiert worden.«

»Sie erinnert mehr an eine Fabrik als an eine Stadt«, bemerkte Mrs. Underwood.

»In Wirklichkeit«, sagte er, »handelt es sich bei ihr mehr um eine Art Museum. Es gibt mehrere solcher Städte auf dem Planeten; sie hüten die Reste unseres Wissens.«

»Diese Dämpfe – sind sie nicht giftig?«

»Nicht für Menschen. Sie können es nicht sein.«

Sie akzeptierte seine beruhigenden Worte, blieb aber wachsam, als er sie von dem Platz und durch eine Passage aus grellen gelben und malvenfarbigen Metallfarnen führte, die leichte Ähnlichkeit mit denen aus dem Paläozoikum hatten; seltsames graues Licht fiel durch die

Farne und verzerrte ihre Schatten. Mr. Underwood folgte ihnen in einigem Abstand und sang leise vor sich hin.

»Wir müssen uns überlegen«, flüsterte sie, »wie wir Harold heilen können.«

»Heilen von was?«

»Von seiner geistigen Verwirrung.«

»Er macht hier in der Stadt einen glücklicheren Eindruck.«

»Er glaubt zweifellos, daß er sich in der Hölle befindet. Genau wie ich damals. Inspektor Springer hätte ihn nicht mitbringen dürfen.«

»Ich bin mir nicht ganz sicher, ob der Inspektor aus eigenem Antrieb handelt.«

»Da stimme ich Ihnen zu, Mr. Carnelian. All dies riecht nach politischer Panik in meiner Heimat. Es gibt Gerüchte, daß bestimmte Kabinettsmitglieder sich in auffälliger Weise für Spiritismus und Freimaurerei interessieren. Es heißt sogar, daß der Prinz von Wales ...«

Sie erzählte ihm noch mehr derartige Dinge, die ihn völlig faszinierten. Ihre Informationen bezog sie, wie er herausfand, aus einem Flugblatt, das Mr. Underwood einmal mitgebracht hatte.

Die Passage ging in eine Schlucht zwischen hohen, glatten Gebäuden über, deren Fassaden mit sonderbaren semibiologischen Gewächsen bedeckt waren, von denen einige heftig zitterten; vor ihnen war etwas Rundes, Glühendes, Dunkles, das bei ihrem Nahen davonrollte und schließlich verschwand, als sie das Ende der Schlucht erreichten. Hier verbreiterte sich ihr Blickfeld, und sie sahen vor sich eine mit halbverrosteten Metallgegenständen übersäte Ebene – und in der Ferne wilde Flammenzungen, die an eine unsichtbare Wand leckten.

»Dort!« sagte er. »Die Waffen der Lat müssen dafür verantwortlich sein. Die Stadt hat ihr Schutzfeld aktiviert. Sehen Sie, ich habe Ihnen ja gesagt, daß wir hier sicher sind, liebe Amelia.«

Sie sah über die Schulter zurück zu der Stelle, wo ihr Gatte auf einem Gebilde saß, das halb aus Stein und halb aus einer Art getrocknetem Harz zu bestehen schien. »Ich wünschte, Sie würden sich um mehr Takt bemühen, Mr. Carnelian. Denken Sie daran, daß mein Gemahl Sie hören kann. Nehmen Sie Rücksicht auf seine Gefühle, wenn Sie auf meine schon keine Rücksicht nehmen!«

»Aber er hat Sie mir überlassen. Er hat es gesagt. Nach Ihren Sitten genügt das doch, oder nicht?«

»Er läßt sich von mir scheiden, das ist alles. Ich habe ein Recht darauf, mir meinen neuen Mann allein auszusuchen.«

»Natürlich. Aber Sie haben mich gewählt. Ich weiß es.«

»Ich habe nichts in dieser Richtung gesagt.«

»Das haben Sie, Amelia. Sie haben es vergessen. Mehr als einmal haben Sie mir Ihre Liebe gestanden.«

»Das bedeutet nicht – würde nicht bedeuten –, daß ich Sie auch heirate, Mr. Carnelian. Es besteht immer noch die Möglichkeit, daß ich nach Bromley zurückkehre – oder zumindest in meine eigene Zeit.«

»Wo Sie eine Ausgestoßene wären. Wie Sie selbst gesagt haben.«

»In Bromley. Nicht überall.« Aber ihr Gesicht verfinsterte sich. »Ich kann mir den Skandal vorstellen. Mit Sicherheit werden die Zeitungen darüber berichten. Oh, Gott.«

»Ihnen schien das Leben am Ende der Zeit zu gefallen.«

»Vielleicht hätte es mir auch weiter gefallen, wenn mich die Vergangenheit nicht in äußerst handgreiflicher Form eingeholt hätte.« Sie warf erneut einen Blick über die Schulter. »Wie soll man da Ruhe finden?«

»Es ist reiner Zufall. So etwas ist hier noch nie passiert.«

»Außerdem möchte ich Sie daran erinnern, daß laut Bischof Burg (von dem, was wir mit eigenen Augen gesehen haben, ganz zu schweigen) Ihre Welt direkt vor unserer Nase zerstört wird.«

»Nur vorübergehend. Sie kann binnen kürzester Zeit wiederaufgebaut werden.«

»Lord Mongrove und Yusharisp waren da ganz anderer Meinung.«

»Es fällt schwer, sie ernst zu nehmen.«

»Ihnen vielleicht. Mir nicht, Mr. Carnelian. Was sie sagen, ergibt sehr viel Sinn.«

»In Anbetracht der von Ihnen geschilderten Umstände gibt es wohl nur wenig Rettungsmöglichkeiten«, sagte eine andere Stimme, eine leise, sanfte, ein wenig schläfrig klingende Stimme.

»Soweit ich weiß«, erklärte Mr. Underwood, »gibt es keine.«

»Das ist interessant. Mir scheint die Theorie vertraut zu sein, aber die meisten Informationen, die ich zu Rate ziehen müßte, sind woanders gespeichert, in einer Schwesterstadt, an deren Koordinaten ich mich nicht erinnern kann. Jedenfalls neige ich zu der Annahme, daß es sich bei Ihnen entweder um eine Manifestation der Wahnvorstellungen dieser Stadt handelt (von denen es seit kurzem mehr als genug gibt), oder daß Sie selbst an Wahnvorstellungen leiden, ein Opfer Ihrer übersteigerten morbiden Faszination für alte Mythologien geworden sind. Ich

könnte mich irren – es hat eine Zeit gegeben, in der ich unfehlbar war, glaube ich. Zumindest bin ich nicht sicher, ob Ihre Beschreibung dieser Stadt mit den Fakten übereinstimmt, die mir noch immer zur Verfügung stehen. Ich weiß, Sie könnten behaupten, daß ich ebenfalls unter Wahnvorstellungen leide und deshalb die Wahrheit nicht erkenne, aber meine Instinkte bestätigen mich in meiner Überzeugung, während Sie mehr intellektuelle denn instinktive Überzeugungen vertreten; zumindest entnehme ich dies der Unlogik, die sich in Ihren bis jetzt geäußerten Analysen offenbart. Seit Sie auf mir sitzen, haben Sie sich mindestens dreimal widersprochen.«

Das Gebilde aus Stein und Harz hatte sich zu Wort gemeldet. »Eine Datenbank«, murmelte Jherek. »Es gibt so viele verschiedene Modelle, daß man sie manchmal gar nicht erkennt.«

»Ich glaube«, fuhr die Datenbank fort, *»daß Sie noch immer verwirrt sind und Ihre Gedanken noch nicht richtig geordnet haben, um vernünftig mit mir zu kommunizieren. Ich versichere Ihnen, daß ich weitaus zufriedenstellender arbeiten kann, wenn Sie Ihre Ansichten deutlicher formulieren.«*

Mr. Underwood schien von dieser Kritik nicht gekränkt zu sein. »Ich glaube, du hast recht«, nickte er. »Ich bin verwirrt. Nun, um ehrlich zu sein, ich bin wahnsinnig.«

»Wahnsinn ist nur der Ausdruck gewöhnlicher emotionaler Verwirrung. Die Furcht vor dem Wahnsinn kann, wie ich glaube, zu genau dem Wahnsinn führen, vor dem man sich fürchtet. Dies ist nur oberflächlich betrachtet ein Paradoxon. Wahnsinn könnte als Neigung umschrieben werden, die Welt zu vereinfachen, sie in leichtverständliche Metaphern zu fassen. Was Ihren Fall betrifft, so sind Sie offenbar von einer unerwarteten komplizierten Situation überfordert worden und deshalb versucht, sich in Simplifikationen zu flüchten – beispielsweise dieses Gerede von Verdammnis und Hölle –, um sich so eine überschaubare, erklärbare Welt zu erschaffen. Es ist bedauerlich, daß nur so wenige meiner Vorfahren überlebt haben, denn schon von Natur aus hätten sie sich besser in Ihre Gedankenwelt einfühlen können. Andererseits kann es natürlich auch sein, daß Sie mit diesem Wahnsinn gar nicht zufrieden sind, daß Sie sich lieber der komplizierten Wirklichkeit stellen und mit ihr zurechtkommen wollen. Wenn dem so ist, bin ich überzeugt, Ihnen ein wenig helfen zu können.«

»Du bist sehr freundlich«, sagte Mr. Underwood.

»Unsinn. Ich bin froh, Ihnen zu Diensten zu sein. Seit einer Million

Jahre habe ich so gut wie nichts zu tun gehabt. Ich lief schon Gefahr ›einzurosten‹. Glücklicherweise habe ich keine mechanischen Teile und kann deshalb lange Zeit ohne schädliche Folgen schlummern. Dennoch, da ich Teil eines überaus komplexen Systems bin, gibt es viele Informationen, die ich nicht mehr abrufen kann.«

»Dann bist du der Meinung, daß es sich hierbei nicht um das Jenseits handelt, daß ich nicht hier bin, um für meine Sünden bestraft zu werden, daß ich nicht für alle Ewigkeit hierbleiben muß und daß ich nicht, wie ich zunächst angenommen habe, tot bin.«

»Sie sind ganz gewiß nicht tot, denn Sie können noch immer reden, fühlen, denken und körperliche Bedürfnisse und Beschwerden empfinden ...«

Die Datenbank hatte eine Schwäche für abstrakte Unterhaltungen, die Mr. Underwood zu gefallen schien, aber Jherek und Amelia wurden es bald überdrüssig, ihr zuzuhören. »Sie erinnert mich an einen alten Lehrer aus meiner Schulzeit«, flüsterte sie lächelnd. »Und das ist genau das, was Harold im Moment braucht.«

Am Horizont erloschen die flackernden Leuchterscheinungen. Es wurde dunkel. Keine Sonne war am grellen Himmel zu sehen, über den Gaswolken von eigenartiger Färbung trieben. Hinter ihnen schien sich die Stadt zu regen, vor Alter und Anstrengung zu beben, fast klagend zu ächzen.

»Was wird aus Ihnen, wenn die Städte einmal ausfallen?« fragte sie ihn.

»Das ist unmöglich. Sie reparieren sich selbst.«

»Davon ist nichts zu sehen.« Noch während sie sprach, fielen zwei der Metallgebilde um und wurden zu Staub.

»Aber es stimmt«, erklärte er. »Auf ihre eigene Art sorgen sie dafür, daß es zu keinen Ausfällen kommt. Seit Jahrtausenden sieht es in den Städten so aus wie jetzt, und sie haben überlebt. Wir sehen nur die Oberfläche. Die eigentliche Stadt entzieht sich unseren Blicken, und sie ist so robust wie eh und je.«

Schulterzuckend nahm sie seine Erklärung hin. »Wie lange müssen wir hierbleiben?«

»Sie haben Schutz vor den Lat gesucht, nicht wahr? Wir bleiben hier, bis sie den Planeten wieder verlassen haben.«

»Sie wissen nicht, wann das sein wird?«

»Ich bin sicher, es wird nicht lange dauern. Entweder werden sie dieses Spiels überdrüssig, oder wir. Dann wird das Spiel enden.«

»Mit wieviel Toten?«

»Mit keinem, hoffe ich.«

»Sie können jeden einzelnen wiederbeleben?«

»Gewiß.«

»Auch die Insassen Ihrer Menagerien?«

»Nicht alle. Das hängt davon ab, was für einen Eindruck sie in unserer Erinnerung hinterlassen haben, verstehen Sie? Unsere Ringe sind bei der Rekonstruktion auf unseren Gedächtnisinhalt angewiesen.«

Mrs. Underwood verfolgte das Thema nicht weiter. »Wir scheinen hier am Ende der Zeit genauso gestrandet zu sein wie am Anfang«, sagte sie niedergeschlagen. »Wie kurz ist doch die Zeit gewesen, in denen wir wie normale Menschen leben konnten ...«

»Das wird sich ändern. Im Moment ist alles ein wenig durcheinandergeraten. Brannart meint, daß die chronologischen Fluktuationen ungewöhnlich lang anhalten. Wir müssen alle für eine Weile das Reisen durch die Zeit einstellen, dann wird sich alles wieder normalisieren.«

»Ich bewundere Ihren Optimismus, Mr. Carnelian.«

»Danke, Amelia.« Er ging weiter. »In dieser Stadt, so hat mir die Eiserne Orchidee erzählt, bin ich empfangen worden. Unter einigen Schwierigkeiten, wie es scheint.«

Sie sah sich um. Mr. Underwood saß noch immer auf der Datenbank und unterhielt sich angeregt mit ihr. »Sollen wir ihn hierlassen?«

»Wir können ihn später abholen.«

»Nun gut.«

Sie betraten ein Gebiet, das von einer dünnen Silberschicht bedeckt war, die unter ihren Schritten knirschte, aber nicht splitterte. Über eine elfenbeinerne Treppenflucht stiegen sie zu einer ornamentierten Brücke hinauf.

»Es erscheint mir passend«, sagte Jherek, »hier formell um Ihre Hand anzuhalten, Amelia, so wie es mein Vater bei meiner Mutter getan hat.«

»Ihr Vater?«

»Meine Mutter zieht es vor, seine Identität geheimzuhalten.«

»Also wissen Sie nicht, wer ...«

»Nein.«

Sie schürzte die Lippen. »In Bromley würde ein derartiger Umstand ausreichen, eine Heirat unmöglich zu machen.«

»Tatsächlich?«

»Oh, ja. – Aber wir sind nicht in Bromley«, fügte sie hinzu.

Er lächelte. »Nein, das sind wir nicht.«

»Jedenfalls ...«

»Ich verstehe.«

»Bitte, fahren Sie fort ...«

»Ich wollte sagen, daß es mir passend erscheint, Sie hier in dieser Stadt, wo ich empfangen wurde, zu fragen, ob Sie meine Frau werden wollen.«

»Sie meinen, falls ich jemals frei sein sollte?«

»Genau.«

»Nun, Mr. Carnelian, ich kann nicht sagen, daß das überraschend kommt. Aber ...«

»Mibix dug frishy hrunt!« erklang eine vertraute Stimme, und über die Brücke marschierten Kapitän Mubbers und seine Leute, bis an die Zähne bewaffnet und so ruchlos wie eh und je.

16. Kapitel

DER TOD HINTER DER MASKE

Als Kapitän Mubbers sie entdeckte, blieb er abrupt stehen und richtete seine Instrumentenwaffe auf Jherek.

Jherek war beinahe froh, ihn zu sehen. »Mein lieber Kapitän Mubbers ...«, begann er.

»Mr. Carnelian! Er ist bewaffnet!«

Jherek verstand nicht ganz den Grund ihrer Aufregung. »Ja. Die Musik ihrer Waffen ist die schönste, die ich je gehört habe.«

Kaptitän Mubbers zupfte eine Saite. Ein knirschendes Geräusch drang aus der glockenförmigen Mündung der Waffe; für einen Moment knisterte eine matte Aura blauer Funken um den Rand. Kapitän Mubbers stieß einen tiefen Seufzer aus und warf die Waffe auf die Steinplatten der Brücke. Ähnliches Knirschen und Knistern drang aus den anderen Instrumenten, mit denen seine Leute bewaffnet waren.

Jherek schob eine Übersetzerpille in den Mund (seit kurzem trug er ständig welche bei sich) und sagte: »Was führt Sie in die Stadt, Kapitän Mubbers?«

»Kümmer dich um deinen eigenen Scheißdreck, du Pimpf«, knurrte der Anführer der Invasoren aus dem Weltraum. »Wir Armgelenke wollen nichts anderes, als mit zugeknöpften Manschetten von hier wegkommen!«

»Ich verstehe nicht, warum Sie überhaupt hergekommen sind ...« Jherek sah Mrs. Underwood entschuldigend an, die nichts von dem Gesagten verstand. Er reichte ihr eine Pille. Sie schüttelte den Kopf und verschränkte resigniert die Arme.

»Wohl verwöhnt«, meinte einer der anderen Lat.

»Halt's Maul, Rokfrug«, befahl Kapitän Mubbers.

Aber Rokfrug fuhr fort: »Dieser schlüpferflickige Ort schien so verfault gut geschützt zu sein, daß wir dachten, hier wäre was zu holen. Aber da hat uns unser Pech natürlich wieder die Manschetten aufgeknöpft ...«

»Ich sagte, halt's Maul, Arschkopf!«

Aber Kapitän Mubbers schien bei seinen Leuten an Autorität eingebüßt zu haben. Sie verdrehten auf beleidigendste Art und Weise alle drei Augen und machten obszöne Gesten mit den Ellbogen.

»Aber Sie haben doch schon woanders mit Erfolg gewütet«, wandte sich Jherek an Rokfrug. »Ich dachte, Sie würden mit dem Zerstören und Vergewaltigen und so weiter gut vorankommen ...«

»Kackrichtig, aber dann ...«

»Kneif dein Arschloch zusammen, Arschgesicht!« brüllte sein Anführer.

»Oh, ellboge dich doch selbst!« gab Rokfrug zurück, aber ihm schien anschließend zu dämmern, daß er zu weit gegangen war. Seine Stimme sank zu einem selbstmitleidigen Murmeln herab, als ihn Kapitän Mubbers verweisend ansah. Selbst seine Kumpane hielten Rokfrugs Bemerkung für geschmacklos.

»Wir sind ein wenig gestreßt«, sagte einer von ihnen entschuldigend.

»Wer wäre das nicht?« Kapitän Mubbers trat trotzig gegen seine nutzlose Waffe. »All die furzige Mühe, die es uns gekostet hat, schlüpferflickig zu unserem Schiff zurückzukehren ...«

»... und alles, was wir zerstört haben, tauchte im nächsten Scheißmoment wieder auf«, klagte Rokfrug, der offensichtlich froh war, ein Thema gefunden zu haben, bei dem er seinem Kapitän zustimmen konnte.

»... und all unsere kotzigen Gefangenen sind plötzlich verschwunden«, fügte ein anderer Lat hinzu.

»Womit haben wir das verdient?« wandte sich Kapitän Mubbers weinerlich an Jherek. »Als wir diesen Planeten entdeckten, haben wir geglaubt, wir könnten ihn so leicht plündern wie man sich den Arsch abputzt.«

»Und seitdem«, sagte Rokfrug, »haben wir nur herumgelungert. Diese Leute haben doch die Manschetten aufgeknöpft. Wie kann man Leute terrorisieren, die einen auslachen? Außerdem verwandelt sich laufend die Umgebung ...«

»Es ist ein Planet der Illusionen«, erklärte Kapitän Mubbers gewichtig. Seine Pupillen wanderten in seinem Auge hin und her. »Ich meine, wahrscheinlich ist das hier nur eine weitere von ihren Fallen.« Er fixierte Jherek. »Stimmt das? Sie scheinen im Grunde Ihres Herzens ein anständiger Stümmler zu sein. Ist das eine Falle?«

»Ich glaube nicht, daß jemand Sie absichtlich in die Irre führt«, versicherte Jherek. »Um genau zu sein, man scheint sich sogar alle Mühe gegeben zu haben, Ihnen entgegenzukommen. Was ist geschehen? Wer hat Sie an Ihrem Treiben gehindert?«

»Nun, es war halb und halb. Teilweise ist uns einfach die furzige Puste ausgegangen«, antwortete Rokfrug. »Dann haben sich diese miesen kleinen Stümmler eingemischt. Sie ...«

Mrs. Underwood zerrte erregt an Jhereks Arm.

Schließlich drehte er sich um. Inspektor Springer, Sergeant Sherwood und die anderen Polizisten kamen mit grimmigen, triumphierenden Gesichtern die Treppe hinter ihnen hinaufgepoltert.

»Gee noo fig tendej vega!« sagte Inspektor Springer.

»Flux hark!« rief Mrs. Underwood.

Es wurde Zeit für Jherek, eine neue Pille einzunehmen.

»Ham uns direkt zu denen geführt, wat?« Inspektor Springer winkte seinen Leuten zu. »Packt sie, Männer!«

Wie Automaten marschierten die Beamten auf die Lat zu, die sich widerstandslos festnehmen ließen.

»Ich wußte, daß Se sich früher oder später mit denen treffen würden«, verriet Inspektor Springer Jherek. »Deshalb hab ich Se auch entkommen lassen.«

»Aber wie ist es Ihnen gelungen, uns zu folgen, Inspektor?« fragte Mrs. Underwood.

»Wir ham ein Fahrzeug beschlagnahmt«, sagte Sergeant Sherwood wichtigtuerisch.

»Wessen?«

»Oh – seins ...« Er deutete mit dem Daumen nach hinten.

Jherek und Amelia drehten sich und sahen nach unten. Dort stand der Herzog von Queens in einer hellblauen Uniform, die vom Schnitt her Sergeant Sherwoods nicht unähnlich war. Als sie ihn anstarrten, winkte er ihnen fröhlich mit seinem hellgelben Gummiknüppel zu und blies auf einer silbernen Pfeife.

»Großer Gott!« rief sie.

»Wir ham ihn zum Hilfspolizisten ernannt, nich wahr, Inspektor?« sagte Sergeant Sherwood.

»Manchmal isses ganz nützlich, nett zu sein.« Inspektor Springer lächelte in sich hinein. »Wenn's für einen selbst von Vorteil is.«

»Kroofrudi hrunt!« fluchte Kapitän Mubbers, als man ihn abführte.

Die Stadt bebte und ächzte. Plötzlich wurde es dunkel und dann wieder hell. Jherek bemerkte, daß alle gespenstisch blaß, fast bläulich im Gesicht waren, und das Licht nahm ihren Augen den Glanz, so daß sie an die Augen von Statuen erinnerten.

»Mann!« sagte Sergeant Sherwood. »Was war das?«

»Die Stadt ...«, flüsterte Mrs. Underwood. »Sie ist so reglos. So still.« Sie drückte sich an Jherek und ergriff seinen Arm. Er war froh, sie trösten zu können. »Geschieht so etwas oft?«

»Meines Wissens nie ...«

Keiner bewegte sich, selbst der Herzog von Queens unter ihnen war wie erstarrt. Die Lat grunzten nervös. Die Münder der meisten Polizeibeamten standen sperrangelweit auf.

Erneut ein heftiges Beben. Irgendwo in der Ferne klirrte ein Metallgegenstand und stürzte krachend zu Boden, aber das war der einzige Laut.

Jherek zog sie zur Treppe. »Ich glaube, es ist besser, wenn wir festen Boden unter den Füßen haben. Sofern der Boden fest *ist*.«

»Ein Erdbeben?«

»Die Welt ist für Erdbeben zu alt, Amelia.«

Sie eilten die Treppe hinunter, und ihr Beispiel animierte die anderen, ihnen zu folgen.

»Wir müssen Harold suchen«, sagte Mrs. Underwood. »Sind wir in Gefahr, Mr. Carnelian?«

»Ich weiß es nicht.«

»Sie sagten, in der Stadt wären wir in Sicherheit.«

»Vor den Lat.« Er konnte es kaum ertragen, in ihr totenbleiches

Gesicht zu sehen. Er zwinkerte, als würde dies das Bild vertreiben können. Aber das Bild blieb.

Sie erreichten den Herzog von Queens. Der Herzog strich über seinen Bart, der eine grausige rote Färbung angenommen hatte. »Ich bin zu deinem Schloß geflogen, Jherek, aber du warst schon fort. Inspektor Springer hat mir gesagt, er würde dich auch suchen, und so sind wir deiner Spur gefolgt. Es hat eine Weile gedauert, dich zu finden. Du weißt ja, wie diese Städte sind.« Er streichelte seine Pfeife. »Meinst du nicht auch, daß diese hier sich derzeit ein wenig seltsam benimmt?«

»Bricht sie zusammen?«

»Möglich – oder sie macht irgendeine radikale Veränderung durch. Man weiß ja, daß sich die Städte selbst regenerieren können. Ob dies jetzt der Fall ist?«

»Es gibt keinen Hinweis darauf ...«

Der Herzog nickte. »Dennoch, sie kann nicht zusammenbrechen. Die Städte sind unsterblich.«

»Vielleicht bricht sie nur oberflächlich zusammen.«

»Hoffentlich. Du siehst krank aus, Jherek, mein Bester.«

»Ich glaube, das tun wir alle. Das Licht.«

»In der Tat.« Der Herzog steckte seine Pfeife ein. »Weißt du, meine Außerirdischen sind mir entkommen. Während die Lat randaliert haben. Sie sind mit Yusharisp und Mongrove zu ihrem Schiff geflohen.«

»Sie sind fort?«

»Oh, nein! Sie verderben alles. Sie müssen die Lat gekränkt haben. Sie sehen ein wenig gekränkt aus, meinst du nicht? Yusharisp und seine Leute haben die Herrschaft übernommen!« Der Herzog lachte, aber es klang selbst für seinen Geschmack so unangenehm, daß er abbrach. »Ha, ha ...«

Die Stadt schien zu schlingern, als würde das gesamte Gebiet ins Rutschen geraten. Sie kämpften um ihr Gleichgewicht.

»Wir sollten lieber zum nächsten Ausgang gehen«, schlug einer der Polizisten mit heiserer Stimme vor. »Gehen, nicht rennen. Wenn niemand die Nerven verliert, müßte es uns gelingen, rechtzeitig von hier wegzukommen.«

»Wir ham das, was wir ham wollten«, stimmte Sergeant Sherwood zu. Seine Uniform war von einem hellen Grau. Er strich immer wieder über den Stoff, als würde er glauben, die Farbe sei Staub.

»Wo ham wir das Dingsda abgestellt?« Inspektor Springer nahm seine Melone ab und wischte mit einem Taschentuch über das

Schweißband. Fragend sah er den Herzog von Queens an. »Achtung, Hilfspolizist!« Sein Lächeln war verkrampft und grausig anzuschauen. »Dieses Luftschiff?« Noch nie hatte ein Scherz so gequält geklungen.

Einen Moment lang war der Herzog von Queens vom Benehmen des Inspektors so verwirrt, daß er ihn nur anstarrte.

»Das Luftschiff, ho, ho, das uns hierhergetragen hat!« Inspektor Springer setzte den Hut wieder auf und schluckte zwei- oder dreimal rasch hintereinander.

Die Antwort des Herzogs fiel unklar aus. »Ich glaube, irgendwo dort hinten.« Langsam drehte er sich, gestikulierte mit seinem Gummiknüppel (der braun geworden war) und versuchte, sich zu orientieren. »Oder war es dort?«

»Verdammich noch mal!« fluchte Inspektor Springer enttäuscht.

»Mibix?« Kapitän Mubbers sprach geistesabwesend, als sei er mit den Gedanken ganz woanders. Dann knabberte er weiter am Metall seiner Handschellen.

Der Boden gab ein Stöhnen von sich und bebte.

»Harold.« Mrs. Underwood zupfte Jherek am Ärmel. Er bemerkte, daß das weiße Leinen seines Anzugs nun grüngefleckt war. »Wir müssen ihn suchen, Mr. Carnelian.«

Als Jherek und Amelia zu der Stelle liefen, wo sie Mr. Underwood zurückgelassen hatten, trottete Inspektor Springer hinter ihnen her, dicht gefolgt von seinen Männern, die die grummelnden, aber gefügigen Lat trugen; das Schlußlicht bildete der Herzog von Queens, dessen Stimmung allmählich besser wurde, schien man doch endlich zur Tat zu schreiten. Taten, Sensationen waren sein Lebenselixier; ohne sie verkümmerte er.

Während Jherek und Amelia liefen, hörten sie die durchdringenden, unheimlichen Töne, die der Herzog mit seiner Pfeife erzeugte, und seine muntere Stimme: »Hoppla, hoppla, wir kommen!«

Bei jedem ihrer Schritte gab der Boden ein leises Gewisper von sich. An einer Stelle schien etwas Heißes und Organisches unter ihren Füßen zu pulsieren. Sie erreichten die mit rostendem Metall bedeckte Ebene. Trotz des Halbdunkels konnten sie Harold Underwood erkennen, der noch immer in eine Unterhaltung mit seinem Freund, dem Felsblock, vertieft war. Er sah auf. »Ha!« Seine Stimme klang freundlicher. »Also seid ihr alle wieder da. Meint ihr nicht auch, daß das einiges über eure irdische Heuchelei verrät?« Offenkundig hatte der Fels seine Überzeugungen nicht sehr beeinflußt.

Die Ebene keuchte, gab nach und verwandelte sich in eine kilometergroße Grube.

»Ich glaube, ich erschaffe besser einen neuen Luftwagen«, sagte der Herzog von Queens, der plötzlich stehengeblieben war.

Harold Underwood trat an den Rand der Grube und sah nach unten. Er strich über sein heufarbenes Haar und brachte seinen Scheitel in Unordnung. »Also gibt es zumindest ein Kellergeschoß«, murmelte er. »Ich schätze, man sollte erleichtert darüber sein.« Er traf Anstalten, hinunterzuklettern, wehrte sich aber nicht, als ihn seine Frau sanft zurückzog.

Der Herzog von Queens drehte nacheinander all seine Ringe. »Funktionieren unsere Ringe in der Stadt nicht?« fragte er Jherek.

»Ich weiß es nicht genau.«

Hinter ihnen stürzte lautlos ein Gebäude ein. Sie sahen zu, wie die Trümmerstücke über ihnen vorbeischwebten. Jherek bemerkte, daß die Haut seiner Freunde inzwischen einen fleckigen, glänzenden Teint angenommen hatte, der an Perlmutt erinnerte. Er näherte sich Amelia, die noch immer ihren Mann festhielt (der als einziger von allen Anwesenden gelassen wirkte). Sie entfernten sich von der Grube und vermieden es, die eigentliche Stadtgrenze zu überschreiten.

»Es geschieht selten, daß die Stadt überfordert wird«, sagte Harold Underwoods steinerner Vertrauter. *»Wer braucht nur so viel Energie?«*

»Also weißt du, was diesen Aufruhr verursacht hat?« erkundigte sich Jherek.

»Nein, nein. Vielleicht handelt es sich um ein Konversionsproblem. Wer weiß das schon? Sie könnten es bei der philosophischen Zentralabteilung versuchen. Allerdings glaube ich, daß ich alles bin, was davon übriggeblieben ist. Sofern ich sie nicht im Ganzen bin. Wer weiß schon, was ein Teil und was das Ganze ist? Und liegt das Ganze nicht in jedem Teil oder ein Teil in jedem Ganzen, oder unterscheiden sich das Ganze und das Teil voneinander, nicht in der Größe oder der Kapazität, sondern in essentieller Weise ...?«

Jherek drückte sein Bedauern aus, als er an dem Fels vorbeiging. »Es wäre wundervoll, mit dir über diese Fragen zu diskutieren«, entschuldigte er sich, »aber meine Freunde ...«

»Der Kreis ist der Kreis«, sagte Harold Underwood. »Zweifellos werden wir bald zurück sein. Bis dahin lebewohl.« Vor sich hin summend, ließ er sich von Jherek und Amelia fortführen.

»Wahr, wahr. Es liegt in der Natur der Realität, daß per Definition

nichts, was existiert, irreal sein kann, und da alles existieren kann, was vorstellbar ist, ist alles, was wir als irreal bezeichnen, real …«

»Seine Argumente sind manchmal ein wenig armselig«, sagte Harold Underwood fast entschuldigend. »Ich glaube nicht, daß er über die Macht verfügt, die er sich selbst zuschreibt. Nun, nun, nun, wer hätte geglaubt, daß Dante, ein Katholik, sich im Endeffekt als akkurat erweisen würde!« Er lächelte sie an. »Aber dann, denke ich, sollten wir auch diese sektiererischen Meinungsverschiedenheiten vergessen. Im Angesicht der Verdammnis sieht man klarer, eh?«

Mrs. Underwood keuchte. »War das ein Scherz, Harold?«

Er strahlte.

Etwas Lebendes, vielleicht ein Tier, lief ihnen über den Weg und verschwand in Richtung Stadtmitte.

»Wir sind am Rand angelangt«, stellte der Herzog von Queens fest. »Dennoch scheint es auf der anderen Seite nur Finsternis zu geben. Vielleicht eine optische Täuschung? Ein fehlerhaftes Kraftfeld?«

»Nein«, entgegnete Jherek, der vor ihm war. »Die Stadt verbreitet noch immer etwas Licht. Ich kann etwas erkennen – aber es ist eine Öde.«

»Es gibt keine Sonne mehr.« Amelia starrte nach vorn. »Und keine Sterne. Das ist der Grund.«

»Sie meinen, dieser Planet ist tot?« Der Herzog von Queens schloß zu ihnen auf. »Ja, es ist eine Wüste. Was mag wohl aus unseren Freunden geworden sein?«

»Ich glaube, es ist jetzt zu spät, dir zu sagen, daß ich dir natürlich alles vergebe, Amelia«, sagte Harold Underwood plötzlich.

»Was, Harold?«

»Das spielt jetzt keine Rolle mehr. Natürlich bist du die Geliebte dieses Mannes gewesen. Du hast Ehebruch begangen. Deshalb seid ihr beide hier.«

Widerstrebend löste Amelia Underwood ihren Blick von der leblosen Landschaft. Sie runzelte die Stirn.

»Ich habe recht gehabt, nicht wahr?« fuhr ihr Mann fort.

Benommen sah sie von Jherek Carnelian zu Harold Underwood. Jherek drehte sich um; ein nachdenkliches Lächeln spielte um seine Lippen.

Sie gestikulierte hilflos. »Harold, ist dies der richtige Moment …?«

»Sie liebt mich«, sagte Jherek.

»Mr. Carnelian!«

»Und du bist seine Geliebte?« Harold Underwood streichelte sanft ihr Gesicht. »Ich mache dir keine Vorwürfe, Amelia.«

Sie stieß einen tiefen Seufzer aus und berührte liebevoll das Handgelenk ihres Mannes. »Nun gut, Harold. Im Geiste, ja. Und ich liebe ihn.«

»Hurra!« rief Jherek. »Ich wußte es. Ich wußte es! Oh, Amelia. Dies ist der glücklichste Tag meines Lebens.«

Die anderen drehten sich alle um und starrten ihn an. Selbst der Herzog von Queens wirkte schockiert.

Und vom Himmel brüllte eine grollende Stimme voll düsterer Befriedigung: »Ich habe es euch gesagt. Ich habe es euch allen gesagt. Seht – das Ende der Welt ist gekommen!«

17. Kapitel

EINIGE MEINUNGSVERSCHIEDENHEITEN ÜBER DIE WAHRE NATUR DER KATASTROPHE

Das große, schwarze, eiförmige Luftschiff, an dessen Spitze sich eine Vertiefung befand, in der Lord Mongrove saß, landete in unmittelbarer Nähe. Ein Ausdruck tiefer und melancholischer Befriedigung lag auf den massigen Gesichtszügen des Riesen. In einem roten Trauergewand verließ er sein Schiff und lenkte mit der rechten Hand ihre Aufmerksamkeit auf die Öde jenseits der Stadt, wo nicht einmal ein Windstoß flüsterte oder den grauen Staub aufwirbelte und ihm so den Anschein von Leben gab.

»Alles ist verschwunden«, intonierte Mongrove. »Die Städte sorgen nicht mehr für den Bestand unserer Narreteien. Sie können sich kaum selbst erhalten. Wir sind die letzten Überlebenden der Menschheit – und es stellt sich die Frage, ob *wir* noch sehr viel länger existieren werden. Nun, zumindest sind die meisten Zeitreisenden heimgekehrt, und den Raumfahrern wurden Schiffe zur Verfügung gestellt, obwohl ich bezweifle, daß sie ihnen etwas nützen. Yusharisp und seine Leute haben ihr Bestes getan, aber sie hätten noch mehr tun können, Herzog von Queens, wenn du nicht so töricht gewesen wärst, sie für deine Menagerie einzufangen ...«

»Ich wollte dich überraschen«, verteidigte sich der Herzog nicht sehr überzeugend. Er konnte seine Augen nicht von der Öde abwenden. »Willst du damit sagen, daß dort draußen kein Leben mehr existiert?«

»Die Städte sind Oasen in der Wüste, in die sich unsere Erde verwandelt hat«, bestätigte Mongrove. »Der Planet selbst wird in Kürze zerfallen.«

Mrs. Underwoods Hand suchte Jhereks Hand. Er ergriff sie und drückte sie fest. Tapfer lächelte sie ihn an.

Der Herzog hantierte weiter an seinen nutzlosen Energieringen. »Ich muß gestehen, daß sich in mir ein gewisses Gefühl des Verlustes breitmacht«, sagte er halb zu sich. »Ist Lady Charlotina tot? Und Bischof Burg? Und Süßes Gestirn Mazis? Und Argonherz Po? Und Lord Hai der Unbekannte?«

»Alle außer uns.«

»Werther de Goethe?«

»Werther auch.«

»Eine Schande. Er hätte so viel Freude an diesem Anblick gehabt.«

»Werther flirtet nicht mehr mit dem Tod. Der Tod ist ungeduldig geworden. Der Tod hat ihn notgedrungen zu sich geholt.« Lord Mongrove stieß einen lauten Seufzer aus. »In Kürze werden Yusharisp und seine Freunde hier eintreffen. Dann werden wir erfahren, wieviel Zeit uns noch bleibt.«

»Demnach ist unsere Zeit begrenzt?« fragte Mrs. Underwood.

»Wahrscheinlich.«

»Jesses!« entfuhr es Inspektor Springer, dem erst jetzt die Bedeutung von Mongroves Worten zu dämmern begann. »Was für 'n Pech!« Er nahm wieder seine Melone ab. »Ich schätze, es gibt jetzt keine Rückkehrmöglichkeit mehr? Se ham nich zufällig 'ne große Zeitmaschine 'rumstehen gesehen, eh? Wir sind *dienstlich* hergekommen ...«

»Außerhalb der Städte gibt es nichts mehr«, wiederholte Mongrove. »Ich glaube, Ihr zeitreisender Kollege hat beim allgemeinen Exodus geholfen. Wir hielten Sie für tot, Sie verstehen?«

Einen Moment lang schrie hinter ihnen die Stadt auf, um dann sofort wieder zu verstummen. Rote Wolken, wie Blutstropfen im Wasser, wirbelten durch die Luft. Es war, als sei die Stadt verletzt.

»Also is er zurückgekehrt ...«, fuhr Inspektor Springer fort. »Daran besteht kein Zweifel, eh?«

»Ich glaube nicht, daß man davon ausgehen kann. Wenn er Pech gehabt hat, ist er ein Opfer der allgemeinen Zerstörung geworden. Alles ging sehr schnell. Die Atome zerfielen. Wie unsere Atome früher oder später zerfallen werden. Wie die der Städte. Und die des Planeten. Wie das Universum.«

»Oh, verdammich!« Sergeant Sherwood verzog das Gesicht.

»Hm.« Inspektor Springer zwirbelte seinen Schnurrbart. »Ich weiß nich, was der Innenminister dazu sagen wird. Niemand wird ihm erklären können ...«

»Und wir werden's auch nie erfahren«, bemerkte Sergeant Sherwood. »Eine schöne Bescherung.« Er schien dem Inspektor die Schuld zu geben. »Und was jetzt?«

»Ich glaube, es ist höchste Zeit, daß Sie sich mit Ihrem Schicksal abfinden«, schlug Harold Underwood vor. »Irdische Dinge sollten jetzt keine Rolle mehr spielen. Schließlich werden wir hier die Ewigkeit verbringen müssen. Wir müssen bereuen.«

»Ruhe, Mr. Underwood, wir ham schon Sorgen genug.« Inspektor Springer ließ die Schultern hängen.

»Unter Umständen gibt es für uns doch noch eine Möglichkeit, erlöst zu werden, Inspektor.«

»Wie meinen Se das, Sir?« fragte Sergeant Sherwood. »Erlösung?«

»Ich habe die Möglichkeit überdacht, daß man vielleicht doch noch ins Königreich des Himmels eingehen kann, auch nachdem man an diesen Ort verdammt worden ist, wenn man sich rückhaltlos und penibel die Gründe vor Augen führt, die einen an diesen Ort gebracht haben.«

»An diesen Ort?«

»In die Hölle.«

»Sie halten das für ...«

»Ich weiß es, Sergeant!« Harold Underwood lächelte strahlend. Noch nie war er so entspannt gewesen. Es war offensichtlich, daß er wunschlos glücklich war. Amelia Underwood musterte ihn voller Erleichterung und Zuneigung.

»Es erinnert mich an John Bunyans erbauliche Erzählung *Die Pilgerfahrt*«, begann Mr. Underwood und legte Sergeant Sherwood freundlich einen Arm um die Schulter. »Falls Sie die Geschichte kennen ... ›Zusammen wanderten sie an der Grenze entlang‹.«

»Vielleicht machen wir uns wirklich alle nur Illusionen«, sagte Mrs. Underwood. »Gibt es tatsächlich keinen Ausweg mehr, Lord Mongrove?«

»Yusharisp und seine Freunde beschäftigen sich gegenwärtig mit diesem Problem. Möglicherweise gelingt es uns – bei sorgsamem Umgang mit den uns zur Verfügung stehenden Mitteln –, eine kleine künstliche Welt zu erschaffen, in der wir einige Jahrhunderte überleben können. Wir werden unsere Vorräte sorgfältig rationieren müssen. Unter Umständen könnte es sogar sein, daß nicht alle an Bord gehen können, daß wir jene unter uns auswählen müssen, die am wahrscheinlichsten überleben werden ...«

»Eine Art neue Arche?« sagte sie.

Die Bemerkung bedeutete Lord Mongrove nichts, aber er war höflich. »Wenn Sie so wollen. Es würde ein Leben unter den härtesten und unbequemsten Bedingungen sein. Natürlich wäre Selbstdisziplin wichtiger als alles andere, und für irgendwelche Vergnügungen gäbe es keinen Raum. Wir würden alles Brauchbare aus den Städten holen, alle Informationen, die wir bekommen können, speichern, und warten.«

»Worauf?« fragte der Herzog von Queens entsetzt.

»Nun, auf irgendeine Gelegenheit ...«

»Welcher Art?«

»Das kann niemand sagen. Niemand weiß, was nach dem Zerfall geschehen wird. Vielleicht werden sich neue Sonnen und Planeten bilden. Oh, ich weiß, es klingt nicht sehr vielversprechend, Herzog von Queens, aber es ist besser als der endgültige Tod, oder nicht?«

Würdevoll entgegnete der Herzog von Queens: »Es klingt wahrhaftig nicht sehr vielversprechend. Ich hoffe, du hast nicht die Absicht, *mich* für diese ... diese fliegende Menagerie auszuwählen!«

»Die Auswahl wird gerecht erfolgen. Ich habe nicht vor, selbstherrlich zu entscheiden. Ich schlage vor, daß wir Lose ziehen.«

»Das ist *dein* Plan, Lord Mongrove?« fragte Jherek.

»Nun, meiner und Yusharisps.«

»Er gefällt dir?«

»Es geht nicht darum, ob er mir gefällt, Jherek Carnelian. Es geht um die Realität. Es gibt keine andere Wahl. Kannst du es nicht verstehen? *Es gibt keine andere Wahl!*« Mongrove wurde fast freundlich. »Jherek, deine Kindheit ist beendet. Jetzt ist es für dich an der Zeit, erwachsen zu werden und zu begreifen, daß die Welt nicht mehr deine Herzmuschel ist.«

»Meinen Se nich Auster?« fragte Inspektor Springer.

»Ich glaube, ja«, stimmte Mrs. Underwood mit einigem Widerwillen zu. Der Gedanke an Meeresfrüchte bereitete ihr noch immer Übelkeit.

»Es wäre hilfreich«, sagte Mongrove streng, »wenn man darauf verzichten würde, mich dauernd zu unterbrechen. Die Lage ist ernst. Vielleicht trennen uns nur noch Sekunden von der völligen Auslöschung.« Er blickte auf. »Ah, da kommen unsere Retter.«

Mit einem Pfeifen setzte der vertraute, asymmetrisch geformte Haufen, der Yusharisps Raumschiff war, neben Mongroves Ei zur Landung an. Fast unmittelbar danach erklang ein leises Quietschen, und im Rumpf des Schiffes öffnete sich eine schimmelbedeckte Tür. Aus der Tür trat Yusharisp (zumindest konnte es sich dabei um Yusharisp handeln), gefolgt von seinen Freunden.

»So (Kreisch) viele Über(Kreisch)lebende!« rief Yusharisp. »Ich glaube (Kreisch), wir (Brüll) können uns glücklich schätzen! Wir, die Überlebenden von (Kreisch) Pweeli, grüßen (Brüll) euch, und wir sind froh, daß kreisch urps tröööt ...« Yusharisp hob einen Fuß und hantierte an einem Gerät, das an seinem Körper befestigt war.

Ein anderer Pweelianer (wahrscheinlich OVR Shashurup) sagte: »Ich nehme an (Kreisch), daß Lord Mongrove (Brüll) Sie informiert hat, daß das Ende (Kreisch) nahe ist und daß (Brüll) Sie jetzt (Kreisch) unseren Anweisungen (Kreisch) folgen müssen, wenn Sie (Brüll) Ihr Leben verlängern wollen (Kreisch) (Brüll) ...«

»Eine äußerst abscheuliche Vorstellung«, erklärte der Herzog von Queens.

Mit einem befriedigten Unterton bemerkte der Pweelianer: »Es ist noch nicht (Kreisch) lange her, Herzog (Brüll) von Queens, daß Sie uns (Brüll) Ihren Willen aufgezwungen haben, ohne daß es (Kreisch) einen Grund da(Kreisch)für gab!«

»Das war etwas völlig anderes.«

»Das war es (Kreisch) in der Tat!«

Der Herzog von Queens versank in beleidigtes Schweigen.

»Soweit (Kreisch) wir feststellen können (Kreisch)«, fuhr Yusharisp fort, »funktionieren Ihre Städte (Brüll) noch immer, obwohl sie erheblichen Belastungen ausgesetzt waren. Es gibt sogar überraschenderweise (Kreisch) handfeste Beweise dafür, daß (Urps) sie noch lange genug (Brüll) funktionieren (Kreisch) werden, um die Evakuierungsmaßnahmen in aller Ruhe durchführen (Urps) zu können. Wenn wir eine Möglichkeit finden, ihre Energien zu nutzen ...«

Hilfreich hob Jherek eine mit Energieringen geschmückte Hand.

»Damit kann man die Energien der Stadt kontrollieren, Yusharisp. Ich glaube, wir verwenden sie schon seit über einer Million Jahre.«

»Diese Spielzeuge (Urps) können wir (Kreisch) jetzt nicht gebrauchen, Jherek Carnelian.«

»Diese Begegnung wird allmählich langweilig«, flüsterte Jherek Amelia ins Ohr. »Sollen wir irgendwohin gehen, wo wir allein sind? Ich habe Ihnen viel zu sagen.«

»Mr. Carnelian – die Pweelianer wollen uns helfen!«

»Aber auf so ermüdende Weise, Amelia. Möchten Sie denn noch einmal zu einer Menagerie gehören?«

»Das läßt sich nicht miteinander vergleichen. Wie sie sagen, bleibt uns keine andere Wahl.«

»Aber ja doch. Solange die Städte existieren, können wir in ihnen leben, zumindest für einige Zeit. Wir könnten frei sein. Wir könnten allein sein.«

»Fürchten Sie sich denn nicht vor dem Ende? Jetzt, wo Sie diese Öde dort draußen gesehen haben?«

»Ich bin mir noch immer nicht ganz im klaren darüber, was ›Furcht‹ eigentlich ist. Kommen Sie, wir gehen ein wenig spazieren, und unterwegs können Sie versuchen, es mir zu erklären.«

»Nun – vielleicht ein wenig ...« Ihre Hand lag noch immer in seiner. Sie setzten sich in Bewegung.

»Wohin (Kreisch) gehen Sie?« schrie Yusharisp verdutzt.

»Vielleicht kommen wir später wieder zurück«, erwiderte Jherek. »Wir haben einiges miteinander zu besprechen.«

»Es ist keine Zeit mehr! (Brüll). Es ist keine (Urps) Zeit mehr dafür!«

Aber Jherek achtete nicht auf ihn. Sie gingen der Stadt entgegen, in der vor nicht allzu langer Zeit bereits Harold Underwood und Sergeant Sherwood verschwunden waren.

»Das ist (Kreisch) Wahnsinn!« rief Yusharisp. »Wollen Sie nach all unserer Mühe unsere Hilfe (Brüll) zurückweisen? Nachdem wir Ihnen (Urps) alles *verziehen* haben?«

»Wir sind uns noch immer unschlüssig«, antwortete Jherek eingedenk seiner Manieren, »was die wahre Natur der Katastrophe betrifft. Deshalb ...«

»Unschlüssig! Ist es nicht (Kreisch) offensichtlich?«

»Sie scheinen mir ein wenig zu starrköpfig darauf zu beharren, daß es nur eine Antwort gibt.«

»Ich habe dich gewarnt, Jherek«, sagte Mongrove. »Es gibt keine andere Wahl!«

»Aha.« Jherek ging an Amelias Seite weiter in Richtung Stadt.

»Das Ende der Zeit ist gekommen. Das Ende der Materie!« Mongrove hatte eine sehr sonderbare Gesichtsfarbe angenommen. »Vielleicht bleiben uns nur noch ein paar Sekunden!«

»Dann sollten wir sie so entspannt wie möglich verbringen«, riet Jherek ihm. Er legte seinen Arm um Amelias Schultern. Sie drückte sich an ihn. Sie lächelte ihn an. Er beugte sich zu ihr hinunter, um sie zu küssen, als sie um die Ecke eines eingestürzten Gebäudes bogen.

»Oh, da sind Sie ja endlich«, sagte eine liebenswürdige Stimme. »Also bin ich doch nicht zu spät gekommen.«

Dieses Mal kümmerte sich Jherek um den Neuankömmling erst, nachdem er Amelia Underwood zärtlich auf ihre willigen Lippen geküßt hatte.

18. Kapitel

IN DEM WAHRHEITEN OFFENBART UND BESTIMMTE BEZIEHUNGEN GEKLÄRT WERDEN

Eine rote, flackernde Lichtexplosion ließ die Gestalt des Zeitreisenden (denn er war es) als Silhouette erscheinen. Die Stadt brabbelte einen Moment lang furchterfüllt, als hätte sie trotz ihrer Senilität soeben bemerkt, daß ihr Gefahr drohte. An zahlreichen Stellen erklangen Stimmen, als nacheinander die Datenbänke aktiviert wurden. Das nörglerische Geplapper, das von allen Seiten auf sie eindrang, wurde äußerst lästig, ehe es abbrach. Nach einiger Zeit verriet Amelias Kuß, daß sie sich ihrer Umgebung und der Gegenwart eines Beobachters bewußt wurde. Ihre Lippen lösten sich voneinander, sie lächelten und tauschten einen Blick aus, und dann drehten sie sich um und sahen den Zeitreisenden an, der nonchalant wartete und ausgiebig ein flechtenbewachsenes Gebilde betrachtete, bis sie fertig waren.

»Verzeihen Sie«, bat Jherek, »aber angesichts unserer ungewissen Zukunft . . .«

»Natürlich, natürlich.« Der Zeitreisende hatte Jherek gar nicht zugehört. Er winkte lässig ab. »Ich muß gestehen, ich wußte nicht, ob – puh – Sie können sich gar nicht vorstellen, was es für eine Schufterei war, diese Passagiere zurückzubringen, bevor ich hierherkam. Es dürfte nicht länger als ein paar Stunden gedauert haben, eh? Eine verdammt gute Leistung. Sind die anderen schon da?«

Amelias Gesichtsausdruck verriet Jherek, daß sie die Unbekümmertheit des Zeitreisenden mißbilligte. »Die Welt geht unter, ist Ihnen das nicht klar, Sir? Wir vermuten, daß in ein paar Minuten alles vorbei ist.«

»Ähem.« Er nahm die Bemerkung mit einem Nicken zur Kenntnis, schien sie aber nicht weiter interessant zu finden.

»Der Herzog von Queens ist hier.« Jherek wunderte sich über eine plötzliche frische Brise, die den Geruch von Hyazinthen mit sich trug. Er schnüffelte, um die Quelle des Geruchs ausfindig zu machen, aber der Wind flaute wieder ab. »Und Yusharisp, der Raumfahrer, Inspektor Springer, Lord Mongrove, Kapitän Mubbers, und der Rest.«

Fast geistesabwesend runzelte der Zeitreisende die Stirn. »Nein, nein – ich meine Mitglieder der Gesellschaft.«

»Gesellschaft?« echote Mrs. Underwood, für einen Moment zurück nach Bromley versetzt. Dann verstand sie. »Die Gilde! Erwarten Sie Ihre Freunde? Wollen Sie die Welt retten?«

»Wir haben ein Treffen vereinbart. Dies schien uns der zweckmäßigste Ort zu sein. Schließlich kann man auf normalem Weg nicht weiter zeitaufwärts vorstoßen!« Der Zeitreisende war mit wenigen Schritten bei seiner großen und leicht heruntergekommen wirkenden Maschine, deren Kristalle in dunklen, wechselnden Farben glühten, während sich in ihren Messingteilen das rote Licht der Stadt spiegelte. »Der Himmel weiß, wieviel Schaden dieses Herumspringen meiner Maschine zugefügt hat. Sie ist nie richtig getestet worden, wissen Sie. In erster Linie bin ich hier, um ein Mitglied der Gilde um Ersatzteile zu bitten, damit ich, wenn ich Glück habe, in mein Universum zurückkehren kann.« Er tätschelte das Gestell aus Ebenholz. »Irgend etwas ist gebrochen, und mehr als ein paar längere Reisen hält sie nicht mehr aus.«

»Sie sind also nicht gekommen, um sich das Ende der Welt anzusehen?« Jherek wünschte, seine Energieringe würden noch funktionieren, damit er sich einen wärmeren Rock erschaffen konnte. Er spürte, wie die Kälte in seine Glieder kroch.

»Oh, nein, Mr. Carnelian! Ich habe es schon mehr als einmal gesehen!« Der Zeitreisende war amüsiert. »Es ist lediglich ein günstiger ›Zeitpunkt‹, wenn Sie wissen, was ich meine.«

»Aber Sie könnten Inspektor Springer, seine Männer und meinen Gatten retten – sie in ihre Zeit zurückbringen, nicht wahr?« fragte Mrs. Underwood. »Schließlich haben Sie sie hierhergebracht.«

»Nun, ich schätze, moralisch bin ich für ihre Zwangslage verantwortlich. Allerdings hat der Innenminister meine Maschine requiriert. Ich wollte sie gar nicht benutzen. Wirklich, Mrs. Underwood, man hat mich eingeschüchtert. Noch nie habe ich solche Drohungen aus dem Mund eines britischen Staatsdieners gehört! Und Lord Jagged hat mich verraten. Ich habe im Geheimen gearbeitet. Natürlich habe ich ihm, da ich ihn kannte, einiges über meine Forschungsarbeit erzählt.«

»Sie kennen Lord Jagged?«

»Eine Zeitreisebekanntschaft.«

»Also ist er noch immer im neunzehnten Jahrhundert?«

»Er war es. Er verschwand kurz nachdem sich der Innenminister mit mir in Verbindung gesetzt hatte. Ich glaube, ursprünglich hat er wohl gehofft, meine Maschine für sich selbst zu requirieren, indem er seine Verbindungen zur Regierung spielen ließ. Seine eigene Maschine hatte nämlich versagt.«

»Aber er befand sich bei Ihrem Aufbruch nicht mehr im Jahr 1896?« Die Sorge um das Wohlergehen seines Freundes ließ Jherek voll gespannter Ungeduld auf eine Antwort warten. »Wissen Sie, wohin er wollte?«

»Er wollte eine Theorie ausprobieren. Zeitreise ohne die Hilfe einer Maschine. Ich hielt es für gefährlich und sagte es ihm auch. Ich weiß nicht, was er vorhatte. Und ich muß gestehen, dieser Bursche ist mir ziemlich gleichgültig. Ein gefährlicher Kerl. Zu sehr von sich eingenommen. Und *mir* hat er nichts Gutes gebracht, als er mich für seine undurchsichtigen Pläne mißbrauchte.«

Jherek ignorierte die kritischen Bemerkungen. »Sie kennen ihn nicht richtig. Er hat mir bei mehr als einer Gelegenheit geholfen.«

»Oh, ich bin überzeugt, daß er auch seine Vorzüge hat, aber welche von der stolzen, der egozentrischen Art. Er spielt Gott, und das kann ich nicht ausstehen. Hin und wieder trifft man derart verschrobene Leute unter den Zeitreisenden. Gewöhnlich nimmt es mit ihnen kein gutes Ende.«

»Sie halten Lord Jagged demnach für tot?« fragte Mrs. Underwood.
»Das ist mehr als wahrscheinlich.«
Jherek war froh, daß sie seine Hand hielt. »Ich glaube, dieses Gefühl muß der ›Furcht‹, von der du mir erzählt hast, sehr ähnlich sein, Amelia. Oder ist es ›Trauer‹?«
Sie spürte Reue. »Ah, es ist meine Schuld. Nur Schmerzen hast du von mir lernen können. Ich habe dir deine unschuldige Fröhlichkeit genommen!«
Er war überrascht. »Wenn die Freude vergeht, dann im Angesicht der Erfahrung. Ich liebe dich. Und mir scheint, ich muß einen Preis für die Ekstase bezahlen, die ich empfinde.«
»Preis! Du hast noch niemals derartige Dinge erwähnt. Du hast das Gute genommen und vom Bösen nichts gewußt.« Sie sprach leise, damit der Zeitreisende nichts davon mitbekam.
Jherek führte ihre Hand an seine Lippen und küßte ihre verkrampften Finger. »Amelia, ich trauere um Jagged – und vielleicht auch um meine Mutter. Fraglos ...«
»Ich habe die Beherrschung verloren«, sagte sie. »Ich weiß nicht, ob unter den derzeitigen Umständen ein solches Benehmen passend ist ...« Und sie lachte, obwohl Tränen in ihren Augen schwammen. Sie räusperte sich. »Ja, es ist reine Hysterie. Aber wenn man nicht weiß, ob der Tod nur noch einen Herzschlag entfernt ist oder ob man doch noch gerettet wird ...«
Er drückte sie an sich. Er küßte ihre Augen. Doch rasch hatte sie sich wieder gefaßt und bedachte die Stadt mit einem besorgten, unglücklichen Blick.
Die Anzeichen für den Verfall der Stadt waren unübersehbar, und Jherek glaubte selbst nicht mehr an die Erklärung, mit der er sie beruhigt hatte, daß die Veränderung lediglich oberflächlicher Natur war. Wo man vorher noch kilometerweit auf Statuen und Gebäude hatte sehen können, gab es jetzt nur noch soviel Licht (das zudem unangenehm grell war), daß der Blick knappe hundert Meter weit reichte. Er begann Gefallen an dem Gedanken zu finden, den Zeitreisenden zu bitten, sie zu retten, sie zurück ins Jahr 1896 zu bringen und sich den Gefahren des Morphail-Effektes auszusetzen (der sie im übrigen weniger stark zu betreffen schien als andere).
»Der ganze Sonnenschein«, murmelte sie. »Ich habe dir gesagt, daß er nicht echt war. An eurem Himmel hat keine richtige Sonne gestanden – nur die, die Städte für euch erschaffen haben. Sie habe eine leere

Hülle brennen und diesen öden Schlackenhaufen eines Planeten darum kreisen lassen. Eure ganze Welt war eine Lüge!«

»Du bist zu kritisch, Amelia. Der Mensch neigt instinktiv dazu, seine vertraute Umgebung beizubehalten. Die Städte wurden als Antwort auf diesen Instinkt erbaut. Sie haben ausgezeichnete Arbeit geleistet.«

Ihre Stimmung wechselte. Sie wich von ihm zurück. »Es ist so grausam, daß sie uns jetzt im Stich lassen.«

»Amelia ...« Er ging auf sie zu.

Genau in diesem Moment tauchte ohne Vorankündigung in unmittelbarer Nähe des Chronomnibus des Zeitreisenden eine Kugel auf. Sie war schwarz, und ihre glänzende Hülle spiegelte verzerrt die Stadt wider.

Jherek trat an Amelias Seite, und zusammen verfolgten sie, wie eine Luke aufsprang und zwei schwarzgekleidete Gestalten herauskletterten, die ihre Atemmasken und Schutzbrillen abnahmen und sich als Mrs. Una Persson und Captain Bastable entpuppten.

Captain Bastable lächelte, als er sie erblickte. »Also sind Sie sicher angekommen. Exzellent.«

Der Zeitreisende schüttelte dem jungen Captain die Hand. »Ich bin froh, daß Sie das Rendezvous einhalten konnten, mein Bester. Wie geht es Ihnen, Mrs. Persson? Wie schön, Sie wiederzusehen.«

Captain Bastable wirkte erregt. »Es muß ja ein überwältigendes Erlebnis sein, eh?«

»Sie sind noch nicht hier am Ende gewesen?«

»Nein, noch nie!«

»Ich hatte gehofft, Sie könnten mir helfen.«

»Natürlich, wenn es in meinen Kräften steht. Aber der einzige Mensch, der Ihnen wirklich helfen kann, ist Lord Jagged. Er hat ...«

»Er ist nicht hier.« Der Zeitreisende schob beide Hände in die Taschen seiner Norfolkjacke. »Und es ist zweifelhaft, ob er noch lebt.«

Una Persson schüttelte ihr kurzes Haar. Müßig sah sie sich um, als ein Gebäude ein paar Meter auf sie zuzutanzen schien und sich dann wie eine Ziehharmonika zusammenschob. »Ich habe mich um diese Orte noch nie viel gekümmert. Ist das Tanelorn?«

»Ich glaube, Shanalorm.« Jherek zwang sich zur Zurückhaltung, obwohl er sich verzweifelt nach Nachrichten über das Schicksal seines Freundes sehnte.

»Selbst die Namen sind verwirrend. Wird es lange dauern?«

In der Überzeugung, ihre Frage richtig verstanden zu haben, antwortete Jherek: »Mongrove schätzt, daß es nur noch Sekunden dauern kann. Er sagt, daß der ganze Planet zerfällt.«

Mrs. Persson seufzte und rieb ihre müden Augen. »Wir müssen noch die Verschiebungskoordinaten berechnen, Captain Bastable. Die Bedingungen sind optimal. Es wäre eine Schande, diese Gelegenheit zu vergeuden ...«

»Die Informationen, die wir sammeln können ...« Unzweifelhaft hatte Captain Bastable mehr an dieser Verabredung gelegen als ihr. Entschuldigend zuckte er die Schultern. »Schließlich hat man nicht jeden Tag die Möglichkeit, etwas derart Interessantes zu sehen ...«

Sie machte eine Handbewegung. »Das stimmt. Beachten Sie mich nicht. Ich habe mich noch nicht ganz erholt.«

»Ich will versuchen, in mein Universum zurückzukehren«, begann der Zeitreisende. »Mir wurde gesagt, daß Sie mir helfen könnten, daß Sie mit derartigen Problemen Erfahrung haben.«

»Es ist eine Frage der Schnittpunkte«, erklärte sie ihm. »Deshalb wollte ich mich auch auf die Verschiebung konzentrieren. Die Bedingungen sind ausgezeichnet.«

»Sie können mir also helfen?«

»Hoffentlich.« Sie schien nicht bereit, weiter über die Angelegenheit zu sprechen. Höflich, aber widerwillig bezwang der Zeitreisende seine Ungeduld und schwieg.

»Sie alle nehmen diese Situation mit bemerkenswerter Ruhe hin.« Amelia Underwood bedachte die kleine Gruppe mit einem kritischen Blick. »Ich halte das für sehr egoistisch. Es besteht die Möglichkeit, daß zumindest einige Überlebende in die Vergangenheit evakuiert werden können. Sind Sie sich denn nicht der Bedeutung dieses Geschehens bewußt – der Tragödie, die sich abspielt? Alle Errungenschaften unserer Rasse verschwinden, als hätten sie nie existiert!«

Una Persson reagierte mit einer gewissen müden Freundlichkeit. »Das, Mrs. Underwood, erscheint mir eine recht melodramatische Interpretation zu sein ...«

»Mrs. Persson, die Situation ist mehr als ›melodramatisch‹. Dies ist der Weltuntergang!«

»Für einige, ja.«

»Für Zeitreisende wie Sie vielleicht nicht. Wollen Sie denn nichts unternehmen, um den anderen zu helfen?«

Mrs. Persson gab sich große Mühe, ein Gähnen zu unterdrücken.

»Ich glaube, unsere Ansichten weichen stark voneinander ab, Mrs. Underwood. Ich versichere Ihnen, daß ich nicht ohne soziales Verantwortungsgefühl bin, aber wenn Sie so viel erlebt hätten wie wir, und das in dieser Größenordnung, würden auch für Sie die Dinge ein anderes Gewicht bekommen. Außerdem glaube ich nicht ... Großer Gott! Was ist das?«

Sie alle folgten ihren Blicken zu einer Reihe niedriger Ruinen; erst vor kurzem waren sie zusammengebrochen. Im Zwielicht war etwa ein Dutzend halbkugelförmiger Objekte zu erkennen, die auf den Ruinen auf und ab zu hüpfen schienen. Jherek und Amelia identifizierten sie sofort als die Helme von Inspektor Springers Polizeibeamten. Ein leiser Pfeifton erklang.

Binnen weniger Sekunden, als die Polizisten eine Lücke in den Ruinen erreichten, wurde deutlich, daß sie Zeugen einer Verfolgungsjagd waren. Die Lat versuchten, ihren Häschern zu entkommen. Ihre kleinen, birnenförmigen Gestalten krabbelten hastig über das eingestürzte Mauerwerk, aber Springers Leute waren dicht hinter ihnen. Sie konnten die Schreie der Lat und der Polizisten jetzt deutlich hören.

»Hrunt mibix ferkit!«

»Stehenbleiben! Stehenbleiben, im Namen des Gesetzes! Pack sie, Weech!«

Die Lat stolperten und stürzten, aber es gelang ihnen, den Vorsprung vor ihren Verfolgern zu wahren, obwohl alle bis auf Kapitän Mubbers und vielleicht Rokfrug noch immer Handschellen trugen.

Die Pfeifen schrillten erneut. Gummiknüppel wurden geschwenkt. Die Lat verschwanden aus dem Blickfeld, tauchten dann aber in der Nähe von Mrs. Perssons Zeitkugel wieder auf, entdeckten die Menschen und zögerten kurz, bevor sie in die entgegengesetzte Richtung davonstürmten.

Die Polizisten, die ihre Pflicht erfüllen würden, bis die Posaunen des Jüngsten Gerichts ertönten und sich der Boden unter ihren Füßen auftat, setzten ihren Opfern unerbittlich nach.

Bald waren die Lat und die Polizisten außer Sicht- und Hörweite, und das Gespräch konnte wieder aufgenommen werden.

Mrs. Persson wirkte jetzt weniger gelangweilt; der Zwischenfall schien sie amüsiert zu haben. »Ich hatte keine Ahnung, daß hier noch andere sind! Waren das nicht die Außerirdischen, denen wir geholfen haben, in die Zukunft zu gelangen? Ich dachte, sie hätten den Planeten inzwischen verlassen.«

»Sie wollten zuerst alles plündern und schänden«, erklärte Jherek. »Aber die Pweelianer haben sie daran gehindert. Den Pweelianern scheint es Vergnügen zu bereiten, fast jeden an fast allem zu hindern! Ich schätze, das ist die Stunde ihres Triumphes. Natürlich, sie haben lange darauf warten müssen, also sollte man nicht kleinlich sein ...«

»Sie meinen, in der Stadt halten sich noch Raumfahrer einer anderen Rasse auf?« fragte Captain Bastable.

»Ja. Die Pweelianer, ich sagte es bereits. Sie haben einen Rettungsplan entwickelt, aber ich halte ihn nicht für akzeptabel. Der Herzog von Queens ...«

»Er ist hier!« Mrs. Persson strahlte. Captain Bastable schnitt ein skeptisches Gesicht.

»Sie kennen den Herzog?«

»Oh, wir sind alte Freunde.«

»Und Lord Mongrove?«

»Ich habe von ihm gehört«, sagte Mrs. Persson. »aber ich hatte bisher noch nicht das Vergnügen, ihn persönlich kennenzulernen. Nun, vielleicht ergibt sich jetzt die Gelegenheit ...«

»Ich wäre hocherfreut, Sie mit ihm bekanntzumachen. Vorausgesetzt, daß diese kleine Oase, wie Mongrove sie nannte, sich nicht zuvor auflöst.«

»Jherek Carnelian!« Amelia zupfte ihn am Ärmel. »Ich möchte dich daran erinnern, daß wir keine Zeit für höfliche Plaudereien haben. Wir müssen versuchen, diese Leute dazu zu bringen, daß sie so viel Überlebende wie möglich retten!«

»Ich habe nicht mehr daran gedacht. Es ist so schön, daß Mrs. Persson eine Freundin des Herzog von Queens ist. Meinst du nicht auch, liebste Amelia, daß wir nach ihm suchen sollten? Ich bin überzeugt, er wäre glücklich, seine Bekannte wiederzusehen!«

Mrs. Amelia Underwood zuckte ihre wunderschönen Achseln und seufzte einen eher resigniert klingenden Seufzer. Wie es schien, verlor sie allmählich das Interesse an der ganzen Angelegenheit.

19. Kapitel

IN DEM MEINUNGSVERSCHIEDENHEITEN ZUR SPRACHE KOMMEN UND BEZIEHUNGEN VERTIEFT WERDEN

Als Jherek Amelias Mißvergnügen bemerkte, bemühte er sich, so auf die Entwicklung zu reagieren, wie sie es sich wünschte, und zitierte zu diesem Zweck Wheldrake.

Also geht's zu End' mit uns
(Leichnam zu Leichnam und gleich zu gleich).
Nun die kühne Farbe von der Wang' abblättert
(Und uns'rer Schmerz dem Schmerze Sinn verleiht).
Nun ist keiner mehr unter uns
Der noch suchen muß das Totenreich ...

Captain Bastable fiel in die letzte Zeile ein, aber nicht um Jherek, sondern um Mrs. Underwood zu beeindrucken.

»Ah, Wheldrake«, sagte er, »wie treffend ...«

»Oh, zum Kuckuck mit Wheldrake!« rief Mrs. Underwood und stapfte in die Richtung davon, aus der sie mit Jherek gekommen war, blieb aber plötzlich stehen, als eine fröhlich klingende Stimme rief: »Da bist du ja, Amelia! Sergeant Sherwood und ich haben uns soeben über den Anteil der Frau an der Sünde unterhalten. Es wäre recht nützlich, deine Meinung dazu zu hören, sozusagen aus berufenem Mund.«

»Und zum Teufel mit dir, Harold!«

Sie keuchte, als ihr bewußt wurde, was sie gesagt hatte. Dann lächelte sie. »Oh, Liebster ...«

Wenn Harold ihren Fluch gehört hatte, so sah er in ihm zweifellos einen weiteren Beweis dafür, daß sie verdammt waren. Andeutungsweise lächelte er zurück. »Nun, vielleicht später ...« Sein Kneifer glitzerte so sehr, daß seine Augäpfel in Flammen zu stehen schienen. Miteinander schwatzend, schlenderten er und der Polizeisergeant davon.

Jherek ging Amelia nach. »Ich habe dich gekränkt, Liebes. Ich dachte ...«

»Vielleicht bin ich ebenfalls verrückt«, sagte sie. »Da niemand sonst das Ende der Welt ernst zu nehmen scheint, sollte ich es vielleicht auch nicht tun.« Aber es klang nicht überzeugt.

»Yusharisp und die Pweelianer nehmen es ernst, liebste Amelia. Und Lord Mongrove. Aber ich habe den Eindruck, daß du für sie auch nicht viel übrig hast.«

»Ich mache das, was ich für richtig halte.«

»Dennoch kommt dir dein Temperament in die Quere, wie du wohl zugeben wirst?«

»Oh, das ist ungerecht!« Sie ging weiter. Bald konnten sie das pweelianische Raumschiff erkennen. Inspektor Springer und der Herzog von Queens hielten die Hände in die Höhe.

Yusharisp – oder einer seiner Freunde – stand auf drei Beinen und hielt im vierten Fuß (oder in der vierten Hand) einen Gegenstand, mit dem er Inspektor Springer und den Herzog von Queens bedrohte.

»Großer Gott!« Amelia blieb stehen. »Sie versuchen es mit Gewalt! Wer hätte das gedacht?«

Lord Mongrove schien von der Wendung der Ereignisse aus dem Konzept gebracht worden zu sein. Er stand ein wenig abseits und murmelte vor sich hin: »Ich bin mir nicht sicher. Ich bin mir nicht sicher.«

»Wir haben uns entschlossen (Kreisch), zu eurem Besten (Brüll) einzugreifen«, eröffnete Yusharisp den beiden Männern. »Die anderen werden in Kürze zusammengetrieben sein. Seien Sie jetzt bitte so freundlich und gehen Sie an Bord des Raumschiffs ...«

»Fort mit der Waffe!« Der durchdringende Befehl drang von Amelia Underwoods Lippen. Selbst sie schien davon überrascht. »Bedeutet das Ende der Welt auch das Ende der Gesetze? Welchen Sinn hat es, das intelligente Leben vor dem Untergang zu retten, wenn es mit Gewalt geschieht? Sind wir denn nicht mehr als Tiere?«

»Ich fürchte (Kreisch), Madam, Sie verkennen den Ernst der (Urps) Lage (Brüll).« Yusharisp war verlegen. Er senkte die Waffe. Als der Herzog von Queens dies sah, senkte er sofort die Hände.

»Wir (Kreiiiisch) beabsichtigen keinesfalls (Brüll), nach Abwendung (Urps) der unmittelbaren Gefahr noch irgend jemand (Kreisch) zu bedrohen«, sagte ein anderer Pweelianer, wahrscheinlich OVR Shashurup. »Es ist nicht (Kreisch) unsere Art, von Gewalt (Kreisch) oder (Brüll) Drohungen Gebrauch zu machen.«

»Sie haben seit Ihrer Ankunft uns alle bedroht«, eröffnete sie ihnen. »Bis zu diesem Moment haben Sie uns nicht mit Waffen, sondern mit moralischen Argumenten terrorisiert, die mir immer fadenscheiniger vorkommen und keinen Bewohner dieser Welt überzeugt haben (die nicht die meine ist, wie ich vielleicht hinzufügen sollte, und das Verhalten ihrer Bewohner gefällt mir ebenso wenig wie Ihnen). Jetzt beweisen Sie uns die Schwäche Ihrer Argumente – durch Waffen und Androhung nackter Gewalt.«

»Es ist (Kreisch) keinesfalls so (Brüll) einfach, Madam. Es ist eine Frage des (Urps) Überlebens oder Sterbens ...«

»Mir scheint«, entgegnete sie ruhig, »daß Sie es sind, der vereinfacht, Mr. Yusharisp.«

Jherek sah sie bewundernd an. Wie gewöhnlich verwirrten ihn die Argumente, aber er fand Amelias autoritäre Art einfach bezaubernd.

»Ich schlage vor«, fügte sie hinzu, »daß Sie es diesen Leuten überlassen, wie sie ihre Probleme lösen, und daß Sie für sich das tun, was Sie für das Beste halten.«

»Lord Mongrove (Urps) hat uns um unsere (Kreisch) Hilfe gebeten«, rief OVR Shashurup jämmerlich heulend. »Höre nicht (Kreisch) auf sie (Urps), Yusharisp. Wir müssen mit unserer (Brüll) Arbeit fortfahren!«

Das Gliedmaß, das die Waffe hielt, hob sich wieder. Langsam hob auch der Herzog von Queens die Hände, aber er zwinkerte Jherek Carnelian zu.

Lord Mongroves düsteres Grollen unterbrach den Disput. »Ich habe mir, wie ich gestehen muß, Yusharisp, die Sache noch einmal überlegt ...«

»Noch einmal überlegt!« Yusharisp geriet ganz außer sich. »In diesem (Kreisch) Stadium!«

Der kleine Außerirdische gestikulierte mit seiner Waffe. »Schauen (Kreisch) Sie sich dieses – dieses (Brüll) Nichts dort draußen an. Spüren Sie denn nicht (Urps), daß die Stadt zerfällt? Lord Mongrove, von Ihnen hätte ich als letztes (Brüll) erwartet, daß Sie Ihre Meinung ändern. Warum (Kreisch) – warum?«

Der Riese scharrte mit den Füßen im Rost und im Staub. Er kratzte seinen massigen Kopf. Er zerrte am Kragen seines purpurroten Trauergewandes. »Um ehrlich zu sein, Yusharisp, auch ich beginne dieses – hm – Dramas allmählich überdrüssig zu werden.«

»Drama! (Kreiiisch!) Es ist kein Spiel (Urps), Lord Mongrove. Sie selbst haben es (Kreisch) gesagt!«

»Nun, nein ...«

»Da sehen Sie es, Sergeant Sherwood. Sie können nicht länger behaupten, daß es keine Teufel gibt. Schauen Sie sich diese Kerle dort an. Wenn das keine Teufel sind!« Es war Harold Underwood, der hinter dem Raumschiff der Pweelianer auftauchte. »Soviel zu den Skeptikern, eh? Soviel zu den Darwinisten, hm? Soviel, Sergeant Sherwood, zu Ihrer vielgepriesenen Wissenschaft! Ha!« Neugierig trat er auf Yusharisp zu. Er betrachtete ihn durch den Kneifer. »Was für ein Zerrbild des menschlichen Körpers – in dem natürlich auch ein Zerrbild des menschlichen Geistes wohnt.« Er richtete sich auf und hakte sich wieder bei seinem Jünger ein. »Mit ein wenig Glück, Sergeant Sherwood, werden wir bald auch einen Blick auf den Erzfeind persönlich werfen können!« Er nickte seinen Bekannten zu und spazierte wieder davon.

Mrs. Underwood sah ihrem Mann nach, bis er verschwunden war. »Ich muß sagen, ich habe ihn noch nie so nett erlebt. Welch eine Schande, daß er nicht schon früher hierhergebracht werden konnte.«

»Ich wasche meine (Kreisch) Füße in Unschuld!« sagte Yusharisp. Er machte einen beleidigten Eindruck, als er sich an die schimmelige Wandung seines Raumschiffs lehnte. »Die meisten von ihnen sind bereits geflohen.«

»Dürfen wir unsere Hände senken?« fragte der Herzog von Queens.

»Machen Sie, was Sie (Kreisch) wollen ...«

»Ich frag mich, ob meine Leute diese Letten inzwischen erwischt ham«, brummte Inspektor Springer. »Nich, dasses jetzt noch 'ne Rolle spielt. Aber ich hasses andererseits, meine Arbeit nich zu Ende zu führen. Se verstehen, was ich meine, Herzog?« Er sah auf seine Uhr.

»Oh, ja, sehr gut sogar, Inspektor Springer. Ich wollte ein Fest veranstalten, neben dem alle anderen Feste verblassen sollten, und ich wollte soeben mit meinem neuen Projekt beginnen – einer lebensgroßen Reproduktion des alten Planeten Mars, komplett mit den Reproduktionen seiner größten Städte und einer Auswahl verschiedener Kulturen aus seiner Geschichte. Aber so, wie die Dinge stehen ...« Er betrachtete die Schwärze der Unendlichkeit jenseits der Stadt, er betrachtete die Zerstörung innerhalb der Stadtgrenzen. »Ich befürchte, es gibt kein Material mehr dafür.«

»Und auch nicht die Mittel«, erinnerte ihn Mongrove. »Bist du sicher, Herzog, daß du dich nicht an diesem Rettungsplan beteiligen willst?«

Der Herzog setzte sich auf einen halbgeschmolzenen Metallwürfel. »Er erscheint mir nicht sehr vielversprechend. Und ich kann mir nicht helfen, diese Einmischung der ...«

Der Würfel, auf dem er saß, begann zu grummeln. Schuldbewußt stand der Herzog auf.

»Es ist das Schicksal, das sich in Ihre nutzlose Idylle einmischt!« rief Yusharisp verzweifelt. »Nicht das Volk (Kreisch) von Pweeli. Wir haben (Brüll) aus den edelsten Motiven heraus gehandelt.«

Jherek verlor erneut das Interesse an der Unterhaltung und führte Amelia fort. Sie widersetzte sich seinem Drängen nur für einen Moment, dann gab sie nach.

»Wie es scheint, wissen die Raumfahrer und die Zeitreisenden nichts voneinander«, bemerkte sie. »Sollten wir es ihnen nicht sagen? Schließlich sind sie nur wenige Meter voneinander entfernt!«

»Überlassen wir sie sich selbst, Amelia. Wir wollten doch allein sein.«

Ihr Gesichtsausdruck wurde weicher. Sie drückte sich an ihn. »Natürlich, lieber Jherek.«

Er strahlte vor Freude.

»Es ist so traurig«, sagte sie nach einer Weile in einem melancholischen Tonfall, »daß wir sterben müssen, nachdem wir uns unsere Gefühle füreinander eingestanden haben.«

»Sterben, Amelia?«

Etwas, das wie ein abgestorbener Baum aussah, aber aus weichem Stein bestand, fing an zu flackern. Ein Bildschirm schälte sich aus dem Stamm heraus. Das Bild eines Mannes begann zu sprechen, aber der Ton fehlte. Sie sahen eine Zeitlang zu und gingen dann weiter.

»Sterben?« wiederholte er.

»Nun, wir müssen uns mit dem Unvermeidlichen abfinden, Jherek.«

»Daß du mich bei meinem Vornamen nennst! Du weißt gar nicht, Amelia, wie glücklich du mich machst!«

»Es schien mir sinnlos zu sein, dir meine wahren Gefühle zu verheimlichen, wo uns nur noch so wenig Zeit füreinander bleibt.«

»Wir haben die Ewigkeit!«

»In gewisser Hinsicht, möglicherweise. Aber alle sind überzeugt, daß die Stadt bald zerfallen wird.«

Wie um ihre Worte zu widerlegen, begann der Boden unter ihren Füßen zu vibrieren. Das Pochen war kräftig und verriet das Vorhandensein erheblicher Energiemengen, und das Glühen der Ruinen in ihrer Umgebung nahm plötzlich eine gesündere Farbe an, eine Art helles Blau.

»Da! Die Stadt erholt sich!« rief Jherek.

»Nein. Es ist lediglich der Anschein der Erholung, der immer dem Tod vorausgeht.«

»Was ist das für ein goldenes Licht dort hinten?« Er deutete auf eine Reihe langsam rotierender Zylinder. »Es sieht wie Sonnenschein aus, Amelia!«

Sie rannten auf die Lichtquelle zu. Bald konnten sie deutlich erkennen, was vor ihnen lag.

»Es ist die letzte Illusion der Stadt«, sagte Jherek. Beide waren von Ehrfurcht erfüllt, denn die Vision war so einfach und stand gleichzeitig in einem scharfen Gegensatz zu ihrer Umgebung. Es war eine kleine, grasbewachsene Lichtung voller wilder Blumen; ein warmes, liebliches Plätzchen im Sonnenlicht, das nicht mehr als zehn mal zehn Meter maß, aber bis in die kleinste Einzelheit perfekt war, mit Schmetterlingen, Bienen und einem Vogel, der in einer wunderschönen Ulme nistete. Sie konnten den Vogel singen hören. Sie konnten das Gras riechen.

Hand in Hand betraten sie die Illusion.

»Es ist, als ob die Stadt aus ihrer Erinnerung noch einmal die Erde von ihrer schönsten Seite zeigt«, sagte Amelia. »Eine Art Monument.«

Sie ließen sich auf einem Hügel nieder. Die Ruinen und blauen Lichter waren noch immer deutlich zu erkennen, aber es gelang ihnen, sie zu ignorieren.

Mrs. Underwood deutete auf eine Stelle, wo eine rot und weiß karierte Decke auf dem Gras unter dem Baum ausgebreitet war. Auf der Decke standen Teller, Karaffen, Früchte, eine Birne. »Sollen wir nachschauen, ob sie eßbar sind?«

»Gleich.« Er lehnte sich zurück und atmete tief ein. Vielleicht stammte der Hyazinthengeruch, den er zuvor bemerkt hatte, von hier.

»Es kann nicht von Dauer sein«, erinnerte sie ihn. »Wir sollten davon Gebrauch machen, solange wir noch können.« Sie streckte sich aus, so daß ihr Kopf in seinem Schoß lag. Er streichelte ihr Haar und ihre Wange. Er streichelte ihren Hals. Sie atmete tief und genüßlich ein und lauschte mit geschlossenen Augen dem Summen der Insekten und spürte die Wärme der unsichtbaren, nichtexistenten Sonne auf ihrer Haut. »Oh, Jherek ...«

»Amelia.« Er neigte den Kopf und küßte sie, zum zweiten Mal, seit sie die Stadt betreten hatten, zärtlich auf die Lippen. Ohne zu zögern erwiderte sie seinen Kuß, und der Druck seiner Hände auf ihrer nackten Schulter, ihrer Hüfte, ließ sie sich nur fester an ihn klammern und ihn noch heftiger küssen.

»Ich bin wie ein junges Mädchen«, sagte sie nach einer Weile. »Es ist so, wie es sein sollte.«

Er war durch diese Bemerkung verwirrt, aber er drang nicht tiefer in sie. Er sagte lediglich: »Jetzt, wo du mich bei meinem Vornamen genannt hast, bedeutet dies auch, daß wir verheiratet sind, daß wir ...«

Traurig schüttelte sie den Kopf. »Wir können nie – niemals Mann und Frau sein. Jetzt nicht.«

»Nein?«

»Nein, Jherek, Liebster. Dafür ist es zu spät.«

»Ich verstehe.« Wehmütig zupfte er einen Grashalm aus dem Boden.

»Die Scheidung, weißt du, ist noch nicht erfolgt. Und keine Zeremonie bindet uns. Oh, ich könnte dir noch so viel erklären, aber laß uns nicht die Minuten vergeuden, die uns noch bleiben.«

»Diese – diese Konventionen. Sind sie so wichtig, daß sie uns den Vollzug unserer Liebe verbieten?«

»Oh, mißverstehe mich nicht, Liebster. Ich weiß jetzt, daß diese Konventionen nicht allgemeingültig sind – daß sie hier keinen Sinn haben. Aber du vergißt – jahrelang habe ich ihnen gehorcht. Im tiefsten Innern ist es mir unmöglich, sie in so kurzer Zeit zu verwerfen. Ich muß eine wahre Flutwelle aus Schuld zurückdrängen, die mich fortzuschwemmen droht.«

»Schuld, wieder einmal?«

»Ja, Liebster. Wenn ich so plötzlich all das verwerfe, was man mir beigebracht hat, werde ich, wie ich fürchte, völlig zusammenbrechen. Ich werden dann nicht mehr die Amelia Underwood sein, die du kennst!«

»Aber wenn wir mehr Zeit hätten ...«

»Oh, ich weiß, daß ich nach und nach in der Lage wäre, mich von der Schuld zu befreien ... Das ist die schreckliche Ironie all dessen!«

»Es ist ironisch«, stimmte er zu. Er stand auf und half ihr hoch. »Schauen wir nach, was uns das Picknick anzubieten hat.«

Der Gesang des Vogels (es war eine Art Ara) drang weiter aus dem Laubwerk des Baumes, als sie die rot und weiß karierte Decke erreichten, aber ein anderer Laut gesellte sich hinzu, ein Schrillen, das beiden vertraut war. Dann brachen Kapitän Mubbers, Rokfrug und die anderen Lat aus dem düsteren Glanz der Stadt in das Sonnenlicht der Illusion. Sie waren völlig außer Atem und verschwitzt; in gewisser Weise erinnerten sie an hellrote, lebende Steckrüben. Ihre drei Pupillen rollten wild in ihren Augen, als sie Jherek und Amelia entdeckten, und irritiert blieben sie stehen.

»Mibix?« sagte Rokfrug, als er Jherek erkannte. »Drexim flug roodi?«

»Ich nehme an, Sie werden noch immer von der Polizei verfolgt.« Amelia reagierte mit Unwillen und Ablehnung auf die Eindringlinge. »Hier gibt es keinen Ort, wo Sie sich verstecken können.«

»Hrunt kroofrudi.« Kapitän Mubbers sah nach hinten, als sich polternde Schritte näherten und das Dutzend uniformierter Polizeibeamter, das offenkundig so erschöpft war wie die Lat, in die pastorale Illusion platzte, stehenblieb, blinzelte und sich dann ihren Opfern näherte, woraufhin Kapitän Mubbers ein ersticktes »Ferkit!« ausstieß und sich auf dem Absatz umdrehte, bereit, gegen die Übermacht zu kämpfen.

»Also wirklich!« rief Amelia Underwood. »So geht das nicht!« Sie hatte ihre Worte an den nächsten Polizisten gerichtet.

Ruhig erklärte der Beamte: »Sie stehen alle unter Arrest. Leisten Sie keinen Widerstand.«

»Sie haben vor, auch uns zu verhaften?« fragte Mrs. Underwood entrüstet.

»Genaugenommen, Ma'am, sind Sie bereits verhaftet. In Ordnung, Leute...« Aber er zögerte, als es zweimal kurz hintereinander knallte und Lord Jagged von Kanarien und die Eiserne Orchidee auf dem Hügel materialisierten.

Lord Jagged bot ein prächtiges Bild in seinem bevorzugten hellgelben Gewand, die väterlichen Gesichtszüge von seinem hohen Kragen umrahmt. Er schien bester Laune zu sein. Die Eiserne Orchidee wirkte schöner und beeindruckender denn je. Sie trug ein weites, weißes Gewand von ungewöhnlichem Schnitt und war so glücklich wie ihr Begleiter.

»Endlich«, sagte Lord Jagged mit sichtlicher Erleichterung. »Dies muß der fünfzigste Versuch gewesen sein!«

»Der neunundvierzigste, unermüdlicher Jagged«, sagte die Orchidee verschmitzt. »Ich hatte vor, nach dem fünfzigsten aufzugeben.«

Jherek lief auf seinen Freund und seine Mutter zu. »Oh, Jagged!

Geheimnisvoller, wunderbarer, geliebter Jagged! Wir haben uns soviel Sorgen um dich gemacht! Und Eiserne Orchidee, du bist bezaubernd. Wo, wo seid ihr nur gewesen?«

Der Kuß, den Jagged auf Jhereks Lippen hauchte, war ganz und gar nicht keusch, und die Eiserne Orchidee stand ihm in nichts nach. Mrs. Underwood hielt sich ein wenig abseits, rümpfte die Nase, trat aber widerwillig näher, als ihr die strahlende Orchidee zuwinkte.

»Meine Lieben, unsere Neuigkeiten werden euch entzücken! Aber ihr seht so verstört aus. Was ist geschehen?«

»Nun«, antwortete Mrs. Underwood mit einiger Befriedigung, »wir stehen derzeit unter Arrest, obwohl mir nicht ganz klar ist, was man uns vorwirft.«

»Ihr beide scheint eine Neigung dazu zu haben, mit dem Gesetz in Konflikt zu geraten«, bemerkte Jagged und bedachte die Anwesenden mit einem gelangweilten Blick. »Es ist alles in Ordnung. Ich denke, Sie wissen, wer ich bin.«

Der ranghöchste Polizist salutierte, schien aber nicht zum Nachgeben bereit. »Ja, Sir«, sagte er unsicher. »Aber wir ham unsere Befehle direkt vom Innenminister ...«

»Der Innenminister, mein Freund, wird von mir beraten, wie Sie zweifellos wissen ...«

»Ich hab was in dieser Richtung gehört, Sir.« Er rieb sein Kinn. »Was is mit diesen Letten?«

Lord Jagged zuckte die Schultern. »Ich glaube nicht, daß sie noch länger eine Gefahr für die Krone darstellen.«

Jherek Carnelian war vom Auftreten seines Freundes entzückt. »Ausgezeichnet, lieber Jagged! Ausgezeichnet!«

»Und außerdem, Sir, gibts da einige Gerüchte, daß das Ende der Welt gekommen is«, fuhr der Beamte fort.

»Machen Sie sich deswegen keine Sorgen, mein guter Mann. Ich werde mich darum kümmern, sobald ich Zeit habe.«

»Nun gut, Sir.« Wie im Traum gab der Polizist seinen Kollegen einen Wink. »Dann kehren wir besser heim. Sollen wir Inspektor Springer sagen, daß Sie das Kommando übernommen ham, Sir?«

»Ganz wie Sie wollen, mein Bester.«

Die Polizisten verließen die Illusion und verschwanden in der Dunkelheit der Stadt. Verdutzt blieben die Lat zurück. Kapitän Mubbers sah fragend zu Lord Jagged auf, erntete aber nur einen abweisenden Blick.

Rokfrug hatte die Mahlzeit entdeckt und stopfte eine Birne in seinen Mund. »Groodnix!« sagte er. »Trimpit dernik, queely!«

Die übrigen Lat ließen sich um das Tischtuch nieder und fingen heißhungrig an zu essen.

»Also, mysteriöseste aller Mütter, hast du die ganze Zeit gewußt, wo Lord Jagged gesteckt hat!« Jherek umarmte sie erneut. »Du hast ebenfalls ein Spiel mit mir gespielt, eh?«

»Keineswegs!« Sie war gekränkt. »Wir haben uns nur durch Zufall getroffen. Zugegeben, ich bin unserer Welt so überdrüssig geworden, daß ich mich auf die Suche nach einer begab, die sich als angenehmer, und, wie ich gestehe, interessanter erweisen würde, aber der Morphail-Effekt hat mir Schwierigkeiten gemacht. Ich wurde von einer Epoche in die andere geschleudert, bevor ich überhaupt wußte, wie mir geschah. Brannart hatte mich gewarnt, aber eure Erfahrungen hatten mich dazu verleitet, ihm nicht zu glauben.« Sie musterte ihren Sohn von Kopf bis Fuß, und der Blick, den sie Amelia Underwood zuwarf, war keinesfalls so kritisch wie zuvor. »Ihr seid beide so blaß. Dabei steht ihr doch in der Blüte eures Lebens.«

»Jetzt erblühen wir wieder, opulente Orchidee! Wir haben uns so um dein Wohlergehen gesorgt. Oh, und nach deinem Verschwinden ist es finster in der Welt geworden ...«

»Der Tod, wurde uns gesagt, sucht dieses Universum heim«, fügte Amelia hinzu und erwiderte den Blick der Eisernen Orchidee.

Lord Jagged von Kanarien lächelte ein breites, sanftes Lächeln. »Nun, dann sind wir ja im richtigen Moment zurückgekehrt.«

»Das hängt davon ab, was Sie mit richtig meinen, Lord Jagged.« Amelia Underwood wies hinaus in die Dunkelheit. »Selbst die Stadt stirbt.«

»Von all unseren Freunden«, fuhr Jherek fort, »haben nur Lord Mongrove und der Herzog von Queens überlebt. Alle anderen sind nur noch Erinnerungen.«

»Ich denke, Erinnerungen genügen«, erklärte Jagged. »Damit kommen wir aus.«

»Sie sind herzlos, Sir!« Mrs. Underwood knöpfte ihren Kragenknopf zu.

»Wie Sie meinen.«

»Wir hatten gedacht, du würdest auf uns warten, Jagged«, sagte Jherek Carnelian, »wenn wir zum Ende der Zeit zurückkehren. Hattest du nicht versprochen, hier zu sein – und dich zu erklären?«

»Ich war hier, aber ich mußte kurz darauf wieder fort. Es war nicht meine Schuld, daß ich mich verspätet habe. Meine Maschine ließ mich im Stich. Ich mußte einige Experimente durchführen. Und im Verlauf dieser Experimente traf ich deine Mutter, und sie überredete mich dazu, einer Laune nachzugeben.«

»Einer Laune?« Mrs. Underwood wandte sich voller Abscheu ab.

»Wir haben geheiratet«, sagte die Eiserne Orchidee fast sachlich. »Endlich.«

»Geheiratet. Ich beneide euch! Wie ist es dazu gekommen?«

»Es war eine einfache Zeremonie, Jherek, mein Junge.« Sie strich über den weißen Stoff ihres Kleides. Es schien, daß sie errötete.

Die Neugier ließ Amelia Underwood sich wieder umdrehen.

»Ich glaube, es war im achtundfünfzigsten Jahrhundert«, fuhr die Eiserne Orchidee fort. »Die Bräuche dort sind sehr bewegend. Einfach, aber bedeutend. Die Opferung der Sklaven war glücklicherweise in der Mitte der Epoche, die sie, wie ich glaube, die ›Ära des Feuchten Prinzen‹ nannten, keine Pflicht mehr. Außerdem hatten wir nichts anderes zu tun, während wir auf den richtigen Moment für den Transfer gewartet haben ...«

»Ohne Maschine«, fügte Jagged nicht ohne Stolz hinzu. »Wir haben notgedrungen gelernt, ohne Hilfsmittel zu reisen. Theoretisch war es immer möglich.«

»Durch einen kaum glaublichen Zufall«, sagte die Eiserne Orchidee, »fand mich Lord Jagged, als ich die Gefangene extraterrestrischer Kreaturen war, die vorübergehend den Planeten beherrscht hatten ...«

»Die Flerpianische Eroberung in den Jahren 4004 – 6«, erklärte Jagged beiläufig.

»... und es gelang ihm, mich zu retten, bevor ich das Opfer einer von ihnen entwickelten interessanten Foltermethode werden konnte, bei der die Schultern bis auf ...« Sie verstummte. »Aber ich schweife ab. Von dort stießen wir nach und nach zeitaufwärts vor. Aus eigener Kraft hätte ich es natürlich nicht geschafft. Und einige der Eingeborenen waren sehr unkooperativ. Aber dein Vater ist wunderbar mit ihnen zurechtgekommen. Mit Eingeborenen kommt er immer beneidenswert gut aus, meint ihr nicht auch?«

Mit leiser Stimme fragte Jherek: »Mein Vater?«

»Lord Jagged natürlich! Du mußt es vermutet haben!« Sie lachte übertrieben. »Du mußt es vermutet haben, mein Ei!«

»Ich dachte, daß einem Gerücht nach Süßes Gestirn Mazis ...«

»Dein Vater wünschte aus bestimmten Gründen, ein Geheimnis daraus zu machen. Es ist schon so lange her. Damals war er von dem wissenschaftlichen Interesse besessen, seine eigenen Gene zu vererben. Er hielt diese Methode für die befriedigendste.«

»Was sich auch erwiesen hat.« Lord Jagged legte eine schmalfingrige Hand auf das Haupt seines Sohnes und fuhr ihm zärtlich durch das Haar. »Wie sich auch erwiesen hat.«

Erneut umarmte Jherek Lord Jagged. »Oh, ich bin so froh, Jagged, daß du es bist! Diese Neuigkeit ist ein Geschenk, das mich für das lange Warten voll entschädigt.« Er griff nach der Hand seiner scheuen Amelia. »Dies ist wirklich der glücklichste Tag meines Lebens!«

Mrs. Underwood war reserviert, obwohl sie ihm ihre Hand nicht entzog. Sie stand zwischen den lächelnden Freunden und versuchte zu sprechen. Es gelang ihr nicht, und dann nahm die Eiserne Orchidee sie in den Arm. »Sagen Sie mir, liebste Amelia, daß Sie unsere neue Tochter sind!«

»Wie ich schon Jherek erklärt habe, wäre es möglich gewesen.«

»In der Vergangenheit?«

»Sie scheinen zu vergessen, Eiserne Orchidee, daß es nichts *außer* der Vergangenheit gibt. Für uns gibt es keine Zukunft mehr.«

»Keine Zukunft?«

»Sie hat vollkommen recht.« Lord Jagged löste die Hände von den Schultern seines Sohnes.

»Oh!« Amelia hob die Hand zum Mund. »Ich hatte gehofft, Sie würden uns eine Gnadenfrist verschaffen. Ich war eine Närrin ...«

Lord Jagged von Kanarien raffte sein gelbes Gewand, setzte sich auf den Hügel und bedeutete ihnen, seinem Beispiel zu folgen. »Die Information, die ich habe, ist wahrscheinlich nicht die angenehmste«, begann er, »aber da ich bei unserer letzten Trennung eine Erklärung versprochen habe, fühle ich mich verpflichtet, dieses Versprechen zu halten. Ich hoffe, ich werde euch nicht langweilen.« Und er begann zu sprechen.

20. Kapitel

IN DEM LORD JAGGED VON KANARIEN EINE OFFENHEIT ZEIGT, DIE MAN BISHER NOCH NICHT BEI IHM ERLEBT HAT

»Ich glaube, meine Lieben, ich fange am besten damit an, indem ich gestehe, daß ich ursprünglich nicht vom Ende der Zeit stamme«, sagte Lord Jagged. »Meine Herkunft unterscheidet sich nicht sehr von Ihrer, Amelia (sofern ich Sie Amelia nennen darf): um genau zu sein, ich komme aus dem einundzwanzigsten Jahrhundert. Nach einer Reihe von Abenteuern traf ich hier vor etwa eintausend Jahren ein, und da ich nicht beabsichtigte, mein Leben in einer Menagerie zu verbringen, gab ich mich als spontan entstandene Persönlichkeit aus. Obwohl ich der Wirkung des Morphail-Effektes unterlag, war es mir so möglich, meine Forschungen und Experimente über die Natur der Zeit fortzuführen, wobei ich letztendlich entdeckte, daß ich unter Anwendung bestimmter Übungen für lange Zeit in einer Epoche bleiben konnte. Es stellte sich sogar heraus, daß ich mich, wenn ich wollte, in bestimmten unbewohnten Perioden niederlassen konnte. Im Lauf dieser Experimente traf ich andere Zeitreisende, eingeschlossen Mrs. Persson (die vielleicht unsere erfahrenste Chrononautin ist), und tauschte Informationen mit ihnen aus, die letztendlich den Schluß zuließen, daß ich ein Sonderfall war, denn kein anderer Zeitreisender war in so geringem Maße wie ich dem Morphail-Effekt unterworfen. Schließlich gelangte ich zu der Überzeugung, daß ich unter bestimmten Bedingungen so lange immun gegen den Effekt war, wie ich mich an spezielle Regeln hielt (die im groben und ganzen darauf hinausliefen, daß ich mich in einer Epoche vollständig integrierte und keine wie auch immer gearteten Anachronismen erzeugte). Meine weiteren Forschungen zeigten, daß meine Fähigkeiten nur in geringem Umfang auf Selbstdisziplin, sondern hauptsächlich auf meinen besonderen Genen beruhten.«

»Aha!« machte Jherek. »Von anderer Seite haben wir auch schon etwas über Gene gehört.«

»Gewiß. Nun, im Lauf meiner zahlreichen Expeditionen durch die Jahrtausende wurde mir klar – lange bevor dieser Außerirdische mit der Nachricht zu uns kam –, daß das Ende der Zeit nahe war. Da ich so viel gelernt hatte, kam mir der Gedanke, daß ich einen Teil unserer Zivilisation retten und das Überleben unserer Rasse sichern könnte, indem ich eine Art Kreislauf erzeugte. Ihr werdet meine Absichten erraten haben – ich wollte bestimmte Leute vom Ende der Zeit entführen und an den Anfang versetzen, mitsamt ihrem Wissen (oder soviel Wissen wie möglich) und ihrer Zivilisation. Die Wissenschaft, glaubte ich, würde uns den Bau neuer Städte ermöglichen, und wir hätten noch weitere Jahrmilliarden vor uns. Nun, ein Faktor machte sich sehr früh bemerkbar, und zwar der Morphail-Effekt. Er durchkreuzte meinen Plan, gleichgültig, wie weit zurück ich in die Zeit ging. Nur jene, deren Gene den meinen ähnelten, konnten die Vergangenheit besiedeln. Deshalb modifizierte ich meinen Plan. Ich wollte einen neuen Adam und eine neue Eva finden, die sich vermehren und eine neue Rasse bilden konnten, die von der Zeit (oder zumindest vom störenden Morphail-Effekt) unbeeinflußt bleiben würde. Dafür benötigte ich einen Mann und eine Frau, die die gleichen Charakteristika besaßen wie ich. Schließlich gab ich meine Suche auf, da ich durch meine Experimente feststellte, daß deine Mutter, Jherek, die Eiserne Orchidee, das einzige Geschöpf war, dessen Gene den meinen zumindest entfernt ähnlich waren. Das war zu dem Zeitpunkt, als ich ihr den Vorschlag machte – ohne meine wahren Absichten zu verraten –, gemeinsam ein Kind zu zeugen.«

»Es schien mir eine so amüsante Idee zu sein«, bemerkte die Eiserne Orchidee. »Und seit Jahrtausenden hatte niemand etwas derartiges getan!«

»Und so, nach einigen Schwierigkeiten, bist du geboren worden, mein Junge. Aber ich mußte noch immer eine Frau für dich finden, eine, die, sagen wir, im Paläozoikum bleiben konnte (wo eine Station, wie du wohl weißt, bereits existiert), ohne von einem Moment zum anderen wieder von dort zu verschwinden. Ich suchte von Anbeginn der Geschichte, überprüfte einen Menschen nach dem anderen, bis ich schließlich Amelia Underwood, meine Eva, fand – Sie!«

»Hätten Sie mich gefragt, Sir ...«

»Ich durfte Ihnen nichts verraten. Ich habe bereits erklärt, daß ich im Verborgenen arbeiten mußte, daß meine Methode zur Ausschaltung des Morphail-Effekts so heikel war, daß ich mir damals nicht einen einzigen kleinen Anachronismus erlauben durfte. Sie zu informieren, hätte bedeutet, einen Teil meiner Identität zu enthüllen. Damals eine Unmöglichkeit – ein gefährlicher Gedanke! Ich mußte Sie entführen und hierher bringen. Dann mußte ich Sie mit Jherek bekanntmachen und hoffen, daß ihr euch zueinander hingezogen fühlt. Alles schien auch gut zu funktionieren. Aber ich habe nicht mit den Komplikationen gerechnet – wie ihr euch erinnern werdet, hat sich Lady Charlotina eingemischt, pikiert über die Art und Weise, wie wir sie getäuscht hatten.«

»Und als ich dich um deine Hilfe bitten wollte, bist du nicht dagewesen, Jagged! Du bist in die Vergangenheit zurückgekehrt!«

»Genau, Jherek. Unglücklicherweise war ich nicht in der Lage, dich daran zu hindern, dir von Brannart eine Maschine zu leihen und ins neunzehnte Jahrhundert zu reisen. Ich war, wie ich dir versichern kann, ebenso überrascht wie du, dir zu begegnen! Zum Glück konnte ich es in meiner Rolle als Lordoberrichter arrangieren, selbst den Vorsitz bei deiner Gerichtsverhandlung zu übernehmen ...«

»... und du konntest dich mir wegen des Morphail-Effekts nicht zu erkennen geben!«

»Ja. Aber ich sorgte dafür, daß der Effekt im Augenblick deiner angeblichen Hinrichtung wirksam wurde. Dies brachte mich zu weiteren Erkenntnissen über die Natur der Zeit, aber ich konnte es mir selbst zu diesem Zeitpunkt nicht erlauben, dich in meine Pläne einzuweihen. Mrs. Underwood mußte dort bleiben, wo sie war (was Brannart für unmöglich hielt), während ich meine Arbeit fortführte. So bald wie möglich kehrte ich hierher zurück und versuchte verzweifelt, die Angelegenheit zu klären, wobei ich mehr und mehr Dinge erfuhr, die Brannarts Theorien widerlegten. Es gelang mir, Verbindung mit Mrs. Persson aufzunehmen, und sie war mir eine große Hilfe. Übrigens wollte ich mich hier mit ihr treffen ...«

»Sie ist bereits hier«, sagte Mrs. Underwood.

»Das freut mich außerordentlich. Sie wollte zusehen – aber ich greife voraus. Das nächste, was ich bei meiner Rückkehr erfuhr, war, daß du wieder verschwunden warst, Jherek. Aber du hattest eine Entdeckung gemacht, die all meine Pläne änderte. Ich hatte Gerüchte gehört, daß es möglich sein sollte, eine Zeitschleife zu erzeugen, ihnen aber nicht geglaubt. Der von dir entdeckte Kinderhort bewies nicht nur, daß es möglich war, sondern auch, *wie* man vorgehen mußte. Es bedeutete, daß der Großteil meiner Vorkehrungen überflüssig war. Aber du bist natürlich noch immer verschollen gewesen. Ich riskierte viel, um zurückzukehren und euch alle zu retten, wobei ich mich dem Morphail-Effekt aussetzte und ihm auch tatsächlich zum Opfer fiel.

Ich strandete im neunzehnten Jahrhundert, und wäre da nicht dieser Zeitreisende gewesen, wie hieß er doch gleich, der aus dem Nichts auftauchte, ich hätte nie die Lösung für mein Problem gefunden. Er konnte mir eine Menge Informationen über alternative Zeitzyklen geben – natürlich kam er selbst aus einem –, und ich bedaure, daß ich, um mich vor Peinlichkeiten zu bewahren (denn ich hatte mich zu weit exponiert und meine Tarnung begann zu bröckeln), mich an dem Plan des Innenministers beteiligen mußte, diese Zeitmaschine zu beschlagnahmen und sie hinter euch herzuschicken. Ich konnte mir nicht die Komplikationen vorstellen, die dadurch ausgelöst wurden, wie ich nun weiß ...«

»Mir scheint, Lord Jagged«, murmelte Amelia Underwood, »daß diese Probleme überhaupt nicht aufgetaucht wären, hätten Sie bestimmte normale menschliche Verhaltensweisen in Betracht gezogen ...«

»Ich unterwerfe mich Ihrer Kritik, Amelia. Ich verdiene sie. Aber ich war wie besessen – und ich glaubte, mit größter Eile handeln zu müssen. All die verschiedenen Fluktuationen im Megastrom – die zum größten Teil von mir verursacht wurden, wie ich zugeben muß –, trugen zur allgemeinen Verwirrung noch bei. Der derzeitige Zustand des Universums ist auf die Energien zurückzuführen, die die Städte bei der Durchführung unserer Pläne eingesetzt haben. Mit etwas Glück wird sich dies von jetzt an ändern.«

»Ändern? Sie sagten, es sei zu spät.«

»Habe ich Ihnen diesen Eindruck vermittelt? Es tut mir leid. Ich wünschte, Sie hätten nicht so viel erdulden müssen, vor allem, da es jetzt so aussieht, als wären all meine Experimente sinnlos gewesen.«

»Demnach können wir uns nicht in der Vergangenheit niederlassen, wie du geplant hast?« fragte Jherek.

»Sinnlos!« Amelia keuchte vor Entrüstung.

»Nun, ja und nein.«

»Haben Sie uns denn nicht absichtlich, als Teil Ihres Experiments, im Paläozoikum abgesetzt, Lord Jagged?«

»Nein, Amelia. Ich habe Sie nicht getäuscht. Ich dachte, ich würde euch zum Ende der Zeit schicken.«

»Statt dessen hat es uns in die Vergangenheit verschlagen.«

»Genau darauf komme ich jetzt zu sprechen. Streng genommen, sind Sie und Jherek nicht in die Vergangenheit gereist. Sondern in die *Zukunft*, und deshalb kam auch der Morphail-Effekt nicht zum Tragen!«

»Wie das?«

»Weil ihr einen Kreis beschrieben habt. Wenn die Zeit ein Kreis ist (und das ist nur eine mögliche Definition), und wir diesem Kreis folgen, dann gelangen wir natürlich vom Ende zum Anfang, versteht ihr? Ihr seid über das Ende hinausgeschossen – ihr habt den Kreis vollendet und seid zum Anfang zurückgekehrt.«

»Und haben so den Morphail-Effekt getäuscht!« rief Jherek und klatschte in die Hände.

»Mit einem Wort, ja. Es bedeutet, daß wir, sofern wir es wünschen, alle dem Ende der Zeit entkommen können, indem wir einfach nach vorn zum Anfang springen. Allerdings sind die Nachteile erheblich. Zum Beispiel wird uns die Energie der Städte nicht mehr zur Verfügung stehen ...«

Aber in seiner Erregung sah Jherek über diese kleinlichen Einwendungen hinweg. »Und so bist du wie Ovid zurückgekehrt, um uns aus der Gefangenschaft der Zeit in das gelobte Land zu führen – vorwärts, wie du es vielleicht ausdrücken würdest, Jagged, in die Vergangenheit!«

»Nicht so!« Sein Vater lachte. »Es gibt keinen Grund, daß einer von uns diesen Planeten oder diese Zeitepoche verläßt.«

»Aber der Untergang droht, wenn er nicht schon da ist!«

»Unsinn – was hat dir denn diesen Eindruck vermittelt?«

»Komm«, bat Jherek und stand langsam auf. »Ich werde es dir zeigen.«

»Aber ich habe dir noch mehr zu sagen, mein Sohn.«

»Später – wenn du es gesehen hast.«

»Nun gut.« Mit wirbelnden Rockschößen half Lord Jagged von Kanarien zunächst Amelia, dann seiner Frau beim Aufstehen. »Es wäre unabhängig davon eine gute Idee, Mrs. Persson und die anderen aufzusuchen. Aber wirklich, Jherek, es gibt keinen Anlaß für diese uncharakteristische Erregung.«

Kapitän Mubbers und Rokfrug sahen von ihrem Picknick auf. »Trorf?« quetschte der Anführer der Lat hervor, den Mund voller Pflaumenkuchen; aber sein Leutnant beruhigte ihn. »Grushfalls, hrunt fresha.« Sie wandten ihre Aufmerksamkeit wieder den Speisen zu und bemerkten kaum, wie die vier Menschen die kleine pastorale Lichtung verließen und in das grelle, flackernde Licht des großen Ruinengebiets traten, dessen Atmosphäre, wie es Jherek jetzt schien, vom matten, frostigen Hauch des Todes geschwängert war.

21. Kapitel

EINE FRAGE DER EINSTELLUNG

»Ich muß sagen«, – Jagged verharrte in seinem raschen, würdevollen Schritt –, »die Stadt sieht ein wenig vernachlässigt aus ...«

»Oh, Jagged, du untertreibst!« Sein Sohn war an seiner Seite, während die beiden Damen, in ein Gespräch vertieft, ihnen in einigem Abstand folgten.

Streifen aus einem halbmetallischen, halborganischen Material von der Farbe blassen Lavendels schlängelten sich über ihren Weg, als würden sie von dem flachen Gebäude zu ihrer Rechten zurückgezogen werden. In dem Zwielicht ließ sich unmöglich feststellen, um was es sich dabei handelte.

»Aber sie erholt sich«, sagte Jagged. »Schau dir das dort an; ist das nicht ein neuproduziertes Rohrkabel?« Das Rohr, auf das er wies, und das links an ihnen vorbeiführte, machte zwar einen neuen Eindruck, wirkte ansonsten aber ganz gewöhnlich.

»Dies ist kein Beweis, väterlicher Jagged. Die Illusionen breiten sich aus.«

Sein Vater blieb unbekümmert. »Wenn du meinst.« Ein Funkeln erschien in seinen Augen. »Die Jugend war schon immer starrsinnig.«

Jherek Carnelian hörte Ironie aus den Worten seines Vaters und Freundes heraus. »Ah, sardonischer Jagged, es tut so gut, wieder in deiner Nähe zu sein! Alle Beklommenheit weicht!«

»Dein Vertrauen ehrt mich.« Jagged machte eine vielsagende Geste. »Wozu ist ein Vater denn sonst da, wenn nicht, um seinen Kindern Trost zu spenden?«

»Kindern?«

Eine gleichgültige Handbewegung. »Hier und dort im Fluß der Zeit findet man jemanden, der einem geneigt ist. Aber du, meine Wonne, bist mein einziger Nachkomme.«

»Ein Gedicht?«

»Mit Gewicht, mein Sohn.«

Während sie tiefer in das glosende Halbdunkel vorstießen, hielt Jherek, von Jaggeds offenbar grundlosem Optimismus angesteckt, Ausschau nach Anzeichen dafür, daß sich die Stadt wieder erholte. Vielleicht gab es wirklich Anzeichen für eine Wiederbelebung: Dieses Licht, das von einem kräftigen Blau gewesen war, und andere Lichter von stetigem Rot; zudem erinnerte ihn das regelmäßige Pochen unter den Füßen an den Schlag eines kräftiger werdenden Herzens. Aber nein. Es war unmöglich.

Pingelig wie eh und je, krempelte Lord Jagged einen Ärmel hoch, damit er nicht durch den feinen Rost schleifte, der überall den Boden bedeckte. »Wir können uns auf die Städte verlassen«, sagte er, »auch wenn wir sie niemals ganz verstehen werden.«

»Du spekulierst, Jagged. Alles deutet auf das Gegenteil hin. Ihre Energiequellen sind versiegt.«

»Die Quellen existieren. Die Städte haben sie wiederentdeckt.«

»Selbst du, Jagged, kannst das nicht mit Sicherheit behaupten.« Aber Jherek sagte dies nur, um eines Besseren belehrt zu werden.

»Demnach hast du die Anzeichen bemerkt?« Jagged blieb stehen, denn vor ihnen war Finsternis. »Haben wir die Außenbezirke erreicht?«

»Es scheint so.«

Sie warteten auf die Eiserne Orchidee und Amelia Underwood, die ein wenig zurückgefallen waren. Zu Jhereks Überraschung schienen die beiden Frauen gut miteinander auszukommen. Es gab keine finsteren Blicke und keine verhüllten Angriffe mehr. Sie hätten die ältesten Freundinnen sein können. Er fragte sich, ob er je diese subtilen Änderungen im Verhalten der Frauen verstehen würde; aber er war froh. Wenn schon alles zerfiel, konnte man am Ende zumindest in Freundschaft voneinander scheiden. Er winkte ihnen zu.

Hier warf die Stadt einen breiteren Lichtstrahl in die Landschaft jenseits der Grenze – eine graue, zerfurchte, öde Ebene, die nicht mehr die Bezeichnung »Erde« verdiente; eine Hülse, die sich bei der leisesten Berührung in unsichtbaren Staub auflösen konnte.

Die Eiserne Orchidee glättete eine Falte an ihrem weißen Gewand. »Tot.«

»Und im letzten Stadium des Zerfalls«, stimmte Amelia zu.

Die Orchidee wandte dem Anblick den Rücken zu. »Ich kann nicht akzeptieren«, sagte sie gedämpft, »daß das meine Welt sein soll. Sie war so lebendig.«

»Ihr Leben war nur gestohlen, behauptet Mongrove.« Jherek betrachtete die Dunkelheit, die anzusehen seine Mutter sich weigerte.

»In gewissem Sinne trifft das auf alles Leben zu.« Für einen Moment berührte Lord Jagged die Hand seiner Frau. »Nun, der Kern ist übriggeblieben.«

»Ist er nicht bereits verfault, Lord Jagged?« Vielleicht bereute Amelia ihre Unbarmherzigkeit, als sie das Gesicht der Orchidee sah.

»Er kann wiederbelebt werden, denke ich.«

»Es ist kalt ...«, klagte die Eiserne Orchidee und entfernte sich von ihnen, zog sich tiefer in die Stadt zurück.

»Wir treiben zweifellos«, bemerkte Jherek. »Es gibt keine Sonne mehr. Keine anderen Sterne. Nicht ein einziger Meteorit existiert noch. Wir treiben durch ewige Finsternis – und diese Finsternis, liebe Eltern, wird uns in Kürze ebenfalls verschlingen!«

»Du dramatisierts alles ein wenig, mein Junge.«

»Wahrscheinlich nicht.« Der Stimme der Orchidee fehlte es an Klangfülle.

Sie folgten ihr und standen fast abrupt vor den Maschinen des Zeitreisenden, Mrs. Perssons und Captain Bastables.

»Aber wo sind unsere Freunde?« wunderte sich Lord Jagged.

»Vor kurzem sind sie noch hier gewesen«, erklärte Jherek. »Der Morphail-Effekt?«

»Hier!« Lord Jaggeds Blick drückte unverhüllte Skepsis aus.

»Könnten sie vielleicht bei Yusharisp und den anderen sein?« Jherek lächelte Amelia und seiner Mutter zu, die Arm in Arm dastanden. Noch immer irritierte ihn die Änderung in ihrem Verhalten. Irgendwie, spürte er, mußte das Ende der alten Spannung auf die Hochzeit der Eisernen Orchidee mit Lord Jagged zurückzuführen sein. »Sollen wir nach ihnen suchen, abenteuerlicher Jagged?«

»Du weißt, wo?«

»Dort drüben.«

»Dann führe uns, mein Unschuldslamm!« Wie es früher oft seine Art gewesen war, schien Lord Jagged auch diesmal einen Scherz gemacht zu haben, den nur er verstand. Er gab Jherek den Weg frei.

Das Licht der Stadt verlor für einen Moment seine Mattigkeit und glitzerte hell und klar, und ein Gebäude, das eingestürzt war, schien nun wieder unversehrt zu sein, aber dafür erklang an anderen Stellen ein Knirschen, Knarren und Ächzen, das den Untergang der Stadt einzuläuten schien. Wieder gelangten sie an den Stadtrand, und hier war das Licht tatsächlich sehr trübe. Erst als er eine Stimme hörte, wußte Jherek, in welche Richtung er sich wenden mußte.

»Wenn (Kreisch) Sie diese Leute in ihre (Urps) eigene Zeit zurückbringen würden (Kreisch), hätten wir es zumindest (Brüll) mit einem vom Umfang her kleineren Problem zu tun. (Urps) Persson.«

Alle waren jetzt um das pweelianische Raumschiff versammelt – Inspektor Springer und seine Polizisten, der Herzog von Queens, der riesige, melancholische Mongrove, der Zeitreisende in seiner Norfolkjacke und seinen Knickerbockern, und Mrs. Persson und Captain Bastable in ihren schwarzen Uniformen, die wie Seehundfell schimmerten. Nur Harold Underwood, Sergeant Sherwood und die Lat fehlten. Gegen die schimmelähnliche Hülle des pweelianischen Raumschiffs waren die Pweelianer nur schwer zu erkennen. Hinter ihnen erstreckte sich die inzwischen vertraute Finsternis der unendlichen Leere.

Sie hörten Mrs. Perssons Antwort. »Wir sind auf Passagiere nicht vorbereitet. Außerdem müssen wir zu unserer Basis zurück, um dort bestimmte wichtige Experimente durchzuführen, von denen wir hoffen, daß sie unsere Theorien über die multiversellen Verbindungen bestätigen ...«

Lord Jagged, dessen hellgelbes Gewand in Kontrast zu der düsteren Färbung seiner Umgebung stand, näherte sich der Gruppe, gefolgt von Jherek und den beiden Frauen. Jagged war noch immer bester Laune. »Sie sind so furchtsam wie eh und je, mein lieber Yusharisp.« Obwohl es einige Zeit her war, seit er den Außerirdischen zum letzten Mal gesehen hatte, erkannte Jagged ihn sofort. »Und Sie sind noch immer pessimistisch?«

Die zahlreichen Augen des kleinen Geschöpfes sahen den Neuankömmling unwillig an. »Meiner Ansicht (Brüll) nach, Lord Jagged, gibt es keinen Grund, optimistisch (Urps) zu sein!« Er wurde mißtrauisch. »Sind Sie (Kreisch) schon lange hier?«

»Ich bin gerade erst zurückgekehrt.« Lord Jagged verbeugte sich tief. »Es tut mir leid. Es hat einige Schwierigkeiten gegeben. Sorgfältige Vorkehrungen sind angesichts des Endes aller Dinge erforderlich, damit man bei der Ankunft auch festen Boden unter den Füßen hat und nicht im absolutem Vakuum landet!«

»Zumindest (Brüll) werden Sie zugeben ...«

»Oh, ich glaube nicht, daß wir miteinander streiten müssen, Mr. Yusharisp. Lassen Sie uns die Tatsache akzeptieren, daß wir vom Temperament her stets entgegengesetzt reagieren. Es ist jetzt an der Zeit, realistisch zu sein, meinen Sie nicht auch?«

Yusharisp blieb mißtrauisch und schwieg.

OVR Shashurup mischte sich ein. »Alles ist vorbereitet (Kreisch). Wir werden (Kreisch) die Stadt durchsuchen und alles beschlagnahmen (Brüll, Urps), was uns bei unserem Rettungsplan helfen kann. Falls Sie (Urps) uns unterstützen und später in den Genuß (Kreisch) der Früchte unserer Arbeit kommen wollen ...«

»Durchsuchen? Beschlagnahmen?« Kühl wölbte Lord Jagged eine Augenbraue. Sein hoher Kragen schien zu beben. »Aus welchem Grund sollte das erforderlich sein?«

»Wir haben (Kreisch) keine Zeit (Brüll) mehr, um das (Kreisch) noch einmal zu erklären!«

Lord Mongrove hob den massigen Kopf, richtete die unglücklichen Augen auf Lord Jagged, und seine Stimme klang unheilschwanger wie stets, obwohl er seine Worte so formulierte, als hätte er nie mit den Außerirdischen zusammengearbeitet. »Sie planen, doppeldeutiger Jagged, eine autarke künstliche Welt zu erschaffen und in ihr den Untergang der Städte zu überleben.« Er war eine Glocke, die die Sinnlosigkeit des Kampfes einläutete. »Der Plan hat gewisse Vorzüge.«

Lord Jaggeds Antwort fiel negativ aus. Und trocken. Und verächtlich. »Ich bin sicher, er paßt zu den Pweelianern, die schon immer die Ordentlichkeit der Ordnung und die Beschränkung der Vielfalt vorgezogen haben.« Die patrizierhaften Gesichtszüge drückten Strenge und Bestürzung aus. »Aber ihnen steht es nicht zu, Lord Mongrove, sich in die Arbeit unserer Städte einzumischen (die sie meiner Überzeugung nach ohnehin nicht verstehen).«

»Versteht denn einer von uns ...?« Aber Mongrove wurde bereits zum Schweigen gebracht.

»Nebenbei bemerkt«, fuhr der Chrononaut fort, »habe ich erst kürzlich meine eigene Anlage hier installiert. Ich wäre mehr als nur verärgert, wenn sich jemand daran zu schaffen macht, gleichgültig, ob mit oder ohne Absicht.«

»Was?« Der Herzog von Queens wurde aus seiner Apathie gerissen. Er sah sich um, als erwarte er, die Maschine zu sehen. Hoffnung und Erwartung keimte in ihm auf. »Deine eigene Anlage, weiser Jagged? Oho!« Er strich über seinen Bart und begann dabei zu lächeln. »Aha!«

Sie drängten sich um den Lord in Gelb. Er gab sein Bestes, war scharfsinnig und selbstbeherrscht und sprach mit einer Spur Selbstironie, die sogar den mißtrauischen Zeitreisenden veranlaßte, ihm aufmerksam zuzuhören.

»Ich habe die Anlage vor nicht allzu langer Zeit installiert, und zwar mit Hilfe deiner Freundin, Jherek, die dir deinen letzten Besuch im neunzehnten Jahrhundert ermöglicht hat.«

»Amme?« Liebevolle Erinnerung erfüllte ihn.

»Genau. Sie war eine unschätzbare Hilfe für mich. Ihre Programme lieferten mir alle erforderlichen Informationen. Ich mußte nur ihre Erinnerung auffrischen. Sie ist der hochentwickeltste Automat, dem ich jemals begegnet bin. Ich legte ihr unser Problem dar und erklärte ihr, wie ich mir die Lösung gedacht hatte. Den Rest der Arbeit übernahm sie.«

Offenbar wußte auch die Eiserne Orchidee nichts davon. »Der Arbeit, genialer Gemahl?«

»Die Installation der von mir erwähnten Anlage. Ihr werdet inzwischen bemerkt haben, daß diese Stadt – und auch alle anderen Städte – ihre Energien konserviert haben.«

»Kon(Kreisch)serviert! Pah (Brüll)!« Yusharisps Übersetzergerät gab ein Geräusch von sich, das an ein bitteres Gelächter erinnerte. »Sie meinen (Brüll), daß sie ihren Untergang hinauszögern!«

Lord Jagged von Kanarien ignorierte den Pweelianer. Er wandte sich statt dessen an den Herzog von Queens. »Als ich zum Ende der Zeit zurückkehrte, um Jherek und Amelia zu suchen, erfuhr ich glücklicherweise von der Entdeckung des Kinderhorts und lud Amme nach Kanarien ein.«

»Also deshalb ist sie verschwunden – sie ist in deiner Menagerie, hinterhältiger Jagged!«

»Nicht direkt. Ich bezweifle, daß viel von meiner Menagerie übriggeblieben ist. Amme hält sich jetzt in einer anderen Stadt auf. Sie müßte inzwischen die letzten Vorbereitungen getroffen haben.«

»Demnach planst du, eine ganze Stadt zu retten?« Lord Mongrove sah sich um. »Diese gewiß nicht. Man kann direkt zusehen, wie sie zerfällt!«

»Dein Pessimismus ist unbegründet, Lord Mongrove. Die Stadt verändert sich, das ist alles.«

»Aber das Licht ...«, begann der Herzog von Queens.

»Konserviert, wie ich schon sagte.«

»Und dort draußen?« Mongrove deutete auf die Leere.

»Dort ist Platz genug für eine Sonne von annehmbarer Größe.«

»Aber, Jagged«, wandte der Herzog von Queens ein, »du weißt doch, daß unsere Energieringe nicht funktionieren. Das beweist, daß die Stadt nicht die nötige Energie aufbringen kann.«

»Du hast es versucht?«

»Jeder von uns.«

»Vor nicht mehr als zwei Stunden«, sagte Amelia Underwood.

»Als die Veränderung der Stadt noch nicht abgeschlossen war. Aber jetzt?«

»Sie werden nicht funktionieren, Lord Jagged.« Lord Mongrove streichelte die dunklen Steine seiner Ringe. »Unser Erbe ist endgültig aufgebraucht.«

»Oh, ihr seid zu trübsinnig. Es ist nur eine Frage der Einstellung.« Lord Jagged streckte die linke Hand aus und begann mit der rechten einen Rubin zu drehen, während er hinauf zum Himmel sah, ohne sein Publikum ganz aus den Augen zu verlieren.

Über ihnen erschien so etwas wie ein kleiner, funkelnder Stern; aber er wuchs bereits. Er verwandelte sich in einen feurigen Kometen und tauchte die kahle Landschaft in schwarze Schatten und grelles Licht. Er wuchs weiter und war bald eine Sonne, die die öde Welt beschien, so weit ihre blinzelnden Augen sehen konnten.

»Ich denke, das genügt.« Jagged war sichtlich zufrieden. »Die Umlaufbahn stimmt.« Erneut drehte er den Ring. »Und die Welt dreht sich wieder.«

Amelia flüsterte: »Sie sind der größte aller Zauberer, lieber Lord Jagged. Ein richtiger Mephisto. Ist diese Sonne so groß wie die alte?«

»Sie ist ein wenig kleiner, aber sie genügt unseren Ansprüchen.«

»Kreisch«, machte Yusharisp alarmiert, und unter der Lichtflut kniff er all seine Augen zusammen. »Kreisch, kreisch, kreisch!«

Jagged entschied, die Bemerkung als Kompliment aufzufassen. »Es ist nur der Anfang«, sagte er bescheiden. Er ließ seinen weiten gelben Umhang wirbeln. Er drehte einen anderen Ring, und das Licht verlor an Grelle, wurde von der Atmosphäre gefiltert, die es außerhalb der Stadt jetzt wieder gab. Der Himmel verwandelte sich in grünliches Blau, und die weiße Ebene mit den tiefen, schwarzen Rissen nahm eine dunkelgraue Schattierung an, gesäumt von braunen Spalten; aber noch immer erstreckte sie sich kahl und öde bis zum Horizont.

»Wie unansehnlich unsere Erde doch ohne Landschaft ist.« Die Eiserne Orchidee war enttäuscht.

Wie um sie zu entschuldigen, sagte Jagged: »Sie ist ein sehr alter Planet, meine Liebe. Aber ihr müßt sie als eine Art neue Leinwand betrachten. Alles, was ihr wollt, kann rekonstruiert werden. Und so wie früher können wir natürlich auch neue Einfälle verwirklichen. Und ich versichere euch, daß uns die Städte nicht im Stich lassen werden.«

»Also ist der Jüngste Tag doch noch verschoben worden.« Der Zeitreisende hatte den Kopf zur Seite gelegt, als er Lord Jagged von Kanarien mit neuen Augen betrachtete. »Ich gratuliere Ihnen, Sir. Es scheint, daß Sie über gewaltige Kräfte verfügen.«

»Die Macht ist geborgt«, antwortete ihm Jagged mit leiser Stimme. »Sie stammt von den Städten.«

OVR Shashurup rief: »Es ist unmöglich! Dieser Mann täuscht uns mit einer Illusion (Kreisch)!«

Lord Jagged gab vor, ihn nicht gehört zu haben. Er drehte sich statt dessen zu Mrs. Persson um, die ihn mit forschendem Gesichtsausdruck betrachtete. »Die Städte haben ihre Energien konserviert, weil ich sie für ein Experiment benötige, von dessen Erfolg ich überzeugt bin. Natürlich wird nicht jeder meinen Plan für perfekt halten, aber er ist ein Anfang. Ich habe ihn Ihnen gegenüber erwähnt, Mrs. Persson.«

»Deshalb sind wir hier.« Ihr Lächeln galt Captain Bastable. »Um zu sehen, ob er funktioniert. Aber das Vorspiel hat mich bereits überzeugt.«

Die große und junge Sonne überschüttete sie mit Licht, das die ganze Stadt erfüllte und große, milde Schattenzonen schuf. Die Stadt pochte still und gleichmäßig weiter; eine Maschine, die auf ihren Einsatz wartete.

»Es ist außerordentlich beeindruckend, Sir«, sagte Bastable. »Wann beabsichtigen Sie, den Kreis zu schließen?«

»In etwa einem Monat.«

»Sie können diesen Zustand nicht unendlich lange aufrechterhalten?« fragte Mrs. Persson.

»Das wäre natürlich vorzuziehen, ist aber unökonomisch.«

Sie lächelten einander an.

OVR Shashurup watschelte heran und wedelte mit einem Bein. »Lassen Sie (Kreisch) sich nicht (Brüll) von dieser (Kreisch) Illusion täuschen. Denn (Brüll) dies ist nicht mehr als eine Illusion!«

Sanft sagte Lord Jagged: »Das hängt davon ab, wie Sie das Wort ›Illusion‹ interpretieren, meinen Sie nicht auch? Es ist eine wärmende Sonne, eine atembare Atmosphäre; der Planet folgt seiner Umlaufbahn und umkreist diese Sonne.«

Yusharisp gesellte sich zu dem Oberverwaltungsrat. Das helle Sonnenlicht ließ die Warzen und Flecken an seinem kleinen runden Leib deutlich hervortreten. »Es ist eine Illusion (Kreisch), Lord Jagged, weil sie (Brüll) den Zerfall (Urps) des Universums (Kreisch) nicht überdauern kann!«

»Ich glaube, sie wird es, Mr. Yusharisp.« Lord Jagged drehte sich zu seinem Sohn um, aber die Pweelianer wollten sich mit seiner Antwort nicht zufriedengeben.

»Energie (Kreisch) ist zur Erzeugung (Brüll) solcher ›Wunder‹ nötig – stimmen Sie (Kreisch) dem zu?«

Lord Jagged neigte den Kopf.

»Deshalb (Brüll) muß es eine Quelle (Kreisch) geben – vielleicht einen Planeten (Kreisch) oder auch zwei (Urps), die der (Kreisch) Katastrophe bislang entgangen sind. Diese Quelle (Brüll) wird in Kürze (Urps) aufgebraucht sein!«

Lord Jagged von Kanariens Antwort schien allen, nur nicht dem Fragesteller zu gelten. Er behielt den sanften, aber leicht eisigen Gesichtsausdruck bei. »Ich fürchte, daß Ihnen selbst diese Vorstellung keine Befriedigung verschafft, mein lieber Yusharisp. Ein liberalerer Geist könnte daraus eine Moral ziehen.«

»Moral (Kreisch)! Sie wissen (Brüll) nicht das geringste von solchen (Urps) Dingen!«

Lord Jagged richtete auch seine nächsten Worte an alle Anwesenden, diesmal aber direkter. »Es liegt eben im Charakter von Geschöpfen, die zu morbider Furchtsamkeit neigen, daß sie eher das Schlimmste *erwarten* als das Beste *hoffen*. Es ist eine bestimmte puritanische Geisteshaltung dafür verantwortlich, der ich nur wenig Sympathie entgegenbringen kann. Und warum sind sie zu dieser Schlußfolgerung gelangt? Weil es Wesen mit dieser besonderen Geisteshaltung vorziehen, eine Katastrophe herbeizuführen, als ständig in der Furcht vor der *Möglichkeit* einer Katastrophe zu leben. Selbstmord ist ihnen lieber als Unsicherheit.«

»Sie wollen (Brüll) doch nicht behaupten, daß (Kreisch) dieses Problem (Urps) nur in unseren (Kreisch) Köpfen bestand, Lord Jagged?« Erneut das seltsame, mechanische Gelächter OVR Shashurups.

»Waren es nicht die Pweelianer, die es auf sich nahmen, die Unheilsbotschaft in der Galaxis zu verbreiten? Haben Sie nicht Ihrer Verzweiflung Ausdruck gegeben, wo immer Sie Zuhörer finden konnten? Die Tatsachen lagen deutlich vor aller Augen, aber Ihre Reaktion darauf war kaum positiv zu nennen. Deshalb, ja – bis zu einem gewissen Grade bestand das Problem lediglich in Ihren Köpfen. Sie haben nicht alle Möglichkeiten untersucht. Dieses Versäumnis ist eine Folge Ihres festen Glaubens an ein endliches Universum mit endlichen Ressourcen. Nun, wie Ihnen der Zeitreisende hier sagen kann, und Mrs. Persson und Captain Bastable Ihnen bestätigen werden, ist das Universum nicht endlich.«

»Nichts (Kreisch) als Worte ...«

Ernst sagte der Zeitreisende: »Ich stimme vielleicht nicht in den meisten Dingen mit Lord Jagged überein, aber er spricht die Wahrheit. Das Universum besteht aus einer Vielzahl von Dimensionen, die Sie, Mrs. Persson, wie ich glaube, als ›das Multiversum‹ bezeichnen. Dies hier ist lediglich *eine* Dimension, und auch wenn allen in der Tat das gleiche Schicksal droht, so doch nicht zur gleichen Zeit.«

Lord Jagged dankte dem Zeitreisenden für seine Unterstützung. »Da wir also unsere Energien von jedem Teil des Universums zu jedem Zeitpunkt beziehen können – *der nicht mit unserem Zeitpunkt identisch ist* –, ist es möglich, diesen Planeten, wenn nötig, bis in alle Ewigkeit zu erhalten.«

»Diese Behauptung (Urps) entbehrt jeder Grundlage«, sagte Yusharisp geringschätzig.

Lord Jagged zog den hohen Kragen über sein Gesicht und machte eine elegante Handbewegung in Richtung Sonne. »Dort ist mein Beweis, Verehrtester.«

»Eine Illusion«, wiederholte Yusharisp starrköpfig, »(Urps).«

»Pseudowissenschaft (Kreisch)«, stimmte Shashurup zu.

Lord Jagged lächelte ergeben und verzichtete auf eine Erwiderung, aber Mrs. Persson hatte Mitleid mit den verzweifelten Außerirdischen. »Wir haben entdeckt«, sagte sie freundlich, »daß das ›wirkliche‹ Universum unendlich ist. Unendlich, zeitlos und ewig. Es ist ein spiegelnder See, der jedes Bild zurückwirft, das wir erzeugen.«

»Meta(Kreisch)physischer Un(Brüll)sinn!«

Captain Bastable kam ihr zur Hilfe. »*Wir* sind es, die das Universum mit dem erfüllen, was wir Zeit und Materie nennen. Unsere Intelligenz formt es; unsere Taten verleihen ihm Detail. Wenn wir uns manchmal selbst einsperren, dann deshalb, weil uns unsere Menschlichkeit oder unsere Logik trügt ...«

»Wie können wir (Kreisch) derartige Behauptungen ernst nehmen?« Yusharisps zahlreiche Augen blinzelten verächtlich. »Ihr macht eine Spielwiese aus dem Universum und rechtfertigt eure Handlungen mit Argumenten, die so (Brüll) absurd sind, daß kein (Kreisch) intelligentes Wesen (Urps) sie auch nur für einen Moment glauben kann. Ihr täuscht (Kreisch) euch selbst, damit ihr (Urps) euch erst gar nicht mit der Moral auseinandersetzen müßt ...«

Lord Jagged wirkte gelassener denn je. Seine Stimme klang schläfrig. »Das unendliche Universum ist genau das, Yusharisp. Es ist nichts weiter als eine Spielwiese.« Er schwieg für einen Moment. »Es ›ernst zu nehmen‹ bedeutet, es zu erniedrigen.«

»Sie respektieren (Brüll) nicht einmal die Quelle allen Lebens (Kreisch)?«

»Etwas zu respektieren ist etwas völlig anderes, als etwas ›ernst zu nehmen‹.«

»Es gibt (Kreisch) keinen Unterschied!« Der Außerirdische machte einen selbstgefälligen Eindruck; seine Freunde schienen ihm zu gratulieren.

»Ah«, machte Lord Jagged, und sein Lächeln war dünn. »Indem Sie diesen Unterschied verleugnen, machen Sie unsere unterschiedlichen Standpunkte deutlich.«

»Pah (Kreisch)!« Yusharisp sah ihn finster an.

Wie um seinen einstigen Freund zu entschuldigen, grollte Lord Mongrove: »Ich glaube, er ist empört, weil er der Zerstörung des Universums solche Bedeutung beigemessen hat. Das Ende des Universums bestätigte ihn in der Richtigkeit seiner moralischen Überzeugungen. Es gab eine Zeit, da habe ich wie er empfunden. Aber inzwischen bin ich dieser Vorstellungen überdrüssig geworden.«

»Ab(Urps)trünniger!« sagte OVR Shashurup. »Auf Ihre Einladung hin (Kreisch), Lord Mongrove, sind wir (Urps) hierhergekommen (Kreisch)!«

»Wohin hätten Sie denn sonst gehen können?« Mongrove wirkte leicht erstaunt. »Schließlich ist dies hier das letzte Stück Materie im Universum.«

Würdevoll hob OVR Shashurup eine Hand (oder einen Fuß). »Komm, Yusharisp, und kommt auch ihr, meine pweelianischen Freunde. Jeder (Kreisch) weitere Versuch (Brüll), diesen Narren (Urps) helfen zu wollen (Brüll), ist sinnlos!« Die gesamte Delegation, die Letzten der Pweelianer, watschelte im Gänsemarsch in ihr unheiliges Raumschiff.

Reumütig ging Mongrove ihnen nach. »Liebe Freunde – Brüder im Geiste –, bitte, handelt nicht unüberlegt ...« Aber die Luke schloß sich vor seinem melancholischen Gesicht, und er stieß einen kummervollen Seufzer aus. Das Schiff startete nicht. Es blieb dort stehen, wo es gelandet war, eine stumme Anklage. Mürrisch zupfte Mongrove an einem Schimmelfladen an der Hülle. »Oh, dies ist wirklich die Hölle für die Ernsthaften!«

Inspektor Springer nahm seine Melone ab und wischte sich in einer charakteristischen Geste über die Stirn. »Es is plötzlich verdammt *warm* geworden, Sir. Na ja, bin trotzdem froh, die Sonne wiederzusehen.« Er wandte sich an seine verschmachtenden Männer. »Wenn Se wollen, können Se Ihren Kragen öffnen. Er hat recht. Es is heiß wie in der Hölle. Allmählich glaub ich's auch.« Die Polizisten lösten die Kragenknöpfe ihrer Hemden. Einer oder zwei gingen sogar so weit, die Helme abzunehmen, ohne daß sie dafür gerügt wurden.

Einen Moment später zog Inspektor Springer seine Jacke aus.

»Und die Vorbereitungen sind jetzt abgeschlossen. Die Sonne ist wieder da, die Atmosphäre, und der Planet dreht sich.« Una Perssons an Lord Jagged gerichtete Worte klangen abgehackt.

Lord Jagged war in Gedanken versunken. Er sah auf und lächelte. »Ah, ja. Wie ich schon sagte. Alles ist vorbereitet. Um den Rest werde ich mich später kümmern, wenn ich meine Anlage aktiviere.«

»Sie sagten, daß Sie vom Erfolg überzeugt sind.« Der Zeitreisende verhielt sich ihm gegenüber kühl, noch immer kritisch. Er war nicht bereit, Lord Jagged vorbehaltlos zu glauben. »Das Experiment scheint mir ein wenig hochtrabend zu sein.«

Lord Jagged ging auf die Kritik ein. »Ich beanspruche den Erfolg nicht für mich, Sir. Wie ich schon sagte, ist die Technologie nicht meine Erfindung. Aber mit Ammes Hilfe wird sie ihre Aufgabe erfüllen.«

»Sie wollen eine Zeitschleife erzeugen!« rief Captain Bastable. »Ich hoffe, wir können rechtzeitig zurückkehren, um dieses Stadium des Experiments zu verfolgen.«

»In der ersten Woche dürfte es in dieser Hinsicht keine Probleme geben«, versicherte Jagged.

»Willst du auf diese Weise den Planeten erhalten, Jagged?« fragte Jherek erregt. »Indem du die Anlage benutzt, die ich im Kinderhort entdeckt habe?«

»Es ist eine ähnliche, aber weitaus komplexere Anlage. Mit ihr sollte es uns gelingen, unsere Welt für alle Zeiten zu erhalten. Ich werde eine Zeitschleife erzeugen, die eine Periode von sieben Tagen Dauer umfaßt. Einmal in Gang gesetzt, wird nichts mehr diesen Prozeß unterbrechen können. Die Städte werden sich selbst erhalten; weder aus der Zeit noch aus dem Raum drohen in Zukunft Gefahren, denn die Welt wird sich in ein geschlossenes System verwandeln und diese sieben Tage immer und immer wieder durchleben.«

»Wir werden dieselbe kurze Zeitspanne in Ewigkeit immer wieder durchleben?« Der Herzog von Queens schüttelte den Kopf. »Ich muß gestehen, Jagged, daß dein Plan nicht attraktiver ist als Yusharisps.«

Lord Jagged antwortete ernst: »Wenn man sich bewußt ist, was vor sich geht, wird man in dieser Zeitspanne seine Handlungen nicht wiederholen. Nur die Zeit wird dieselbe bleiben, auch wenn sie sich zu verändern scheint.«

»Wir werden nicht in der Falle sitzen – dazu verdammt sein, diese Woche in allen Einzelheiten immer neu durchzuleben, ohne irgend etwas ändern zu können?«

»Ich glaube nicht.« Lord Jagged sah hinaus auf die Öde, die sich kilometerweit erstreckte. »Das normale Leben, wie wir es vom Ende der Zeit her kennen, kann so wie immer fortgeführt werden. Der Kinderhort unterlag bewußt einer Beschränkung – einer Art temporaler Einfrierung, um die Kinder zu konservieren.«

»Wie schnell würde man dessen doch überdrüssig werden, hätte man auch nur den leisesten Verdacht, daß so etwas geschieht.« Die Eiserne Orchidee bemühte sich, ihre Furcht so gut es ging zu verbergen.

»Auch in diesem Fall ist es eine Frage der Einstellung, meine Liebe. Ist der Gefangene ein Gefangener, weil er in einer Zelle lebt, oder weil er *weiß*, daß er in einer Zelle lebt?«

»Oh, ich werde über derartige Dinge nicht diskutieren!«

»Und das, meine Liebe«, sagte er zärtlich, »ist deine Rettung.« Er umarmte sie. »Jetzt bleibt noch eins zu tun. Die Anlage muß mit Energie versorgt werden.«

Sie sahen zu, wie er ein kurzes Stück tiefer in die Stadt hineinging, dort stehenblieb und sich umschaute. Seine Pose war einstudiert und gleichzeitig zufällig. Dann schien er zu einem Entschluß gelangt zu sein und legte die rechte Hand über die Ringe an seiner Linken.

Die Stadt stieß einen hohen, fast triumphierenden Schrei aus. Donnerndes Gebrüll ertönte, als alle Gebäude erzitterten. Blaues und karmesinrotes Licht bildete am Himmel eine blendende Aura und verdeckte die Sonne. Dann drang ein tiefes, beruhigendes, mächtiges Grollen direkt aus dem Kern des Planeten. Ein Rascheln durchlief die Stadt. Vertrautes Gemurmel, das Quietschen eines halbmechanischen Geschöpfes.

Dann begann die Aura zu verblassen, und Jagged wurde unruhig, als fürchtete er, daß die Stadt doch nicht die Energie für sein Experiment erzeugen konnte.

Ein Wimmern wurde hörbar. Die Aura wurde wieder heller und bildete eine kuppelförmige Haube, die in dreißig oder vierzig Metern Höhe über der ganzen Stadt hing. Dann schien sich Lord Jagged von Kanarien zu entspannen, und als er sich wieder zu ihnen umdrehte, lag ein selbstzufriedener Ausdruck auf seinem Gesicht.

Amelia Underwood ergriff als erste das Wort, als er zu ihnen zurückkehrte. »Ah, Mephisto. Haben Sie inzwischen auch Schöpferkräfte?«

Dieses Mal war er von der Bezeichnung geschmeichelt. Er wechselte einen wissenden Blick mit ihr. »Was ist das, Mrs. Underwood? Manichäismus?«

»Oh, Gott! Vielleicht!« Sie schlug sich die Hand vor den Mund, parodierte sich aber selbst.

Er fügte hinzu: »Ich kann keine Welt erschaffen, Amelia, aber ich kann eine existierende wiederbeleben und die Toten erwecken. Und vielleicht habe ich einst gehofft, eine andere Welt zu bevölkern. Oh, Sie haben recht, wenn Sie mich für hochmütig halten. Es könnte mein Untergang werden.«

Rechts von Jagged, hinter einer glitzernden Ruine aus Gold und Stahl, kamen Harold Underwood und Sergeant Sherwood hervor. Sie schwitzten beide, schienen die Hitze aber nicht zu bemerken. Mr. Underwood deutete hinauf zum sonnigen Himmel, zur blauen Aura. »Sehen Sie, Sergeant Sherwood, wie man uns jetzt in Versuchung führen will.« Er schob den Kneifer auf seiner Nase zurecht, als er vor Lord Jagged trat, der ihn überragte und dessen Größe durch den Stehkragen optisch verstärkt wurde. »Habe ich recht gehört, Sir?« fragte Mr. Underwood. »Hat meine Frau – oder meine Ex-Frau, ich bin mir da nicht so sicher – Sie mit einem bestimmten Namen angeredet?«

Lord Jagged lächelte und neigte den Kopf.

»Ha!« machte Harold Underwood zufrieden. »Ich glaube, ich muß Ihnen zu der Qualität Ihrer Illusionen, der Bandbreite Ihrer Versuchungen und der Subtilität Ihrer Peinigungen gratulieren. Die jetzige Illusion zum Beispiel könnte einen ohne weiteres täuschen. Was die

Hölle zu sein schien, ähnelt nun dem Himmel. Auf diese Weise haben Sie auch Christus auf dem Berg versucht.«

Selbst Lord Jagged war verblüfft. »Die Bezeichnung war nur scherzhaft gemeint, Mr. Underwood ...«

»Satans Scherze sind immer raffiniert. Glücklicherweise kann ich mir an meinem Erlöser ein Beispiel nehmen. Deshalb wünsche ich Ihnen noch einen Guten Tag, Sohn des Morgens. Sie mögen vielleicht Anspruch auf meine Seele erhoben haben, aber Sie werden sie niemals bekommen. Ich glaube, dies ist nicht das erste Mal, daß Ihre Machenschaften durchkreuzt werden.«

»Äh ...«, machte Lord Jagged.

Harold Underwood und Sergeant Sherwood wandten sich in Richtung Stadtmitte, aber zuvor richtete Harold noch das Wort an seine Frau. »Zweifellos bist du schon Satans Sklavin, Amelia. Aber ich weiß, daß wir noch immer erlöst werden können, wenn wir ehrlich bereuen und an die Erlösung Christi glauben. Sei auf der Hut, Amelia. All das ist nur eine Täuschung.«

»Aber oberflächlich betrachtet sehr überzeugend, meinen Se nich auch, Sir?« sagte Sergeant Sherwood.

»Er ist der Meistertäuscher, Sergeant.«

»Ich schätze, das isser, Sir.«

»Aber« – Harold legte einen Arm um die Schulter seines Jüngers –, »in einem Punkt habe ich recht gehabt, eh? Ich habe gesagt, daß wir Ihn früher oder später treffen würden.«

Amelia nagte an ihrer Unterlippe. »Er ist völlig verrückt, Jherek. Was können wir nur für ihn tun? Kann man ihn nicht zurück nach Bromley schicken?«

»Er scheint sich hier sehr wohl zu fühlen, Amelia. Solange er regelmäßig seine Mahlzeiten bekommt – und die Stadt läßt sich ohne weiteres so programmieren, daß sie dafür Sorge tragen wird –, kann er doch mit Sergeant Sherwood hier bleiben.«

»Ich möchte ihn nicht gern verlassen.«

»Wir können ihn von Zeit zu Zeit besuchen.«

Sie war noch immer skeptisch. »Ich bin noch nicht ganz überzeugt«, sagte sie, »daß dies nicht das Ende der Welt ist!«

»Hast du ihn je glücklicher erlebt?«

»Nein. Nun gut, soll er – zumindest für den Moment – in seiner ... seiner Ewigen Verdammnis bleiben.« Sie stieß ein eigenartiges Lachen aus.

Inspektor Springer wandte sich mit dem schuldigen Respekt an Lord Jagged. »Also hat sich die Lage mehr oder weniger normalisiert, Sir?«

»Mehr oder weniger, Inspektor.«

Inspektor Springer saugte an einem Zahn. »Dann sollten wir uns besser wieder an die Arbeit machen, Sir. Die Verdächtigen zusammentreiben und so weiter ...«

»Die meisten sind inzwischen entlastet, Inspektor.«

»Und die Letten, Lord Jagged?«

»Ich glaube, ja, die können Sie verhaften.«

»Sehr gut, Sir.« Inspektor Springer salutierte und wandte sich seinen zwölf Beamten zu. »In Ordnung, Männer. Wir sind wieder im Dienst. Was is mit Sherwood los? Pfeifen Se mal, Reilly, vielleicht meldet er sich.« Er runzelte die Stirn. »Das *is* 'n merkwürdiger Ort. Wenn ich träumen würd, ich würd glatt annehmen, ich wär in 'nem verdammten Alptraum. Har, har!« Das Gelächter, mit dem einige seiner Leute antworteten, während sie hinter ihm herstapften, klang fast hohl.

Una Persson warf einen Blick auf eines der Instrumente, die an ihrem Arm befestigt waren. »Ich gratuliere Ihnen, Lord Jagged. Die ersten Versuche haben sich als voller Erfolg erwiesen. Wir hoffen, daß wir zurückkehren können, um dem Abschluß beizuwohnen.«

»Es wäre mir eine große Ehre, Mrs. Persson.«

»Verzeihen Sie, daß ich jetzt zu meiner Maschine zurückkehren muß. Captain Bastable ...«

Bastable zögerte; offenbar wäre er lieber geblieben.

»Captain Bastable, wir müssen wirklich ...«

Er fuhr zusammen. »Natürlich, Mrs. Persson. Die Verschiebung und so weiter.« Freundlich winkte er den anderen zu. »Es war mir ein großes Vergnügen. Vielen Dank, Lord Jagged, für das Privileg ...«

»Nichts zu danken.«

»Ich nehme an, wenn wir nicht vor der Errichtung der Zeitschleife zurückkehren, werden wir keine Gelegenheit mehr haben, einander zu ...«

»Kommen Sie, Oswald!« Mrs. Persson schritt durch den hellen Sonnenschein zu der Stelle, wo sie ihre Maschine abgestellt hatten.

»Oh, ich weiß nicht.« Lord Jagged winkte zurück. »Ich wünsche Ihnen eine angenehme Reise.«

»Noch einmal herzlichen Dank.«

»Captain Bastable!«

». . . für die von Ihnen erwähnten Nachteile«, rief Bastable atemlos und lief seiner Mitchrononautin hinterher.

Als sie fort waren, sah Amelia Underwood fast mißtrauisch den Mann an, von dem Jherek hoffte, daß er eines Tages ihr Schwiegervater werden würde. »Die Welt ist wirklich gerettet, Lord Jagged?«

»Oh, wirklich. Die Städte haben genug Energie. Sobald die Zeitschleife errichtet ist, wird diese Energie immer wieder neu entstehen. Jherek hat Ihnen von seinen Abenteuern im Kinderhort erzählt. Sie kennen das Prinzip.«

»Ich hoffe. Aber Captain Bastable sagte etwas von Nachteilen.«

»Ich verstehe.« Lord Jagged zog den Mantel um seine Schultern. Nur noch Mongrove und der Herzog von Queens, der Zeitreisende und die Eiserne Orchidee, Jherek und Amelia waren von seinen Zuhörern übriggeblieben. Er sprach jetzt natürlicher. »Nicht für alle, Amelia, werden es Nachteile sein. Nach einer kurzen Periode, die etwa einen Monat dauern wird und in der ich und Amme die Anlage testen werden, bis wir mit ihrer Arbeit zufrieden sind, wird die Welt in einem ewigwährenden, geschlossenen Kreislauf existieren, ohne Vergangenheit und Zukunft. Ein einzelner Planet, der um eine einzelne Sonne kreist, wird alles sein, was von diesem Universum übrigbleibt. Das bedeutet, daß es keine Raumreisen und auch keine Zeitreisen mehr geben wird. Der Nachteil (für viele von uns) ist der, daß keine Verbindungen mehr zwischen unserer Welt am Ende der Zeit und anderen Welten existieren werden.«

»Das ist alles?«

»Einigen wird es viel bedeuten.«

»Mir!« stöhnte der Herzog von Queens. »Ich wünschte, du hättest es mir gesagt, Jagged. Ich hatte gehofft, meine Menagerie wieder neu aufbauen zu können.« Forschend musterte er das pweelianische Raumschiff. Er hantierte an einem Energiering.

»Vielleicht tauchen noch einige Zeitreisende vor der Errichtung der Schleife auf«, beruhigte ihn Jagged. »Nebenbei, herziger Herzog, deine schöpferischen Instinkte werden sich, davon bin ich überzeugt, eine Weile mit der Wiederbelebung all unserer alten Freunde befriedigen lassen. Es sind Dutzende. Argonherz Po . . .«

»Bischof Burg, Lady Charlotina, Mistress Christia, Süßes Gestirn Mazis, O'Kala Incarnadine, Doktor Volospion.« Die Miene des Herzogs erhellte sich.

»Zeitreisende wie Li Pao, die lange bei uns gelebt haben, sind vielleicht noch immer hier – oder werden dank des Morphail-Effekts wieder auftauchen.«

»Ich dachte, du hättest bewiesen, daß es sich bei ihm um einen Trugschluß handelt, Lord Jagged.« Mongroves Tonfall verriet Interesse.

»Ich habe bewiesen, daß es ein Gesetz – aber nicht das einzige Gesetz – der Zeit ist.«

»Wir werden Brannart wiederbeleben und es ihm sagen!« rief die Eiserne Orchidee.

Amelia runzelte die Stirn. »Also wird der Planet für alle Ewigkeit völlig isoliert von Zeit und Raum existieren.«

»Genau«, bestätigte Lord Jagged.

»Das Leben wird weitergehen, so wie es immer der Fall gewesen ist«, sagte der Herzog von Queens. »Wen wirst du als ersten wiederbeleben, Mongrove?«

»Ich glaube, Werther de Goethe. Er ist nicht direkt ein verwandter Geist, aber für den Moment wird er genügen.« Der Riese warf einen Blick zurück zum pweelianischen Raumschiff, als er seine massige Gestalt in Bewegung setzte. »Obwohl es natürlich eine Travestie sein wird.«

»Wie meinst du das, melancholischer Mongrove?« Der Herzog von Queens drehte einen Energiering, löste seine Uniform auf, hüllte sich von Kopf bis Fuß in leuchtende bunte Federn und ersetzte sein Haar durch einen Hahnenkamm.

»Eine Travestie des Lebens. Dies wird ein stagnierender Planet sein, der für alle Zeiten um eine stagnierende Sonne kreist. Eine stagnierende Gesellschaft, ohne Fortschritt oder Vergangenheit. Erkennst du es denn nicht, Herzog von Queens? Hat der Tod uns nur verschont, damit wir zu lebenden Toten werden, die in alle Ewigkeit zur selben schalen Melodie tanzen?«

Der Herzog von Queens war amüsiert. »Ich gratuliere dir, Lord Mongrove. Du hast eine Metapher gefunden, mit der du dich quälen kannst. Ich bewundere deinen Eifer!«

Lord Mongrove befeuchtete seine breiten Lippen und rümpfte seine große Nase. »Ah, verspotte mich, wie du mich immer verspottest hast – wie ihr mich alle verspottet habt. Und warum nicht? Ich bin ein Narr! Ich hätte dort draußen bleiben sollen, wo die Sonnen flackerten und erloschen, wo ganze Planeten explodierten und sich in Staub verwandelten. Warum überhaupt hierbleiben, eine Made unter Maden?«

»Oh, Mongrove, dein Trübsinn ist vom Feinsten!« gratulierte ihm Lord Jagged. »Kommt – ihr alle müßt meine Gäste sein in Kanarien!«

»Dein Kanarien steht noch, Jagged?« fragte Jherek und legte einen Arm um Amelias Hüfte.

»Als Erinnerung, die sich rasch wieder in Realität verwandeln läßt – wie die ganze Zivilisation vom Ende der Zeit. Das habe ich gemeint, Amelia, als ich sagte, daß Erinnerungen genügen.«

Sie lächelte ein wenig gequält. Sie hatte Mongroves düsteren Prophezeihungen angespannt gelauscht. Es dauerte eine Weile, bis sie die eigenen unheilvollen Gedanken abschütteln und mit den anderen lachen konnte, als sie dem Zeitreisenden Lebewohl sagten, der jetzt, wo er bestimmte Informationen von Mrs. Persson erhalten hatte, seine Maschine reparieren und in seine eigene Welt zurückkehren wollte, sofern es möglich war.

Der Herzog von Queens stand auf der grauen, rissigen Ebene und bewunderte seine Schöpfung. Es war ein großes, rechteckiges Ungeheuer von einem Fahrzeug, das leicht im milden Wind schwankte, der den Staub zu ihren Füßen aufwirbelte.

»Das große Rückteil ist der Gastank«, erklärte er Jherek. »Die Front nannte man, glaube ich, Kabine.«

»Und alles zusammen?«

»Stammt aus dem zwanzigsten Jahrhundert. Ein Tankwagen.«

Die Eiserne Orchidee seufzte, als sie den Saum ihres Hochzeitskleids raffte und sich mit trippelnden Schritten dem Vehikel näherte. »Es sieht ausgesprochen unbequem aus.«

»Es ist nicht so schlimm, wie du denkst«, beruhigte der Herzog sie. »Im Gascontainer befinden sich Atemmasken.«

22. Kapitel

ERFINDUNGEN UND AUFERSTEHUNGEN

Bald war alles wieder so, wie es immer gewesen war, bevor die Stürme der Vorhölle ihre Welt zerstört hatten. Fleisch, Blut und Knochen, Gras und Bäume und Gestein erblühten unter der neugeborenen Sonne, und Schönheit jeglicher Art, einfach oder bizarr, ließ das Antlitz des öden, alten Planeten erstrahlen. Es war, als sei das Universum nie gestorben; und dafür schuldete die Welt ihren halbsenilen Städten und der arroganten Hartnäckigkeit des besessenen Zeitforschers Dank: dem aus dem einundzwanzigsten Jahrhundert, dem Zeitalter der Morgenröte, stammenden Lord Jagged von Kanarien, der sich nach einem kleinen, zweihundert Jahre vor seiner Geburt in Mode gekommenen Singvogel benannt hatte und sich wie ein Schauspieler entblößte, während er gleichzeitig mit der unübertroffenen Gerissenheit eines Medicihöflings sich und seine Absichten hinter dem Schleier des Geheimnisses verbarg. Er war ein Phantast in Gelb, ein gelangweilter Marionettenspieler des Schicksals.

Sie hatten bereits den Wiederaufbau von Kanarien verfolgt, hatten zugeschaut, wie sich aus leuchtendem Dunst, undurchsichtig und funkelnd, ein Käfig aus Korbgeflecht von dreiundzwanzig Metern Höhe herausformte. Dann hatten sich die Käfigstäbe in mattes Gold verwandelt, und im Innern erschienen die schwebenden Gehäuse, jedes ein Zimmer, in denen Jagged in bestimmten Launen wohnte (obwohl er auch andere Launen hatte und andere Burgen besaß). Sie hatten verfolgt, wie Lord Jagged den Himmel bernsteingelb und kornblumenblau gefärbt und einen Hauch Rosa hinzugefügt hatte, so daß das Rund der Sonne wie ein dunkelrotes, kräftiges Feuer brannte, die Stäbe des großen Käfigs Schatten warfen und der Staub in der Umgebung von einem Gitterwerk überzogen schien. Aber dann wurde der Staub durch Humus ersetzt, der wie nach einem Regenguß vor Frische glänzte, und da waren auch Hecken und Bäume und ein See mit klarem Wasser, alles in scharfem Kontrast zu der formlosen Wüste, die sich Tausende von Kilometern weit in alle Richtungen erstreckte. Und dieses Erlebnis hatte sie angespornt, sofort mit eigenen Schöpfungen zu beginnen. Mongrove verabschiedete sich, um seine schwarzen Berge zu bauen, sein kaltes, wolkenverhülltes Herrenhaus, seine düsteren Höhen; und der Herzog von Queens begab sich in eine andere

Richtung, um zunächst Mosaikpyramiden, dann blumenbedeckte Zikkurate, dann goldene Mondkuppeln, dann etiolierte Merkurtürme zu errichten und zum Schluß einen Ozean anzulegen, so groß wie das Mittelmeer, auf dem monströse, barocke Fische trieben, und jeder Fisch war eine Wohnung. Währenddessen erschuf die Eiserne Orchidee, die im Moment damit zufrieden war, das Quartier ihres Gatten zu teilen, Wälder aus zierlichen Metallgewächsen, die sich über eine mit Silberschnee bedeckte Landschaft erhoben und in denen kalte Vögel, glitzernd wie Stahl, aber elektrogrün und maschinenrot, mit den Schnäbeln klapperten, mit den Flügeln flatterten, mit Maschinenstimmen menschliche Lieder sangen, und wo Robotfüchse herumschlichen und von scharlachrot gekleideten Automaten auf mechanischen Pferden gejagt wurden – Hektar um Hektar raffiniert belebter technischer Spielzeuge.

Jherek Carnelian und Amelia Underwood waren bescheidener in ihren Schöpfungen; zunächst wählten sie ein Grundstück aus und umgaben es mit breiten Streifen von Pappeln, Zypressen und Weiden, damit man die Wüste nicht mehr sah. Ihr Märchenpalast war vergessen; sie wünschte sich ein niedriges Tudorhaus mit Reetdach und gekälkten Balken. Einige der Fenster ließ sie mit Buntglasscheiben ausrüsten, aber die meisten waren so groß wie möglich und bleiverglast. Blumenbeete umgaben das Haus, und in diesen pflanzte sie Rosen, Malven und eine Vielzahl alter, halbwilder englischer Blumen. Es gab eine geflieste Terrasse, einen Gehweg, einen Gemüsegarten, schattige Lauben aus Eiben und Kletterrosen, einen Teich mit einem Springbrunnen in der Mitte und Goldfischen, und überall hohe Hecken, als ob sie ihr Haus vom Rest der Welt abschirmen wollte. Jherek bewunderte es, aber er war an der Schöpfung kaum beteiligt. Im Innern gab es Eichentische und Sessel, Bücherregale (obwohl ihre Schöpferkraft bei den Büchern versagte, wie auch ihre Versuche zur Rekonstruktion von Gemälden völlig fehlschlugen – Jherek tröstete sie: niemand am Ende der Zeit konnte derartige Dinge vollbringen); es gab bequeme Lehnsessel, Teppiche, gewachste Dielen, Blumenvasen, Tapeten, Figurinen, Kerzenhalter, Lampen; es gab eine große Küche mit fließendem Wasser und allen denkbaren modernen Gebrauchsgegenständen wie Messerpolierer, kupfernem Gaskessel und Gasherd, obwohl sie wußte, daß sie sie wenig brauchen würde. Das Küchenfenster lag zum Gemüsegarten, wo ihre Stangenbohnen und Kohlköpfe prächtig gediehen. Im ersten Stockwerk erschuf sie zwei abgeschlossene Wohnungen mit Schlafzimmer, Ankleideraum, Arbeitszimmer und Wohnzimmer. Und als sie fertig war, fragte sie ihren Jherek nach seiner Meinung, und enthusiastisch wie stets drückte er seine Bewunderung aus.

Anderen Ortes nahm die Schöpfung ihren Fortgang: ein Ausbruch an Erfindungsreichtum. Die Eiserne Orchidee fügte bestimmte Partikel zusammen, und Bischof Burg, komplett mit Bischofsstab und Mitra, war wiedergeboren und half ihr, zunächst Lady Charlotina von Unter-dem-See zu erschaffen, die ein wenig verwirrt schien und deren Gedächtnis ein wenig lückenhaft war. Dann wurde Mistress Christia, die Ewige Konkubine, Doktor Volospion, O'Kala Incarnadine, Argonherz Po und Süßes Gestirn Mazis neues Leben verliehen, so daß sie ihre Vorstellungen von der Wiedererschaffung der Welt einfließen und ihre engsten Freunde auferstehen lassen konnten. Und Mongrove, in seinen regnerischen, donnergeschüttelten Felsen, ließ den düsteren, romantischen Werther de Goethe erneut die Welt betrachten, während Lord Hai der Unbekannte, widerwillig, ungläubig, verächtlich, in Mongroves Reich nur für einige kurze Momente verblieb – bevor er sich von einer Klippe stürzte, um dann von einem besorgten Mongrove neu erschaffen zu werden, der geargwöhnt hatte, daß er noch nicht ganz er selbst war. Mongrove kümmerte sich um ihn, bis er – verstimmt – seinen einfachen grauen Luftwagen bestieg und davonsegelte, um seine eckige Heimstatt mit ihren eckigen, gleich großen Räumen wiederaufzubauen und mit seinen Automaten zu bevölkern, die aussahen wie er (aber nicht, um sein Ego zu befriedigen, sondern weil Lord Hai ein Wesen war, dem es völlig an Phantasie mangelte). Sobald seine Residenz und seine Diener rekonstruiert waren, erschuf Lord Hai keine weiteren Dinge, sondern ließ die graue, rissige Landschaft so wie sie war, während in allen anderen Teilen des Planeten ganze Bergketten entstanden, breite Flüsse durch fruchtbare Ebenen strömten, Meere wogten, Wälder vorrückten; Hügel und Täler, Wiesen und Haine wurden mit allen vorstellbaren Lebensformen bevölkert.

Argonherz Po leistete den vielleicht zauberhaftesten Beitrag zu seiner Welt; die detaillierte Kopie einer alten Stadt, wobei jeder eingestürzte Turm und jede flüsternde Kuppel auf subtile Weise köstlich im Geschmack und im Geruch war, jeder Chemikaliensee eine Suppe entzückender Exquisität, jedes Juwel ein Bonbon von solcher Delikatesse, daß einem das Wasser im Munde zusammenlief, jedes Bächlein eine Nudel von bislang unvorstellbarer Schmackhaftigkeit. Der Herzog von Queens baute eine Flotte fliegender Tankwagen und brachte sie dazu, über seinem Wohnsitz komplizierte Kunstflüge auszuführen, während er auf der Erde ein Fest vorbereitete, dessen Motto Tod und Zerstörung sein sollten. Zu diesem Zweck durchforschte er die Datenbänke der Städte nach den fünfzig berühmtesten Ruinen der Geschichte: Pompeji existierte wieder an den Hängen des Krakatau; Alexandria, das ganz aus Büchern bestand, brannte erneut, während alle paar Minuten eine neue Pilzwolke über Hiroshima erblühte und Pilze regnen ließ, die fast Argonherz' kulinarische Wunder übertrafen. Die Gräber von Brighton, auf Miniaturen reduziert, da sie sonst zuviel Platz eingenommen hätten, waren mit winzigen Körpern gefüllt, von denen sich einige noch bewegten und mitleiderregend wimmerten. Aber seine überzeugendste Kreation war vielleicht sein verflüssigtes Minneapolis, eingefroren, viskos, noch immer erkennbar, dessen Bewohner sich in halbtransparentes Gelee verwandelten, während sie dem Schweizer Holocaust zu entkommen versuchten.

Es war, wie Bischof Burg bemerkte, eine Renaissance. Lord Jagged von Kanarien war ein Held; seine Heldentaten wurden gefeiert. Nur Brannart Morphail sah Jaggeds Einmischung als unwillkommen an; in der Tat stand Brannart der gesamten Theorie der Rettungsmethode auch weiterhin skeptisch gegenüber. Verbittert betrachtete er die jubilierenden Skulpturen, die Lady Charlotinas grünen Federpalast umgaben (sie hatte der Unterwelt entsagt, seit sie von der Flut aus ihren Höhlen geschwemmt worden war), die rosa Pagoden Mistress Christias und das Ebenholzfort Werther de Goethes. Er warnte alle, daß der Untergang nur für eine kurze Weile aufgeschoben war, aber keiner hörte ihm zu. Doktor Volospion, äußerlich eine Vogelscheuche in zerlumptem Schwarz, mit schwarzer Haut und Augen aus roten Flammen, erschuf einen marsianischen Sarkophag von über dreihundert Metern Höhe, dessen Deckel eine Reproduktion der berühmten Feiern von Cha'ar zeigte, bei dem viertausend Jungen und Mädchen an Erschöpfung gestorben waren und siebentausend Männer und Frauen einander zu Tode gepeitscht hatten. Doktor Volospion fand sein Heim »hübsch« und bevölkerte es mit geisteskranken Männlein, die ihn bei jeder sich bietenden Gelegenheit bissen und kleine böse Fallen auslegten, was er »amüsant« fand. Bischof Burgs Laserstrahlkathedrale, deren Zwillingstürme im Himmel verschwanden, war im Vergleich dazu unprätentiös, obwohl die von den Strahlen erzeugte Musik ätherisch und bewegend war: Selbst Werther de Goethe, von Doktor Volospions Wohnsitz zwar beeindruckt, aber auch abgestoßen, gratulierte Bischof Burg zu seinen sonoren Melodien, und Süßes Gestirn Mazis kopierte die Idee tatsächlich für ihr (sie war wieder weiblichen Geschlechts) Alt Neu Alt Alt Neu Neu Alt Neu Alt Neu Neu Neu Alt Neu Neu Versailles aus blauem Quarz, das in ihrer Lieblingsepoche (der Integralen Siebten Verehrung) auf Sork errichtet worden war, einem Planeten Centauris oder Betas, der seit langem vergangen war. Das gesamte Bauwerk basierte auf bestimmten beliebten primitiven Musikformen des fünfzigsten Jahrhunderts. O'Kala Incarnadine verwandelte sich in eine Ziege, trottete in den verbliebenen Wüstengebieten herum und blökte jedem, der ihm zuzuhören bereit war, ins Ohr, daß er es vorziehen würde, wenn man die Natur des Planeten unverfälscht erhielt. Diese Vorstellung schien ihm beträchtliches Vergnügen zu bereiten, aber er rief keine neue Mode ins Leben. Die einzige positive Reaktion, die er überhaupt erhielt, stammte von Li Pao (der, wie sich herausstellte, an seiner kurzen Rückkehr ins Jahr 2648 keine rechte Freude gefunden hatte), der seine Pose als subtile Metapher wertete, und von Gaf das Pferd in Tränen, der unerklärlichen Spaß daran hatte, sein Blöken zu erwidern, während er auf seinem Luftsampan über ihm schwebte und ihn gelegentlich mit den Früchten bewarf, die ihm seine etwa dreißig Maschinen lieferten, die auf der fünften Etage seines Sampans verstreut standen.

Der Zeitreisende war frustriert, denn es hatte sich gezeigt, daß er trotzdem jemanden benötigte, der ihm bei der Reparatur seiner Maschine half, ehe er einen transdimensionalen Zeitsprung wagen konnte. Lord Jagged war mit seinen eigenen Experimenten zu beschäftigt gewesen, um ihm helfen zu können, und Brannart Morphail weigerte sich inzwischen, mit irgend jemandem zu reden, nachdem er in den ersten Tagen nach der Wiederauferstehung so übel brüskiert worden war. Für eine kurze Zeit tat er sich mit einem anderen Zeitreisenden zusammen, der wie Li Pao durch den Morphail-Effekt zurückgekehrt war und sich Ratte Oosapric nannte, aber es stellte sich heraus, daß der Mann ein entflohener Verbrecher aus den Pfahlstädten des sechsunddreißigsten Jahrhunderts war und nicht das geringste von den Prinzipien der Zeitreise verstand; er versuchte lediglich, die Maschine des Zeitreisenden zu stehlen. Er wurde von Lady Charlotina daran gehindert, die glücklicherweise hinzu kam, ihn mit einem Energiering einfror und für eine Weile in die oberen Atmosphäreschichten beförderte, wo er mit den Winden trieb. Lady Charlotina, von Brannart Morphail verlassen, wollte den Zeitreisenden dazu bringen, sie als Schutzherrin zu akzeptieren und ihr neuer Wissenschaftler zu werden. Der Zeitreisende überdachte den Vorschlag zwar, fand ihre Bedingungen aber zu einengend. Es war Lady Charlotina, die bei ihrer Rückkehr aus der alten Stadt – wo sie den Zeitreisenden seinen Grübeleien überlassen hatte – die Nachricht mitbrachte, daß Harold Underwood, Inspektor Springer, Sergeant Sherwood, die zwölf Polizisten und die Lat alle gesund und relativ zufrieden seien, daß aber das Raumschiff der Pweelianer verschwunden war. Dies brachte den Herzog von Queens dazu, sein Geheimnis ein wenig früher als geplant zu enthüllen. Er hatte seine Menagerie wieder neu zusammengestellt, und die Pweelianer waren sein Paradestück, obwohl sie es nicht wußten. Er hatte ihnen gestattet, sich eine eigene abgeschlossene Welt zu bauen, mit der sie das Ende der Zeit überleben wollten – und jetzt hielten sie sich für die einzigen Lebewesen im gesamten Universum. Jeder, der es wollte, konnte die Menagerie des Herzogs besuchen und zuschauen, wie sie sich in ihrer großen Kugel bewegten, ohne zu ahnen, daß sie dabei beobachtet wurden, wie sie ihren sonderbaren Aktivitäten nachgingen. Selbst Amelia Underwood stattete ihnen einen Besuch ab und bestätigte dem Herzog von Queens, daß sie völlig zufrieden und weitaus glücklicher als je zuvor wirkten.

Dieser Besuch beim Herzog war der erste Auftritt Jhereks und Amelias in der Gesellschaft seit dem Bau ihres neuen Hauses. Amelia war erstaunt über die rapiden Veränderungen: Es gab nur noch ein paar kleine Landstriche, die noch nicht restauriert waren, und eine eigenartige Frische ließ sogar die bizarrsten Entwürfe fast reizvoll erscheinen. Die Luft selbst, sagte sie, hatte die süße Klarheit eines Frühlingsmorgens. Auf dem Heimweg sahen sie Lord Jagged von Kanarien auf einem großen fliegenden Schwan, gelblich-weiß gewandet, und hinter ihm saß eine weitere hochgewachsene Gestalt. Jherek steuerte seine Lokomotive längsseits und winkte. Er erkannte den anderen Reiter des Schwans sofort. »Meine liebe Amme! Welche Freude, dich wiederzusehen! Wie geht es deinen Kindern?«

Amme war erheblich vernünftiger als bei ihrer letzten Begegnung. Sie schüttelte ihren alten Stahlkopf und seufzte. »Fort, fürchte ich. Zurück in eine frühere Zeitepoche – wo ich noch immer die Zeitschleife aufrechterhalte, wo sie wieder so spielen, wie sie zweifellos immer spielen werden.«

»Du hast sie zurückgeschickt?«

»Ja. Ich bin zu der Überzeugung gelangt, daß diese Welt zu gefährlich ist für meine Kleinen, Klein-Jerry. Nun, ich muß sagen, du siehst gut aus. Bist ein richtiger Mann geworden, eh? Und das muß Amelia sein, die du heiraten wirst. Ah, ich bin stolz auf dich. Du hast dich als guter Junge erwiesen, Jerry.« Es schien, daß sie noch immer die vage Vorstellung hatte, daß Jherek ihr einst anvertraut gewesen war. »Ich nehme an, ›Vati‹ ist ebenfalls stolz auf dich!« Sie drehte den Kopf um neunzig Grad und sah zärtlich Lord Jagged an, der die Lippen zu einem verlegenen Lächeln schürzte.

»Oh, sehr stolz«, versicherte er. »Guten Morgen, Amelia. Jherek.«

»Guten Morgen, Sir Machiavelli.« Amelia genoß sein Unbehagen. »Was machen Ihre Pläne?«

Lord Jagged entspannte sich, lachte. »Ich denke, alles läuft sehr gut. Amme und ich müssen eine Menge Modifikationen vornehmen, um die Schleife zu erzeugen. Und ihr beide? Alles in Ordnung?«

»Wir kommen zurecht«, erwiderte sie.

»Noch immer – verlobt?«

»Noch nicht verheiratet, Lord Jagged, wenn es das ist, was Sie wissen wollen.«

»Mr. Underwood ist noch immer in der Stadt?«

»Lady Charlotina behauptet es zumindest.«

»Aha.«

Amelia sah Lord Jagged mißtrauisch an, aber sein Gesicht war ausdruckslos.

»Wir müssen weiter.« Der Schwan begann sich von der Lokomotive zu entfernen. »Die Zeit wartet nicht, müßt ihr wissen. Das heißt, *noch* nicht. Lebt wohl!«

Sie winkten ihm zu, und der Schwan segelte davon. »Oh, er ist so hinterhältig«, sagte sie, aber ohne Bitterkeit. »Wie können Vater und Sohn nur so verschieden sein?«

»Das glaubst du?« Die Lokomotive dampfte Richtung Heimat. »Und trotzdem habe ich mich, solange ich zurückdenken kann, nach seinem Vorbild gerichtet. Er war immer mein Idol.«

Sie war nachdenklich. »Man sucht nach Zeichen von Verderbtheit im Sohn, wenn man sie im Vater entdeckt, aber ist es nicht gerechter, den Sohn als den Vater zu sehen, der noch nicht von der Welt verdorben ist?«

Er blinzelte, aber bat nicht darum, dies zu verdeutlichen, als sie schwermütig die abwechslungsreiche Landschaft betrachtete, die unter ihnen hinwegzog.

»Aber ich glaube, ich beneide ihn«, sagte sie.

»Jagged beneiden? Seine Intelligenz?«

»Sein Werk. Er ist der einzige auf dem ganzen Planeten, der eine nützliche Aufgabe erfüllt.«

»Wir machen ihn wieder schön. Ist das nicht ›nützlich‹, Amelia?«

»Zumindest mich befriedigt es nicht.«

»Allerdings hast du kaum damit angefangen, deiner Kreativität Ausdruck zu geben. Vielleicht können wir morgen zusammen etwas zum Entzücken unserer Freunde erschaffen.«

Sie mühte sich, fröhlich dreinzuschauen. »Ich glaube, du hast recht. Es ist, wie dein Vater sagte, eine Frage der Einstellung.«

»Genau.« Er umarmte sie. Sie küßten sich, aber ihm schien, daß ihr Kuß nicht von ganzem Herzen kam, so wie es in der letzten Zeit gewesen war.

Am nächsten Morgen schien ein seltsames Fieber von Amelia Underwood Besitz ergriffen zu haben. Ihr Auftritt in ihrem Frühstücksraum war spektakulär. Sie trug karmesinrote Seide, mit Gold und Silber besetzt und von eher orientalischem Zuschnitt. An den Füßen trug sie Sandalen mit gebogenen Spitzen; Straußen- und Pfauenfedern schmückten ihr Haar, und es war offenkundig, daß sie ihr Gesicht bemalt oder anderweitig verändert hatte, denn die Lider waren von einem erstaunlichen Blau, die Augenbrauen gezupft und verlängert, die Lippen voller und von verblüffender Röte, und die Wangen glühten vor Rouge. Ihr Lächeln war ungewöhnlich breit, ihr Kuß unerwartet warm, ihre Umarmung fast sinnlich; Duft blieb hinter ihr zurück, als sie den Platz am anderen Ende des Tisches einnahm.

»Guten Morgen, Jherek, mein Liebling!«

Er schluckte einen kleinen Bissen Toast. Er schien in seiner Kehle steckenzubleiben. Seine Stimme war nicht laut. »Guten Morgen, Amelia. Hast du gut geschlafen?«

»Oh, ja! Ich bin als neue Frau erwacht. Als *die* neue Frau, wenn du es gern möchtest. Ha, ha!«

Er versuchte, den Toastbissen zu schlucken. »Du siehst sehr neu aus. Die Veränderung im Aussehen ist radikal.«

»Ich würde es nicht so ausdrücken, lieber Jherek. Es ist lediglich ein Aspekt meiner Persönlichkeit, den ich zuvor noch nicht enthüllt habe.

Ich bin entschlossen, weniger spießig zu sein, die Welt und meinen Platz in ihr mit positiveren Augen zu betrachten. Heute, mein Liebster, werden wir *erschaffen!*«

»Erschaffen?«

»Du hast es selbst vorgeschlagen.«

»Ah, ja. Natürlich. Was sollen wir erschaffen, Amelia?«

»Es gibt so viel.«

»Sicher. Um offen zu sein, ich habe mich richtig zufrieden gefühlt – das heißt, ich hatte eigentlich nicht vor ...«

»Jherek, du bist berühmt gewesen für deinen Erfindungsreichtum. Du hast Mode um Mode ins Leben gerufen. Dein Ruf verlangt von dir, daß du deiner Kunst wieder Ausdruck gibst. Wir werden eine Landschaft errichten, die alle anderen, die wir bisher gesehen haben, verblassen läßt. Und wir werden ein Fest geben. Wir haben viel zuviel Gastfreundschaft genossen und sie bisher noch nicht erwidert!«

»Das stimmt, aber ...«

Sie lachte ihn an, schob das Reisgericht mit Fisch und Eiern zur Seite, ignorierte ihren Haferbrei. Sie nippte an ihrem Kaffee und sah durch das Fenster auf die Hecken und Gärten. »Hast du einen Vorschlag, Jherek?«

»Oh – ein kleines ›London‹ – wir könnten es zusammen machen. So authentisch wie möglich.«

»›London‹? Du willst doch gewiß keinen früheren Erfolg kopieren?«

»Es war nichts weiter als ein spontaner Vorschlag.«

»Wie ich sehe, bewunderst du mein neues Kleid.«

»Hell und rein.« Er wiederholte damit einen Vers des Liedes, das sie einst gemeinsam gesungen hatten. Er öffnete die Lippen und holte tief Luft, um mit dem Gesang fortzufahren, aber sie brachte ihn zum Schweigen.

»Es basiert auf einem Bild, das ich einmal in einer illustrierten Zeitschrift gesehen habe«, erzählte sie ihm. »Es hat, glaube ich, eine Oper gezeigt – oder vielleicht das Varieté. Ich wünschte, ich würde einige Varietélieder kennen. Ob mir die Städte dabei helfen könnten?«

»Ich bezweifle, daß sie sich an welche erinnern werden.«

»Sie müssen sich in diesen Tagen, nehme ich an, um ernstere Dinge kümmern. Um Jaggeds Werk.«

»Nun, nicht ganz ...«

Sie erhob sich vom Tisch und summte dabei vor sich hin. »Beeile dich, Jherek, Liebster. Der Morgen wird sonst vorbei sein, bevor wir angefangen haben!«

Widerwillig, so verwirrt von der Pose, wie er bei ihrer ersten Begegnung verwirrt gewesen war, stand er auf und versuchte fast verzweifelt, eine Stimmung zurückzugewinnen, die bei ihm immer normal gewesen war, bis – wie es schien – zum heutigen Tag.

Sie hakte sich bei ihm ein, und ihre Schritte waren federnder als gewöhnlich, was vielleicht auf die kostbaren Schuhe zurückzuführen war, die sie trug. Sie verließen das Haus und betraten den Garten. »Ich glaube jetzt, ich hätte meinen Palast behalten sollen«, sagte sie. »Du hältst das Häuschen nicht für langweilig?«

»Langweilig? Oh, nein!«

Er war überrascht, daß ihr seine Antwort zu mißfallen schien. Forschend sah sie hinauf zum Himmel, drehte einen Energiering und erschuf einen grellen königsblauen Ton, wo noch einen Moment zuvor ein relativ milder Sonnenaufgang gewesen war. Sie fügte breite Streifen aus hellem Rot und Gelb hinzu. »So!«

Jenseits der Weiden und Zypressen lag noch ein Streifen Ödland. »Hier«, erklärte sie, »ist das, was Jagged als unsere Leinwand bezeichnet hat. Man kann sie mit allem bemalen – mit jeder Grille, die sich der menschliche Verstand ausdenken kann. Laß uns eine prächtige Narretei erschaffen, Jherek. Eine große Narretei.«

»Was?« Seine Stimmung hellte sich allmählich auf, auch wenn er weiter dunkle Vorahnungen hegte. »Sollen wir den Herzog von Queens ausstechen?«

»Und ob!«

Heute war er in bescheidenes Taubengrau gekleidet; er trug Gehrock und Hose, Weste und Hemd. Er erschuf einen hohen Hut und setzte ihn schwungvoll auf den Kopf. Eine Hand glitt zu seinen Ringen. Wassersäulen schienen aus dem Boden zu springen, so dick wie Mammutbäume und ebenso hoch, und sie bildeten einen Bogen, der sich in ein Dach verwandelte, durch das die Sonne glitzerte.

»Oh, du bist zu vorsichtig, Jherek!« Sie benutzte ihre Ringe. Hohe Klippen umgaben sie. Über jede Klippe schossen Katarakte aus Blut und bildeten ein Meer, auf dem Obsidianinseln trieben, bewachsen mit üppiger, dunkler Vegetation; und nun brannte die Sonne fast schwarz am Himmel und absonderliche Laute drangen über das Meer aus Blut von den Inseln.

»Es ist großartig«, sagte Jherek leise. »Ich hätte nicht geglaubt ...«
»Es basiert auf einem Alptraum, den ich einst gehabt habe.«
»Ein Traum von den Alpen?«
»Ein Angsttraum.«
Etwas Dunkles reckte sich aus dem Wasser. Kurz blitzten Zähne auf, die an die der Kreaturen aus dem Paläozoikum erinnerten, und dann ein schlangenähnlicher, kräftiger Leib, ein unangenehmes Rauschen, als das Geschöpf wieder verschwand. Er sah sie um eine Erklärung bittend an.
»Die Impression eines Bildes«, sagte sie, »das ich als Kind gesehen habe, ich glaube, es war im Kristallpalast. Oh, du kannst dir nicht vorstellen, was für Alpträume ich danach gehabt habe. Bis jetzt hatte ich sie fast ganz vergessen. Gefällt dir die Schöpfung, Jherek? Wird sie unseren Freunden gefallen?«
»Ich glaube schon.«
»Du bist nicht so begeistert, wie ich gehofft hatte.«
»Ich bin es. Ich bin begeistert, Amelia. Auf jeden Fall erstaunt.«
»Ich bin froh, daß ich dich in Erstaunen versetzt habe, Jherek, Liebster. Es bedeutet also, daß unsere Party Erfolg haben wird, nicht wahr?«
»Oh, ja.«
»Ich werde noch einige Details ändern, aber den Rest können wir später erledigen. Ziehen wir jetzt hinaus in die Welt.«
»Um ...?«
»Um Einladungen auszusprechen.«
Er fügte sich und rief seine Lokomotive. Sie stiegen ein und nahmen Kurs auf Kanarien, wo sie auch die Eiserne Orchidee anzutreffen hofften.

23. Kapitel

DIE VERWANDLUNG DER AMELIA UNDERWOOD

»Die Lat sind noch immer bei uns?« Mistress Christia, die Ewige Konkubine, leckte ihre lüsternen Lippen und weitete ihre schon weit aufgerissenen blauen Augen, um jenen besonderen Ausdruck hitziger Unschuld anzunehmen, den alle, die sie liebten, so reizvoll fanden (und wer liebte sie nicht?). »Oh, welch herrliche Neuigkeiten, Eiserne Orchidee! Du weißt ja, daß sie mich ungezählte Male vergewaltigt haben. Man kann es wegen meiner Auferstehung nicht mehr sehen, aber meine Ellbögen waren blutrot gescheuert!« Ihr Kleid aus flüssigem Kristall funkelte, als sie die Arme hob. Gemeinsam wanderten sie durch einen tropfenden, verglasten Gang auf einer von Mrs. Underwoods Obsidianinseln; am anderen Ende des Tunnels glimmte rötliches Licht, das von dem tieferliegenden blutigen Meer reflektiert wurde. »Es herrscht hier eine recht gemütliche Atmosphäre, meinst du nicht auch?«

»Sie erinnert mich ein wenig an Werthers Domäne.«

»Was nicht das Schlimmste ist, liebste Orchidee.«

»Du hast sein Werk schon immer attraktiver gefunden als ich.« (Jedenfalls waren sie einst Rivalinnen um die Gunst des seufzenden Goethe gewesen).

Das Licht wurde ausgesperrt. Lady Charlotina rauschte auf sie zu, in Organdy und Tüll aus grellem Grün. Sie schwankte für einen Moment, als eine Welle die Insel traf, und die Insel neigte sich, um sich dann von selbst wieder aufzurichten. »Habt ihr die *Ungeheuer* gesehen? Eines hat den armen O-Kala verspeist.« Sie kicherte. »Sie mögen offenbar Ziegen.«

»Mir gefallen die Ungeheuer ebenfalls«, stimmte ihre Freundin zu. Die Ochidee war noch immer ganz in Weiß gekleidet, hatte aber hier und da ein paar Tupfer helles Gelb (Jaggeds Farbe) hinzugefügt. Das Gelb auf ihren Lippen und ihrer blassen Haut stand ihr gut. »Und der Geruch. So schwer.«

»Nicht zu süß?« fragte Mistress Christia.

»Für mich nicht.«

»Und deine *Hochzeit,* orakelhafte Orchidee«, hauchte Lady Charlotina und kniff in ihre Ohren, um die Ohrläppchen zu vergrößern. Sie fügte Ohrringe hinzu. »Ich habe soeben davon erfahren. Aber sollen wir dich wirklich noch immer Orchidee nennen? Müßtest du jetzt nicht Lady Jagged heißen?«

Sie näherten sich der Tunnelöffnung.

»Darüber habe ich noch nicht nachgedacht.« Die Eiserne Orchidee erreichte als erste die Öffnung. Ihr Sohn stand dort, lehnte an einer dunkelgrünen Palme und starrte in die Tiefen des karmesinfarbenen Ozeans.

»Mit Jherek«, bemerkte Lady Charlotina neidisch hinter ihr, »beginnst du eine Dynastie. Stell dir das vor!«

Alle drei Frauen traten nun ins Freie und sahen ihn an. Er blickte auf, als hätte er geglaubt, allein zu sein.

»Wir haben dich bei deinen Träumen gestört ...«, sagte Mistress Christia freundlich.

»Oh, nein ...« Er trug noch immer die Kleidung, die Amelia als passend erachtet hatte – einen steifen Strohhut, einen hellen Blazer, ein weißes Hemd und eine weiße Flanellhose.

»Nun, Jherek?« Seine Mutter trat amüsiert näher. »Werdet ihr uns mit einem Sproß beglücken, du und deine Amelia?«

»Einer Pflanze?«

»Einem Jungen, mein Junge!«

»Aha! Ich bezweifle es. Wir können nicht heiraten, verstehst du?«

»Dein Vater und ich, Jherek, waren auch nicht offiziell getraut, als wir ...«

»Aber sie hat Vorbehalte«, erklärte Jherek düster. »Ihr Ehemann, der noch immer in der Stadt ist, hindert uns daran. Aber vielleicht ändert sie ...«

»Ihre Schöpfung deutet darauf hin.«

Ein Seufzen. »Ja.«

»Du findest diese See, diese Klippen, diese Ungeheuer nicht zauberhaft?«

»Aber natürlich.« Er hob den Kopf und betrachtete das Blut, wie es über die Klippen toste. »Dennoch bin ich verunsichert, Mutter.«

»Neidisch auf ihre verborgenen Talente, meinst du!« neckte ihn die Eiserne Orchidee.

»Wo ist sie?« Lady Charlotina sah sich um. »Ich muß ihr gratulieren. Ist alles ihr Werk, Jherek? Du hast nichts dazu getan?«

»Nichts.«

»Exquisit!«

»Sie war mit Li Pao zusammen, als ich sie zuletzt gesehen habe«, erklärte Jherek. »Auf einer der ferneren Inseln.«

»Ich war froh, daß Li Pao rechtzeitig zurückgekehrt ist«, sagte die Eiserne Orchidee. »Ich hätte ihn vermißt. Aber so viele andere sind fort!«

»Und abgesehen von dem, was wir uns selbst erschaffen, haben wir nichts, um eine Menagerie auszustatten«, beklagte sich Lady Charlotina. Sie ließ einen Sonnenschirm erscheinen (die Mode war von Amelia ins Leben gerufen worden) und drehte ihn. »Wir leben in einer schwierigen Zeit, unverfrorene Orchidee.«

»Aber auch in einer reizvollen.«

»Oh, ja.«

»Der Herzog von Queens hat diese runden Außerirdischen«, erinnerte Mistress Christia.

»Von Rechts wegen«, erklärte Lady Charlotina verbittert und mit einem Seitenblick zu Jherek, »gehört zumindest einer von ihnen mir. Trotzdem, nach normalen Maßstäben sind sie kein sehr lohnender Besitz. Allerdings glaube ich, daß sie jetzt ein Glanzstück sind.«

»Er ist sehr stolz auf sie.« Mistress Christia umarmte Jherek. »Du machst einen traurigen Eindruck, hübschester aller Helden.«

»Traurig? Heißt so das Gefühl? Ich bin mir nicht sicher, ob es mir gefällt, Mistress Christia.«

»Warum bist du traurig?«

»Ich weiß es nicht genau.«

»Du versuchst, Werther auszustechen, das ist es. Du machst einen Wettstreit mit ihm!«

»Ich hatte nicht an Werther gedacht.«

»Dort ist er!« Die Eiserne Orchidee und Lady Charlotina streckten gleichzeitig die Arme aus. Werther hatte sie von oben entdeckt und sank spiralförmig mit seinem sargähnlichen Wagen tiefer. Sein Gewand und seine Kapuze waren schwarz und weiß kariert, und er hatte alles Fleisch aus seinem Gesicht entfernt, so daß sein Schädel sichtbar war, in dem nur dunkle Augen in den Tiefen der Höhlen lebten. »Wo ist Mrs. Underwood, Jherek?« fragte Werther. »Ich muß ihr gratulieren. Dies ist die wundervollste Schöpfung, die ich seit einem Jahrtausend gesehen habe!«

Keiner antwortete. Nur Jherek deutete auf eine ferne Insel.

»Oho!« sagte Mistress Christia und zwinkerte der Eisernen Orchidee zu. »Amelia hat eine neue Eroberung gemacht.«

Jherek trat gegen einen Steinbrocken. Er rührte sich nicht. Erneut seufzte er. Sein Strohhut fiel von seinem Kopf. Er bückte sich und hob ihn auf.

Die Frauen hakten sich beieinander ein und hoben sich zusammen in die Luft. »Wir fliegen zu Amelia«, rief die Eiserne Orchidee zurück. »Wirst du nachkommen, Jherek?«

»In einer Minute.«

Er war erst vor kurzem dem Ansturm der Gäste entflohen, die sich um seine zukünftige Braut drängten, denn sie stand im Mittelpunkt, und alle gratulierten ihr zu ihrer Schöpfung, ihrem Kostüm und ihrem Verhalten. Und wenn sie das Wort an ihn richteten, dann, um Amelia zu preisen. Und dort drüben auf der anderen Insel plauderte sie, war geistreich, unterhaltsam, aber – und er konnte es nicht besser ausdrükken – sie war nicht seine Amelia.

Er drehte sich um, als er Schritte hörte, und es war der Zeitreisende, der die Hände in die Taschen geschoben hatte und so düster dreinschaute wie er selbst. »Einen guten Tag, Jherek Carnelian. Lady Charlotina hat Ihre Einladung weitergegeben. Lord Mongrove hat mich mitgebracht. Es ist alles märchenhaft. Sie müssen während Ihres Aufenthalts im Paläozoikum weiter landeinwärts vorgestoßen sein, als ich gedacht hatte.«

»Zu der Bucht?«

»Jenseits der Bucht sind Landschaften, die dieser hier sehr ähnlich sind – wild und schön. Ich hielt dies hier für eine perverse Version. Ah, wieder den Regen zu sehen, wie er im Sonnenschein eines paläozoischen Morgens fällt, am Rand der großen Wasserfälle, während die Farne in einem leichten Wind schwanken, der die Wasser des Sees kräuselt.«

»Sie machen mich neidisch.« Jherek musterte sein verzerrtes Spiegelbild im Blut. »Manchmal bedaure ich unsere Rückkehr, obwohl ich jetzt weiß, daß wir verhungert wären.«

»Unsinn. Mit der richtigen Ausrüstung und ein wenig Verstand kann man im Paläozoikum sehr gut leben.« Der Zeitreisende lächelte. »Solange man dem Drang widersteht, in der Bucht zu schwimmen. Nebenbei bemerkt, dieser Fisch ist sehr schmackhaft. Süß, wissen Sie. Wie eine Art Schinken.«

»Uh«, machte Jherek und sah zu der Insel hinüber, wo Amelia Underwood Hof hielt.

»Mir scheint«, murmelte der Zeitreisende nach einer Weile, »daß das Reisen durch die Zeit etwas an Romantik verloren hat. Ich war einer der ersten, wissen Sie. Vielleicht sogar der erste.«

»Ein Pionier«, bestätigte Jherek.

»Genau. Es wäre in der Tat eine schreckliche Ironie, wenn ich hier stranden sollte, sobald Ihr Lord Jagged seinen Zeitschleifenplan verwirklicht. Ich habe Äonen zurückgelegt und die Grenzen zwischen den Welten überquert, und jetzt laufe ich Gefahr, auf ewig in dieselbe Woche eingesperrt zu werden, die sich immer und immer wiederholt, bis in alle Ewigkeit.« Er stieß einen Laut aus, der an ein stakkatoartiges Schnauben erinnerte. »Nun, ich werde es nicht zulassen. Wenn ich keine Hilfe für die Reparatur meiner Maschine bekomme, werde ich die Rückreise riskieren und um Unterstützung der Britischen Regierung bitten. Es ist besser als das hier.«

»Brannart verweigert seine Hilfe?«

»Ich glaube, er ist mit dem Bau einer eigenen Maschine beschäftigt. Er weigert sich, Lord Jaggeds Theorien oder Lösungen zu akzeptieren.«

Jherek lächelte schwach. »Seit Tausenden von Jahren war Brannart der Herr der Zeit. Sein Effekt war eines der wenigen Gesetze, die dieser unpräzisen Wissenschaft bekannt waren. Plötzlich ist er entthront, ohne Autorität. Es ist kein Wunder, daß er neulich so erregt reagiert hat und noch immer Warnungen von sich gibt. Trotzdem gibt es vieles, was er tun könnte. Ihre Gilde würde sein Wissen willkommen heißen, nicht wahr?«

»Wahrscheinlich. Er ist nicht das, was ich einen richtigen Wissenschaftler nennen würde. Er benutzt seine Phantasie, um die Tatsachen zurechtzudrehen, statt diese Phantasie zum Forschen einzusetzen. Wahrscheinlich ist es nicht sein Fehler, denn Sie alle tun es, und das mit beachtlichem Erfolg. In den meisten Fällen sind Sie in der Lage, alle Naturgesetze zu verändern, die in meiner Zeit als unveränderlich galten.«

»Ich glaube, das stimmt.« Jherek beobachtete, wie weitere Gäste eintrafen und sich Amelias Insel näherten.

»Beneidenswert, natürlich. Aber Sie haben die wissenschaftliche Methode vergessen. Sie lösen Probleme, indem Sie die Tatsachen verändern. Wir würden es Magie nennen.«

»Sehr freundlich von Ihnen.« Geistesabwesend.

»Fundamental unterschiedliche Einstellung. Selbst Ihr Lord Jagged ist bis zu einem gewissen Grad infiziert.«

»Infiziert?« Er sah Argonherz Pos Raumfähre, die wie ein Erdbeertörtchen aussah, über den Klippen kreisen. Auch er flog zu der Insel, die seine Aufmerksamkeit gefangenhielt.

»Ich habe den Begriff benutzt, ohne kritisieren zu wollen. Aber für jemanden wie mich, der es gewohnt ist, ein Problem mit den Mitteln der analytischen Methode anzugehen ...«

»Natürlich.«

»Natürlich für mich. Ich bin ausgebildet worden, alle anderen Methoden zu verwerfen.«

»Aha.« Es war sinnlos, sich länger zurückzuhalten. Jherek drehte einen Energiering. Er stieg in die Luft. »Verzeihen Sie mir – gesellschaftliche Verpflichtungen. Vielleicht können wir später weiterplaudern.«

»Ich meine«, sagte der Zeitreisende drängend, »können sie mich nicht auch in die Luft heben? Ich habe keine Möglichkeit, das Meer zu überqueren ...« Aber Jherek war schon außer Hörweite und ließ den Zeitreisenden an der tanzenden, von rosafarbenem Schaum umspülten Obsidianküste zurück, jämmerlich vor sich hinstarrend, gestrandet, so lange, bis ein anderer Gast eintraf und ihm ans Festland half. Etwas Schwarzes und irgendwie Phallisches durchstieß die Oberfläche der karmesinroten See, sah ihn an und bleckte die winzigen Zähne, bis es das Interesse verlor und in die Richtung davonschwamm, die auch Jherek genommen hatte. Der Zeitreisende zog die Hände aus den Taschen, machte kehrt und suchte den höchsten Punkt der Insel auf, wo er mit ein wenig Glück vor den Ungeheuern in Sicherheit und in der Lage war, Hilfe herbeizuwinken.

Sie war von Menschen umgeben. Jherek konnte nur ihren Kopf und ihre Schultern in der Mitte der Menge erkennen; sie mühte sich mit einer Zigarette ab. Süßes Gestirn Mazis, ganz in Malvenflaum, ahmte sie nach und stieß Rauch aus den Ohren, während Bischof Burg dekorativ seine riesige Kopfbedeckung zur Seite drehte, um der Zigarettenspitze auszuweichen. Die Eiserne Orchidee, Mistress Christia, Lady Charlotina und Werther de Goethe waren in ihrer unmittelbaren Nähe. Ihre Worte drangen durch das allgemeine Gemurmel an Jhereks Ohr.

»Selbst Sie, Amelia, müssen zugeben, daß das neunzehnte Jahrhundert allmählich aus der Mode kommt ...«

»Oh, aber Sie haben es zu neuem Leben erweckt, meine Liebe, mit alldem. Es ist so wunderbar echt ...«

»Und dennoch so einfach ...«

»Die besten Ideen, Mistress Christia, sind immer einfach ...«

»Richtig, süßeste Orchidee – jene, die du dir gern selbst ausgedacht hättest, ohne daß du es je geschafft hast ...«

»Aber es ist so *ernst.* Wenn der Mensch noch immer sterblich wäre – ah, und was er versäumt! –, was für ein Kommentar zu dieser Sterblichkeit!«

»Ich sehe es lediglich als Schönheit an, Werther, und mehr nicht. Gewiß, Amelia, die Schöpfung ist nicht beabsichtigt ...«

»Es gab keine bewußte Absicht.«

»Sie müssen tagelang Pläne geschmiedet ...«

»Es geschah spontan.«

»Ich wußte es! Es ist so vital ...«

»Und die Ungeheuer! Der arme O'Kala ...«

»Wir dürfen nicht vergessen, ihn wiederzubeleben.«

»Am Schluß. Vorher nicht.«

»Unsere erste Post-Auferstehungs-Auferstehung! Da ist der Herzog von Queens.«

»Ich bin gekommen, um Ihnen meine Hochachtung auszudrücken. Ich verbeuge mich vor einem Meister. Oder müßte es Meisterin heißen?«

»Meister genügt, Herzog von Queens.«

»Dame meines Herzens!«

»Wirklich, Werther, Sie bringen mich in Verlegenheit!« Ein Gelächter, wie sie es nie zuvor von sich gegeben hatte. Jherek schob sich vorwärts.

»Oh, Amelia, wenn Sie mir doch nur die leiseste Ermutigung geben würden ...«

»Jherek! Endlich ist er hier!«

»Hier«, sagte er. Stille umklammerte ihn. Sie drohte sich in der Menge auszubreiten, denn von dieser Art war sie, aber Bischof Burg schwang seinen Bischofsstab.

»Oho, Werther. Du bist ertappt. Ich frage mich, ob es zu einem Duell kommen wird.«

»Ein *Duell!*« Der Herzog von Queens witterte die Gelegenheit, eine Pose einzunehmen. »Ich werde euch beraten. Meine Erfahrung in diesem Metier ist bekanntermaßen nicht unerheblich. Ich bin sicher, Lord Hai würde zustimmen ...«

»Prahlerischer Herzog!« Die Eiserne Orchidee legte eine hellgelbe

Hand auf Amelias nackte Schulter und eine weiße auf Jhereks Josephsmantel. »Ich bin sicher, daß wir alle der Mode des Duellierens so überdrüssig sind wie des neunzehnten Jahrhunderts. Amelia muß von dieser sportlichen Betätigung genug in ihrem heimatlichen Burnley gesehen haben.«

»Bromley«, korrigierte Jherek.

»Verzeih mir. Bromley.«

»Oh, aber die Idee ist so reizvoll!« krächzte Doktor Volospion, und sein spitzes Kinn stieß unter der Krempe seines Hutes hervor. Er warf zunächst Jherek, dann Werther einen Blick zu. »Der eine ist so frisch und gesund, der andere so schal und tot. Dir würde es passen, Werther, eh? Mit deinem Hang zur Parabel. Ein Duell zwischen dem Leben und dem Tod. Wer gewinnt, soll über das Schicksal des Planeten entscheiden!«

»Ich könnte eine derartige Verantwortung nicht auf mich nehmen, Doktor Volospion.« Es war unmöglich, aus Werthers Tonfall oder seinem Gesichtsausdruck (der bei einem Schädel selbst im besten Fall äußerst begrenzt war) herauszulesen, ob er scherzte oder es ernst meinte.

Jherek, der noch nie viel für Doktor Volospion übrig gehabt hatte (die Eifersucht des Doktors auf Lord Jagged war berüchtigt), gab vor, nicht zugehört zu haben. Sein Mißtrauen, was Volospions Motive betraf, wurde durch die nächste Bemerkung bestätigt.

»Also ist es nur Jagged erlaubt, über das Schicksal der Menschheit zu bestimmen?«

»Wir bestimmen es selbst!« verteidigte Jherek seinen abwesenden Vater. »Lord Jagged stellt uns lediglich die Mittel zur Verfügung, die wir zu unserer Wahl benötigen. Ohne ihn hätten wir nicht die geringste Alternative!«

»Also wird der alte Hund vom Gekläffe des Welpen verteidigt.« Doktor Volospions Bösartigkeit war unübertroffen.

»Du vergißt, Doktor Volospion«, sagte die Eiserne Orchidee süßlich, »daß auch die Hündin hier ist.«

Volospion verbeugte sich nach diesen Worten; ein Rückzug.

Mit lauter Stimme erklärte Amelia Underwood: »Sollen wir uns auf der größten Insel wiedertreffen? Erfrischungen erwarten uns dort.«

»Ich erwarte Inspiration«, sagte Argonherz Po mit gewichtiger Galanterie.

Die Gäste hoben sich in die Luft.

Für eine Sekunde standen Jherek und Amelia allein da und sahen sich direkt in die Augen. Sein Gesicht war eine Frage, die sie ignorierte. Er machte einen Schritt auf sie zu, überzeugt, Schmerz und Verwirrung hinter diesen angemalten, ruhigen Augen gesehen zu haben.

»Amelia ...«

Sie stieg bereits in die Höhe.

»Du strafst mich!« Er hob die Hand, wie um ihren flatternden Saum zu ergreifen.

»Nicht dich, mein Liebster.«

24. Kapitel

DIE VISION IN DER STADT

»Wir hören, daß Sie so viele alte Künste beherrschen, Mrs. Underwood. Sie können lesen, ja?« Mit vor Staunen weit offenem Mund stand Gaf das Pferd in Tränen da, bis auf das Gesicht ganz in Laub gehüllt, eine von Amelias Biskuitrollen auf den Zweigen seines linken Astes, und raschelte vor Begeisterung. »Und schreiben, eh?«

»Ein wenig.« Ihre Heiterkeit wirkte bemüht.

»Und Sie können Instrumente spielen?«

Sie neigte ihre Locken. »Das Harmonium.«

Die Gäste, jeder in einem Kostüm, das unglaublicher war als das des Nachbarn, strömten herein und stellten sich zu beiden Seiten der langen, auf Böcken stehenden Tische und griffen nach den Teetassen, den Gurkenbrötchen, dem gerösteten Schinken, den kalten Würstchen, dem Stachelbeerkuchen, dem Obstsalat, dem Ingwerkuchen, dem Lattich und der Kresse, alles unter dem Schatten der großen, rot und weiß gestreiften Markise. Jherek knabberte in einer Ecke des Zeltes schwermütig an einem Stück Teegebäck, von allen bis auf Li Pao ignoriert, der sich über die Behandlung während des kurzen Aufenthaltes in seiner Heimatzeit beklagte. »Sie bezeichneten *mich* als dekadent, verstehst du ...«

»Und Sie nähen. Stickereien, nicht wahr?« Bischof Burg stellte vorsichtig eine klappernde Tasse, an der er kaum genippt hatte, zurück auf den Tisch.

»Ich habe es früher getan. Jetzt hat es wenig Sinn ...«

»Aber Sie müssen uns diese Künste zeigen!« Die Eiserne Orchidee winkte Jherek zu. »Jherek. Du hast uns erzählt, daß Amelia *gesungen* hat, nicht wahr?«

»Habe ich das gesagt? Ja, sie singt.«

»Du mußt sie dazu überreden, uns eine Weise vorzutragen.«

»Eine Weise?«

»Ein Lied, mein Lieber!«

Unglücklich sah er zu Amelia hinüber, die gestikulierte und mit Doktor Volospion lachte. »Möchtest du ein Lied für uns singen, Amelia?«

Ihr Lächeln ließ ihn frösteln. »Ich glaube, jetzt nicht.« Sie breitete ihre karmesinrotbekleideten Arme aus. »Haben alle genug Tee?«

Ein zufriedenes Gemurmel.

Werther näherte sich ihr wieder, blieb stehen, hielt in der weißen Hand einen silbernen Kuchenteller, von dem er von Zeit zu Zeit ein Stückchen nahm und zwischen zwei knackende Kiefer schob. »Königin der Melancholie, kommt mit in mein Schloß Dornröschen, mein Herz und meine zukünftige Liebe!«

Sie flirtete. Zumindest versuchte sie zu flirten. »Oh, wackerer Ritter des Todes, in dessen Armen man ewig ruht – wäre ich doch frei.« Die Lider flatterten. War da eine Träne? Jherek konnte es nicht mehr ertragen. Sie blickte zu ihm hinüber, vielleicht, um sich zu überzeugen, wie er reagierte, als er sich verbeugte und das Zelt verließ.

Draußen zögerte er. Die roten Kaskaden stürzten weiter von allen Seiten in die See. Die Obsidianinseln trieben langsam zum Mittelpunkt, und einige berührten sich bereits. In der Ferne konnte er den Zeitreisenden sehen, wie er unsicher von einer zur anderen sprang.

Er spürte den Zwang, sich in die Einsamkeit der alten Stadt zu begeben, wie er es schon als Junge getan hatte. Es war möglich, daß er dort seinen Vater treffen und ihn um Rat fragen konnte.

»Jherek!«

Amelia stand hinter ihm. Auf jeder Scharlachwange schimmerte eine Träne. »Wohin gehst du? Du bist heute ein jämmerlicher Gastgeber.«

»Man mißachtet mich. Ich bin überflüssig.« Er sprach so gleichmütig wie möglich. »Gewiß wird man mich nicht vermissen. Alle Gäste schließen sich deinem Gefolge an.«

»Du bist verletzt?«

»Ich wollte nur die Stadt besuchen.«

»Zeugt das nicht von schlechten Manieren?«

»Ich verstehe dich nicht ganz, Amelia.«

»Du gehst jetzt?«

»Ich hatte vor, jetzt zu gehen.«

Sie schwieg. Dann: »Ich möchte mit dir gehen.«

»Dir schien all das« – er sah zurück zur Markise – »sehr gut zu gefallen.«

»Ich habe es getan, um dir eine Freude zu machen. Du hast es doch gewollt.« Aber ihre Stimme klang anklagend. Die Tränen waren zu Boden getropft; keine neuen tauchten auf.

»Ich verstehe.«

»Und du findest meine neue Pose unattraktiv?«

»Sie ist sehr schön. Sehr eindrucksvoll. Du gehörst schon jetzt zu den besten Modeschöpfern. Alle bewundern deine Talente, deine Schönheit. Werther macht dir den Hof. Andere werden es ihm gleichtun.«

»Ist das nicht die Lebensart am Ende der Zeit – Vergnügungen und Liebeleien?«

»Ich nehme an, daß dem so ist.«

»Dann muß ich diese Dinge lernen, will ich akzeptiert werden.« Erneut dieses Lächeln, das ihn frösteln ließ. »Mistress Christia möchte dich gern als Geliebten haben. Hast du es nicht bemerkt?«

»Ich will nur dich. Du bist bereits akzeptiert. Du hast es heute gesehen.«

»Weil ich mich an die Spielregeln halte.«

»Wenn du es so haben willst. Demnach bleibst du hier?«

»Wenn du nichts dagegen hast, begleite ich dich. Ich bin an eine derartige Aufmerksamkeit nicht gewöhnt. Sie belastet meine Nerven. Und es würde mich beruhigen, wenn ich wüßte, daß es Harold gutgeht.«

»Oh, du machst dir Sorgen um ihn.«

»Natürlich.« Sie fügte hinzu: »Ich muß lernen, mich an diese Unbekümmertheit zu gewöhnen, die so charakteristisch für deine Welt ist.«

Lord Jaggeds Schwan glitt heran. Seine hellgelben Gewänder bauschten sich; er wurde ganz von ihnen verhüllt – aber sie konnten seine Stimme hören.

»Meine Lieben. Wie praktisch. Ich möchte mich nicht in das Fest hineinstürzen, aber ich mußte kurz vorbeikommen, um Ihnen zu gratulieren, Amelia. Ein wundervolles Ambiente. Natürlich ist es Ihre Schöpfung.«

Sie nahm das Kompliment entgegen. Der Schwan begann zu steigen, Lord Jaggeds Gesicht tauchte auf. Und wie schon so oft wirkte er leicht amüsiert, als er auf sie hinunterschaute. »Wie ich sehe, Amelia, haben Sie sich inzwischen am Ende der Zeit eingelebt.«

»Ich verstehe allmählich, wie man lernen kann, hier zu leben, Mephisto.«

Wie stets ließ ihn die Anspielung auflachen. »Also haben Sie sich noch nicht ganz festgelegt. Sie sind noch immer nicht verheiratet?«

»Mit Jherek?« Sie sah Jherek Carnelian nicht an, der sich im Hintergrund hielt. »Noch nicht.«

»Die gleichen Gründe?«

»Ich gebe mir größte Mühe, sie zu vergessen.«

»Was Sie brauchen, meine Liebe, ist nur noch ein wenig Zeit.« Jaggeds Blick wurde durchdringender, aber die Ironie blieb.

»Ich nehme an, es bleibt uns nicht mehr sehr viel davon.«

»Das hängt von Ihrer Einstellung ab, wie ich immer sage. Das Leben wird weitergehen, wie es immer war. Es wird keine Veränderung geben.«

»Keine Veränderung«, sagte sie, und ihre Stimme brach. »Genau.«

»Nun, ich muß mich wieder um meine Arbeit kümmern. Ich wünsche Ihnen alles Gute, Amelia – und auch dir, mein Sohn. Du mußt dich noch von all deinen Abenteuern erholen. Dann wird sich deine Stimmung heben, davon bin ich überzeugt.«

»Wollen wir es hoffen, Lord Jagged.«

»Ho! Ich sage, he da!« Es war der Zeitreisende, der auf einer nahen Insel stand. Er deutete auf Jaggeds Schwan. »Sind Sie das, Jagged?«

Lord Jagged von Kanarien drehte den hübschen Kopf, um die Quelle dieser Störung auszumachen. »Ah, mein guter Mann. Ich habe nach Ihnen gesucht. Ich nehme an, Sie brauchen Hilfe.«

»Um von dieser verdammten Insel herunterzukommen.«

»Und auch, um diese verdammte Epoche zu verlassen, nicht wahr?«

»Falls Sie in der Lage sind . . .«

»Sie müssen meine Saumseligkeit verzeihen. Dringende Probleme. Die noch nicht gelöst sind.« Der Schwan glitt auf den Zeitreisenden zu und landete auf dem felsigen Strand, so daß er aufsitzen konnte.

Sie hörten den Zeitreisenden sagen: »Es ist eine große Erleichterung für mich, Lord Jagged. Eine der Quarzverstrebungen muß repariert und zwei oder drei der Instrumente müssen neu eingestellt werden ...«

»Gut«, erwiderte Lord Jagged. »Wir fliegen jetzt nach Kanarien, wo wir die Angelegenheit in aller Ruhe besprechen können.«

Der Schwan hob sich in die Luft, verschwand über einer Klippe und ließ Jherek und Amelia allein.

»War das Jagged?« Die Eiserne Orchidee stand im Zelteingang. »Er sagte, er würde vielleicht kommen. Amelia, alle beschweren sich über Ihre Abwesenheit.«

Amelia ging zu ihr. »Liebste Orchidee, seien Sie für eine Weile die Gastgeberin. Ich bin noch zu unerfahren. Ich bin müde. Jherek und ich möchten uns von der Aufregung erholen.«

Die Eiserne Orchidee nickte mitfühlend. »Ich werde Ihre Entschuldigung ausrichten. Kehren Sie bald zurück, uns zuliebe.«

»Das werde ich.«

Jherek hatte bereits die Lokomotive herbeigerufen. Sie wartete auf sie, und blauer und weißer Rauch dampfte aus dem Schornstein, während Smaragde und Saphire funkelten.

Als sie in die Luft stiegen, blickten sie hinunter auf Amelias erste gesellschaftliche Schöpfung. Gegen die umgebende Landschaft hob sie sich wie eine große und schreckliche Wunde ab; als bestünde die Erde aus lebendem Fleisch, als sei ein gigantischer Speer in ihre Flanke getrieben worden.

Kurz darauf tauchte die Stadt am Horizont auf, und ihre seltsam geformten korrodierten Türme, ihr farbenprächtiger Halo, die treibenden Dampfschwaden und Wolken aus chemikalischen Dünsten, ihr leises Grollen und Murmeln, ihr eigenartiger, halb organischer, halb metallischer Duft – alles erfüllte sie mit einem sonderbaren Gefühl der Sehnsucht nach glücklicheren, einfacheren Tagen.

Seit dem Aufbruch hatten sie nicht miteinander geredet; keiner, so schien es, war in der Lage, ein Gespräch zu beginnen; keiner kam mit den Gefühlen zurecht, die zumindest Jherek völlig fremd waren. Er dachte, daß er sie trotz ihrer auffälligen neuen Kostümierung noch nie so verzweifelt erlebt hatte. Sie zeigte diese Verzweiflung zwar, leugnete sie jedoch, wenn er sie danach fragte. An Paradoxa gewöhnt, die für ihn das Elixier des Lebens waren, erschien ihm dieses Paradoxon dennoch ausgesprochen unangenehm.

»Du willst Mr. Underwood suchen?« fragte er, als sie die Stadt erreichten.

»Und du?«

Er hatte dunkle Vorahnungen. Er wollte ihr anbieten, sie zu begleiten, aber ein ungewöhnliches und wahrscheinlich unnötiges Taktgefühl hinderte ihn daran.

»Oh, ich werde die Lieblingsplätze meiner Kindheit aufsuchen.«

»Ist das nicht Brannart?«

»Wo?« Er sah sich um.

Sie deutete auf ein Gewirr alter, verrotteter Maschinen. »Ich dachte, ich hätte ihn dort gesehen. Aber er ist fort. Ich habe sogar einen dieser Lat entdeckt.«

»Was sollte Brannart mit den Lat anfangen?«

»Natürlich nichts.«

Sie waren bereits vorbei, aber obwohl er sich umschaute, sah er weder eine Spur von Brannart noch von den Lat. »Das würde erklären, warum er nicht an der Party teilnimmt.«

»Ich hatte gedacht, er sei nur beleidigt.«

»In der Vergangenheit konnte er nie der Gelegenheit widerstehen, seine unheilschwangeren Prophezeiungen zu verbreiten«, erklärte Jherek. »Ich neige zu der Ansicht, daß er noch immer daran arbeitet, Lord Jagged einen Strich durch die Rechnung zu machen. Aber er wird keinen Erfolg haben. Der Zeitreisende hat mir erklärt, warum Brannarts Methoden versagen.«

»Also ist Brannart in Ungnade gefallen«, sagte sie neckend. »Am Anfang hat er dir sehr geholfen.«

»Indem er dich nach Bromley geschickt hat? Er vergißt, wenn er uns für unsere Manipulation der Zeit ausschimpft, daß ein Großteil der Zwischenfälle auf seine Hilfe für Lady Charlotina zurückzuführen sind. Verschwende kein Mitleid an Brannart, Amelia.«

»Mitleid? Oh, davon habe ich jetzt wenig.« Sie war zu ihrem kühlen, sardonischen Tonfall zurückgekehrt.

Diese neuerliche Mehrdeutigkeit ließ ihn sich weiter in sich selbst zurückziehen. Er war von seinen kritischen Bemerkungen selbst überrascht, hatte er doch in Wirklichkeit nicht beabsichtigt, Brannart Morphail anzugreifen. Er war zu unerfahren, was dieses Anklagen und diese Selbstquälerei betraf; er war ein Novize, wenn es darum ging, emotionalen Schmerz auszudrücken, während sie, wie es nun schien, eine Veteranin war. Er, der nur extrovertierte Freude und unschuldige

Liebe gekannt hatte, drohte zu versinken; er drohte in einem Sumpf zu versinken, den sie in ihrer Ambivalenz für sie beide erschaffen hatte. Vielleicht wäre es besser gewesen, wenn sie nie ihre Liebe gestanden und an Bromley und seinem Sittenkodex festgehalten hätte, so daß er weiter den Galan, den Freier spielen konnte, mit all der Extravaganz seiner Welt. Galten seine Anschuldigungen wirklich ihr, oder vielleicht ihm selbst? Und quälte sie sich im Grunde nicht selbst? Richtete sie nicht all ihre Aggressionen gegen sich und nur indirekt gegen ihn? So daß er nicht wie jemand reagieren konnte, der geschlagen wurde und nach einem Gegenstand, einer anderen Person schlug, um seinen Zorn abzureagieren – wie ein geprügelter Hund nach einer unschuldigen Hand schnappt, weil er nicht begreifen kann, daß er das Opfer seines Herrn ist?

All dies war zuviel für Jherek Carnelian. Er suchte Erleichterung in der Außenwelt. Sie überflogen einen See, dessen Oberfläche ein regenbogenfarbener, blubbernder, dunstiger Strudel war, dann ein Feld aus Lapislazuli, auf dem Säulen aus zurechtgehauenem Stein standen: die Überreste einer sonderbaren Technologie aus dem zweihunderttausendsten Jahrhundert. Vor ihnen erblickte er die kilometergroße Grube, wo sie vor nicht allzu langer Zeit das Ende der Welt erwartet hatten. Er ließ die Lokomotive in Spiralen sinken und landete inmitten einer Anzahl von Ruinen, die in helles, orangenes Feuer gehüllt waren. Jede Flamme hatte eine fast vertraute Form. Er half ihr vom Führerstand, und sie standen wie erstarrt einen Moment da, bevor er direkt in ihre schwarzumrandeten Augen starrte, um festzustellen, ob sie seine Gedanken erriet. Er hatte keine Worte, um sie auszudrükken; das Vokabular am Ende der Zeit war nur umfangreich, was Hyperbeln anbetraf. Dann fiel ihm ein, daß es sein Wunsch, seinen Sprachschatz zu vergrößern und die sich daran anschließenden Geschehnisse gewesen waren, die ihn in seine derzeitige Lage gebracht hatten. Er lächelte.

»Was amüsiert dich?« fragte sie.

»Ah, nichts, Amelia. Es ist nur so, daß ich das, was ich gern sagen möchte, nicht sagen kann ...«

»Laß dir von der Höflichkeit keinen Zwang auferlegen. Du bist von mir enttäuscht. Du liebst mich nicht mehr.«

»Du möchtest, daß ich das sage?«

»Es stimmt doch, oder nicht? Du hast mich so gesehen, wie ich wirklich bin.«

»Oh, Amelia, ich liebe dich noch immer. Aber dich so unglücklich zu sehen – es läßt mich verstummen. Die Amelia, die ich jetzt sehe, ist nicht die echte!«

»Ich lerne, mich an den Vergnügungen vom Ende der Zeit zu erfreuen. Du mußt mir schon eine Lehrzeit zubilligen.«

»Sie erfreuen dich nicht. Du benutzt sie, um dich selbst zu zerstören.«

»Um meine altmodischen Vorstellungen zu zerstören. Nicht mich selbst.«

»Vielleicht sind diese Vorstellungen essentiell. Vielleicht *sind* sie die Amelia Underwood, die ich liebe, oder zumindest ein Teil von ihr ...« Er verstummte; wieder fehlten ihm die Worte.

»Ich glaube, du irrst dich.« Schuf sie absichtlich diesen Abgrund zwischen ihnen? War es möglich, daß sie es bereute, ihm ihre Liebe gestanden zu haben? Fühlte sie sich eingeengt?

»Du liebst mich noch immer ...?«

Sie lachte. »Alle lieben alle am Ende der Zeit.«

Als sie einen Entschluß gefaßt zu haben schien, brach sie das darauf folgende Schweigen. »Nun, ich werde jetzt Harold suchen.«

Er deutete auf einen gelbbraunen Weg aus Metall. »Er wird dich zu der Stelle führen, wo du ihn zurückgelassen hast.«

»Danke.« Sie ging davon. Das Kleid und die Schuhe ließen sie nur trippelnd gehen; ihre normale Anmut war fast ganz verschwunden. Sein Herz war bei ihr, aber seine Lippen waren nicht in der Lage, Worte zu formen, sein Körper konnte sich nicht bewegen. Sie bog um eine Ecke, wo eine große Maschine, deren geborstene Verkleidung komplizierte Schaltkreise enthüllte, ihr vage Versprechungen zuflüsterte, als sie sie passierte, um dann unhörbar zu werden: eine hoffnungslose Hure, die rasch von Amelias Mangel an Interesse zurückgewiesen wurde.

Einen Moment lang wurde Jhereks Aufmerksamkeit von drei kleinen eiförmigen Robotern abgelenkt, die auf Raupenketten über einen nahen Schrottplatz rollten und tief in eine Unterhaltung versunken waren, die in einer vielsilbigen, unverständlichen Sprache geführt wurde. Jherek sah zurück zur Straße. Amelia war fort.

Er war allein in der Stadt, aber die Einsamkeit erschien ihm unerträglich. Er wollte ihr folgen, von ihr verlangen, daß sie über ihre Stimmung nachdachte, aber vielleicht war sie ebenso unfähig wie er, ihre Gefühle auszudrücken. Gab Bromley seinen Bewohnern so bereitwillig die Mittel zur Interpretation der eigenen Gefühle, wie es ihnen gesellschaftliche Verhaltensregeln gab?

Er begann zu argwöhnen, daß trotz aller Unterschiede weder Amelias Gesellschaft noch seine sich um mehr als die oberflächlichen Dinge kümmerte. Jetzt, wo er in der Stadt war, konnte er vielleicht eine noch funktionierende Datenbank finden, die sich an die Weisheit jener Epochen wie der Fünften Konfuzianischen oder das Zen-Commonwealth erinnerte. Diese Epochen hatten außergewöhnliches Gewicht auf Selbsterkenntnis gelegt. Selbst die seltsamen, neurotischen Verfeinerungen dieses anderen Zeitalters, das ihm leicht vertraut war, die Saint-Claude-Diktatur (unter der jeder Bürger ermahnt worden war, drei deutlich verschiedene Erklärungen für die psychologischen Motive selbst der geringfügigsten Entscheidung zur Hand zu haben), konnte ihm vielleicht einen Schlüssel zu Amelias Verhalten und seinen eigenen Reaktionen liefern. Ihm kam der Gedanke, daß sie sich so sonderbar benahm, weil er einfach nicht in der Lage war, sie zu trösten. Er wanderte durch die Ruinen, in die entgegengesetzte Richtung, die sie genommen hatte, und er versuchte dabei, sich die Eigenarten der Gesellschaft im Zeitalter der Morgenröte ins Gedächtnis zu rufen. War es möglich, daß man von ihm erwartete, Mr. Underwood zu töten? Das wäre kein Problem. Und würde sie die Wiederbelebung ihres Gatten zulassen? Sollte er, Jherek, sein Aussehen verändern und Harold Underwood so ähnlich wie möglich werden? Hatte sie den Vorschlag, ihren Namen anzunehmen, zurückgewiesen, weil dies nicht genügte? Er blieb stehen und lehnte sich an einen geschnitzten Jadepfosten, dessen Spitze sich hoch über ihm im Chemikaliendunst verlor. Er glaubte, von einigen rituellen Zeremonien gelesen zu haben, durch die man sich in die Gewalt eines anderen begab. Grämte sie sich, weil er sie noch nicht durchgeführt hatte? Oder war das Gegenteil der Fall? Hatte das Niederknien etwas damit zu tun, und wenn ja, wer kniete vor wem nieder?

»Om«, sagte der Jadepfosten.

»Eh?« machte Jherek verdutzt.

»Om«, intonierte der Pfosten. »Om.«

»Hast du meine Gedanken gelesen, Pfosten?«

»Ich bin lediglich eine Meditationshilfe, Bruder. Ich interpretiere nicht.«

»Aber ich brauche eine Interpretation. Wenn du mir sagen könntest, wo ...«

»Alles ist wie alles andere«, verriet ihm der Pfosten. »Alles ist nichts und nichts ist alles. Das Bewußtsein des Menschen ist das Universum, und das Universum ist das Bewußtsein des Menschen. Wir alle sind Darsteller in Gottes Träumen. Wir sind alle Gott.«

»Leicht gesagt, Pfosten.«

»Wenn etwas leicht ist, bedeutet es nicht, daß es schwierig ist. Wenn etwas schwierig ist, bedeutet es nicht, daß es leicht ist.«

»Ist das nicht eine Tautologie?«

»Das Universum ist eine einzige große Tautologie, Bruder, wenn auch nichts so wie das andere ist.«

»Du bist nicht sehr hilfreich. Ich brauche Informationen.«

»Es gibt keine Informationen. Es gibt nur Wissen.«

»Zweifellos«, sagte Jherek zweifelnd. Er wünschte dem Pfosten einen Guten Tag und entfernte sich. Der Pfosten schien, wie so viele Artefakte der Stadt, keinen Humor zu haben, obwohl er wahrscheinlich, wenn man ihn darauf ansprach, so wie andere hier behaupten würde, einen »kosmischen Sinn für Humor« zu haben (dies bedeutete, daß man mit deutlicher Ironie auf Dinge reagierte, die von den einfachsten Intelligenzen als normal betrachtet wurden).

Im Hinblick auf gewöhnliche, nicht allzu tiefschürfende Unterhaltungen waren Maschinen – die kompliziertesten eingeschlossen – keine guten Gesprächspartner; sie nahmen alles noch wörtlicher als Li Pao. Dieser Gedanke brachte ihn dazu, als er weiterging, über den Unterschied zwischen Mensch und Maschine nachzusinnen. Einst hatte es große Unterschiede gegeben, aber in diesen Tagen gab es nur wenige, oberflächlich betrachtet. Was unterschied eine autonome Maschine, die zu fast jeder Entwicklung fähig war, von einem autonomen Menschen, der über die gleiche Fähigkeit verfügte? Es *gab* Unterschiede – wahrscheinlich emotionale. War es möglich, daß ein Mangel an Gefühlen auch einen Mangel an Humor bedingte – oder daß die Unterdrückung von Gefühlen auch zur Unterdrückung des Humors führte?

Diese Überlegungen führten ihn kaum in die Richtung, die er angestrebt hatte, aber er gab allmählich die Hoffnung auf, in der Stadt eine Lösung für seine Probleme zu finden. Und zumindest glaubte er den Jadepfosten nun besser zu verstehen.

Ein Chrombaum kicherte, als Jherek einen gefliesten Platz betrat. Als Junge war er oft hier gewesen. Er empfand große Zuneigung für den kichernden Baum.

»Guten Tag«, sagte er.

Der Baum kicherte, wie er schon seit mindestens einer Million Jahre gekichert hatte, wenn man ihn ansprach oder sich ihm näherte. Seine Funktion schien allein darin zu bestehen, Vergnügen zu verbreiten. Jherek lächelte trotz seiner schwermütigen Gedanken.

»Ein schöner Tag.«

Der Baum kicherte. Seine Chromäste bewegten sich sacht.

»Wie gewöhnlich zu schüchtern, um zu sprechen?«

»Ti-hi-hi.«

Der Reiz, den der Baum auf ihn ausübte, war nur schwer zu erklären, aber unzweifelhaft vorhanden.

»Ich glaube, alter Freund, daß ich ›unglücklich‹ – oder noch Schlimmeres bin!«

»Hi-hi-hi.« Der Baum schien vor Heiterkeit ganz außer sich zu sein. Jherek fing ebenfalls an zu lachen. Und lachend verließ er den Platz und fühlte sich wesentlich entspannter.

Er hatte sich dem Metallgewirr genähert, wo Amelia – bei ihrem Anflug – Brannart Morphail gesehen oder dies zumindest geglaubt hatte. Die Neugier hatte ihn dazu getrieben, denn hinter der Masse aus verkeilten Trägern, Streben, Trossen, Kabeln und Drähten bewegten sich Lichter, obwohl sie wahrscheinlich nicht menschlichen Ursprungs waren. Er trat näher, verhielt sich aber vorsichtig. Er glaubte, Gestalten zu erkennen. Und dann, als eines der Lichter flakkerte, entdeckte er die unverkennbaren Umrisse von Brannart Morphails kuriosem Körper; eine Silhouette, denn das Licht blendete ihn. Er identifizierte die Stimme des Wissenschaftlers, obwohl er eine andere Sprache benutzte. Während er lauschte, dämmerte es Jherek, daß Brannart Morphail ein Idiom sprach, das ihm bekannt war.

»Gerfish lortooda, mibix?« sagte der Wissenschaftler zu jemandem, der außerhalb des Lichtkreises stand. »Derbi kroofrot!«

Eine andere Stimme antwortete. Sie war ebenso unverwechselbar und gehörte Kapitän Mubbers. (Hrunt, arragak fluzi, grodsink Morphail.«

Jherek bedauerte, daß er entgegen seiner Gewohnheit keine Übersetzerpille mitführte, denn er hätte zu gern gewußt, warum sich Brannart mit den Lat verschworen hatte – denn um eine Verschwörung mußte es sich dabei handeln, die ganze Angelegenheit roch geradezu nach Konspiration. Er entschloß sich, so bald wie möglich Lord Jagged von seiner Entdeckung zu berichten. Kurz überlegte er, ob er die Vorgänge aus der Nähe in Augenschein nehmen sollte, entschied dann aber, nicht das Risiko einzugehen, seine Gegenwart zu enthüllen. Statt dessen machte er auf dem Absatz kehrt und begab sich in die Deckung einer nahen Kuppel, deren Dach geborsten und rissig war wie eine Eierschale.

Im Innern der Kuppel stieß er entzückt auf brillantfarbene Filme. Alle waren so frisch wie am Tag ihres Entstehens, und sie erzählten eine Art Geschichte, obwohl ihre Stimmen unverständlich blieben. Er sah sich das alte Programm an, bis es wieder von vorn begann. Es beschrieb eine Methode zur Herstellung jener Maschinen, mit der sich Jherek die Filme ansah, und es gab Bruchstücke von Szenen – vermutlich Vorschauen auf andere Programme –, die eine Vielzahl von Motiven zeigten: in einer liebte sich eine junge Frau in einer Art luminieszierendem Netz unter Wasser mit einem seltsam geformten, großen Fisch. In einer anderen setzten sich zwei Männer in Brand und stürmten durch die Luke eines Raumschiffs, so daß das Schiff explodierte. In einer dritten kämpfte eine große Zahl Menschen in Rokokokostümen aus Metall und Plastik im freien Fall um den Besitz einer kleinen Röhre, und als einer von ihnen sie in die Hand bekam, schleuderte er sie gegen einen der zahlreichen runden Gegenstände, die an der Wand des Gebäudes befestigt waren, in dem sie trieben. Wenn die Röhre eine bestimmte Stelle an dem runden Objekt traf, zeigte die Hälfte der Leute große Erregung, während die andere Hälfte Niedergeschlagenheit verriet, aber Jherek interessierte sich vor allem für die Szene, die zu demonstrieren schien, wie sich ein Mann und eine Frau in Schwerelosigkeit lieben konnten. Er fand ihren Einfallsreichtum außerordentlich bewegend, und als er die Kuppel wieder verließ, war er wesentlich besser gelaunt und hoffnungsvoller als bei seinem Eintreten.

In dieser Stimmung entschied er sich auch, Amelia zu suchen und ihr sein Unbehagen an ihrem und seinem Benehmen begreiflich zu machen. Er wollten dem Weg folgen, den er gekommen war, aber obwohl er sich gut in der Stadt auskannte, hatte er sich bereits verirrt. Doch er kannte die ungefähre Richtung. Er schritt über ein knirschendes Feld süßlich riechender grüner und roter Kristalle, und fast unvermittelt erblickte er vor sich ein vertrautes Wahrzeichen: ein gebogenes, halb geschmolzenes Monument, das schwerelos über einer mechanischen Figur hing, die bittend die Arme danach ausstreckte, dann mit den Händen kleine goldene Scheiben zusammenfegte und in die Luft warf. Sie wiederholte diese Bewegungen laufend, wie sie es immer getan hatte, solange Jherek zurückdenken konnte. Er ging an der Figur vorbei und betrat eine Allee, die matt von bernsteinfarbenem und kirschrotem Licht erhellt wurde. Aus Öffnungen zu beiden Seiten der Allee glitten kleine metallene Schnauzen, starrten ihn kleine Maschinenaugen forschend an, zitterten kleine silberne Schnurrbarthaare. Er hatte zwar nie die Funktion dieser Nagetiere aus Platin ergründen können, vermutete jedoch, daß sie eine Art Informationssammler jener Maschinen waren, die sich hinter den hohen, glatten, von Strahlen ausgewaschenen Wänden der Allee befanden. Zwei oder drei Illusionen, nur halb greifbar, tauchten vor ihm auf und verschwanden wieder: ein dünner Mann von zweieinhalb Metern Größe, blind, kriegerisch; ein Hund in einer großen Flasche auf Rädern; ein blondhaariger, schweineähnlicher Außerirdischer in gelbbrauner Kleidung.

Er erreichte das Ende der Allee und stapfte durch kniehohen, weichen, schwarzen Staub, bis der Boden anstieg und er auf einem Hügel stand, von dem aus er auf Teiche aus glasähnlicher Substanz hinunterschauen konnte. Jeder Teich war ein exakter Kreis, wie die verlorenen Linsen eines riesigen optischen Instrumentes. Er umging sie, denn aus Erfahrung wußte er, daß sie sich bewegen und ihn verschlucken konnten, um ihn dann Halluzinationsexperimenten zu unterwerfen, die zwar unterhaltsam, aber auch zeitraubend waren. Kurz darauf sah er vor sich die pastorale Illusion, in der sie Jagged bei seiner Rückkehr getroffen hatten. Er durchquerte sie und bemerkte, daß ein frisches Picknick veranstaltet worden war. Nichts deutete darauf hin, daß sich die Lat hier aufgehalten hatten (normalerweise ließen sie eine Menge Abfall zurück), und er hätte seinen Weg zur kilometerbreiten Grube fortgesetzt, wären da nicht zu seiner Linken Stimmen gewesen, die ein Lied anstimmten.

Wer ihn so bestürmt
Mit trübsinniger Mär,
Nur sich selbst verwirrt –
Und seine Stärke mehrt.

Er schritt über eine Fläche, die von nachgiebigem, seufzendem Material bedeckt war, und verlor fast das Gleichgewicht, so daß er mehrfach, so gut es ging, in die Luft steigen mußte (die Stadt schien noch immer einige Schwierigkeiten zu haben, Energie direkt auf die Ringe zu übertragen). Schließlich, auf der anderen Seite eines Gewirrs eingestürzter

Arkaden, sah er sie, wie sie in einem Kreis um Mr. Underwood standen, der seine Arme mit bemerkenswerter Begeisterung bewegte, während er sie dirigierte: Inspektor Springer, Sergeant Sherwood und die zwölf Polizisten, die mit leuchtenden Gesichtern und voller Freude das Lied sangen.

Es dauerte nicht lange, bis Jherek Mrs. Underwood entdeckte. Sie bot ein Bild trauriger, verzweifelter Verwirrung – ihr orientalisches Kleid war staubig, ihre Federn schief. So saß sie da, hatte den Kopf in die Hand gestützt und verfolgte das merkwürdige Treiben von einem antiken Drehstuhl heraus, dem Überrest eines eingestürzten Kontrollraums.

Als er auf Zehenspitzen näherkam, um die singenden Polizisten nicht zu stören, hob sie den Kopf.

»Sie sind jetzt alle bekehrt«, berichtete sie ihm müde. »Es scheint, daß sie kurz vor unserer Ankunft eine Vision gehabt haben.«

Das Lied war zu Ende, aber der Gottesdienst (denn weniger war es nicht) ging weiter.

»Und so kam Gott in einer feurigen Kugel zu uns, und Er sprach zu uns und Er sagte uns, daß wir hinausgehen und der ganzen Welt von unserer Vision berichten müssen, denn wir sind jetzt alle Seine Propheten. Denn Er hat uns die Gabe der Barmherzigkeit und die Hoffnung der Freude geschenkt!« rief Harold Underwood, und sein Kneifer glitzerte vor Erregung.

»Amen«, antworteten Inspektor Springer und seine Leute.

»Auch wenn wir voller Furcht und in den Gruben der Hölle waren, hat Er uns doch gehört. Und wir riefen nach dem Herrn – und uns wurde im Namen des Herrn geholfen, der der Schöpfer des Himmels und der Erde ist. Gesegnet sei der Name des Herrn; fortan in der Welt ohne Ende. Herr, erhöre unsere Gebete und laß unsere Stimmen zu Dir dringen.«

»Und Er hörte uns!« rief Sergeant Sherwood, der erste unter all diesen Bekehrten. »Er hörte uns, Mr. Underwood!«

»Hungrig und durstig – ihre Seelen verdarben in ihnen«, fuhr Harold Underwood fort, und seine Stimme klang wie ein heiliges Grollen.

»So riefen sie den Herrn in ihrer Not an; und er führte sie aus ihrem Unglück.

Er führte sie auf den rechten Weg; damit sie die Stadt erreichten, wo sie wohnen konnten.

Oh, daß der Mensch dafür dem Herrn für Seine Güte dankt und die Wunder preist, die Er für die Kinder des Menschen vollbracht hat!

Denn Er erfüllt die leere Seele; und nährt die hungrige Seele mit Güte.

Jene, die in Finsternis sitzen, und im Schatten des Todes; an Leid und Eisen festgekettet;

Weil sie gegen die Worte des Herrn verstießen; und den Rat des Allerhöchsten leichtfertig verwarfen.

»Amen«, murmelten die frommen Polizisten.

»Ahem«, machte Jherek.

Aber Harold Underwood fuhr in höchster Erregung mit der Hand durch sein zerzaustes, heufarbenes Haar, und mit lauter Stimme fing er erneut an zu singen.

»Und wenn ich auch wandere im finsteren Tal,
fürcht' ich kein Unglück . . .«

»Ich muß sagen«, wandte sich Jherek begeistert an Mrs. Underwood, »daß es sehr viel Sinn ergibt. Ich finde es reizvoll. In letzter Zeit habe ich mich nicht wie sonst gefühlt, und ich habe bemerkt, daß du . . .«

»Jherek Carnelian, hast du denn keine Vorstellung von dem, was hier geschehen ist?«

»Es ist eine religiöse Feier.« Er war über seine präzise Kenntnis überglücklich. »Eine Verschwörung im Namen der Einmütigkeit.«

»Du findest es nicht seltsam, daß alle diese Polizeibeamten plötzlich fromme – sogar fanatische! – Christen geworden sind?«

»Du meinst, mit ihnen ist etwas passiert, während wir fort waren?«

»Ich habe es schon gesagt. Sie haben eine Vision gehabt. Sie glauben, daß sie von Gott den Auftrag erhalten haben, ins Jahr 1896 zurückzukehren – obwohl allein der Himmel weiß, was mit ihnen geschehen wird, wenn sie weiter dem Weg der Sünde folgen. Sie glauben, daß sie Gott *gesehen* und *gehört* haben. Sie haben vollkommen den Verstand verloren.«

»Aber vielleicht haben sie diese Vision gehabt, Amelia.«

»Glaubst du inzwischen an Gott?«

»Ich habe Ihn noch nie verleugnet, obwohl ich nie das Vergnügen hatte, Ihm zu begegnen. Natürlich, der Untergang des Universums hat auch Seinen Untergang bewirkt . . .«

»Sei ernst, Jherek. Diese armen Menschen, unter ihnen mein Gatte (der zweifellos ein williges Opfer war, das will ich nicht leugnen), sind getäuscht worden.«

»Getäuscht?«

»Mit fast absoluter Sicherheit von Lord Jagged.«

»Warum sollte Jagged ... Du meinst, Jagged ist Gott?«

»Nein. Ich meine, daß er Gott spielt. Ich hatte es schon vermutet. Harold hat die Vision beschrieben – alle beschreiben sie. Eine feurige Kugel, die sich selbst als ›Der Herr, Dein Gott‹ bezeichnete, sie Seine Propheten nannte und versprach, sie von diesem Ort der Verwüstung in die Freiheit zu führen, damit sie an den Ort zurückkehren können, von dem sie gekommen sind, um dort die anderen zu warnen – und so weiter, und so weiter.«

»Aber aus welchem Grund sollte Jagged sie auf diese Weise täuschen wollen?«

»Es ist nicht mehr als ein grausamer Scherz.«

»Grausam? Ich habe sie noch nie glücklicher erlebt. Ich bin versucht, mich ihnen anzuschließen. Ich kann dich nicht verstehen, Amelia. Einst hast du versucht, *mich* zu bekehren. Und jetzt, wo ich bereit bin, mich bekehren zu lassen, willst du es mir ausreden!«

»Du bist absichtlich begriffsstutzig.«

»Niemals, Amelia.«

»Ich muß Harold helfen. Er muß vor der Täuschung gewarnt werden.«

Sie hatten eine weitere Hymne angestimmt und sangen lauter als beim ersten Mal.

Denn es gibt der Hölle Grausen
Und ewigliche Schrecken;
Dort müssen Sünder bei den Teufeln hausen,
In Schwärze, Feuer und in Ketten.

Er wollte fortfahren, aber Amelia bedeckte ihre Ohren, schüttelte den Kopf und weigerte sich, ihm zuzuhören, als er sie bat, mit ihm zurückzukehren.

»Wir müssen über das, was mit uns geschieht, sprechen ...« Es war sinnlos.

Bewahre uns, o Herr, vor diesem falschen Weg,
Den hinab die Sünder hetzen;
Und keine Spreu den Flammen entgeht;
Es ist kein größ'rer Schrecken.

Jherek bedauerte, daß es nicht eines der Lieder war, die Amelia Underwood ihm beigebracht hatte, als sie damals auf seiner Ranch gewesen war. Er hätte zu gern mitgesungen, da es unmöglich war, sich mit ihr zu unterhalten. Er hoffte, sie würden sein Lieblingslied singen – *Alle Dinge hell und rein* –, aber irgendwie ahnte er, daß sie es nicht tun würden. Die momentane Hymne war nicht ganz nach seinem Geschmack, weder von der Melodie her (sie war kaum mehr als ein Summen), noch vom Text, der seiner Ansicht nach in Kontrast zu den Gesichtsausdrücken der Singenden stand. Sobald das Lied beendet war, hob Jherek den Kopf und fing mit seiner hohen, jungenhaften Stimme an zu singen:

»O Paradies! O Paradies!
Wer sehnt sich nicht nach Rast?
Wer suchet nicht das sel'ge Land
Wo der, der liebt, den Segen hat;
Wo alle Herzen treu und rein
Auf ewig steh'n im Licht,
Voller Freud' im ganzen Sein
In Gottes Angesicht.

O Paradies! O Paradies!
Unsere Welt wird alt;
Wer möchte nicht in Freiheit flieh'n,
Wo die Lieb' ist niemals kalt . . .«

»Eine exzellente Ansicht, Mr. Carnelian.« Harold Underwoods Tonfall strafte seine Worte Lügen. Er wirkte empört. »Nun, wir waren dabei, für unsere Erlösung zu danken . . .«

»Schlechte Manieren? Es tut mir überaus leid. Ich war einfach so ergriffen . . .«

»Ha!« machte Mr. Underwood. »Obwohl wir heute ein Wunder erlebt haben, kann ich nicht glauben, daß es möglich ist, einen von Satans Gefolgsleuten zu bekehren. *Sie* können uns jetzt nicht mehr täuschen!«

»Aber *du* bist getäuscht worden, Harold!« rief seine Frau. »Ich bin davon überzeugt!«

»Hört nicht auf diese Versucher, Brüder«, wandte sich Harold Underwood an die Polizisten. »Selbst jetzt versuchen sie noch, uns vom rechten Weg zu locken.«

»Ich denke, Se sollten besser weitergehen, Sir«, sagte Inspektor Springer zu Jherek. »Dies is 'ne geschlossene Veranstaltung, und es würd mich nich überraschen, wenn Se sich des unbefugten Betretens eines privaten Grundstücks schuldig gemacht hätten. Zweifellos könnte man Ihnen Störung der öffentlichen Ordnung vorwerfen.«

»Haben Sie wirklich eine Vision Gottes gehabt, Inspektor Springer?« fragte Jherek.

»In der Tat, Sir.«

»Amen«, sagten Sergeant Sherwood und die zwölf Polizisten.

»Amen«, sagte Harold Underwood. »Der Herr hat uns das Wort gegeben, und wir werden es allen Menschen der Welt bringen.«

»Ich bin sicher, daß man Sie überall willkommen heißen wird«, erklärte Jherek, um ihn zu ermutigen. »Der Herzog von Queens hat erst gestern gesagt, daß er befürchtet, daß in Kürze Langeweile einkehren wird ohne die Stimuli von außen, an die wir gewöhnt sind. Es ist sehr gut möglich, Mr. Underwood, daß Sie uns alle bekehren werden.«

»Wir kehren in unsere Welt zurück, Sir«, informierte ihn Sergeant Sherwood sanft, »und zwar so bald wie möglich.«

»Wir sind in den Gruben der Hölle gewesen und dennoch erlöst worden!« rief einer der Polizisten.

»Amen«, sagte Harold Underwood geistesabwesend. »Nun, wenn Sie jetzt so freundlich wären und uns mit unserem Gottesdienst fortfahren lassen würden . . .«

»Wie willst du ins Jahr 1896 zurückkehren, Harold?« fragte Mrs. Underwood. »Wer wird dich dorthin bringen?«

»Der Herr«, erklärte ihr Gemahl, »wird dafür sorgen.« In seinem alten, braven Tonfall fügte er hinzu: »Ich sehe, daß du dich endlich in deiner wahren Gestalt zeigst, Amelia.«

Sie errötete, als sie an ihrem Kleid hinuntersah. »Eine Party«, murmelte sie.

Er schürzte die Lippen, wandte den Blick von ihr ab und starrte Jherek Carnelian an. »Dein Meister, nehme ich an, verfügt auch hier über Macht, so daß ich dir nicht befehlen kann . . .«

»Falls wir gestört haben, bitte ich erneut um Entschuldigung.« Jherek verbeugte sich. »Ich muß sagen, Mr. Underwood, daß Sie in gewisser Hinsicht glücklicher wirken als vor Ihrer Vision.«

»Ich trage eine neue Verantwortung, Mr. Carnelian.«

»Vonner höchsten Art«, bekräftigte Inspektor Springer.

»Amen«, sagten Sergeant Sherwood und die zwölf Polizisten. Ihre Helme bewegten sich zusammen auf und ab.

»Du bist ein Narr, Harold!« erklärte Amelia mit zitternder Stimme. »Du hast nicht Gott gesehen! Der, der dich täuscht, steht Satan näher!«

Ein eigenartiges, selbstzufriedenes Lächeln erschien auf Harold Underwoods Zügen. »Oh, wirklich? Du behauptest dies, ohne die Vision gesehen zu haben. Wir sind von Gott auserwählt worden, Amelia, um die Welt vor den Schrecken zu warnen, die kommen werden, wenn sie so weitermacht wie bisher. Was ist das? Bist du eifersüchtig, daß du nicht zu den Auserwählten gehörst? Weil du nicht an deinem Glauben festgehalten und deine Pflichten vernachlässigt hast?«

Sie stieß einen plötzlichen Schrei aus, als wäre sie körperlich verwundet worden. Jherek nahm sie in die Arme und starrte Underwood an. »Sie ist ein guter Mensch. Und Sie sind grausam, Harold Underwood. Gequält wie Sie sind, möchten Sie uns alle quälen.«

»Ha!«

»Amen«, sagte Inspektor Springer automatisch. »Ich muß Se wirklich noch mal warnen, daß Se sich nur selbst schaden, wenn Se nich aufhören, diese Versammlung zu stören. Hinter uns steht nich nur die Autorität des Innenministers, sondern die des Herrn des Himmels, der mit Störenfrieden kurzen Prozeß macht.« Er verlieh seinen letzten Worten besonderen Nachdruck, indem er die Fäuste in die westenbedeckten Hüften stemmte (seine Jacke war nirgends zu sehen, obwohl die Melone noch immer auf seinem Kopf saß). »Klar?«

»Oh, Jherek, wir müssen gehen!« Amelia war den Tränen nahe. »Wir müssen nach Hause.«

»Ha!«

Als Jherek sie fortführte, sahen ihnen die neuen Missionare nur ein oder zwei Sekunden nach, um dann wieder zu ihrem Gottesdienst zurückzukehren. Nebeneinander wanderten sie über den gelbbraunen Metallweg und hörten, wie die Stimmen zu einem neuen Lied anhoben:

Christ! Noch ist für Dich kein Friede;
Höre des Engels Trompete;
Du stehst mitten im Kriege;
Wache und bete.

Fürsten und der Welten Macht,
Heben ihre Kriegsstandarte,
Warten, bis Du nicht auf Wacht;
Wache und bete.

Gürte Deine heil'ge Rüstung,
Trage sie bei Nacht und Tage;
Denn das Böse lauert lüstern;
Wache und bete ...

Sie erreichten die Stelle, wo sie ihre Lokomotive zurückgelassen hatten, und als Amelia auf den Führerstand kletterte, ihr Saum in Fetzen, ihre Kleidung fleckig, sagte sie unter Tränen: »Oh, Jherek, wenn es eine Hölle gibt, so habe ich ganz gewiß verdient, dort zu enden ...«

»Du gibst dir doch nicht die Schuld an dem, was deinem Mann passiert ist, Amelia?«

»Wem soll ich sonst die Schuld geben?«

»Du hast Lord Jagged beschuldigt«, erinnerte er sie.

»Jaggeds Winkelzüge sind eine Sache; meine Schuld ist eine andere. Ich hätte ihn nie verlassen dürfen. Ich habe ihn verraten. Er hat vor Kummer den Verstand verloren.«

»Weil er dich verloren hat?«

»Oh, nein – weil sein Stolz verletzt worden ist. Jetzt findet er Trost in religiösem Wahn.«

»Du hast ihm angeboten, bei ihm zu bleiben.«

»Ich weiß. Der Schaden ist bereits angerichtet, fürchte ich. Dennoch habe ich ihm gegenüber eine Pflicht zu erfüllen, vielleicht jetzt um so mehr.«

»Aha.«

Sie stiegen in die Höhe. Erneut war Schweigen zwischen ihnen eingekehrt. Er versuchte es zu brechen.

»Du hattest recht, Amelia. Bei meiner Wanderung bin ich auf Brannart gestoßen. Er plant irgend etwas zusammen mit den Lat.«

Aber sie antwortete nicht. Statt dessen fing sie an zu schluchzen. Als er zu ihr ging, um sie zu trösten, stieß sie ihn fort.

»Amelia?«

Sie schluchzte weiter, bis der Ort ihrer Party in Sicht kam. Jherek konnte erkennen, daß noch immer Gäste dort waren, aber wenige. Die Eiserne Orchidee hatte nicht viel Erfolg bei ihrem Versuch gehabt, sie zum Bleiben zu bewegen: sie wollten Amelia.

»Sollen wir uns wieder zu unseren Gästen gesellen . . .?«

Sie schüttelte den Kopf. Er wendete die Lokomotive und steuerte das reetgedeckte Dach ihres Hauses an, das hinter den Zypressen und Pappeln zu erkennen war. Er landete auf dem Rasen, und sofort sprang sie von der Lokomotive und rannte zur Tür. Sie schluchzte noch immer, während sie die Treppe zu ihrem Zimmer hinauflief. Jherek hörte, wie die Tür zufiel. Er setzte sich auf die unterste Stufe und grübelte über die Natur dieses neuen, allumfassenden Gefühls der Verzweiflung nach. Es drohte ihn zu lähmen, aber er war nicht in der Lage, einen klaren Gedanken zu fassen. Er war verletzt und voller Selbstmitleid und grämte sich für sie in ihrem Schmerz. Und ihm, der sich immer als Tatmensch gesehen hatte (ihr Wunsch war ihm immer Befehl gewesen, selbst wenn er sie gelegentlich mißverstanden hatte), fiel nichts ein, nicht einmal die einfachste Geste, um sie zu trösten und ihr stummes Unglück zu lindern.

Nach einiger Zeit ging er langsam zu Bett.

Draußen, vor dem Haus, stürzten die Flüsse aus Blut noch immer mit ungebändigter Kraft über die schwarzen Klippen und speisten die strudelnde See, in der geheimnisvolle Ungeheuer schwammen und auf dem noch immer Obsidianinseln tanzten, während ihre dunkelgrüne, fleischige Vegetation in einem heißen, süßen Wind raschelte. Aber Mrs. Amelia Underwoods *pièce-de-résistance* war schon vor langer Zeit von ihren vergessenen Gästen verlassen worden.

25. Kapitel

DIE PFLICHT RUFT

Zum erstenmal in seinem langen Leben lernte Jherek Carnelian, der seinen Körper stets so hatte verändern können, daß er keinen Schlaf benötigte, die Schlaflosigkeit kennen. Er wünschte sich nur, zu vergessen, aber das Vergessen kam nicht. Gedankenkette nach Gedankenkette entstand in seinem Gehirn, aber jede Kette führt ins Nirgendwo und mußte beendet werden. Er dachte daran, Jagged aufzusuchen, aber etwas hielt ihn davon ab. Es war Amelia, nur Amelia – Amelia war die einzige Gesellschaft, nach der er sich sehnte, und dennoch (mußte er sich selbst eingestehen, hier in der Dunkelheit) fürchtete er sie im Moment. So machte er im Geiste einen Schritt nach vorn, nur um sofort wieder zurückzugehen. Vor, zurück – ein schrecklicher kleiner Tanz der Unentschlossenheit, der mit der Zeit dazu führte, daß er erstmals den Geschmack der Abscheu vor sich selbst kennenlernte. Er hatte immer seinen Impulsen nachgegeben, ohne Gewissensbisse, ohne sie in Frage zu stellen, wie all seine Freunde am Ende der Zeit. Dennoch schienen ihn jetzt zwei Impulse zu bedrängen; wie ein Stahlball war er zwischen zwei Magneten gefangen, ohne seine Position verändern zu können. Sein Wollen und seine Taten waren bislang eins gewesen – und jetzt geriet sein Wollen unter Belagerung. Wenn er zwei Impulsen nachgeben wollte, mußte er zwei Personen sein. Und wenn er zwei Personen war: welche war dann die wertvolle, und welche sollte so bald wie möglich aufgegeben werden? So entdeckte Jherek das alte nächtliche Spiel des Wippens, in dem ein dritter Jherek (kein sehr entschlußfreudiger) über die beiden anderen zu richten versuchte, sich einmal dorthin wandte, dann hierhin. »Ich sollte von ihr verlangen ...« und »Sie hat etwas Besseres als mich verdient ...« waren zwei für ihn neue Satzanfänge, obwohl sie Mrs. Underwoods Zeitgenossen zweifellos vertraut waren – insbesondere jenen, die vom Objekt ihrer Liebe enttäuscht worden waren oder zwischen einer alten und neuen Beziehung wählen mußten: zum Beispiel zwischen einem kränklichen Vater und einem hübschen Verehrer – oder zwischen einem ungeliebten Gatten und einem Geliebten, der die Heirat anbot. Er war halb mit dieser Übung fertig, als er den Trick der Übertragung entdeckte. Was war, wenn sie die gleichen Qualen durchlitt wie er? Und augenblicklich wich das Selbstmitleid. Er mußte zu ihr gehen und sie trösten. Aber nein – er täuschte sich selbst, er wollte sie nur beeinflussen und ihre Aufmerksamkeit auf sein Dilemma richten. Und so schaukelte die Wippe weiter, und der richtende Jherek balancierte mühevoll auf dem Drehpunkt.

Und so hätte es bis zum Morgen weitergehen können, hätte sie nicht leise seine Tür geöffnet und flüsternd gefragt, ob er noch wach sei.

»Oh, Amelia!« Er fuhr hoch.

»Ich habe dir weh getan«, sagte sie leise, obwohl niemand da war, der lauschen konnte. »Meine Selbstbeherrschung hat mich heute im Stich gelassen.«

»Ich weiß nicht genau, was diese Selbstbeherrschung ist«, gestand er und drehte die Lampe neben dem Bett, damit sie etwas mehr Licht spendete und er ihr verhärmtes Gesicht sehen konnte, das rot vom Weinen war. »Aber du hast mir nicht weh getan. Ich habe versagt. Ich bringe dir nichts Gutes.«

»Du bist mutig und großartig – und unschuldig. Ich habe es schon einmal gesagt, Jherek: Ich habe dir diese Unschuld geraubt.«

»Ich liebe dich«, sagte er. »Ich bin ein Narr. Ich bin deiner nicht wert.«

»Nein, nein, mein Liebster. Ich bin die Sklavin meiner Erziehung, und ich weiß, diese Erziehung hat mich eingeengt, mich phantasielos, sogar brutal gemacht. – Ah, und im Grunde zynisch, obwohl ich niemals gewagt hätte, dies zuzugeben. Aber du, Liebster, bist ohne ein Gran Zynismus, obwohl ich dich und deine Welt anfangs für den Gipfel des Zynismus hielt. Und jetzt erkenne ich, daß ich Gefahr laufe, dich mit meinen Untugenden zu verderben. Zynismus, Heuchelei, Furcht vor gefühlsmäßigen Bindungen, die als Selbstverleugnung maskiert wird – ah, die Aufzählung ließe sich endlos fortsetzen ...«

»Ich habe dich darum gebeten, mir diese Dinge beizubringen.«

»Du hast nicht gewußt, um was du gebeten hast.«

Er streckte eine Hand nach ihr aus und sie ergriff sie, obwohl sie stehenblieb. Ihre Hand war kalt und zitterte leicht.

»Ich verstehe immer noch nicht alles, was du sagst«, erklärte er.

»Ich bete, daß es dir auch nie gelingen wird, mein Schatz.«

»Du liebst mich? Ich hatte gefürchtet, etwas getan zu haben, das deine Liebe zu mir zerstört.«

»Ich liebe dich, Jherek.«

»Ich wünschte, ich könnte mich ändern und der werden, der ich deiner Ansicht nach sein sollte.«

»Ich möchte nicht, daß du dich änderst, Jherek Carnelian.« Ein kleines Lächeln erschien um ihre Lippen.

»Dennoch, du sagtest ...«

»Du hast mich beschuldigt, daß ich nicht ich selbst bin.« Mit einem Seufzer ließ sie sich auf die Bettkante nieder. Sie trug noch immer das zerrissene orientalische Kleid, aber sie hatte die Federn aus dem Haar entfernt, das wieder seine normale Farbe besaß, wenngleich nicht die frühere Frisur. Der Großteil der Schminke auf ihrem Gesicht war fort. Es war offenkundig, daß sie nicht besser geschlafen hatte als er. Seine Hand drückte die ihre, und sie seufzte erneut. »Daß ich nicht deine Amelia bin«, fügte sie hinzu.

»Nicht beschuldigt – aber ich war verwirrt ...«

»Ich glaube, ich wollte dir gefallen, aber ich konnte mir selbst nicht gefallen. Alles schien so verdorben ...« Das Lächeln wurde breiter und ironisierte ihre Wortwahl. »Ich habe so sehr versucht, Jherek, mich an deiner Welt, so wie sie ist, zu erfreuen. Dennoch werde ich ständig von meinem Pflichtgefühl, das ich nicht in Worte fassen kann, und von dem Wissen verfolgt, was deine Welt ist: eine Travestie, die künstlich aufrechterhalten wird, die Sterblichkeit verleugnet, und damit dem Schicksal trotzt.«

»Gewiß kann man es auch anders sehen, Amelia.«

»Ich stimme dir voll zu. Ich beschreibe dir nur meine gefühlsmäßige Reaktion. Intellektuell kann ich viele Seiten sehen, viele Argumente. Aber ich bin in dieser und anderer Hinsicht ein Kind Bromleys. Du hast mir Energieringe gegeben und mir beigebracht, Ringelblumen zu pflanzen, einen Kuchen zu backen, ein Kleid zu nähen. Oh, ich werde dabei ganz verlegen. Es erscheint so töricht, wo mir doch die Macht eines antiken Gottes zur Verfügung steht. Selbst in meinen Ohren klingt es nur sentimental. Ich wage gar nicht daran zu denken, was du empfinden mußt ...«

»Ich bin mir nicht ganz sicher, um was es sich bei dieser Sentimentalität handelt, Amelia. Ich möchte dich glücklich sehen, das ist alles. Wenn das für dich Erfüllung bedeutet, dann tue es. Ich werde entzückt sein. Du kannst mir diese Künste beibringen.«

»Es sind wohl kaum Künste. In der Tat sind sie nur erstrebenswert, wenn man keine Gelegenheit hat, sie auszuüben.« Ihr Gelächter wies noch immer einige Mißtöne auf. »Du kannst mitmachen, wenn du möchtest, aber ich möchte nicht, daß du unglücklich wirst. Du mußt weiter du selbst sein, so wie es deine Instinkte verlangen.«

»Solange ich ich selbst sein kann, ist die Art und Weise unwichtig, Amelia. Es ist das Gefühl der Lähmung, das ich fürchte. Und da es stimmt, daß ich für dich lebe, gefällt mir auch das, was dir gefällt.«

»Ich verlange zuviel«, sagte sie und zog sich zurück. »Und biete nichts an.«

»Du verwirrst mich wieder.«

»Es ist ein schlechter Handel, Jherek, mein Liebster.«

»Ich wußte nicht, daß wir handeln, Amelia. Womit?«

»Oh ...« Sie schien darauf keine Antwort zu finden. »Vielleicht mit dem Leben. Mit etwas ...« Sie stöhnte wie unter Schmerzen, aber dann lächelte sie wieder und umklammerte seine Hand fester. »Es ist, als ob ein Schneider den Garten Eden besucht und eine Gelegenheit sieht, Geschäfte zu machen. Nein, ich bin zu hart gegen mich, fürchte ich. Mir fehlen die Worte ...«

»Genau wie mir, Amelia. Wenn mir nur die richtigen Sätze in den Sinn kommen würden, um meine Gefühle auszudrücken! Aber in einem Punkt kannst du dir sicher sein. Ich liebe dich.« Er schlug die Bettdecke zurück, sprang auf und legte ihre Hand auf seine Brust. »Amelia, dessen kannst du dir sicher sein!«

Er bemerkte, daß sie errötete, zu sprechen versuchte, rasch hintereinander schluckte. Sie stieß einen erstickten Laut aus.

»Was ist, meine Liebe?«

»Mr. Carnelian – Jherek – du – du ...«

»Ja, meine Liebe?« Besorgt.

Sie riß sich los, floh zur Tür. »Du scheinst gar nicht zu bemerken, daß du ... O Gott!«

»Amelia!«

»Du bist splitternackt, mein Lieber.« Sie erreichte die Tür und schlüpfte nach draußen. »Ich liebe dich, Jherek. Ich liebe dich. Wir sehen uns morgen. Gute Nacht.«

Schwer ließ er sich auf das Bett fallen, kratzte sein Knie und schüttelte den Kopf. Aber er lächelte (wenn auch ein wenig verwirrt), als er sich wieder ausstreckte, die Decke über sich zog und in tiefen Schlaf fiel.

Am Morgen frühstückten sie zusammen und waren glücklich. Beide hatten gut geschlafen, beide spürten nur wenig Verlangen, über die Ereignisse der letzten Nacht zu sprechen, obwohl Amelia den Wunsch äußerte, herauszufinden, ob es in irgendeinem Museum in den alten Städten vielleicht konservierte Samenkörner gab, die sie pflanzen konnte. Jherek glaubte, daß ein oder zwei Orte in Frage kamen, wo sich vielleicht eine Suche lohnte.

Kurz nach dem Frühstück, als sie Wasser aufsetzte, um die Teller abzuspülen, tauchten zwei Besucher auf. Die Eiserne Orchidee – in einem überraschend prüden Kleid aus dunkelblauer Seide, auf dem lebende Schmetterlinge mit dunkelblauen Flügeln flatterten – und der bärtige Zeitreisende, der wie immer seine Norfolkjacke und Tweed-Knickerbocker trug. Daß Amelia mehr als nur eine Mode ins Leben gerufen hatte, ging aus der ernsten Art hervor, in der die Eiserne Orchidee anklopfte und wartete, bis Amelia, die Hände rasch abgetrocknet, die Ärmel geschwind nach unten gerollt, die Tür öffnete und sie lächelnd ins Wohnzimmer führte.

»Es tut mir so leid, Eiserne Orchidee, für meine gestrige Unhöflichkeit«, begann Amelia. »Ich glaube, es lag an einem Instinkt. Ich habe mir Sorgen um Harold gemacht. Wir haben die Stadt besucht und sind dort länger als geplant geblieben.«

Die Eiserne Orchidee hörte geduldig zu und zeigte eine Spur sardonischen Vergnügens an Amelias Entschuldigungen.

»Meine Liebe, ich habe ihnen nichts gesagt. Ihr Verschwinden hat Ihrer wundervollen Schöpfung nur noch mehr Würze verliehen. Wie ich sehe, haben Sie sie bis jetzt noch nicht desintegriert ...«

»O je. Ich werde mich sofort darum kümmern.«

»Vielleicht sollte man sie erhalten? Als eine Art Monument?«

»So dicht am Garten? Ich glaube nicht.«

»Ich wollte Ihren Geschmack natürlich nicht kritisieren. Es war nur ein Vorschlag ...«

»Sie sind sehr freundlich. Möchten Sie eine Tasse Tee?«

»Ausgezeichnet!« rief der Zeitreisende. Er schien guter Dinge zu sein. Er rieb seine Hände. »Eine anständige Tasse englischen Tees wäre mir höchst willkommen, meine Liebe.«

Sie warteten.

»Ich werde den Kessel aufsetzen.«

»Den Kessel?« Die Eiserne Orchidee sah fragend den Zeitreisenden an.

»Den Kessel!« keuchte er, als hätten die Worte für ihn eine mystische Bedeutung. »Prachtvoll.«

Mit kaum verhohlenem Erstaunen (denn sie hatte erwartet, daß der Tee sofort erschien) verfolgte die Eiserne Orchidee, wie Amelia in die Küche ging. Im gleichen Moment kam Jherek herein.

»Du siehst heute weniger bedrückt aus, mein Junge.«

»Mütterlichste aller Blumen, ich bin völlig unbeschwert! Welche Freude, dich zu sehen. Guten Morgen auch Ihnen, Sir.«

»Morgen«, sagte der Zeitreisende. »Ich wohne derzeit in Kanarien. Die Eiserne Orchidee fragte mich, ob ich sie begleiten wollte. Ich hoffe, ich störe nicht.«

»Natürlich nicht.« Jherek trug noch immer einen wollenen Morgenmantel, ein gestreiftes Nachthemd und Pantoffeln. Er bedeutete ihnen, Platz zu nehmen, und setzte sich selbst auf das Sofa. »Schreitet die Reparatur Ihrer Maschine gut voran?«

»Sehr gut! Ich muß sagen – trotz all meiner Vorbehalte –, Ihr Lord Jagged ... das heißt, Ihr Vater –, ist ein brillanter Wissenschaftler. Verstand genau, was gebraucht wurde. Wir sind so gut wie fertig, und wie es scheint, zur rechten Zeit ... Müssen nur noch einen Probelauf vornehmen. Deshalb habe ich mich entschieden, vorbeizukommen. Vielleicht ist dies die letzte Gelegenheit, Lebewohl zu sagen.«

»Sie wollen Ihre Reise fortsetzen?«

»Sie ist zu einer Irrfahrt geworden. Captain Bastable konnte mir ein paar Tips geben, und wenn es mir gelingt, ins Paläozoikum zurückzukehren, wo sie eine Basis haben, werden sie mir wahrscheinlich weitere Informationen liefern. Ich muß auf eine bestimmte Spur zurück, wissen Sie.« Der Zeitreisende begann komplizierte Theorien zu beschreiben, von denen die meisten völlig hypothetisch und für Jherek völlig bedeutungslos waren. Aber er lauschte höflich, bis Amelia mit dem Teetablett zurückkam. Er stand auf, um es ihr abzunehmen, und stellte es auf den niedrigen Tisch zwischen ihnen und den Gästen.

»Wir müssen noch das Dienstbotenproblem lösen«, sagte Amelia, als sie den Tee eingoß.

Man mußte der Eisernen Orchidee anrechnen, daß sie sofort begriff, was gemeint war. »Jherek hatte – wie hast du sie genannt, Lieber? – Serbos.«

»Servos – mechanische Diener in menschlicher Gestalt. Aber sie waren antik, oder zumindest von antikem Design.«

»Nun«, sagte Amelia und verteilte die Tassen, »es wird jedenfalls eine Weile auch so gehen. In Bromley hatten wir nur ein Mädchen und eine Köchin (die nicht bei uns wohnte), und wir kamen hervorragend zurecht.« Als der Zeitreisende seine Tasse entgegennahm, bemerkte sie: »Ich würde mich sehr freuen, wenn wir Ihnen irgendwie die Freundlichkeit vergelten können, die Sie uns erwiesen haben, als wir gestrandet waren. Zumindest müssen Sie bald zu uns zum Abendessen kommen.«

Er war gleichzeitig erfreut und verlegen. »Danke, meine Liebe. Sie können sich gar nicht vorstellen, glaube ich, welch großer Trost es für mich ist, daß es in dieser sonderbaren Welt einige Menschen gibt, die die altmodischen Tugenden hochhalten. Nun, wie ich schon zu Mr. Carnelian sagte, werde ich bald abreisen.«

»Heute?«

»Wahrscheinlich morgen früh. Es muß sein, fürchte ich, denn Lord Jagged schließt in Kürze die Zeitschleife, und dann wird es weder möglich sein, diese Welt zu verlassen oder zu ihr zurückzukehren.«

Amelia trank einen Schluck und dachte nach. »Also wird der letzte Stein in die Mauer eingesetzt«, murmelte sie.

»Es ist unklug, es auf diese Weise zu sehen, meine Liebe. Wenn Sie die Ewigkeit hier verbringen wollen ...«

Amelia holte tief Luft. Jherek bemerkte verstört, daß ihre gestrige Stimmung zurückzukehren schien.

»Unterhalten wir uns doch über ein anderes Thema«, schlug er fröhlich vor.

»Es ist schwerlich ein Gefängnis, Liebe«, sagte die Eiserne Orchidee und griff mit Daumen und Zeigefinger nach dem Flügel eines neugierigen Schmetterlings, der an ihrem Kinn flatterte.

»Manche würden es als Himmel bezeichnen«, fügte der Zeitreisende hinzu. »Nirwana.«

»Oh, gewiß. Die passende Belohnung für einen toten Hindu! Aber ich bin eine lebende Christin.« Ihr Lächeln war ein Versuch, die Atmosphäre zu entspannen.

»Da wir gerade davon sprechen«, sagte der Zeitreisende. »Ich bin in der Lage, Lord Jagged und, wie ich behaupten möchte, Ihnen allen einen letzten Gefallen zu erweisen.« Er lachte.

»Und zwar?« fragte Jherek, froh über den Themenwechsel.

»Ich habe mich einverstanden erklärt, Mr. Underwood und die Polizeibeamten zurück ins Jahr 1896 zu bringen, bevor ich meine Reise fortsetze.«

»Was?« Amelias Stimme war fast unhörbar.

»Wahrscheinlich wissen Sie nicht, was kürzlich in der Stadt geschehen ist. Sie glauben, daß ihnen Gott erschienen ist, und sie wollen so schnell wie möglich zurück, um ...«

»Wir haben sie getroffen«, unterbrach Jherek beunruhigt.

»Aha. Nun, da ich sie hierhergebracht habe, sagte ich zu, als Lord Jagged vorschlug, sie mit ...«

»Jagged!« stieß Amelia Underwood hervor und erhob sich. »Es ist alles sein Komplott!«

»Warum sollte Jagged sich mit Kompott befassen?« Die Eiserne Orchidee war verwirrt. »Er hat noch nie etwas dafür übrig gehabt.«

»Darum geht es nicht. Es geht um mich.« Sie drehte sich zu dem besorgten Jherek um. »Und um dich, Jherek. Es gehört zu seinem Plan, den er mit uns hat. Er glaubt, wenn Harold fort ist, werde ich bereit sein« – sie machte eine Pause – »dich zu nehmen.«

»Aber er hat seine Pläne mit uns aufgegeben. Er hat es uns gesagt, Amelia.«

»In dieser Hinsicht nicht.«

Sanft mischte sich die Orchidee ein. »Ich glaube, Sie trauen Jagged zuviel Hinterlist zu, Amelia. Schließlich hat er genug mit einem weitaus größeren Plan zu tun. Warum sollte er das tun, was Sie ihm vorwerfen?«

»Das ist die einzige Frage, auf die ich noch keine treffende Antwort habe.« Amelia strich mit den Fingern über ihre Stirn.

Ein Klopfen an der Haustür. Jherek sprang auf, um zu öffnen, froh über die Unterbrechung, aber es war sein Vater, ganz in Zitronengelb gekleidet, das Gesicht entspannt und amüsiert. »Guten Morgen, mein Junge.«

Lord Jagged von Kanarien betrat das Wohnzimmer und schien es auszufüllen. Er verbeugte sich vor allen und wurde angestarrt.

»Störe ich? Ich bin gekommen, Sir«, wandte er sich an den Zeitreisenden, »um Ihnen mitzuteilen, daß sich der Quarz in zufriedenstellender Weise verhärtet hat. Sie können wie geplant am Morgen aufbrechen.«

»Mit Harold, Inspektor Springer und dem Rest!« Amelia schrie fast.

»Ah, Sie wissen schon Bescheid.«

»Wir wissen alles« – ihr Gesicht war gerötet, ihre Augen blitzten –, »bis auf den Grund für all Ihre Vorkehrungen!«

»Der Zeitreisende war so freundlich, sich bereitzuerklären, die Herren zurück in ihre Epoche zu bringen. Es ist ihre letzte Gelegenheit. Es wird keine weitere mehr geben.«

»Sie haben dafür gesorgt, Lord Jagged, daß sie auch gehen wollen. Diese lächerliche Vision!«

»Ich fürchte, ich kann Ihren Ausführungen nicht ganz folgen, schöne Amelia.« Lord Jagged sah fragend Jherek an.

Amelia sank auf das Sofa, die Zähne in die Fingerknöchel vergraben.

»Es scheint uns«, berichtete Jherek offen seinem Vater, »daß du etwas mit Harold Underwoods kürzlicher Vision zu tun hast, in der ihm Gott als brennende Kugel erschien und ihm befahl, ins Jahr 1896 zurückzukehren, um seine Welt vor den kommenden Schrecken zu warnen.«

»Eine Vision, eh?« Jagged lächelte. »Aber man wird ihn für verrückt halten, wenn er das versucht. Haben alle so wie er reagiert?«

»Alle!« stieß Amelia giftig hinter ihrer Faust hervor.

»Natürlich wird man ihnen nicht glauben.« Jagged wirkte nachdenklich, als seien all diese Nachrichten neu für ihn.

»Natürlich!« Amelia nahm die Hand vom Mund. »Und so werden sie nicht in der Lage sein, die Zukunft zu beeinflussen. Oh, wenn sie vom Morphail-Effekt ergriffen werden, können sie nicht mehr hierher zurückkehren. Diese Welt wird ihnen verschlossen sein. Sie haben alles hervorragend inszeniert, Lord Jagged.«

»Warum sollte ich derartige Szenen inszenieren?«

»Vielleicht, um dafür zu sorgen, daß ich bei Jherek bleibe?«

»Aber Sie *sind* bei ihm, meine Liebe.« Unschuldige Überraschung.

»Ich glaube, Sie wissen, was ich meine, Lord Jagged.«

»Sorgen Sie sich um die Sicherheit Ihres Mannes nach seiner Heimkehr?«

»Ich glaube, sein Leben wird sich kaum ändern. Das gilt vielleicht nicht für den armen Inspektor Springer und seine Leute, aber wenn man bedenkt, was ihnen bereits zugestoßen ist, besteht kein Grund zur Beunruhigung. Wahrscheinlich ist es das Beste, was passieren konnte. Aber ich wende mich dagegen, daß Sie die Angelegenheit so ... so passend geregelt haben.«

»Sie trauen mir zu viel zu, Amelia.«

»Ich denke nicht.«

»Nun, wenn Sie meinen, daß es das Beste wäre, Harold Underwood und die Polizisten in der Stadt zu behalten, werden wir gewiß den Zeitreisenden davon abbringen können ...«

»Sie wissen, daß es zu spät ist. Harold und die anderen wollen unter allen Umständen zurück.«

»Warum sind Sie dann so aufgebracht?«

Jherek mischte sich sein. »Ehrgeiziger Vater – wenn du der Autor all dessen bist ... Wenn du Gott gespielt hast, wie Amelia vermutet, dann sei offen zu uns.«

»Ihr seid meine Familie. Ihr seid alle meine Vertrauten. Offenheit ist zugegebenermaßen nicht meine Stärke. Ich bin nicht bereit, Ansprüche zu erheben oder Anschuldigungen zu widerlegen. Ich fürchte, es liegt nicht in meiner Natur. Zudem ist es eine alte Gewohnheit, wie sie jeder Zeitreisende kennt. Wenn Harold Underwood in der Stadt eine Vision gehabt hat und es keine Halluzination war – und ihr werdet alle zugeben, daß es in der Stadt davon wimmelt, sie sind überall –, wer kann dann behaupten, daß er Gott nicht gesehen hat?«

»Oh, das ist die reinste Blasphemie!«

»Gewiß nicht«, murmelte der Zeitreisende. »Lord Jagged hat einen wichtigen Punkt angeschnitten.«

»Sie sind es doch gewesen, Sir, der ihn zuerst beschuldigt hat, Gott zu spielen!«

»Ah, ich war erregt. In letzter Zeit ist mir Lord Jagged eine bemerkenswerte Hilfe gewesen ...«

»Wie Sie schon sagten.«

Als sich das Stimmengewirr erhob, blieb nur die Orchidee an ihrem Platz und verfolgte das Geschehen mit stillem Vergnügen.

»Jagged«, sagte Jherek verzweifelt, »streitest du kategorisch ab ...«

»Ich habe dir gesagt, mein Sohn, daß ich dazu nicht fähig bin. Ich glaube, es ist eine Art Stolz.« Der Lord in Gelb zuckte die Schultern. »Ich bin auch nur ein Mensch.«

»Wie es scheint, möchten Sie mehr sein, Sir!« rief Amelia anklagend.

»Kommen Sie, meine Liebe. Sie sind überreizt. Gewiß ist es diese Angelegenheit nicht wert ...« Der Zeitreisende machte eine hilflose Handbewegung.

»Mein Erscheinen hat offenbar eine gespannte Atmosphäre geschaffen«, bemerkte Lord Jagged. »Ich bin nur vorbeigekommen, um meine Frau und den Zeitreisenden abzuholen – und um nachzuschauen, wie Sie sich eingelebt haben, Amelia ...«

»Ich werde mich einleben, Sir – wenn überhaupt. Aber dann auf meine eigene Art und Weise und wann ich will, ohne Ihre Hilfe!«

»Amelia«, bat Jherek, »das ist nicht nötig!«

»Du willst mich beruhigen, nicht wahr?« Ihre Augen funkelten. Alle traten zurück. »Nicht wahr?«

Lord Jagged von Kanarien schritt auf die Tür zu, gefolgt von seiner Frau und seinem Gast.

»Machiavelli!« rief sie ihm nach. »Giftmischer! Oh, ungeheuerlicher, stutzerhafter Prinz der Dunkelheit!«

Er hatte die Tür erreicht und sah sich um, und für einen Moment waren seine Augen ernst. »Sie erweisen mir zuviel Ehre, Madam. Ich versuche nur dort einzugreifen, wo Unausgeglichenheit herrscht.«

»Sie geben also zu, daß Sie für all das verantwortlich sind?«

Aber er hatte bereits die Schulter abgewandt, und der Kragen verbarg sein Gesicht. Er war draußen und schwebte zu der Stelle, wo sein großer Schwan auf ihn wartete. Amelia beobachtete ihn durch das Fenster. Sie atmete schwer und ließ nicht einmal zu, daß Jherek ihre Hand ergriff.

Er versuchte, seinen Vater zu entschuldigen. »Das ist Jaggeds Art. Er meint es nur gut ...«

»Er darf sich als Richter aufspielen?«

»Ich glaube, du hast seine Gefühle verletzt, Amelia.«

»Ich habe seine Gefühle verletzt? Oho!« Sie entzog ihm die Hand und verschränkte die Arme unter ihrem wogenden Busen. »Er macht Narren aus uns allen!«

»Warum sollte er das wollen? Warum sollte er, wie du meinst, Gott spielen?«

Sie sah dem Schwan nach, bis er am hellblauen Himmel verschwand. »Vielleicht weiß er es selbst nicht«, sagte sie leise.

»Harold kann aufgehalten werden; Jagged hat es uns versichert.«

Sie schüttelte den Kopf und trat an den Tisch. Mechanisch fing sie an, Tassen abzuräumen und auf das Tablett zu stellen. »Fraglos wird er im Jahr 1896 glücklicher sein. Nun, zumindest ist es so gut wie sicher. Der Schaden ist bereits angerichtet. Und er hat eine Mission. Seiner Meinung nach hat er eine Pflicht zu erfüllen. Ich beneide ihn.«

Er verstand, was sie meinte. »Wir werden uns heute nach Saatgut umsehen. Wie geplant. Nach Blumensamen.«

Sie zuckte die Achseln. »Harold glaubt, daß er die Welt retten kann. Jagged glaubt dasselbe. Ich fürchte, daß das Blumenzüchten mich nicht befriedigen wird, Jherek, wenn ich nicht das Gefühl habe, ein sinnvolles Leben zu führen.«

»Ich liebe dich«, war alles, was er darauf sagen konnte.

»Aber du brauchst mich nicht, mein Liebster.« Sie stellte das Tablett ab und kam zu ihm. Er umarmte sie.

»Brauchen?« fragte er. »In welcher Hinsicht?«

»Ich bin die Frau, die ich bin. Ich habe versucht, mich zu ändern, aber mit wenig Erfolg. Ich habe mich nur verkleidet. Du hast diese Verkleidung sofort durchschaut. Harold hat mich gebraucht. Meine Welt hat mich gebraucht. Ich habe viel Wohltätigkeitsarbeit geleistet, weißt du? Und missioniert. Ich bin in Bromley nicht untätig gewesen, Jherek.«

»Ich bin davon überzeugt, Amelia, Liebste ...«

»Wenn es nichts Wichtigeres als mich selbst gibt, um zu rechtfertigen, daß ...«

»Es gibt nichts Wichtigeres als dich, Amelia.«

»Oh, ich verstehe die Philosophie, die dahintersteckt, Jherek ...«

»Ich habe nicht philosophisch gesprochen, Amelia. Ich habe eine Tatsache festgestellt. Du bist das Wichtigste in meinem Leben.«

»Du bist sehr freundlich.«

»Freundlich? Es ist die Wahrheit!«

»Ich empfinde ebenso für dich, wie du weißt, mein Liebster. Ich habe Harold nicht geliebt. Ich weiß jetzt, daß ich ihn nie geliebt habe. Aber er hatte gewisse Schwächen, die durch meine Stärken ausgeglichen werden konnten. Etwas in mir war zufrieden, und jetzt ist es nicht mehr zufrieden. Auf deine eigene Weise, durch dein Vertrauen, durch deine Unschuld bist du stark ...«

»Du hast – wie heißt es doch gleich? – Charakter? – der mir fehlt.«

»Du bist frei. Deine Vorstellung von Freiheit ist so umfassend, daß ich sie kaum nachempfinden kann. Du bist in dem Glauben aufgewachsen, daß nichts unmöglich ist, und deine Erfahrungen bestätigen es. Ich bin in dem Glauben aufgewachsen, daß fast alles unmöglich ist, daß das Leben erlitten werden muß und nicht genossen werden kann.«

»Aber wenn ich die Freiheit habe, Amelia, dann hast du ein Gewissen. Ich gebe dir meine Freiheit. Als Ausgleich gibst du mir dein Gewissen.« Er sprach ernst. »Ist es nicht so?«

Sie sah ihm ins Gesicht. »Vielleicht, mein Liebster.«

»Genau das habe ich von Anfang an in dir gesucht, wie du dich erinnern wirst.«

Sie lächelte. »Das stimmt.«

»Zusammen können wir der Welt etwas geben.«

»Möglich.« Sie kehrte zu ihren Teetassen zurück, hob das Tablett. Er eilte, um die Tür zu öffnen. »Aber will die Welt das, was wir ihr geben können?«

»Sie braucht uns vielleicht mehr als sie ahnt.«

Sie warf ihm einen klugen Blick zu, als er ihr in die Küche folgte. »Manchmal, Jherek Carnelian, beginne ich zu argwöhnen, daß du die Gerissenheit deines Vaters geerbt hast.«

»Ich verstehe dich nicht.«

»Gelegentlich gelingt es dir, die überzeugendsten Argumente vorzubringen. Willst du mich besänftigen?«

»Ich habe nur gesagt, was mir in den Sinn gekommen ist.«

Sie zog eine Schürze an. Sie war nachdenklich, als sie die Teetassen abspülte und ihm nacheinander die sauberen reichte. Da er nicht wußte, was er damit anfangen sollte, ließ er sie gewichtslos werden, so daß sie hinauf zur Decke stiegen und gegen sie stießen.

»Nein«, sagte sie schließlich, »diese Welt braucht mich nicht. Warum sollte sie auch?«

»Um ihr Textur zu verleihen.«

»Du redest immer nur in künstlerischen Begriffen.«

»Ich kenne keine anderen. Textur ist wichtig. Ohne sie wird eine Oberfläche rasch uninteressant.«

»Du betrachtest Moral nur als Textur?« Sie sah sich nach den Tassen um, entdeckte sie über ihrem Kopf, seufzte und zog die Schürze aus.

»Die Aussage eines Gemäldes ist seine Textur.«

»Nicht das Thema?«

»Ich glaube nicht. Die Moral verleiht dem Leben einen Sinn. Zumindest Form.«

»Textur ist nicht Form.«

»Ohne Textur ist die Form nichts.«

»Ich weiß nicht weiter. Ich bin es nicht gewohnt, mich über derartige Dinge zu streiten.«

»Ich bin überhaupt nicht gewohnt, mich zu streiten, Amelia!«

Sie begaben sich wieder ins Wohnzimmer, aber sie wollte hinaus in den Garten. Er folgte ihr. Viele Blumen süßten die Luft mit ihrem Duft. Sie hatte vor kurzem Insekten und eine Anzahl Vögel hinzugefügt, die in den Bäumen und Hecken sangen. Es war warm; die Sonne entspannte sie beide. Hand in Hand folgten sie einem Weg zwischen Rosenstöcken, so wie sie in ihren ersten Tagen zusammen spazierengegangen waren. Er erinnerte sich, wie sie aus seinen Armen entführt worden war, als er sie hatte küssen wollen. Er verdrängte den Hauch einer Vorahnung aus seinen Gedanken. »Was, wenn diese Hecken kahl wären«, sagte er, »wenn die Rosen ohne Duft, die Insekten farblos wären, so wäre das doch unbefriedigend, oder?«

»Sie wären unfertig. Dennoch gibt es eine moderne Stilrichtung in der Malerei – gab es zu meiner Zeit eine Stilrichtung –, die daraus eine Tugend gemacht hat. Ich glaube, man nannte ihre Anhänger die Whistleriten. Ich bin mir aber nicht ganz sicher.«

»Vielleicht sollten uns auch die Auslassungen etwas sagen, Amelia? Was wichtig war, fehlte.«

»Ich glaube nicht, daß diese Maler so argumentiert haben. Ich glaube, sie behaupteten, nur das zu malen, was ihre Augen sahen. Oh, es war eine neurotische Kunsttheorie, davon bin ich überzeugt ...«

»Aha! Willst du dieser Welt die Vernunft absprechen? Willst du sagen, daß sie neurotisch ist?«

»Anfänglich war ich dieser Meinung. Jetzt ist mir klar, daß das, was in fortgeschrittenen Gesellschaften neurotisch ist, in einer primitiven gesund sein kann. Und in vielerlei Hinsicht, muß ich sagen, hat deine Kultur viel gemeinsam mit einigen von denen, die unsere Forscher auf ihren ersten Fahrten zu den Südseeinseln entdeckt haben. Um sündig zu sein, muß man die Sünde kennen. Das ist meine Bürde, Jherek, und nicht deine. Dennoch scheint es mir, daß du mich bittest, diese Bürde auch dir aufzuladen. Wie du siehst, bin ich nicht völlig egoistisch. Ich bringe dir nicht viel Gutes.«

»Du gibst meinem Leben einen Sinn. Ohne dich hätte es keinen.« Sie standen vor einem Brunnen und betrachteten die Goldfische, die darin schwammen. Auf der Wasseroberfläche lagen sogar Insekten, um sie zu nähren.

Sie kicherte. »Du kannst hervorragend argumentieren, wenn du willst, aber du wirst meine Gefühle nicht so rasch ändern. Ich habe selbst schon versucht, sie für dich zu ändern. Und versagt. Ich muß sorgfältig über meine Absichten nachdenken.«

»Du hältst mich für kühn, weil ich dir meine Gefühle eingestehe, während sich dein Mann noch immer in unserer Welt aufhält?«

»Ich hatte es so noch nicht gesehen.« Sie runzelte die Stirn. Sie glitt von seiner Seite und ging um den Teich, und der Springbrunnen bespritzte ihr Kleid mit hellen Wasserflecken. »Ich glaube dir, daß du es ernst meinst. So ernst, wie es dir möglich ist.«

»Ah, du hältst mich für oberflächlich.« Er war betrübt.

»Nicht das. Nicht jetzt.«

»Dann . . .?«

»Ich bin noch immer verwirrt, Jherek.«

Sie standen sich am Brunnen gegenüber und betrachteten einander durch den silbernen Wasserschleier. Ihre Schönheit, ihr rotbraunes Haar, ihre grauen Augen, ihr fester Mund, alles erschien ihm begehrenswerter als je zuvor.

»Ich möchte dir nur Ehre machen«, sagte er und senkte den Blick.

»Das tust du bereits, mein Liebster.«

»Ich will dich. Nur dich. Wenn du möchtest, könnten wir versuchen, ins Jahr 1896 zurückzukehren . . .«

»Du würdest dort unglücklich sein.«

»Nicht, wenn wir zusammen sind, Amelia.«

»Du kennst meine Welt nicht, Jherek. Sie ist in der Lage, die edelsten Absichten zu zerstören und die besten Gefühle mißzuverstehen. Du würdest dort zugrunde gehen. Und ich würde ebenfalls zugrunde gehen, wenn ich zusehen müßte, was aus dir wird.«

»Wie lautet dann die Antwort?«

»Ich muß nachdenken«, sagte sie. »Laß mich eine Weile allein spazierengehen, mein Liebster.«

Er respektierte ihren Wunsch. Er kehrte zum Haus zurück und verdrängte die Gedanken, die ihm einreden wollten, daß er sie nie wiedersehen würde. Er schüttelte die Furcht ab, daß sie von ihm entführt werden würde, wie sie schon einmal entführt worden war, und sagte sich, daß es lediglich eine Assoziation sei und die Umstände sich geändert hatten. Aber wie umfassend, fragte er sich, hatten sie sich geändert?

Er erreichte das Haus. Er schloß die Tür hinter sich. Er wanderte durch die Zimmer, mied nur ihre Räume, deren Einrichtung er niemals gesehen hatte. Obwohl ihn tiefe Neugier auf sie erfüllte, hatte er immer dem Drang widerstanden, ihr nachzugeben.

Ihm kam der Gedanken, als er sein Schlafzimmer betrat und sich auf das Bett legte, daß all diese neuen Gefühle vielleicht nur für ihn neu waren. Jagged, davon war er überzeugt, hatte sie in der Vergangenheit schon gekannt – sie hatten ihn zu dem gemacht, der er war. Verschwommen erinnerte er sich, daß Amelia etwas davon gesagt hatte, daß der Sohn der Vater sei, unverdorben von der Welt. Wurde er Jagged ähnlicher? Die Gedanken der vergangenen Nacht kamen ihm wieder in den Sinn, aber er wehrte sich dagegen, daß sie Besitz von ihm ergriffen. Kurz darauf war er eingeschlafen.

Er wurde durch ihre Schritte geweckt, als sie langsam die Treppe hinaufstieg. Ihm schien, daß sie im Korridor vor seiner Tür stehenblieb, bevor sie die Tür zu ihrem Zimmer öffnete und hineinging. Eine Weile lag er reglos da, vielleicht in der Hoffnung, daß sie zurückkommen würde. Er stand auf, desintegrierte sein Nachtgewand und horchte, nackt wie er war; sie kam nicht zurück. Er erschuf mit einem seiner Energieringe eine weite Bluse und einen langen Kilt in Dunkelgrün. Er verließ das Schlafzimmer, stand im Korridor und hörte, wie sie sich auf der anderen Seite der Wand bewegte.

»Amelia?«

Er erhielt keine Antwort.

Er war der Selbstbeobachtung überdrüssig geworden. »Ich werde bald zurück sein, meine Liebe«, rief er.

Ihre Stimme klang gedämpft. »Wohin gehst du?«

»Nirgendwo hin.«

Er stieg die Treppe hinunter, schritt durch die Küche und in den Hinterhof, wo er gewöhnlich seine Lokomotive abstellte. Er kletterte in den Luftwagen, pfiff dabei die Melodie von *Carrie Joan* und spürte einen leisen, wehmütigen Stich, als er sich an die einfacheren Tage vor seiner Begegnung mit Amelia auf dem vom Herzog von Queens veranstalteten Fest erinnerte. Bereute er, ihr begegnet zu sein? Nein.

Die Lokomotive, die jetzt schwarz, silbern und golden war, dampfte gen Himmel. Er bemerkte, wie seltsam der Anblick unter ihm war – hier das reetgedeckte Haus mit seinen Gärten, dort die See aus Blut. Sie bissen sich mehr, statt daß sie kontrastierten. Er fragte sich, ob es sie stören würde, wenn er die See desintegrierte, aber er entschied, sich nicht einzumischen.

Er flog über durchsichtige Pupurpaläste und hohe, zitternde, rosa und braunrote Hügel hinweg, die ohne handwerkliches Geschick und ohne Phantasie errichtet worden waren. Er kam über eine Sammlung riesiger, auf dem Bauch liegender Statuen, die offenbar vollständig aus Kalk bestanden, dann über einen halbfertigen Wald. Er flog unter einer dunklen Gewitterfront dahin, deren Blitze seiner Meinung nach ein wenig übertrieben waren, aber er widerstand dem Drang, die Lokomotive in Richtung Stadt zu lenken, zu der seine Gedanken in diesen Tagen ständig wanderten. Vielleicht, weil sie die Stadt seiner Zeugung war, vielleicht, weil Lord Jagged und Amme dort arbeiteten (wenn überhaupt); vielleicht, weil er den Mann beobachten wollte, der noch immer sein Rivale war – zumindest bis zum nächsten Morgen. Er hatte kein Interesse, seine Freunde zu sehen, deren Gesellschaft ihm normalerweise Vergnügen bereitet hätte. Er dachte daran, Mongroves regnerische Gipfel aufzusuchen, aber Mongrove würde ihm keine Hilfe sein. Vielleicht, dachte er, sollte ich mich irgendwo niederlassen und meine Phantasie auf die übliche Weise ausleben, statt mir unerträgliche emotionale Probleme zu schaffen. Er hatte sich soeben entschlossen, die Küste des Paläozoikums zu reproduzieren, und auch schon eine passende Stelle gefunden, als er über sich die Stimme Bischof Burgs hörte.

Der Bischof flog in einer Kutsche, deren Räder sich rot und feurig drehten, die aber ansonsten aus gewöhnlicher Bronze, aus Gold und Platin bestand. Sein Hut, wie all seine älteren Modelle mit Zinnen versehen, schob sich in diesem Moment aus der Kutsche, aber erst ein wenig später sah Jherek auch das Gesicht seines Freundes.

»Ich bin so froh, dich zu treffen, Jherek. Ich wollte dir – nun, eigentlich Amelia – zu der gestrigen Party gratulieren.«

»Ich werde es ihr ausrichten, überschwenglicher Bischof.«

»Sie ist nicht bei dir?«

»Sie ist zu Hause geblieben.«

»Wie schade. Aber du mußt mitkommen und dir etwas anschauen, Jherek. Ich weiß nicht, was Brannart vorgehabt hat, aber ich würde sagen, daß es für ihn ein übler Reinfall geworden ist. Möchtest du dich ein paar Minuten lang amüsieren?«

»Ich wüßte nicht, was ich lieber täte.«

»Dann folge mir!«

Die Kutsche drehte ab, flog nach Norden, und gehorsam schloß sich Jherek ihr an.

Einen Moment später fing Bischof Burg an zu lachen und deutete rufend nach unten. »Schau! Schau!«

Jherek sah nur einen Streifen ausgedörrten, brachliegenden Bodens. Dann wirbelte Staub auf, und ein kegelförmiges Objekt erschien, dessen äußere Zelle gegenläufig zu einer inneren rotierte. Die Drehbewegung hörte auf. Ein Mann verließ den Kegel. Obwohl er eine Atemmaske und eine große Tasche trug, war der Mann an seinem Klumpfuß und seinem Buckel sofort als Brannart Morphail zu erkennen. Er wandte sich um, als ob er den anderen Insassen des Kegels befehlen wollte, nicht herauszukommen, aber schon purzelten eine Reihe kleiner Gestalten nach draußen. Sie standen da, die Arme in die Hüften gestemmt, sahen sich um und äugten durch ihre Schutzbrillen.

Kapitän Mubbers und die Überlebenden seiner Mannschaft. Er gestikulierte, als wolle er Brannart etwas mitteilen, und klopfte mehrmals auf seinen Ellbogen. Feuchte, klatschende Laute ertönten, die sogar von Jherek und Bischof Burg gehört wurden, die über ihnen schwebten und zusahen.

Schließlich, nach einer Auseinandersetzung, strömten alle zurück in den Kegel. Die beiden Hüllen rotierten wieder. Der Kegel verschwand. Bischof Burg konnte sich vor Lachen kaum noch auf den Beinen halten, aber Jherek verstand nicht, warum er so amüsiert war.

»Das machen sie schon seit ein paar Stunden, soweit ich weiß!« brüllte Bischof Burg. »Die Maschine taucht auf. Sie bleibt stehen. Sie kommen heraus, streiten sich und klettern wieder hinein. Es ist immer dasselbe. Warte ...«

Jherek wartete, und tatsächlich wirbelte Staub auf. Der Kegel erschien, Brannart Morphail, Kapitän Mubbers und seine Leute stiegen aus, stritten sich und kehrten wieder in das Schiff zurück. Jede Bewegung war genau dieselbe wie beim erstenmal.

»Was geschieht dort, Bischof?« fragte Jherek, sobald sein nächster Lachanfall aufhörte.

»Offenbar handelt es sich um eine Art Zeitschleife. Ich hatte mich schon gefragt, was Brannart im Schilde führt. Wie ich erfuhr, tat er sich mit den Lat zusammen. Er bot ihnen an, sie in eine Zeit zu transportieren, in der ihr Raumschiff – und der Raum – noch existiert haben. Wenn sie ihm helfen würden. Er ließ mich schwören, alles geheimzuhalten, aber jetzt spielt es wohl keine Rolle mehr.«

»Was hat er geplant?« Trotz seiner Verwirrung fiel Jherek ein, daß er vergessen hatte, Jagged über seine Beobachtungen zu informieren.

»Oh, er hat sich nicht klar ausgedrückt. Natürlich wollte er Jagged auf irgendeine Weise einen Strich durch die Rechnung machen. In die Vergangenheit gehen und den Lauf der Ereignisse ändern.«

»Und was ist jetzt mit ihm geschehen?«

»Ist das nicht offensichtlich? Ho, ho, ho!«

»Für mich nicht.«

»Er ist in seine eigene Falle gegangen – eine besonders unangenehme Version des Morphail-Effekts hat ihn erwischt. Er erreicht zwar die Vergangenheit, aber nur, um sofort zurück in die Gegenwart geschleudert zu werden. Und das Ergebnis ist, daß er festhängt. Ich schätze, es könnte ewig so weitergehen ...«

»Sollten wir nicht versuchen, ihm zu helfen?«

»Jagged ist der einzige, der dazu in der Lage ist, Jherek, wenn du mich fragst. Wenn wir versuchen, ihm zu helfen, besteht die Gefahr, daß wir ebenfalls in die Zeitschleife geraten.«

Jherek verfolgte, wie der Kegel zum drittenmal erschien und die Gestalten ihr festgelegtes Ritual vollführten. Er versuchte zu lachen, aber er konnte es nicht so amüsant finden wie sein Freund.

»Ich frage mich, ob Jagged davon weiß«, fuhr Bischof Burg fort, »und Brannart in diese Falle tappen ließ. Es wäre eine hübsche Rache, eh?«

Jeder, so schien es, hielt seinen Vater für einen Ränkeschmied. Nun, Jherek war heute nicht in der Stimmung, Lord Jagged zu verteidigen.

Bischof Burg lenkte seine Kutsche näher an Jhereks Lokomotive heran. »Übrigens, Jherek, hast du Doktor Volospions neueste Schöpfung gesehen? Sie heißt ›Die Geschichte der Welt als Miniatur‹. Die gesamte Geschichte der Menschheit vom Anfang bis zum Ende, die von winzigen Reproduktionen mit unglaublicher Geschwindigkeit dargestellt wird. Man kann sie verlangsamen, damit man die Geschehnisse eines gewünschten Jahrtausend verfolgen kann. Sie dauert eine ganze Woche!«

»Erinnert sie nicht an eines von Jaggeds Werken?«

»Tatsächlich? Nun, Volospion sah sich schon immer als Jaggeds Rivale, und vielleicht hofft er, in seine Fußstapfen treten zu können, jetzt, wo er mit anderen Dingen beschäftigt ist. Übrigens, O'Kala Incarnadine ist wiederbelebt worden und hat das Interesse an seinem Dasein als Ziege verloren. Er ist eine Art Leviathan geworden und hat sich ein eigenes Meer erschaffen. Allerdings ist es eine Kopie von Amelias Schöpfung. Nun, wenn du mir verzeihen würdest, aber ich muß weiter. Andere werden dieses Schauspiel auch sehen wollen.«

Zum viertenmal tauchten der kreisende Kegel, Brannart und die Lat auf. Als Bischof Burg davonflog, sank Jherek tiefer. Er konnte sie noch immer nicht verstehen.

»Hrunt!« schrie Kapitän Mubbers.

»Ferkit!« erklärte Brannart Morphail.

Sie schlugen sich. Sie kehrten in die Maschine zurück.

Jherek überlegte, ob er nach Kanarien fliegen und Lord Jagged über das informieren sollte, was hier geschah, aber der Anblick hatte ihn zu sehr aus dem Gleichgewicht gebracht und er verspürte nicht den Wunsch, Vater und Mutter heute zu sehen. Er entschied, mit den Neuigkeiten zu Amelia zurückzukehren.

Die Dämmerung war fast hereingebrochen, als er die Lokomotive gen Heimat lenkte. Die Dunkelheit schien schneller als gewöhnlich zu kommen, und der Himmel über ihm war sternen- und mondlos, als er schließlich unter sich das Haus entdeckte, in dem nur ein einziges Fenster hell war.

Er war überrascht, als er bei der Landung feststellte, daß das Fenster nicht zu Amelias Räumen, sondern zu seinem Zimmer gehörte. Beunruhigt eilte er ins Haus und rannte die Treppe hinauf. Er klopfte an ihre Tür. »Amelia! Amelia!« Keine Antwort. Verwirrt öffnete er seine Tür und ging hinein. Die Lampe leuchtete nur matt, spendete aber genug Licht, daß er Amelia in seinem Bett liegen sah, das Gesicht von ihm abgewandt, die große Zobeldecke fest um ihren Leib gewikkelt, so daß nur ihr Kopf herausschaute.

»Amelia?«

Sie drehte sich nicht herum, obwohl er erkennen konnte, daß sie nicht schlief. Ihm blieb nichts anderes übrig, als zu warten.

Schließlich sprach sie mit leiser, schwankender Stimme. »Als Frau werde ich immer dein sein.«

»Sind wir ...? Ist dies eine Hochzeit?«

Sie sah zu ihm auf. Tränen schwammen in ihren Augen; ihr Gesichtsausdruck war ernst. Ihre Lippen öffneten sich.

Er kniete vor dem Bett nieder. Er nahm ihren Kopf in die Hände. Er küßte ihre Augen. Sie bewegte sich heftig. Er glaubte schon, sie in Furcht versetzt zu haben, bis ihm klarwurde, daß sie sich lediglich von der Decke befreite, um ihn zu umarmen und festzuhalten, als hätte sie Angst zu stürzen. Er nahm ihre nackte Schulter in den Arm. Er streichelte ihre Wange und wurde von einem Gefühl überwältigt, das gleichzeitig gewalttätig und zärtlich war – ein Gefühl, das er nie zuvor empfunden hatte. Der Duft ihres Körpers war warm und süß.

»Ich liebe dich«, sagte er.

»Ich werde dich ewig lieben, mein Schatz«, erwiderte sie. »Glaube mir.«

»Ich glaube dir.«

Ihre Worte erschienen ihm irgendwie unangemessen. Die alte, düstere Vorahnung stieg wieder in ihm hoch und verging. Er küßte sie. Sie keuchte. Ihre Hände glitten unter seine Bluse; er spürte ihre Fingernägel in seinem Fleisch. Er küßte ihre Schulter. Sie zog ihn an sich.

»Es ist alles, was ich dir geben kann ...« Sie schien zu weinen.

»Es ist *alles*.«

Sie stöhnte. Mit einer Drehung eines Energierings entkleidete er sich, strich die Tränen von ihren Wangen und küßte ihre zitternde Schulter, bis er schließlich die Decke zurückschlug und sich auf sie legte.

»Die Lampe«, sagte sie. Er ließ sie verschwinden. Sie waren in völliger Dunkelheit.

»Immer, Jherek.«

»Oh, meine Liebste.«

Sie umarmte ihn. Er streichelte ihre Hüfte. »Ist es das, was du willst?« fragte er. »Oder dies?«

Dann liebten sie sich, und nach geraumer Zeit schliefen sie.

Die Sonne war aufgegangen. Er spürte sie auf den Augenlidern und lächelte. Endlich war die Zukunft mit ihrer Verwirrung und ihren Ängsten verbannt; nichts trennte sie. Er drehte sich, damit sie es war, was er an diesem Morgen zuerst sah; aber schon als er sich drehte, war da wieder diese düstere Vorahnung. Sie war nicht da. Nur ein wenig von ihrer Körperwärme war ihm geblieben. Sie befand sich nicht im Zimmer. Er wußte, daß sie nicht im Haus war.

»Amelia!«

Dies war also ihre Entscheidung. Er erinnerte sich an ihre Geschichte von dem jungen Mann, der erst gewagt hatte, ihr seine Liebe zu gestehen, als er wußte, daß er sie nie wiedersehen würde. All seine Instinkte hatten ihm von jenem Moment an gesagt, daß sie beabsichtigte, ihrem viktorianischen Gewissen zu gehorchen, mit Harold Underwood ins Jahr 1896 zurückzukehren und ihre Pflicht zu erfüllen. Deshalb hatte sie jene Worte in der letzten Nacht gesagt. Als Frau würde sie immer ihm gehören, aber als Ehefrau war sie an ihren Mann gebunden.

Er sprang aus dem Bett, riß das Fenster auf, schwang sich nackt hinauf in den Morgenhimmel und flog so schnell es seine Energieringe erlaubten. Er schoß der Stadt entgegen, ihren Namen noch immer auf seinen Lippen, wie der verrückte Schrei einer einsamen Möwe.

»Amelia!«

Schon einmal war er ihr so gefolgt und war zu spät gekommen, um sie an der Rückkehr in ihre Zeit zu hindern. Jedes Gefühl, jeder Gedanke wiederholte sich jetzt, während die Luft durch die Geschwindigkeit des Fluges seine Haut verbrannte. Schon jetzt überlegte er, wie er ihr nach Bromley folgen konnte.

Er erreichte die Stadt. Sie war so still, daß sie zu schlafen schien.

Und nahe am Rande der Grube sah er die große Zeitmaschine, den Chronomnibus. An Bord konnte er den Zeitreisenden erkennen, wie er vor seinen Kontrollen saß, und hinter ihm die Polizisten, ganz in weiße Gewänder gehüllt, die Helme auf den Köpfen. Und Inspektor Springer, ebenfalls weiß gekleidet, der seine Melone trug. Und Harold Underwood mit heufarbenem Haar und seinem Kneifer, der in der Morgensonne glitzerte. Und er sah Amelia in ihrem grauen Kleid. Sie schien mit ihrem Mann zu kämpfen. Dann verblaßten die Umrisse der Maschine, während er sank. Ein schriller Laut, wie ein Kreischen, und die Maschine verblaßte weiter und verschwand.

Zitternd landete er auf dem Boden.

»Amelia.« Durch die Tränen in seinen Augen konnte er kaum etwas erkennen; hoffnungslos und bebend stand er da und schnappte mit hämmerndem Herzen nach Luft.

Er hörte ein Schluchzen, es war nicht das seine. Er hob den Kopf.

Dort lag sie im schwarzen Staub der Stadt, das Gesicht in ihren Armen vergraben. Sie weinte.

Halb davon überzeugt, daß es sich um eine grausame Illusion handelte, nur ein Bild aus den Erinnerungen der Stadt, trat er auf sie zu. Neben ihr fiel er auf die Knie. Er berührte ihren grauen Ärmel.

Sie sah zu ihm auf. »Oh, Jherek! Er hat mir gesagt, daß ich nicht mehr seine Frau bin ...«

»Er hat es schon oft gesagt.«

»Er nannte mich ›unrein‹. Er sagte, daß meine Anwesenheit den edlen Zweck seiner Mission beschmutzen, daß ich ihn selbst jetzt in Versuchung führen würde ... Oh, er hat so viele Dinge gesagt. Er stieß mich weg. Er haßt mich.«

»Er haßt die Gesundheit, Amelia. Ich glaube, das trifft auf alle Männer seiner Art zu. Er haßt die Wahrheit. Deshalb glaubt er der tröstenden Lüge. Du hättest ihm wenig helfen können.«

»Ich war so stolz auf meinen Entschluß. Ich habe dich so sehr geliebt. Ich habe so hart gegen meinen Wunsch gekämpft, bei dir zu bleiben.«

»Du hättest dich selbst gequält, um der Stimme Bromleys zu folgen? Aus einem Grund, von dem du am besten weißt, daß er närrisch ist?« Er war von seinen eigenen Worten überrascht. Es war offenkundig, daß sie auch sie überraschten.

»*Diese* Welt bietet mir überhaupt keinen Grund zum Bleiben«, sagte sie zum ihm, als er sie an sich drückte. »Sie hat keinen Verwendungszweck für jemanden wie mich!«

»Trotzdem liebst du mich. Du vertraust mir?«

»Ich vertraue dir, Jherek. Aber ich traue deinem Hintergrund nicht, deiner Kultur – all diesem ...« Blicklos starrte sie die Stadt an. »Sie preist die Individualität – und trotzdem ist es unmöglich, sich in ihr als Individuum zu fühlen. Verstehst du?«

Er verstand nicht, aber er tröstete sie weiter.

Er half ihr hoch.

»Ich kann hier für uns keine Zukunft sehen«, erklärte sie. Ihre Erschöpfung war offenkundig. Er rief seine Lokomotive herbei.

»Es gibt keine Zukunft«, stimmte er zu, »nur die Gegenwart. Das ist gewiß das, wonach sich Liebende immer gesehnt haben.«

»Wenn sie nur Liebende sind, Jherek, mein Schatz.« Sie seufzte tief. »Nun, meine Klagen haben wohl kaum einen Sinn.« Ihr Lächeln war tapfer. »Dies ist meine Welt, und ich muß das Beste daraus machen.«

»Das wirst du, Amelia.«

Die Lokomotive erschien, dampfte zwischen hohen, zerklüfteten Türmen heran.

»Mein Pflichtgefühl ...«, begann sie.

»Für dich selbst, wie ich schon sagte. Meine Welt schätzt dich mehr, als es Bromley jemals hätte tun können. Akzeptiere diese Wertschätzung ohne Vorbehalt; sie wird dir auch ohne Vorbehalt entgegengebracht.«

»So blindlings, wie es bei Kindern üblich ist. Man wünscht sich aber, für ... für edle Taten respektiert zu werden.«

Endlich verstand er. »Daß du zu Harold gegangen bist – das war ›edel‹?«

»Ich glaube schon. Die Selbstaufopferung ...«

»›Selbstaufopferung‹ – schon wieder. Und ist sie ›tugendhaft‹?«

»Sie wird dafür gehalten, ja.«

»Und ›bescheiden‹?«

»Bescheidenheit hängt oft damit zusammen.«

»Du meinst also, daß deine Handlung ›bescheiden‹ gewesen ist?«

»Ich hoffe es.«

»Und wenn man nur das tut, was man will – das ist ›faul‹, eh? Vielleicht sogar ›böse‹?«

»Böse wohl kaum, aber zweifellos unwürdig ...«

Die Lokomotive kam neben ihnen zum Stillstand, wo sich zuvor noch der Chronomnibus befunden hatte.

»Endlich habe ich verstanden!« rief er. »Und wenn man ›arm‹ ist, wird man in Bromley schief angesehen.«

Sie begann zu lächeln. »In der Tat. Aber ich billige eine derartige Einstellung keineswegs. Bei meiner Wohltätigkeitsarbeit habe ich versucht, den Armen so viel wie möglich zu helfen. Wir hatten eine Missionsgesellschaft, und wir haben Geld gesammelt, um gewisse grundlegende Bedürfnisse befriedigen zu können ...«

»Und diese ›Armen‹ existieren, damit du deinem Drang, ›edel‹ und ›selbstaufopfernd‹ zu sein, nachgeben konntest. Ich verstehe!«

»Nein, Jherek. Die Armen – nun, sie *gibt* es einfach. Ich und andere haben versucht, ihre Lebensumstände zu erleichtern, versucht, Arbeit für die Arbeitslosen zu finden und Medizin für die Kranken.«

»Und wenn es sie nicht gegeben hätte? Wie hättest du dich dann verwirklicht?«

»Oh, es gibt viele andere Probleme auf der Welt. Heiden, die bekehrt werden müssen, Tyrannen, denen man Gerechtigkeit beibringen muß, und so weiter. Natürlich ist Armut die Hauptursache aller anderen Probleme ...«

»Ich könnte einige ›Arme‹ für dich erschaffen.«

»Das wäre schrecklich. Nein, nein! Ich bin gegen deine Welt gewesen, bevor ich sie richtig kennengelernt hatte. Jetzt bin ich nicht mehr gegen sie – es wäre unvernünftig von mir. Ich würde sie nicht ändern wollen. Ich bin es, die sich ändern muß.« Sie fing erneut an zu weinen. »Ich muß versuchen zu verstehen, daß die Dinge, wie sie jetzt sind, bis in alle Ewigkeit so bleiben werden, daß derselbe Tanz immer und immer wieder getanzt wird und daß nur die Partner wechseln ...«

»Wir haben unsere Liebe, Amelia.«

Ihr Ausdruck war voller Qual. »Aber siehst du denn nicht, Jherek, daß es das ist, was ich am meisten fürchte? Was ist Liebe ohne Zeit, ohne Tod?«

»Gewiß Liebe ohne Traurigkeit.«

»Könnte es vielleicht Liebe ohne Sinn sein?«

»Liebe ist Liebe.«

»Dann mußt du mir beibringen, daran zu glauben, mein Liebster.«

26. Kapitel

HOCHZEITSGLOCKEN AM ENDE DER ZEIT

Sie wollte Amelia Carnelian werden; sie bestand darauf. Sie fanden Saatkörner und Knollen, von den Städten konserviert, und pflanzten sie in ihren Gärten. Sie begannen ein neues Leben als Mann und Frau. Sie lehrte ihn wieder das Lesen und Schreiben, und wenn Jherek Zufriedenheit empfand, so fühlte sie sich zumindest ein wenig sicherer. Seine Treueversprechen erschienen ihr nun glaubwürdig. Aber obwohl die Sonne schien und die Tage und Nächte mit einer Regelmäßigkeit kamen und gingen, die für das Ende der Zeit ungewöhnlich war, gab es keine Jahreszeiten. Amelia fürchtete um ihre Saat. Obwohl sie sie sorgsam bewässerte, zeigten sich keine Sprossen, und eines Tages entschied sie, ein Stück Boden umzugraben, um zu schauen, wie sich die Kartoffeln entwickelten. Sie stellte fest, daß sie verfault waren. Nirgends hatte auch nur ein Samenkorn die winzigste Wurzel geschlagen. Er kam hinzu, als sie wie wild in ihrem Gemüsegarten grub und nach einem Zeichen von Leben suchte. Sie wies auf die verfaulten Knollen.

»Ich nehme an, sie sind nicht richtig konserviert worden«, meinte er.

»Nein. Wir haben sie probiert. Es sind dieselben. Es ist die Erde, die sie eingehen läßt. Es ist überhaupt keine richtige Erde. Sie ist ohne Nährstoffe. Sie ist unfruchtbar, Jherek, wie alles in dieser Welt von Grund auf unfruchtbar ist.« Sie warf den Spaten fort; sie betrat das Haus. Mit Jherek dicht auf den Fersen trat sie an ein Fenster, setzte sich und sah hinaus in den Rosengarten.

Er setzte sich zu ihr und spürte ihren Schmerz, doch er wußte kein Mittel, ihn zu lindern.

»Illusion«, sagte sie.

»Wir können experimentieren, Amelia, um Erde zu machen, in der deine Saat gedeihen kann.«

»Oh, vielleicht ...« Sie mühte sich, ihre düstere Stimmung abzuschütteln, dann wurde ihr Gesicht wieder finster. »Da kommt dein Vater wie ein Todesengel, um am Begräbnis meiner Hoffnungen teilzunehmen.«

Lord Jagged kam mit energischen Schritten den mosaikgepflasterten Weg entlang und winkte ihr zu.

Jherek begrüßte ihn. Jagged war geschäftig und barst vor guter Laune. »Die Zeit ist gekommen. Der Kreis ist geschlossen. Ich werde die Welt noch eine volle Woche durchleben lassen, um die Spanne der Zeitschleife festzulegen, dann sind wir auf ewig gerettet! Meine Neuigkeiten mißfallen dir?«

Jherek sprach für Amelia. »Wir möchten nicht gern an die Methode erinnert werden, mit der die Welt erhalten wird, Vater!«

»Es wird keine Nebenwirkungen geben.«

»Wir werden *wissen*, was geschehen ist«, murmelte sie. »Illusionen können nicht befriedigen, Lord Jagged.«

»Sagen auch Sie Vater zu mir!« Er ließ sich auf einer Chaiselongue nieder und streckte die Beine aus. »Ich hatte an sich gedacht, daß ihr jetzt überglücklich seid. Wie schade.«

»Wenn die einzige Aufgabe, die man hat, die Aufrechterhaltung der Illusion ist und man das wirkliche Leben kennt, neigt man dazu, sich ein wenig Sorgen zu machen«, murmelte sie mit matter Ironie. »Mein Saatgut ist eingegangen.«

»Ich verstehe, Amelia. Wie fühlst du dich, Jherek?«

»Ich fühle, was Amelia fühlt«, antwortete er. »Wenn sie glücklich wäre, dann wäre auch ich glücklich.« Er lächelte. »Ich bin ein einfacher Mensch, Vater, wie mir schon oft gesagt wurde.«

»Hm«, machte Lord Jagged. Er setzte sich zurecht und wollte etwas sagen, als sie in der Ferne, durch die offenen Fenster, einen Laut vernahmen.

Sie horchten.

»Ist das eine Kapelle?« sagte Amelia.

»Wer mag sie errichtet haben?« fragte Jherek.

»Sie meint eine Musikkapelle«, erklärte sein Vater. Er eilte aus dem Haus. »Kommt, schauen wir nach!«

Sie eilten über die Wege und Straßen, bis sie das weiße Tor des Zauns erreichten, den Amelia um die Bäume errichtet hatte. Die Blutsee war seit langem schon verschwunden und durch niedrige grüne Hügel ersetzt worden. Sie konnten in der Ferne eine Menschenschlange sehen, die auf sie zumarschierte. Selbst von hier war die Musik deutlich zu hören.

»Eine Blaskapelle!« rief Amelia. »Trompeten, Posaunen, Hörner, Tuben ...«

»Und Klarinetten!« erklärte Lord Jagged mit unverhüllter Begeisterung, »Flöten, Saxophone!«

»Baßtrommeln – hört!« Für den Moment war ihre Bedrückung verflogen. »Kleine Trommeln, Tenortrommeln, Kesselpauken ...«

»Ein richtiges Schlagzeug!« fügte Jherek hinzu, um an der Begeisterung teilzunehmen. »Ta-ta-ta-*ta*! Hurra!« Er erschuf eine Mütze, um sie in die Luft zu werfen. »Hurra!«

»Oh, seht!« Amelia hatte ihr Unglück völlig vergessen, zumindest für den Moment. »So viele! Und ist das der Herzog von Queens?«

»Er ist es!«

Die Kapelle – oder eher die vielen Kapellen, denn es waren mindestens eintausend mechanische Musikanten versammelt – kam den Hügel heraufmarschiert, mit wehenden Fahnen, wippenden Federn, blitzenden Schuhen und Schärpen, in Scharlach und Blau, Silber und Schwarz, Gold und Karmesinrot, Grün und Gelb.

Vater, Sohn und Frau beugten sich über das weiße Tor wie Kinder und winkten dem Herzog von Queens zu, der an der Spitze marschierte, während ein langer Stab über ihm in der Luft wirbelte. Zwei weitere kreisten an seinen Seiten, in der einen Hand hielt er einen Taktstock, in der anderen einen Rohrstock. Sein Gesicht war von einem Schnurrbart geziert, und er hatte eine monströse Bärenfellmütze auf dem Kopf. Er warf die Beine beim Marschieren so hoch, daß er bei jedem Schritt beinahe umfiel. Und die Kapelle war so laut geworden, obwohl sie perfekt den Takt beibehielt, daß es unmöglich war, mit jemandem zu sprechen: ob nun mit dem Herzog von Queens oder miteinander.

Weiter und weiter marschierte die Kapelle mit ihren Susaphonen, Kolophonen, Xylophonen, Telephonen und Grammophonen, intonierte komplizierte Melodien, improvisierte, dilettierte, kakaphonierte; mit ihren Euphonien und Harmonien, Klavieren und Pikkoloflöten, Banjos, Bongos und Fagotts, und die Musikanten salutierten, traten auf der Stelle; bildeten Vierergruppen, während Dudelsäcke pfiffen, Maulschellen klingelten, Ondes Martenots kreischten, Cellos stöhnten, Violinen weinten, Harfen sangen, Pfeifen pfiffen, Glockenspiele klangen, Bratschen knarrten, Gitarren heulten, Synthesizer seufzten, Ophikleiden keuchten, Gongs dröhnten, Orgeln jubilierten, Kartoffelchips knisterten, Schritte polterten, Serpenten schmetterten, Knochen klapperten, Tafelklaviere klimperten und Artillerie hämmerte, bis alle vor dem Tor versammelt waren. Dann brach die Musik ab.

»Haydn, eh?« sagte Lord Jagged mit Kennermiene, als der stolze Herzog näher trat.

»*Charlie, gelber Hund,* nach dem Programmverzeichnis zu urteilen.« Der Herzog von Queens strahlte über beide Wangen. »Aber ihr wißt ja, wie durcheinander die Städte sind. Das Stück stammt aus Ihrer Epoche, Mrs. Un ...«

»Carnelian«, murmelte sie.

»... derwood. Wir können einfach nicht die Finger davon lassen, wie? Ich habe schon erlebt, daß eine derartige Schrulle unverändert tausend Jahre überdauert hat.«

»Deine Begeisterung verleitet dich immer dazu, jede Schrulle weiter zu treiben als deine Zeitgenossen, überschwenglicher Musikant, kategorischster aller Kapellmeister, sonorster aller Sänger!« gratulierte Lord Jagged. »Seid ihr weit marschiert?«

»Mit der Parade will ich feiern, daß ich mich zum ersten Mal mit der konnubialen Harmonie befaßt habe!«

»Musik?« fragte Jherek.

»Die Ehe.« Er zwinkerte Jhereks Vater zu. »Lord Jagged weiß, was ich meine.«

»Eine Hochzeit?« sagte Jagged lakonisch.

»Eine Hochzeit, ja. Sie wütet überall. Heute – ich glaube, es ist heute – werde ich mich mit der delikatesten aller Damen, der wunderschönen Süßes Gestirn Mazis, an den heiligen Stand der Ehe stellen (verzeiht, wenn meine Wortwahl falsch ist)!«

»Und wer führt die Zeremonie durch?« fragte Amelia.

»Bischof Burg. Wer sonst? Werdet ihr kommen und meine Trauzeugen sein?«

»Nun ...«

»Natürlich werden wir kommen, brillanter Bräutigam.« Lord Jagged sprang über den Zaun, um den Herzog zu umarmen, bevor er sich entfernte. »Und wir werden auch Geschenke mitbringen. Braun für den Bräutigam und blau für die Braut!«

»Ein weiterer Brauch?«

»Oh, in der Tat.«

Amelia schürzte die Lippen und sah Lord Jagged von Kanarien stirnrunzelnd an. »Es ist erstaunlich, daß so viele von unseren alten Bräuchen noch nicht vergessen sind, Sir.«

Sein patrizierhafter Kopf drehte sich, um ihren Blick zu erwidern; der schwächste Hauch eines Lächelns spielte um seine Lippen. »Oh, wußten Sie es nicht? In dem allgemeinen Durcheinander mit den Übersetzerpillen und so weiter scheint es untergegangen zu sein, daß wir alle das Englisch des neunzehnten Jahrhunderts sprechen. Es hilft. Es hilft.«

»Sie haben dafür gesorgt?«

Glatt erwiderte er: »Ihre Bemerkungen sind mir ein steter Quell der Schmeichelei, Amelia. Ich bewundere Ihre Beobachtungsgabe, obwohl es mir scheint, daß Sie dazu neigen, gelegentlich zuviel in mich hineinzuinterpretieren.«

»Wenn Sie meinen, Sir.« Sie machte einen Knicks, aber ihr Gesichtsausdruck war kaum ernst zu nennen.

Aus Furcht vor weiteren Auseinandersetzungen zwischen den beiden sagte Jherek: »Also sind wir wieder zu Gast beim Herzog von Queens. Dich stört es doch nicht, Amelia, oder?«

»Wir sind eingeladen worden. Wir werden daran teilnehmen. Wenn es eine Hochzeitsfarce ist, dann gewiß eine extravagante.«

Lord Jagged von Kanarien sah sie forschend an. Für einen Moment schien er die Maske fallenzulassen.

Seine plötzliche Aufrichtigkeit verblüffte sie; sie wich seinem Blick aus.

»Also gut«, sagte Jhereks Vater lebhaft. »Demnach werden wir uns bald wiedersehen?«

»Bald«, nickte sie.

»Lebt wohl«, sagte er, »ihr beide.« Er ging zu seinem Schwan, der in einem winzigen Teich schwamm, den er zu diesem Zweck erschaffen hatte. Kurz darauf stieg er in die Höhe. Gelbe Gischt schäumte, und er war fort.

»Also ist jetzt das Hochzeiten Mode geworden«, bemerkte sie, als sie ins Haus zurückkehrten.

Er nahm ihre Hand. »Wir sind bereits verheiratet«, sagte er.

»Vor Gott ja, wie es bei uns hieß. Aber Gott sieht diese Welt nicht mehr. Wir haben nur einen armseligen Ersatz. Einen Wichtigtuer.«

Sie betraten das Haus. »Du sprichst wieder von Jagged, Amelia?«

»Er irritiert mich noch immer. Es scheint, daß er zufrieden ist, jetzt, wo all seine Pläne durchgeführt sind. Trotzdem traue ich ihm nicht. Ich nehme an, ich werde ihm immer mißtrauen, in Ewigkeit. Ich fürchte seine Langeweile.«

»Nicht deine?«

»Ich habe nicht seine Macht.«

Er ließ das Thema fallen.

Am Nachmittag, Jherek in seinem Morgenrock und Amelia in

grauen und blauen Streifen, machten sie sich auf den Weg zur Hochzeit des Herzogs von Queens.

Bischof Burg (es war offensichtlich sein Werk) hatte eine Kathedrale speziell für diese Zeremonie errichtet, in klassischer Unaufdringlichkeit, mit großen Buntglasfenstern, Türmen und Mauerwerk im gotischen Stil, massiv und dennoch leicht wirkend, und mit vorwiegend orange, purpurn und gelb gestrichener Fassade. In der Umgebung hatte sich die Kapelle des Herzogs von Queens versammelt; die Automaten ruhten sich derzeit aus. Es gab hohe Flaggenmasten, an denen alle erdenklichen Standarten aus den Archiven flatterten; es gab Zelte und Buden, in denen man Getränke und Leckereien bekommen und sich in Glücks- und Geschicklichkeitsspielen üben konnte, wo Ausstellungen und antike Vergnügungen die Gäste erwarteten, die sich überall drängten, lachten und schwatzten, völlig ausgelassen waren.

»Ein wundervoller Anblick«, sagte Jherek, als er und Amelia vom Führerstand stiegen. »Ein herrlicher Hintergrund für eine Hochzeit.«

»Dennoch ist das Bild nur gestellt«, entgegnete sie. »Ich kann nie vergessen, daß ich nur eine Rolle in einem Theaterstück spiele.«

»Sind denn die Zeremonien zu deiner Zeit anders gewesen?«

Sie schwieg für einen Moment. Dann: »Du mußt mich für ein freudloses Geschöpf halten.«

»Ich habe dich glücklich erlebt, Amelia, denke ich.«

»Es ist ein Trick, den ich niemals gelernt habe. Um ehrlich zu sein, mir wurde beigebracht, einem offenen Lächeln zu mißtrauen und mein eigenes Lächeln zu unterdrücken. Ich versuche, Jherek, unbekümmert zu sein.«

»Es ist deine Pflicht«, verriet er ihr, während sie sich unter die Menge mischten und sofort von ihren Freunden begrüßt wurden. »Oh, Mistress Christia, das letzte Mal, als ich deine Begleiter gesehen habe, befanden sie sich in einem ausgesprochen unangenehmen Dilemma und haben sich mit Brannart herumgestritten.«

Mistress Christia, die Ewige Konkubine, lachte ihr perlendes Lachen, wie es ihre Art war. Sie war von Kapitän Mubbers und seinen Männern umgeben, die alle dasselbe strahlende Puderblau trugen, in das auch sie gekleidet war – abgesehen von den seltsamen ballonähnlichen Objekten aus Dunkelrot an ihren Ellbogen und Knien. »Lord Jagged hat sie gerettet, soweit ich weiß, und ich bestand darauf, daß sie meine Ehrengäste sein sollten. Wir wollen heute heiraten!«

»Sie – wollen sie alle heiraten?« rief Amelia verblüfft. Sie errötete.

»Sie bringen mir ihre Bräuche bei.« Sie zeigte die Ellbogenballons. »Dies hier schickt sich für eine verheiratete Latfrau. Sie haben sich den Frauen gegenüber deswegen so rüde verhalten, weil wir keine Knie- und Ellbogenballons trugen, und darum hielten sie uns für ... nun ...« Sie sah fragend den ihr am nächsten stehenden Gemahl an, der seine drei Pupillen verdrehte und verlegen über seinen Schnurrbart strich. Jherek hielt ihn für Rokfrug. »Liebster?«

»Gelenkgespielinnen«, sagte Rokfrug fast unhörbar.

»Sie sind so reumütig!« seufzte Mistress Christia. Sie beugte sich vor, um Amelia vertraulich zuzuflüstern: »Zumindest in der Öffentlichkeit, Liebste.«

»Herzlichen Glückwunsch, Kapitän Mubbers«, sagte Jherek. »Ich hoffe, daß Sie und Ihre Männer mit Ihrer Frau sehr glücklich werden.«

»Halt dich bedeckt, Arschfalte«, sagte Kapitän Mubbers mit unterdrückter Stimme, als sie einander die Hände schüttelten. »Sarkastischer, furziger, schlüpferelastischer Arschschnüffler.«

»Es war nicht ironisch gemeint.«

»Dann wisch ab und zieh Leine, Arschgesicht, hm?«

»Sie haben Ihre Pläne aufgegeben, in den Weltraum zurückzukehren?« fragte Amelia.

Kapitän Mubbers zuckte die schiefen Schultern. »Da ist nichts für uns zu holen, oder?« Er warf ihr einen bedeutungsvollen Blick zu, der sie zurückschrecken ließ.

»Nun« – sie holte Luft –, »ich bin sicher, sobald Sie sich erst einmal an das Eheleben gewöhnt haben ...« Sie verstummte.

Kapitän Mubbers grunzte und starrte ihre Ellbogen an, die durch die Seide ihres Kleides schimmerten.

»Flimpoke!« Mistress Christia hatte es bemerkt. »Also!«

»Entschuldigung, mein Knochen.« Er sah zu Boden.

»Flimpoke?« echote Jherek.

»Flimpoke Mubbers«, erklärte Mistress Christia mit sichtlichem Stolz. »Ich werde Mrs. Mubbers und Mrs. Rokfrug und Mrs. Glopgoo ...«

»Und wir werden Mr. und Mr. Mongrove-de Goethe sein!« Es war Werther, von Kopf bis Fuß in Mitternachtsblau gekleidet. Mitternachtsblaue Augen sahen aus einem mitternachtsblauen Gesicht hervor. Nur an seiner Stimme konnte man ihn erkennen. Neben ihm lehnte in deprimierter Zufriedenheit die mächtige Gestalt Lord Mongroves, des mürrischen Monarchen der weinenden Klippen.

»Was? Ihr heiratet? Oh, das ist herrlich.«

»Das denken wir auch«, sagte Werther.

»Ihr habt niemanden sonst in Betracht gezogen?«

»Wir haben so wenig mit den anderen gemein«, dröhnte Mongrove. »Nebenbei, wer würde mich haben wollen? Wer würde den Rest seines Lebens mit diesem formlosen Körper, dieser farblosen Persönlichkeit, diesem unfähigen Gehirn verbringen wollen ...?«

»Es ist eine gute Wahl«, sagte Jherek hastig. Mongrove neigte dazu, jede Gelegenheit zu nutzen, um eine Stunde oder noch länger damit zu verbringen, seine Nachteile aufzuzählen.

»Wir haben auf Doktor Volospions Rummelplatz, als wir zusammen vom Karussell fielen, den Entschluß gefaßt, daß wir unser Unglück ebensogut teilen können ...«

»Ein ausgezeichneter Plan.« Als sich Mongrove bewegte, stieg feuchter Dunst von seiner Kleidung auf; Jherek fand es unangenehm. »Ich bin sicher, ihr werdet zufrieden sein ...«

»Zumindest werden Sie sich aussöhnen«, warf Amelia ein.

Die beiden gingen weiter.

»So«, sagte Jherek und bot ihr seinen Arm an. »Wir werden also drei Hochzeiten erleben.«

»Sie sind viel zu grotesk, als daß man sie ernst nehmen kann«, erklärte sie in einem Tonfall, als würde sie dem Vorhaben ihren Segen geben.

»Dennoch wirken jene, die daran teilnehmen, zufrieden, denke ich.«

»Es fällt mir schwer, das zu glauben.«

Schließlich stießen sie auf Brannart Morphail, der sich ungewöhnlich herausgeputzt hatte: Ein senffarbener Mantel hing faltig über seinem Buckel, Troddeln baumelten an den unwahrscheinlichsten Stellen seines Körpers, sein orthopädischer Schuh war mit glitzernden Spangen verziert. Er schien fast fröhlich zu sein, während er neben Lady Charlotina von Über-dem-Boden herhumpelte (Über-dem-Boden war ihr neues Domizil).

»Aha!« rief Brannart Morphail, als er die beiden sah. »Meine Nemesis, der junge Jherek Carnelian!« Der gezwungen wirkende Scherz war zumindest gutgemeint. »Und der *Grund* all unserer Probleme, die wunderschöne Amelia Underwood.«

»Jetzt Carnelian«, korrigierte sie.

»Meine Glückwünsche! Also macht ihr den gleichen Schritt?«

»Wie der Herzog von Queens«, bestätigte Jherek freundlich, »und Mistress Christia. Und Werther und Lord Mongrove ...«

»Nein, nein, nein! Wie Lady Charlotina und ich!«

»Ah!«

Lady Charlotina klimperte mit Wimpern, die fast sieben Zentimeter lang waren, und lächelte gewinnend. In ihrer apfelgrünen Tüllkrinoline und ihrem schieferbraunen Häubchen konnte sie selbst mit den langsamen Bewegungen ihres zukünftigen Gatten kaum Schritt halten.

»Du hast dich rasch entschlossen, du Glückspilz«, sagte Jherek zu dem Wissenschaftler.

»Sie hat sich entschlossen«, brummte Brannart, vorübergehend wieder in seine normale Stimmung zurückfallend. »Ich schulde ihr für meine Rettung Dank.«

»Nicht Jagged?«

»Sie hat sich an Jagged um Hilfe gewandt.«

»Du hast versucht, in die Vergangenheit zu springen, eh?« fragte Jherek.

»Ich habe mir alle Mühe gegeben. Mit ein wenig Glück wäre es mir vielleicht gelungen, etwas gegen unsere verzweifelte Lage zu unternehmen. Aber die Zeit war zu knapp, und ich geriet in eine Art Zeitschleife. Was natürlich unwiderlegbar die Gültigkeit des Morphail-Effekts beweist.«

»Natürlich«, versicherten beide.

»Ich nehme an, das Gesetz ist jetzt noch immer gültig«, fügte Amelia hinzu.

»Jetzt und immer.«

»Immer?«

»Nun« – Brannart rieb seine warzenbesetzte Nase –, »im wesentlichen. Wenn Jagged eine Zeitschleife von sieben Tagen Dauer erzeugt, wird das Gesetz wahrscheinlich innerhalb dieser Zeitspanne Gültigkeit haben, verstehen Sie?«

»Aha.« Amelia war enttäuscht, obwohl Jherek nicht wußte, warum. »Es gibt keine andere Möglichkeit, diese Welt zu verlassen, sobald die Zeitschleife einmal geschlossen ist?«

»Nicht die geringste. Sie ist dann sowohl zeitlich als auch räumlich isoliert. An sich hat dieser Planet überhaupt kein Recht, zu existieren.«

»Das meinen wir auch«, stimmte Jherek zu.

»Es widerspricht aller Logik.«

»Sie haben sich völlig der Logik verschrieben, nicht wahr?« fragte Amelia.

»Haben wir das, Liebste?« sagte Lady Charlotina von Über-dem-Boden.

»Zumindest der Logik, die mir beigebracht worden ist«, schränkte Amelia rasch ein.

»Dies wird der Wissenschaft den Todesstoß versetzen«, sagte Brannart fröhlich. »Oh, ja. Der Tod der Wissenschaft. Keine Fragen mehr, keine Forschungen, keine Analysen, keine Erklärungen von Phänomenen. Nichts mehr für mich zu tun.«

»Vielleicht gibt es in den Städten Anlagen, die repariert werden müssen«, schlug Amelia hilfsbereit vor.

»Anlagen?«

»Oder alte Wissenschaften, die auf ihre Wiederentdeckung warten. Es gibt viele Möglichkeiten, meine ich.«

»Hm«, machte Brannart. Knotige Finger rieben ein spitzes Kinn. »Stimmt.«

»Datenbänke, die in Schuß gebracht werden müssen«, fügte Jherek hinzu. »Ein brillanter Wissenschaftler ist erforderlich, um sie zu reparieren ...«

»Stimmt«, wiederholte Brannart. »Nun, vielleicht kann ich etwas in dieser Richtung unternehmen.«

Lady Charlotina klopfte ihm auf den faltenbedeckten Buckel. »Ich werde so stolz auf dich sein, Brannart. Und was für ein Gewinn es doch für das Gesellschaftsleben wäre, wenn du einige dieser Maschinen dazu bringen könntest, ihre Geheimnisse preiszugeben.«

»Jagged wird furchtbar eifersüchtig sein«, bemerkte Amelia.

»Eifersüchtig?« Brannarts Gesicht erhellte sich noch mehr. »Ich glaube, ja, das wird er.«

»Schrecklich eifersüchtig«, rief Jherek.

»Nun, von allen mußt du es am besten wissen, Jherek.« Der Wissenschaftler schien einen Freudentanz auf seinem spangenbesetzten Schuh aufzuführen. »Meinst du nicht auch?«

»Das ist keine Frage!«

»Hm.«

Eine leise gereizte Stimme hinter Jherek sagte: »Ah! Da sind Sie Arschgesicht ja. Ich habe nach Ihnen gesucht!«

Es war Rokfrug. Wichtigtuerisch fuhr er fort: »Wenn die Damen uns entschuldigen würden, ich hätte Ihnen ein Bein auszurupfen, Sie Abfallnase.«

»Ich habe mich bereits entschuldigt, Leutnant Rokfrug«, erklärte Brannart Morphail. »Ich sehe keinen Grund, mit diesen ...«

»Sie haben mir versprochen, daß ich schänden, plündern, brandstiften und rauben kann, und herausgekommen ist, daß ich jetzt Mitglied eines stinkenden Männerharems bin ...«

»Es war nicht meine Schuld. Sie hätten der Heirat nicht zustimmen brauchen!« Brannart wich zurück.

»Wenn das die einzige Möglichkeit ist, ein paar Gelenke aneinanderzureiben, was sollte ich denn sonst tun? Kommen Sie!«

Brannart rannte humpelnd davon, verfolgt von Leutnant Rokfrug, der rasch von dem vorbeikommenden Lord Jagged gepackt, in den Staub geworfen und ermahnt wurde, sich in die andere Richtung zu begeben. Dann trat Jagged auf sie zu.

Brannart, gefolgt von seiner zukünftigen Braut, verschwand hinter einer Ansammlung von Buden, während Rokfrug in einem bunt gestreiften Zelt untertauchte. Lord Jagged machte einen zufriedenen Eindruck.

»Der Friede ist gewahrt.« Er lächelte Jherek und Amelia an. »Und ein gewisses Gleichgewicht erreicht.«

»Vielleicht hätte ich Sie ›Salomon‹ taufen sollen«, sagte Amelia säuerlich.

»Sie *müssen* ›Vater‹ zu mir sagen, meine Liebe.« Er verbeugte sich vor O'Kala Incarnadine, der soeben vorbeikam und nur an dem Gesicht an der Spitze seines Giraffenhalses identifizierbar war. Aus Gründen, die er selbst am besten kannte, hatte Lord Jagged sein übliches Gewand samt Kragen abgelegt und trug jetzt wie Jherek einen einfachen grauen Morgenrock, auf dem edlen Kopf einen grauen Seidenhut und in der behandschuhten Hand einen Spazierstock mit silbernem Knauf. Einzig und allein eine Schlüsselblume sorgte für einen Tupfer Gelb. »Und hier ist meine Gemahlin. Eiserne Orchidee, nur du kannst so köstlich aussehen!«

Die Orchidee nahm das Kompliment zur Kenntnis. Sie trug heute die Blume, die ihr ihren Namen verliehen hatte – Orchideen von unterschiedlichster Farbe und Sorte bedeckten ihren Körper, drückten sich eng an sie, als sei sie der einzige feste Gegenstand, der noch im Universum existierte. Der Duft, der von ihnen ausging, war so durchdringend, daß er jeden im Umkreis von zehn Metern zu erschlagen drohte. Orchideen bildeten um ihren Kopf eine Kapuze, in der ihre Augen blitzten. »Mein Gemahl! Und liebe Kinder! Alle sind wieder zusammen. Und das aus einem solch wundervollen Anlaß! Wie viele Kochzeiten finden heute statt?« Ihre Frage war an Jherek gerichtet.

»Hochzeiten, Mama. Drei – nein, vier – soweit ich weiß.«

»Alles in allem ungefähr zwanzig«, eröffnete ihm Jagged. »Du weißt, wie rasch so etwas um sich greift.«

»Wer denn noch?« erkundigte sich Jherek.

»Doktor Volospion heiratet die Platinanemone.«

»Solch ein angenehmes, hohles Geschöpf«, seufzte die Eiserne Orchidee, »zumindest war sie das, bevor sie ihren Namen geändert hat.«

»Und Major Marmor wird mit Soola Sen Sun getraut. Und Lady Stimmlos will, glaube ich, Li Pao das Jawort geben.«

Der Eisernen Orchidee schien diese Aussicht nicht zu gefallen, aber sie sagte nichts.

»Und wie lange, frage ich, werden diese ›Ehen‹ wohl halten?« sagte Amelia.

»Oh, ich glaube, solange es die einzelnen Paare wünschen«, murmelte Lord Jagged. »Die Mode könnte eintausend oder sogar zweitausend Jahre dauern. Man kann es vorher nie sagen. Es hängt zweifellos alles vom Einfallsreichtum der Beteiligten ab. Vielleicht taucht etwas Neues auf, das die Phantasie unserer Freunde beflügelt ...«

»Natürlich«, sagte Amelia. Und verstummte bekümmert. Jherek bemerkte es und drückte ihren Arm, konnte sie aber nicht trösten.

»Ich hatte angenommen, Amelia, daß Ihnen diese Entwicklung gefallen würde.« Lord Jagged verzog die Lippen zur Andeutung eines Lächelns. »Es ist doch eine Tendenz in Richtung sozialer Stabilität, oder nicht?«

»Ich kann Ihre Scherze heute nicht ertragen, Lord Jagged.«

»Sie trauern also noch immer um Ihre eingegangenen Kartoffeln?«

»Um das, was dazu geführt hat.«

»Später müssen wir die Köpfe zusammenstecken. Vielleicht gibt es eine Lösung für das Problem ...«

»Es gibt keine Lösung, Sir, für das unerträgliche Dilemma, in dem sich jemand befindet, der in einer Welt der Drohnen keine Drohne sein will.«

»Sie sind zu hart zu sich selbst und zu uns. Betrachten Sie es doch lieber als Belohnung der menschlichen Rasse für all die Millionen Jahre, in denen sie hat kämpfen müssen.«

»Ich habe nicht an diesem Kampf teilgenommen.«

»In gewisser Hinsicht schon ...«

»In gewisser Hinsicht sind wir alle darin verwickelt gewesen. In anderer Hinsicht nicht. Es kommt nicht darauf an, und da werden Sie mir gewiß zustimmen, wie etwas *ist*, sondern wie man etwas betrachtet.«

»Sie werden sich ändern.«

»Ich fürchte, das werde ich.«

»Sie fürchten, daß Sie zynisch werden?«

»Vielleicht ist es das.«

»Einige würden Ihr Verhalten als feige bezeichnen.«

»*Ich* halte es für feige, Lord Jagged, dessen können Sie sicher sein. Lassen Sie uns diese Unterhaltung beenden. Zu viele sind davon ausgeschlossen; sie bereitet allen Unbehagen. Meine Probleme sind meine Sache.«

»Sie nehmen mehr auf sich, als nötig ist, Amelia. Habe ich nicht meinen Teil zu diesen Problemen beigetragen?«

»Ich nehme an, Sie wären gekränkt, würde ich diese Frage verneinen.«

Seine Stimme war sehr leise, und seine Worte waren nur für ihre Ohren bestimmt. »Auch ich habe ein Gewissen, Amelia. Alles, was ich getan habe, erweist sich vielleicht als das Ergebnis eines extrem ausgeprägten Pflichtgefühls.«

Ihre Lippen öffneten sich; ihr Kinn hob sich ein wenig. »Wenn ich das glauben könnte, wäre ich mit meiner Situation, glaube ich, weitaus zufriedener.«

»Dann müssen Sie es glauben.«

»Oh, Jagged! Amelia hat recht. Wir langweilen uns bei diesem unerfreulichen Gespräch. Ihm fehlt die Würze, meine Lieben.« Die Eiserne Orchidee trat zu ihrem Mann.

Lord Jagged von Kanarien zog vor Amelia den Hut. »Vielleicht können wir später damit fortfahren. Ich habe Ihnen einen Vorschlag zu machen, der Ihnen vielleicht gefallen wird.«

»Sie brauchen sich um unsere Angelegenheiten nicht zu kümmern«, erwiderte sie.

Jherek wollte etwas sagen, aber ein ohrenbetäubender Fanfarenstoß drang plötzlich aus allen Richtungen, und eine außergewöhnlich laute, leicht verzerrt klingende Stimme – zweifellos gehörte sie dem Herzog von Queens – rief aus dem Nichts: »Die Trauungen beginnen!«

Sie schlossen sich der Menge an, die in die Kathedrale strömte.

27. Kapitel

GESPRÄCHE UND BESCHLÜSSE

Gedämpftes buntes Licht fiel durch die leuchtenden Fenster in die hohen Schatten der Kathedrale; Regenbogenmuster bedeckten den Marmorboden, die dunklen Eichenbänke, die kühlen gewölbten Galerien, die goldene Kanzel, die Chorräume aus Messing und Porzellan; es drang in die silberbeschlagenen Beichtstühle und sprenkelte die extravaganten Kostüme der Bräute, Bräutigame und Hochzeitsgäste. Alle Bewohner der Welt am Ende der Zeit hatten sich eingefunden, und in alle Ewigkeit würden sie die einzigen Bewohner bleiben. Vor dem großen Altar und den Lichtfluten, die durch das dahinterliegende runde Buntglasfenster strömten, in einem Ornat aus schwarzer und roter Seide, besetzt mit gewebten Bändern aus Weiß und Grau, auf dem Kopf eine prächtige Mitra, in der behandschuhten Hand den Bischofsstab aus Aluminium, die andere segnend erhoben, stand Bischof Burg eindrucksvoll und ernst da, als durch die hohen Türen, die einen Streifen Sonnenschein in den Hauptgang fallen ließen, der Klang von tausend Instrumenten drang, die eine einzige Note spielten. Dann trat Stille ein, während die Kathedrale widerhallte, die Note verwandelte, ihr zu antworten schien. Bischof Burg ließ die Echos verklingen, ehe er Süßes Gestirn Mazis, am Arm Lord Jaggeds, bedeutete, zum Altar zu treten. Dann kam der Herzog von Queens, der noch immer seine Uniform trug. Er blieb neben seiner zukünftigen Gemahlin stehen, die ganz in Weiß war – das Haar, die Augenbrauen, die Wimpern, die Lippen, das Kleid, die Söckchen und Schuhe, alles war weiß. Der Altar selbst war bereits mit braunen und blauen Geschenken jeder Art überhäuft. Von der Kanzel verfolgten Jherek, Amelia und die Eiserne Orchidee, wie Bischof Burg im Lauf der Zeremonie dem Herzog von Queens einen schwarzen Bogen und einen Pfeil aushändigte und den Bräutigam ermutigte, »sich dieser Frau würdig zu erweisen«. Die Eiserne Orchidee flüsterte, daß Amelia dieses Ritual zweifellos kenne und wohl ein wenig gelangweilt sei, daß aber sie, die Eiserne Orchidee, die Spannung kaum ertragen könne. Bischof Burg machte eine Handbewegung. Zwanzig Palmen wuchsen im Mittelgang empor und bildeten dicht hintereinander stehend eine vollkommen gerade Linie. Der Herzog von Queens legte den Pfeil auf die Sehne, spannte den Bogen und schoß auf die erste Palme. Der Pfeil durchbohrte den Baum, erreichte den nächsten und durchbohrte auch ihn, und dann den nächsten und den nächsten, bis er alle zwanzig Bäume durchbohrt hatte. Aus der Ferne drang ein Schrei (es schien, daß Li Pao hinter der letzten Palme gestanden hatte und von dem Pfeil direkt ins Auge getroffen und getötet worden war; so unauffällig wie möglich wurde er wiederbelebt – währenddessen nahm die Zeremonie ihren Fortgang), aber der Herzog von Queens gab bereits Bischof Burg den Bogen zurück, während er eine Hymne an Sugriva, Jatayus und Disney den Destruktor intonierte (und den Buddha anrief, ihn mit Kahlheit zu strafen, wenn seine Liebe zu Süßes Gestirn Mazis jemals versiegen sollte). Dieses Ritual ging eine Weile so weiter und erfüllte die Teilnehmer mit großer Befriedigung, wie es der Sinn dieser Rituale war, doch was das Publikum betraf, so hielt man es für ein wenig in die Länge gezogen, obwohl viele zugaben, daß die gesprochenen Teile bewegend waren. Bischof Burg führte die Trauung schließlich zu Ende »... bis zu dem Zeitpunkt, wo die vorerwähnten Parteien diese Vereinbarung für nichtig erklären oder diese Vereinbarung oder die mit ihr verbundenen Umstände zu Auseinandersetzungen führen, die nicht durch die Schlichtung der Heiligen Stadt oder ihrer Nebenstellen in Einklang mit den Gesetzen des Hohen, Mittleren und Unteren Zufallsgerichts und der Schlichtungsgewerkschaft beigelegt werden können, oder auch durch ein Urteil eines jeden sonst in dieser Sache zuständigen Gerichts nicht zu regeln sind, im Namen Gottes des Vaters, Gottes der Mutter oder Gottes des nächsten Verwandten, Gott segne euch, viel Glück und immer lächeln.«

Die Zeremonienkette aus Eisen wurde um den Hals von Süßes Gestirn Mazis gelegt; das breite juwelenbesetzte Bruchband wurde sorgfältig um den Unterleib des Herzogs von Queens geschlungen, den Daumen wurden Schnitte zugefügt und das Blut vermischt, Heiligenscheine wurden ausgetauscht und zwei Ziegen geschlachtet, und ein weiterer Fanfarenstoß verriet, daß die Trauung damit rechtskräftig war.

Als nächstes kamen Werther de Goethe und Lord Mongrove, die eine kürzere, aber eher düstere Zeremonie gewählt hatten, gefolgt von Mistress Christia, der Ewigen Konkubine, und ihrer kleinen Gruppe Bräutigame. Dann kamen Doktor Volospion und die Platinanemone (bis ins kleinste Detail eine raffinierte, aber durchsichtige Kopie der Eisernen Orchidee). Zu diesem Zeitpunkt schlich sich Lord Jagged davon. Wahrscheinlich, dachte Jherek, weil sein Vater von derartigen Dingen rasch gelangweilt wurde und (wie es gerüchteweise hieß) er für den neidischen Volospion nichts übrig hatte. Nicht wenige der anderen hatten sich zu Gruppenehen entschlossen, was, abgesehen von der Aufzählung der Namen, weniger Zeit beanspruchte. Amelia wurde unruhig, genau wie die Eiserne Orchidee; die beiden Frauen flüsterten miteinander und machten gelegentlich Bemerkungen, die eine oder beide unterdrückt auflachen ließen, und wenn sich ihnen die Gelegenheit bot und die allgemeine Lautstärke es erlaubte (zum Beispiel, wenn eine Hochzeitskanone losdonnerte oder als Clare Cyratos reine Altstimme gurgelnd erstarb, da ihre Schamlippen durchbohrt wurden, oder der Graf von Karbol sein Bullengebrüll aus dem neunhundertsten Jahrhundert anstimmte), wagten sie sogar ein unverfroren lautes Kichern. Jherek fühlte sich nicht ausgeschlossen; er war erleichtert, daß ihre Freundschaft blühte, obwohl er oft bemerkte, daß ein mißbilligender Ausdruck über Amelias Gesicht huschte, als fände sie ihr eigenes Benehmen verwerflich. Manchmal fiel sie in den Applaus ein, der die Kathedrale erfüllte, wenn mehr und mehr Gäste, die Gunst des Augenblicks nutzend, zu dem geschmackvollen Neonnetz eilten, aus dem der Altar bestand, und einander heirateten. Alles wurde außerordentlich chaotisch, und Bischof Burg, der längst nicht mehr so würdig wie am Anfang wirkte, wedelte mit seiner Mitra, dachte sich immer neue extravagante Rituale aus und ließ, wie ein Zirkusdirektor, seine Bräute und Bräutigame immer grotesker werdende Kunststückchen vollführen, so daß nun aus jeder Ecke der großen Kathedrale wieherndes Gelächter drang und Applausstürme für besonders bemerkenswerte Übungen dankten (wie die der vier Damen, die beharrten, auf den Händen stehend getraut zu werden). Worauf die Eiserne Orchidee bemerkte: »Die Geistreichsten von uns sind bereits verheiratet – die hier bieten nur ein Schmierentheater!«

Sie trafen Anstalten zu gehen.

»Bischof Burg sollte sich dazu nicht hergeben«, sagte die Orchidee. »Ich stelle fest, daß es sich bei den meisten dieser Leute um Einwanderer handelt, die erst vor kurzem durch den Morphail-Effekt zurückgebracht worden sind. Ist das dort nicht der langweilige Pereg Tralo – der da mit der funkelnden Krone, mit all den kleinen Mädchen um sich herum? Aber was treibt Gaf das Pferd in Tränen dort mit diesem Zeitreisenden, der vor ihm kniet?«

Amelia wandte sich ab.

Die Eiserne Orchidee klopfte ihr auf die wattierte Schulter. »Meine Liebe, ich finde es auch abscheulich.«

Die verbliebenen Hochzeitsgäste hatten eine lange Schlange gebildet und tanzten durch das Gewölbe, die Treppen hinauf und hinunter, über die hohen Galerien, durch die tiefen Schatten und in das Sonnenlicht, während Bischof Burg sie anfeuerte und seine Mitra im Takt zu der Musik der Kapelle des Herzogs kreisen ließ. »Gesegnet seid ihr!« rief er. »Gesegnet seid ihr!«

Feuer flackerte auf, als Brände gelegt wurden, offenbar auf Betreiben Trixitroxi Ros, der entthronten Königin eines dekadenten Hofes, die von erfolgreichen Revolutionären in die Zukunft ins Exil gejagt worden war und die seit Jahrhunderten eine Party nur dann für gelungen hielt, wenn sie alles in Brand setzen konnte.

Die Eiserne Orchidee, Jherek und Amelia schoben sich durch die Menge zum Ausgang.

»Dies sind die schlimmsten Beispiele für die Unreife der Welt«, protestierte die Eiserne Orchidee, als sie von einem fackeltragenden, als Katze maskierten, herumhüpfenden Heiligen Elektriker angerempelt wurde, der aus einer Epoche stammte, die seit mindestens einer Million Jahre der Vergangenheit angehörte.

»Sie werden noch zu einem Snob, Eiserne Orchidee!« Amelias Spott war gutmütiger Natur.

»Früher hast du derartige Szenen genossen, Mutter, das stimmt«, bestätigte Jherek.

»Oh, vielleicht werde ich alt. Oder das Leben am Ende der Zeit verliert an Qualität. Es ist schwer zu sagen.«

Der Ausgang war noch immer in weiter Ferne. Die tanzende Menge hatte sich in Gruppen geteilt, die sich ständig miteinander vermischten. Kreischendes Gelächter und Liedfetzen, Schreie und Lachsalven und der Lärm stampfender Füße bildeten ein einziges Durcheinander; bizarre Masken grinsten durch Hagioskope in den Wänden und Säulen; Leiber, bemalt und unbemalt, natürlich und umgeformt, wanden sich auf den Treppen, in den Chorräumen, auf den Bänken, der Kanzel und in den Beichtstühlen. Federn schwankten, Spangen glitzerten, Seide kratzte über Satin, juwelenbesetzte Mäntel und Schuhe reflektierten das Fackellicht und schienen aus eigener Kraft zu leuchten. Haut, gelb, grün, braun, rot, rosa, schwarz, blau und orange, glänzte. Und wohin sie auch sahen, brannten die Augen, waren die Münder heiß.

Von den dreien lachte nur Jherek. »Sie vergnügen sich, Mutter! Es ist ein Festival.«

»*Danse macabre*«, murmelte Amelia. »Die Verdammten, die Toten, die Verfluchten – sie tanzen, um ihr Schicksal zu vergessen ...«

Dies war selbst für die Eiserne Orchidee in ihrer ungewöhnlichen Niedergeschlagenheit zuviel. »Es ist gewiß vulgär«, sagte sie. »Natürlich trifft den Herzog von Queens die Schuld. Es ist typisch für ihn, daß er zuläßt, daß eine unterhaltsame Veranstaltung degeneriert und zu – ah!« Sie stürzte auf die Fliesen, zu Fall gebracht von einem ineinander verschlungenen Paar, über das sie gestolpert war.

Jherek half ihr hoch. Er lächelte. »Sonst hast du mich für meine Kritik am Geschmack des Herzogs immer gescholten. Nun, wie sich zeigt, habe ich recht gehabt.«

Sie schnaubte. Sie erkannte einen der auf dem Boden liegenden Männer. »Gaf! Wie kannst du dich nur dazu hergeben?«

»Eh?« sagte Gaf das Pferd in Tränen. Er schob sich unter seinem Partner hervor. »Eiserne Orchidee! Oh, dein Duft, deine Blütenblätter, deine köstlichen Staubgefäße – laß sie mich genießen!«

»Wir sind im Gehen begriffen«, sagte sie spitz und musterte kalt das schwarze und weiße Fell, das Gaf bedeckte. »Wir finden die Entwicklung langweilig.«

»Langweilig, liebste Orchidee? Es ist eine Erfahrung. Jegliche Erfahrung an sich ist es wert, genossen zu werden!« Gaf glaubte, daß sie scherzte. Er lag da und streckte die Hand aus. »Komm. Mach mit. Wir ...«

»Vielleicht ein anderes Mal, weinender Hengst.« Sie entdeckte eine Lücke in der Menge und steuerte darauf zu, aber sie schloß sich, bevor einer von ihnen sie erreichen konnte.

»Sie scheinen trunken zu sein angesichts ihrer Verdammnis ...«, begann Amelia, bevor ihre Stimme im Lärm der Menge unterging. Sie verhielt sich so wie damals, als Jherek ihr zum ersten Mal begegnet war, die Lippen zusammengepreßt, die Blicke verächtlich – und seine Liebe überwältigte ihn und entfachte in ihm den Wunsch, sie zu küssen. Aber ihre Wange war kalt. Sie stürzte davon und stieß mit der Menge zusammen, die sie aufsaugte und von ihm forttrug. Es war, als sei sie in einen Strudel gefallen und fürchtete, zu ertrinken. Er eilte ihr zu Hilfe und zog sie aus dem Menschengewirr. Sie keuchte und schluchzte an seiner Brust. Sie hatten den Rand des Sonnenlichts erreicht, das durch den Eingang fiel; die Rettung war nahe. Sie rief ihm etwas zu, aber ihre Worte waren unverständlich. Die Eiserne Orchidee zerrte an Jhereks Arm, um ihn aus der Kathedrale zu führen, und in diesem Moment wurde es finster.

Die Sonne war verschwunden; kein Licht fiel mehr durch Türen oder Fenster; die Musik brach ab. Draußen wurde es still. Es war kalt. Dennoch tanzten viele der Feiernden weiter, im flackernden Flammenlicht der Fackeln, die sie in den Händen hielten; viele lachten oder schrien noch immer. Aber dann fing die Kathedrale an zu beben. Metall und Glas klirrte, Stein ächzte.

Die Türen, nun schwarze Löcher, waren noch immer sichtbar, und durch sie flohen die drei, während die Eiserne Orchidee ungläubig rief: »Jagged hat sich geirrt. Die Welt geht doch unter!«

Sie stürzten hinaus in die Kälte. Hinter ihnen waren viele Fenster des Gebäudes von flackerndem Feuerschein erhellt, aber er war zu schwach, um die Umgebung zu beleuchten, obwohl es möglich war, die Stände, Buden und Zelte zu erkennen, aus denen Stimmen drangen, von denen einige vertraut waren, und ihre Verwirrung hinausschrien. Jherek erwartete, daß die Luft jeden Moment dem Vakuum wich. Er preßte Amelia an sich, und jetzt umarmte sie ihn bereitwillig. »Wenn es nur eine Möglichkeit gegeben hätte, vernünftig zu leben«, sagte sie. »Und trotzdem bin ich dankbar dafür. Ich hätte mich nie ändern können. Ich wäre eine Heuchlerin geworden, und du hättest aufgehört, mich zu lieben.«

»Niemals«, entgegnete er. Und er küßte sie. Vielleicht erschien sie ihm so warm, fast fiebrig, weil die Luft so kalt war.

»Welch ein unbefriedigender Abschluß«, erklang die Stimme der Eisernen Orchidee. »Zum ersten Mal, so scheint es, hat Lord Jagged einen Fehler gemacht. Nun, in ein oder zwei Sekunden wird es niemanden mehr geben, den man kritisieren kann . . .«

Unter ihren Füßen bebte der Boden. In der Kathedrale fing eine einzelne Stimme schrill und anhaltend an zu schreien. Etwas fiel rauschend und krachend zu Boden; mehrere Glocken der Kathedrale läuteten wie verrückt, mißtönend. Zwei oder drei Gestalten, eine mit einer Fackel, die nur noch schwelte, kamen zur Tür und blieben unentschlossen stehen.

Jherek glaubte, in weiter Ferne ein Heulen zu hören, wie von einem Hurrikan, aber es kam nicht näher, sondern schien sich in die entgegengesetzte Richtung zu entfernen.

Alle warteten auf den Tod: mit Gelassenheit, Beklommenheit,

Freude, Erleichterung oder Ungläubigkeit, je nach Temperament. Hier und dort konnte man einige Leute völlig unbesorgt plaudern hören, während andere stöhnten und um Beistand flehten, wo es keinen Beistand gab.

»Zumindest Harold ist in Sicherheit«, sagte sie. »Was meinst du, ob Jagged gewußt hat, daß so etwas passieren könnte?«

»Wenn ja, dann hat er dafür gesorgt, daß wir nicht mißtrauisch werden.«

»*Mir* hat er gewiß nichts gesagt.« Die Eiserne Orchidee gab sich keine Mühe, ihre Enttäuschung zu verbergen. »Schließlich bin ich seine Frau.«

»Er kann nichts für seine geheimniskrämerische Natur, Mutter«, sagte Jherek Carnelian zur Verteidigung seines Vaters.

»Genau wie du nichts für deine Offenheit kannst, mein Kind. Wo bist du? Dort drüben, eh?«

»Hier«, sagte Amelia.

Die suchende Hand fand sie. »Er läßt sich so leicht täuschen«, vertraute die Orchidee ihrer Schwiegertochter an. »Bevor all dies begann, machte ihn das natürlich zu einem unterhaltsamen Gesellen – aber jetzt ... Es ist meine Schuld, es nicht vorausgesehen und gewisse Vorkehrungen getroffen zu haben ...«

»Du kannst stolz auf ihn sein, Mutter«, sagte Amelia ebenso vertraulich. Sie wollte sie trösten. »Du hast ihn zu dem gemacht, was er ist, und ich liebe ihn.«

Jherek war amüsiert. »Wie ich inzwischen weiß, haben die Frauen immer dazu geneigt, einen Mann als eine Art ungeformtes Wesen anzusehen, dem die eine oder andere Frau bestimmte Eigenschaften verliehen hat. Diese Frau hat ihn schüchtern gemacht – jene hat ihn stark gemacht – eine andere Frau hat den, eine andere jenen Einfluß auf ihn gehabt ... Bin ich denn nicht mehr als eine Amalgamation für die schöpferische Phantasie der Frauen? Habe ich denn wirklich keine eigene Identität?«

»Natürlich, Liebster«, sagte Amelia. »Natürlich. Du bist ganz du selbst! Ich habe es nur im übertragenen Sinne gemeint.«

Erneut ertönte die Stimme der Eisernen Orchidee. »Laß dich von ihm nicht schikanieren, Amelia. Das ist der Einfluß seines Vaters!«

»Mutter, du bist so unerbittlich wie immer«, sagte Jherek zärtlich. »Eine Blume, die nicht einmal vom stärksten Sturm geknickt werden kann!«

»Ich hoffe, du scherzt nur, Jherek. Niemand ist nachgiebiger als ich!«

»In der Tat!«

Amelia fiel in Jhereks Gelächter ein. Die Eiserne Orchidee schien zu schmollen.

Jherek wollte noch etwas hinzufügen, als die Erde unter seinen Füßen heftig zu schwanken begann und winzige Bodenwellen warf. Sie hielten sich rasch aneinander fest, um nicht zu stürzen. Ein salziger Geruch lag in der Luft, und eine Sekunde lang blitzte violettes Licht am Horizont auf.

»Es sind die Städte«, sagte die Eiserne Orchidee. »Sie werden vernichtet!« Sie drängte sich näher an Amelia.

»Findest du es jetzt kälter?« fragte seine Mutter.

»Ein wenig«, antwortete Amelia.

»Erheblich«, sagte Jherek.

»Ich frage mich, wie lange ...«

»Wir haben bereits länger überlebt als erwartet«, unterbrach Jherek.

»Ich wünschte, das Ende würde kommen. Das ist das mindeste, was Jagged für uns tun kann ...«

»Vielleicht kämpft er mit seinen Maschinen und versucht noch immer, etwas zu retten«, vermutete Jherek.

»Der arme Mann«, murmelte Amelia. »All seine Pläne sind gescheitert.«

»Du hast Mitleid mit ihm?« Jherek war verblüfft.

»Oh, nun – ich habe immer Mitleid mit den Verlierern gehabt, weißt du.«

Jherek begnügte sich damit, ihre Schulter zu drücken.

In einiger Entfernung von dem ersten flackerte ein weiterer violetter Blitz auf. Er dauerte den Bruchteil einer Sekunde länger.

»Ja«, sagte die Eiserne Orchidee, »es sind zweifellos die Städte. Ich weiß, wo sie liegen. Sie explodieren.«

»Seltsam, daß wir noch immer atmen können«, sagte Jherek. »Zumindest eine Stadt muß noch funktionieren und Sauerstoff erzeugen.«

»Sofern wir nicht nur das atmen, was übriggeblieben ist«, wandte Amelia ein.

»Ich bin mir nicht sicher, ob dies überhaupt das Ende ist«, erklärte Jherek.

Und wie zur Bestätigung seines Glaubens ging allmählich die Sonne auf, zuerst dunkelrot, um dann immer heller zu werden, bis sie den blauen Himmel mit Streifen aus Gelb, Malve und Karmesin überzog. Überall brach Freude aus. Das Leben begann von neuem.

Nur Amelia schien mit der Begnadigung unzufrieden zu sein. »Es ist Wahnsinn«, sagte sie. »Und ich werde bald ebenfalls wahnsinnig sein, wenn ich es nicht schon bin. Ich habe mir nichts als den Tod gewünscht, und selbst diese Hoffnung ist mir geraubt worden!«

Der Schatten eines großen Schwans fiel über sie, und sie sah mit rotgeränderten, zornigen Augen nach oben. »Oh, Lord Jagged! Wieviel Vergnügen müssen Ihnen diese Manipulationen bereiten!«

Lord Jagged trug noch immer seinen Morgenmantel und den hohen Hut auf dem Kopf. »Vergebt mir für die Dunkelheit und so weiter«, sagte er. »Es war notwendig, um den ersten Wochenzyklus wie geplant noch einmal von vorn zu beginnen. Alles läuft glatt, so wie es von nun an immer sein wird.«

»Es besteht nicht die geringste Möglichkeit, daß Ihre Anlage versagt?« Amelia scherzte nicht; sie wirkte verzweifelt.

»Nicht die geringste, Amelia. Es liegt in ihrer Natur, perfekt zu funktionieren. Sie könnte nicht funktionieren, wenn sie nicht perfekt wäre, das versichere ich Ihnen.«

»Ich verstehe ...« Sie ging davon, eine zusammengesunkene Gestalt, der es gleich war, wohin sie sich wandte.

»Allerdings gibt es eine Alternative«, sagte Lord Jagged lakonisch. »Wie ich bereits erwähnt habe.« Er schwang sich elegant von seinem Schwan und landete neben ihr, die Hände in den Taschen, und wartete, daß sie seine Worte verarbeitete. Langsam, wie ein aufkreuzender Schoner, kam sie näher, sah von Jagged zu Jherek, der zu seinem Vater getreten war.

»Eine Alternative?«

»Ja, Amelia. Aber vielleicht ist sie nicht nach deinem Geschmack – und Jherek wird sie wahrscheinlich für völlig unzumutbar halten.«

»Sagen Sie mir, um was es sich bei ihr handelt!« Ihre Stimme klang gepreßt.

»Nicht hier.« Er sah sich um und zog eine Hand aus der Tasche, um seinen Schwan herbeizuwinken. Der Luftwagen setzte sich gehorsam in Bewegung und war dann neben ihm. »Ich habe eine einfache Mahlzeit in angenehmer Umgebung vorbereitet. Gebt mir die Ehre, und seid meine Gäste.«

Sie zögerte. »Ich kann Ihre Geheimnistuerei kaum noch ertragen, Lord Jagged.«

»Wenn Entscheidungen getroffen werden müssen, dann dort, wo Sie vor Störungen sicher sind, oder nicht?«

Bischof Burg trat aus der Kathedrale, unter dem Gewicht seiner Mitra schwankend, und stützte sich auf seinen Stock. »Jagged – bist du dafür verantwortlich gewesen?« Er war verwirrt.

Lord Jagged von Kanarien verbeugte sich vor seinem Freund. »Es war notwendig. Ich bedaure es, dich beunruhigt zu haben.«

»Beunruhigt? Es war herrlich! Was für einen beneidenswerten Sinn für das Dramatische du doch hast!« Aber Bischof Burg war bleich. Das Sprechen schien ihm Schwierigkeiten zu bereiten.

Das alte angedeutete Lächeln verzog Lord Jaggeds vollkommene Lippen. »Sind alle Trauungen feierlich vollzogen worden?«

»Ich glaube schon. Ich gebe zu, daß mich meine Begeisterung übermannt hat – es war ein dankbares, leicht zufriedenzustellendes Publikum, weißt du? Wir sind ganz außer uns geraten.«

Aus dem Gewirr der Buden kam der Herzog von Queens. Er bedeutete seiner Kapelle zu spielen, aber nachdem der Lärm einige Sekunden angedauert hatte, ließ er sie wieder aufhören. Er trat näher; die hübsche Süßes Gestirn Mazis hatte sich bei ihm eingehakt. »Nun, zumindest ist meine Trauung nicht gestört worden, trügerischer Jagged, flüchtiger Herr der Zeit, obwohl ich glaube, daß derartige Unterbrechungen früher üblich waren.« Er kicherte. »Was für ein Scherz. Ich war überzeugt, daß du einen Fehler gemacht hast.«

»Ich hatte mehr Vertrauen«, erklärte Süßes Gestirn Mazis und strich schwarze Locken aus ihrem schmalen Gesicht. »Ich wußte, daß du den glücklichsten Tag meines Lebens nicht verderben würdest, lieber Jagged.«

Jhereks Vater verbeugte sich trocken vor ihr.

»Nun«, sagte der Herzog lebhaft, »wir müssen unsere Flitterwochen beginnen (obwohl uns nur eine Woche zur Verfügung steht, und das mit dem Flittern ... nun ja), und deshalb müssen wir jetzt Lebewohl sagen.«

Amelia schockierte Jherek fast, denn es war so untypisch für sie, daß sie den herzigen Herzog umarmte und ihn auf die bärtige Wange küßte. »Leben Sie wohl, lieber Herzog von Queens. Ich weiß, Sie werden immer glücklich sein.« Süßes Gestirn Mazis erhielt ebenfalls einen Kuß. »Und eure Ehe soll lange, lange Zeit bestehen bleiben.«

Der Herzog wirkte beinahe verlegen, schien sich aber auch geehrt zu fühlen. »Und mögen auch Sie glücklich werden, Mrs. Un ...«

»Carnelian.«

»... derwood. Aha! Hier sind unsere Schwingen, mein Schatz.« Zwei Automaten brachten zwei Paar große, weißgefiederte Flügel. Der Herzog half seiner Braut, die Gurte anzulegen, gürtete sich dann ebenfalls und schob die Arme in die Schlaufen. »Nun, Süßes Gestirn Mazis, das Geheimnis besteht darin, schnell zu laufen, *bevor* man mit den Flügeln zu schlagen beginnt. Schau!« Er rannte los, gefolgt von seiner Gattin. Einmal stolperte er, fing sich wieder, schlug mit den großen Schwingen und stieg dann schließlich in die Luft. Seine Frau machte es ihm nach, und bald waren beide mehrere Meter über dem Boden, torkelnd und flatternd. Schwankend verschwanden sie allmählich aus dem Sichtfeld, zwei große, trunkene Tauben.

»Ich hoffe«, sagte Amelia ernst, »daß sie nicht zuviel Schwierigkeiten mit diesen Flügeln haben werden.« Und sie lächelte Jherek an und zwinkerte ihm zu. Er war froh, daß sich ihre Stimmung wieder gebessert hatte.

Mistress Christia rannte vorbei, vor Entzückend kichernd, verfolgt von vier Lat, Kapitän Mubbers eingeschlossen, der glücklich grunzte: »Runter mit deinen Ballons, du wunderschönes Stück Knochen, du!«

Sie hatte ihre Knieballons bereits verführerisch zu den Waden hinuntergeschoben.

»Junge!« rief Leutnant Rokfrug. »Was für ein liebliches Paar!«

»Laßt uns noch was übrig!« bettelte der Lat, der das Schlußlicht bildete.

»Keine Sorge«, keuchte der Vorletzte, »es ist genug für alle da!«

Alle stürmten in die Kathedrale und kamen nicht wieder heraus.

Jetzt begannen die Bräute, Bräutigame und Gäste in kleinen Gruppen ihre eigenen Wege zu gehen. Abschiedsgrüße wurden ausgetauscht. Lady Charlotina und Brannart Morphail flogen in einem weißemaillierten schüsselförmigen Boot über sie hinweg, aber nur Charlotina war deutlich zu sehen, und das einzige Anzeichen, daß Brannart bei ihr war, stellte sein Klumpfuß dar, der schlaff über den Rand des Luftwagens hing.

»Nun, wie ist es, Amelia?« fragte Lord Jagged. »Nehmen Sie meine Einladung an?«

Sie zuckte die Schultern. »Dies ist das letzte Mal, daß ich Ihnen vertraue, Lord Jagged.«

»Es könnte das letzte Mal sein, wo es nötig ist, meine Liebe.«

Die Eiserne Orchidee bestieg als erste den Schwan, dann folgten Amelia, Jherek und zum Schluß Jagged. Sie begannen zu steigen. Unter ihnen, in der Nähe der Kathedrale und zwischen den Zelten und Buden, tanzten noch immer ein paar unermüdlich Feiernde. Ihre Stimmen, dünn und hoch, drangen hinauf zu den vieren, die spiralförmig weiterstiegen. Amelia Carnelian begann aus Wheldrakes längstem und ehrgeizigstem Gedicht zu zitieren, das durch seinen Tod unvollendet geblieben war: *Die Flagellanten*. Ihre Wahl erschien Jherek unpassend, aber sie sah Lord Jagged direkt an und schien zu ihm zu sprechen, als könne nur er die Bedeutung der Worte erkennen.

Sollen sie also tanzen bis zum Ende der Zeit,
Jedes Gesicht eine Maske, jede Narbe ein Beweis
Des Stolzes, der als Schmerz verkleidet.
Doch Mitleid ihm, der da verbleibet,
Nicht geschunden das Fleisch, nicht versucht die Seel':
Sein Schmerz durch Stolz verhehlt.

Lord Jaggeds Gesicht war ausdruckslos, aber er zuckte dennoch die Achseln und wandte scheinbar ergrimmt den Blick von ihr ab. Es war das erste Mal, daß Jherek seinen Vater zornig erlebte. Er sah sie stirnrunzelnd, fragend an, und er wunderte sich über das sonderbare Lächeln, das um ihre Lippen spielte – eine Mischung aus Mitleid, Triumph und aus Bitterkeit –, doch sie starrte Jagged weiter an, obwohl sich der Lord in Gelb weigerte, ihren Blick zu erwidern. Der Schwan glitt nun über Wälder hinweg, aber Amelia zitierte weiter ihren Wheldrake:

Ich kannte ihn, als er alles gab,
Seinem Gott und auch seinem Weib,
Sein Glaube an das Leben war stark,
Sein Vertrauen in Christus rein ...

Lebhaft für seine Verhältnisse, fiel Jagged ihr ins Wort. »Sie können entzückend sentimental sein, diese viktorianischen Verseschmiede, nicht wahr? Mögen Sie Swinburne, Amelia?«

»Swinburne? Gewiß nicht, Sir!«

»Wie schade. Ich habe ihn einst sehr geschätzt. War er jemals Hofdichter?«

»Es wurde darüber gesprochen – aber der Skandal ... Mr. Kipling hat sich, wie ich hörte, geweigert. Mr. Alfred Austin ist – war – unser neuer Poeta laureatus. Ich glaube, ich habe ein Buch von ihm über Gärten gelesen.« Sie plauderte unbeschwert, aber ihre Stimme schien anzudeuten, daß sie wußte, daß er das Thema wechseln wollte, und daß sie nicht dazu bereit war. »Ich kenne seine Poesie nicht.«

»Oh, aber sie sollten sie kennenlernen.« Und diesmal zitierte Jagged:

Aber die Welt hat sich wundersam verändert, Granny, seit
den Tagen, in denen du warst jung;
Seitdem denkt sie ganz andere Gedanken und
spricht mit anderer Zung'.
Die Mauern sind eingestürzt, die Stricke gerissen, des
Mannes Zeit daheim ist verbraucht;
Er ist jetzt frei wie der Wind und das Meer und
wechselhaft so wie der Rauch.
Er pflügt seine Furchen in brache Seen, er erntet,
was die Brandung gesät,
Und sein Eisenpflug funkelt hell in den Scheunen
des kahlen Schnees.
Er hat den Blitz versklavt und dann heimgeführt und
ihn gezwungen unter die Knute,
Und ihn des Zügels Gehorsam gelehrt, daß er stapft
wie der Stier und die Stute.
Er hat die Strudel besiegt und sie zahm gemacht, der
Flut den Starrsinn genommen,
Sie ist nun sein Kuli und läßt die Räder sich dreh'n
für ihn und ihn zu frommen.
Er beherrscht die Planeten und wiegt ihren Staub, er
reitet in Kometenferne,
Und er lüftet den Schleier unserer Sonn', sieht die Augen
der weitesten Sterne ...

»Sehr bewegend«, sagte Amelia. Der Schwan sank und schien schneller zu fliegen, so daß ihr das Haar ins Gesicht geweht wurde. »Obwohl es sich kaum mit Wheldrake vergleichen läßt. Es sind völlig andersgeartete Verse. Wheldrake schreibt über die Seele; Austin, so scheint es, über die Welt. Nun, manchmal tut es jenen fest in der Welt Verwurzelten gut, wenn sie ein paar stille Momente mit einem Dichter verbringen, der einem Einsichten über die Gründe für das Verhalten und Denken der Menschen vermitteln kann ...«

»Sie finden demnach Wheldrakes Anliegen nicht morbid?«

»Im Übermaß, ja. Sie haben Swinburne erwähnt ...«

»Aha! Geht er zu weit?«

»Ich glaube schon. Man sagt es. Ihm geht es um die fleischlichen Genüsse, wissen Sie ...«

Lord Jagged gab vor (besser ließ es sich nicht beschreiben), den verirrten, sogar gelangweilten Ausdruck auf den Gesichtern der Eisernen Orchidee und Jherek Carnelians zu bemerken. »Sehen Sie, wie wir unsere Gefährten bekümmern, unsere Liebsten, mit diesem langweiligen Gerede über vergessene Schriftsteller.«

»Verzeihung. Ich habe damit angefangen – indem ich eine mir treffend erscheinende Stelle aus Wheldrakes Werk zitiert habe.«

»Jene, die wir zurückgelassen haben, sind in keinerlei Hinsicht reuige Sünder, Amelia.«

»Vielleicht nicht. Vielleicht sind die reuigen Sünder woanders.«

»Jetzt verstehe ich Sie gar nicht mehr.«

»Ich rede ohne zu denken. Ich bin ein wenig müde.«

»Schaut. Das Meer.«

»Es ist ein schönes Meer, Jagged!« lobte die Eiserne Orchidee. »Hast du es erst kürzlich erschaffen?«

»Ja. Auf dem Rückweg.« Er wandte sich an Jherek. »Die Amme läßt dir Grüße ausrichten; ich hätte es fast vergessen. Sie sagt, sie ist froh zu hören, daß du ein sinnvolles Leben führst und dich niedergelassen hast und daß es oft die Wilden sind, die zum Schluß die besten Bürger werden.«

»Ich hoffe, sie bald wiederzusehen. Ich empfinde für sie Verehrung und Zuneigung. Sie hat mich mit Amelia vereint.«

»Das hat sie.«

Der Schwan war gelandet; sie betraten einen hellgelben Strand, gegen den weiße Gischt und blaues Meer brandeten. Von einem Halbkreis weißer Felsen wurde eine Bucht gebildet; die meisten Felsen waren nur wenig größer als Jherek und von den Elementen fast zu Dornen geschliffen worden. Der Salzgeruch war stark. Hier und dort am Himmel kreisten weiße Möwen und stießen gelegentlich in die Tiefe, um schwarzweiße Fische zu fangen. Auf dem hellgelben Strand, der größtenteils aus feinem Sand und einigen wenigen weißen Kieseln bestand, war eine dunkelbraune Decke ausgebreitet. Auf hellgelben Tellern waren Speisen angerichtet – es gab Bohnen, Backwaren, Bananen, Brot, Bratkartoffeln, Bienenhonig, Pralinen, Pampelmusen, Pfefferkörner, Paranüsse, Porree und noch vieles mehr –, und zum Trinken gab es dunkles Bier, Sarsaparille, Tee und Kaffee.

Als sie sich an den Ecken des Tuches niederließen, seufzte Amelia, offenbar so froh wie Jherek, sich ausruhen zu können.

»Nun, Lord Jagged«, begann Amelia und ignorierte die Speisen, »Sie sagten, es gibt eine Alternative ...«

»Laßt uns zunächst etwas essen«, bat er. »Sie werden zugeben, daß es vernünftig ist, nach den Ereignissen des heutigen Tages erst einmal zur Ruhe zu kommen.«

»Nun gut.« Sie nahm eine Praline von einem Teller, der ganz in ihrer Nähe stand. Er wählte eine Paranuß.

Sich bewußt, daß die Angelegenheit zwischen Jagged und Amelia ausgetragen werden mußte, sprachen Jherek und die Eiserne Orchidee wenig. Statt dessen kauten sie und sahen den Möwen zu, während sie dem Flüstern der Wellen lauschten, die an den Strand rollten.

Von den vieren fügte nur die Eiserne Orchidee mit ihren Orchideen helle Farben der Szenerie hinzu; Jherek, Amelia und Lord Jagged trugen noch immer Grau. Jherek dachte, daß sein Vater ein ideales Plätzchen für das Picknick gewählt hatte, und er lächelte verträumt, als seine Mutter bemerkte, daß es wie in den alten Zeiten sei. Es war, als wäre die Welt nie in Gefahr geraten, als hätte sein Abenteuer niemals stattgefunden und er dennoch eine ganze Familie gewonnen. Es wäre angenehm, sagte er sich, aus diesem Picknick eine ständige Einrichtung zu machen; gewiß mußten selbst Amelia die Einfachheit, der Sonnenschein und die relative Einsamkeit gefallen. Er sah sie an. Sie war in Gedanken versunken und beachtete ihn nicht. Wie immer erfüllte ihn eine allesdurchdringende Zärtlichkeit, als er ihre ernste Schönheit betrachtete: eine Schönheit, die sich erst in ihrem besten Licht darbot, wenn sie, wie jetzt, nicht bemerkte, daß er sie musterte, oder wenn sie schlief. Er lächelte und fragte sich, ob sie einer Zeremonie – nicht öffentlich und grandios wie die, der sie kürzlich beigewohnt hatten, sondern privat und übersichtlich – zustimmen würde, in der sie richtig vermählt wurden. Er war überzeugt, daß sie sich danach sehnte.

Sie sah auf und erwiderte seinen Blick. Sie lächelte kurz, bevor sie sich an seinen Vater wandte: »Und jetzt, Lord Jagged – die Alternative.«

»Es liegt in meiner Macht«, erklärte Jagged und reagierte auf ihr Drängen, »euch in die Zukunft zu schicken.«

Sofort wurde sie wieder wachsam. »Zukunft? Es gibt keine.«

»Nicht für diese Welt – und es wird überhaupt keine mehr geben, wenn diese Woche vorüber ist. Aber wir sind noch immer in der Lage, uns im konventionellen Zeitzyklus vor und zurück zu bewegen – nur noch in den nächsten sieben Tagen. Wenn ich sage ›Zukunft‹, meine ich natürlich ›Vergangenheit‹. – Ich kann euch zeitaufwärts ins Paläozoikum schicken, wie ursprünglich geplant. Ihr würdet zeitaufwärts reisen und deshalb nicht Morphails Gesetz unterliegen. Es besteht eine geringe Gefahr, obwohl ich sie nicht für ernst halte. Sobald ihr im Paläozoikum seid, werdet ihr nicht mehr in diese Welt zurückkehren können und darüber hinaus sterblich werden.«

»Wie die Bewohner des Olymp, die zur Erde hinabstiegen«, sagte sie.

»Und ihr würdet eure gottähnlichen Kräfte einbüßen«, fügte er hinzu. »Die Ringe werden im Paläozoikum nicht funktionieren, wie ihr wißt. Ihr müßtet euch mit eigenen Händen ein Heim errichten, Nahrung anpflanzen und jagen. Es gibt dort keine materiellen Hilfsmittel, obwohl ihr euch natürlich an das Zeitzentrum wenden könnt, sofern es noch existiert. Es *ist* dem Morphail-Effekt unterworfen, wie ich erinnern muß. Wenn ihr Kinder haben wollt ...«

»Es wäre undenkbar, das nicht zu wollen«, sagte sie fest.

»... nun, Amelia, dir – ich darf doch du zu dir sagen? –, dir stünden dann nicht die Einrichtungen zur Verfügung, die du aus dem Jahr 1896 kennst. Außerdem könnt ihr krank werden, wenn das Risiko auch gering ist.«

»Wir könnten doch Werkzeuge, Medizin und so weiter mitnehmen, oder?«

»Natürlich. Aber ihr müßtet lernen, mit ihnen umzugehen.«

»Schriftliche Anweisungen?«

»Eine ausgezeichnete Idee. Das ist kein Problem; ich glaube, ich habe noch irgendwo eine Ausgabe von *Selbst ist der Mann* und *Wie funktioniert das*.«

»Saatgut?«

»Ihr müßtet die meisten Dinge anpflanzen können – und denkt

daran, daß alles hervorragend gedeihen wird, wo es kaum Konkurrenz gibt. In ein paar hundert Jahren, mit Sicherheit vor eurem Tode, wird sich eine einzigartige Ökologie auf der Erde entwickelt haben! Millionen Jahre der Evolution – einfach übersprungen. Das ist eure Zeitreise, wenn ihr es so sehen wollt!«

»Zeit, um ein Volk zu schaffen, dem fast sämtliche primitiven Instinkte fehlen – und die es auch nicht braucht!«

»Hoffentlich.«

Sie wandte sich an Jherek, der Schwierigkeiten hatte, der Unterhaltung zu folgen. »Es würde allein an uns liegen. Weißt du noch, worüber wir gesprochen haben, Jherek, Liebster? Eine Kombination aus meinem Pflichtgefühl und deinem Sinn für Freiheit?«

»Oh, ja!« Er sprach heiser, atemlos, als er sich größte Mühe gab, alles zu verarbeiten.

»Welch prachtvolle Kinder könnten das werden!«

»Oh, in der Tat!«

»Es wird auch für dich eine Herausforderung sein«, sagte Jagged freundlich.

»Verglichen mit den Herausforderungen, denen wir bisher gegenüberstanden, Lord Jagged, werden die kommenden ein Nichts sein.«

Das vertraute Lächeln kräuselte seine Lippen. »Du bist optimistisch.«

»Ein Gran Hoffnung hatte ich mir gewünscht«, erwiderte sie. »Und du bietest weit mehr an.« Ihre grauen Augen musterten ihn. »War dies schon immer ein Teil deines Plans?«

»Plan? Nenne es meine kleine Übung in Optimismus.«

»Alles, was in der letzten Zeit passiert ist – es könnte inszeniert worden sein, um uns zu diesem Punkt zu führen.«

»Ja, ich glaube, das stimmt.« Er sah seinen Sohn an. »Ich könnte neidisch auf dich werden, mein Junge.«

»Auf mich? Warum, Vater?«

Jagged wandte seine Blicke wieder Amelia zu. Seine Stimme klang leise, vielleicht auch ein wenig traurig. »Oh, wegen vieler Dinge ...«

Die Eiserne Orchidee legte eine halbverzehrte Walnuß zur Seite. »Sie haben keine Zeitmaschine«, sagte sie scharf. »Und sie sind nicht ausgebildet, ohne eine zu reisen.«

»Ich habe Brannarts aufgegebene Maschine. Sie ist hervorragend – die beste, die er je gebaut hat. Sie ist bereits startklar. Ihr könnt aufbrechen, wann ihr wollt.«

»Ich bin mir nicht sicher, ob das Leben im Paläozoikum ganz nach meinem Geschmack ist«, bemerkte Jherek. »Ich würde so viele Freunde zurücklassen, verstehst du.«

»Und du würdest altern, Lieber«, fügte die Orchidee hinzu. »Du würdest gebrechlich werden. Ich kann mir nicht vorstellen ...«

»Du sagtest, wir hätten mehrere hundert Jahre vor uns, Lord Jagged?« Amelia stand zögernd auf.

»Ihr würdet, grob geschätzt, so alt wie Methusalem werden. Eure Gene sind bereits verändert. Ich glaube, ihr würdet Zeit haben, mit Würde zu altern – und mehrere Generationen aufwachsen zu sehen.«

»Das ist die wahre Unsterblichkeit, Jherek«, sagte sie zu ihm. »Die Unsterblichkeit durch die eigenen Kinder.«

»Ich glaube schon ...«

»Und diese Kinder würden eure Freunde werden«, fügte sein Vater hinzu. »So wie wir eure Freunde sind, Jherek.«

»Du würdest nicht mit uns kommen?« Er hatte erst vor kurzem seinen Vater gewonnen, er konnte nicht zulassen, daß er ihn so rasch wieder verlor.

»Es gibt eine andere Alternative. Ich habe vor, sie zu nehmen.«

»Könnten wir nicht ...?«

»Es wäre unmöglich. Ich bin ein unverbesserlicher Zeitreisender, mein Junge. Ich kann nicht damit aufhören. Es gibt noch so viel, was ich lernen kann.«

»Du hast uns den Eindruck vermittelt, daß es nichts mehr zu erforschen gibt«, erinnerte Amelia.

»Aber wenn man über das Ende der Zeit *hinaus* geht, erlebt man vielleicht den Beginn eines völlig *neuen* Zyklus in der Geschichte dessen, was Mrs. Persson als ›das Multiversum‹ bezeichnet. Jetzt, wo ich auf Zeitmaschinen verzichten kann – und diese Fähigkeit zu lernen ist unmöglich –, will ich den derzeitigen Zyklus ganz verlassen. Ich habe vor, die Unendlichkeit zu erforschen.«

»Ich wußte nicht ...«, begann die Orchidee.

»Ich werde allein gehen müssen«, sagte er.

»Ah, gut. Ich wurde des Verheiratetseins schon überdrüssig. Nach heute kann man es wohl kaum noch eine Neuheit nennen!«

Amelia blieb neben einem Felsen stehen und sah landeinwärts.

Jherek sagte zu Jagged: »Es würde also bedeuten, daß wir uns für immer trennen – du und ich, Jagged.«

»Was das betrifft, so hängt das von meinem Schicksal ab und von dem, was ich auf meinen Forschungsreisen lerne. Es ist möglich, daß wir uns wiedersehen. Aber es ist nicht wahrscheinlich, mein Junge.«

»Es würde Amelia glücklich machen«, sagte Jherek.

»Und ich wäre auch glücklich«, verriet ihm Lord Jagged mit weicher Stimme. »Wenn ich wüßte, daß du und die deinen weiterleben, gleichgültig, was mir zustoßen mag.«

Amelia fuhr bei diesen Worten herum. »Damit sind deine Motive endlich klar, Lord Jagged.«

»Wenn du es sagst, Amelia.« Aus einem Ärmel zog er hellgelbe Rosen und reichte sie ihr. »Du möchtest mich als Mann sehen, der nur aus Eigennutz handelt. Dann sehe mich so!« Er verbeugte sich, als er ihr den Strauß gab.

»Ich glaube, auf diese Weise rechtfertigst du deine Entscheidungen.« Sie nahm die Blumen entgegen.

»Oh, du hast wahrscheinlich recht.«

»Du willst selbst jetzt nicht über deine Vergangenheit sprechen?«

»Ich habe keine Vergangenheit.« Sein Lächeln war halb ironisch. »Nur eine Zukunft. Selbst das ist nicht sicher.«

»Ich glaube«, erklärte Jherek plötzlich, »daß ich der Vieldeutigkeit müde bin. Zumindest gibt es am Anfang der Zeit wenig davon.«

»Sehr wenig«, bestätigte sie und kam zu ihm. »Unsere Liebe könnte erblühen, Jherek, Liebster.«

»Wir wären rechtmäßig Mann und Frau?«

»Es wäre unsere moralische Pflicht.« Ihr Lächeln verriet ungewöhnliche Freude. »Um die Rasse zu erhalten, mein Lieber.«

»Wir könnten uns offiziell trauen lassen?«

»Vielleicht könnte Lord Jagged ...«

»Ich wäre glücklich, euch zu Diensten zu sein. Ich glaube mich zu erinnern, daß ich einst Standesbeamter gewesen bin und demnach ...«

»Es *müßte* eine standesamtliche Trauung sein«, unterbrach sie.

»Wir werden schlußendlich doch Adolf und Eva sein, Jagged!« Jherek legte einen Arm um die Hüfte seiner Amelia. »Und wenn wir die Maschine behalten, könnten wir vielleicht gelegentlich der Zukunft einen Besuch abstatten, nur um zu sehen, wie sie sich entwickelt, eh?«

Lord Jagged schüttelte den Kopf. »Wenn ihr weiter zeitaufwärts geht und irgendwo anhaltet, werdet ihr sofort dem Morphail-Effekt unterliegen. Deshalb werden Zeitreisen unmöglich sein. Ihr werdet eure Zukunft formen, aber sobald ihr versucht, herauszufinden, wie diese Zukunft wohl aussehen mag, werdet ihr mit fast absoluter Sicherheit sofort aufhören zu existieren. Ihr müßt euch damit zufriedengeben, das Beste aus eurem Leben in einer Welt zu machen. Amelia kann es dir beibringen.« Er rieb sein Kinn. »Ich schätze, eure Gene sind entwicklungsfähig. Und ihr wißt schon sehr viel über die Natur der Zeit. Schlußendlich könnte eine neue Rasse von Zeitreisenden entstehen, die nicht dem Morphail-Effekt unterliegt. Vielleicht bedeutet dies, daß die Zeit, wie wir sie bis jetzt verstehen, abgeschafft wird. Und auch der Raum würde meines Erachtens eine völlig neue Bedeutung gewinnen. Das Experiment könnte vielleicht ...«

»Ich glaube, wir sollten uns nicht mit derartigen Experimenten befassen, Lord Jagged.« Ihre Stimme klang entschlossen.

»Nein, nein, natürlich nicht.« Aber er grübelte noch immer darüber nach.

Die Eiserne Orchidee lachte. Auch sie war aufgestanden, und ihre Orchideen wisperten, wenn sie sich bewegte. »Zumindest werden sie am Anfang der Zeit von weiteren Einmischungen deinerseits verschont bleiben, Jagged.«

»Einmischungen?«

»Und auch diese Welt wird vielleicht innerhalb ihrer Grenzen ihren eigenen Weg gehen.« Sie küßte ihren Mann. »Du läßt viele Geschenke hinter dir zurück, listiger Lord von Kanarien!«

»Man tut, was man kann.« Er legte seine Hand in die ihre. »Ich würde dich mitnehmen, Eiserne Orchidee, wenn ich könnte.«

»Ich glaube, von meinem Wesen her bin ich mit den Dingen zufrieden, wie sie sind. Nenn mich konservativ, wenn du möchtest, aber das Leben am Ende der Zeit hat gewisse Vorzüge, die mir gefallen.«

»Nun denn, dann sind all unsere wesensmäßigen Bedürfnisse befriedigt. Jherek und Amelia werden als Kolonisten arbeiten, eine ganze neue Kultur gründen, eine neue Geschichte beginnen, eine neue Rasse ins Leben rufen. In einigen Aspekten dürfte sie sich erheblich von der alten unterscheiden. Ich werde weiterreisen, wohin mich mein rastloses Gehirn auch führen mag. Und du, liebste Orchidee, bleibst. Die Lösung scheint mir zufriedenstellend zu sein.«

»Vielleicht gibt es hier noch andere«, sagte Amelia nach einem inneren Kampf mit ihrem Gewissen, »die möglicherweise ebenfalls ›Kolonisten‹ werden möchten. Li Pao zum Beispiel.«

»Ich habe daran gedacht, aber es verkompliziert die Angelegenheit. Ich fürchte, Li Pao ist dazu verdammt, die Ewigkeit in diesem besonderen Paradies zu verbringen.«

»Es ist schade«, sagte sie. »Könntest du nicht ...«

Er hob eine Hand. »Du hast mich beschuldigt, das Schicksal zu manipulieren, Amelia. Du irrst dich – ich biete ihm lediglich ein wenig Widerstand. Ich gewinne ein paar Schlachten, mehr nicht. Li Paos Schicksal ist bereits entschieden. Er wird mit den anderen tanzen am Ende der Zeit.« Es war eine Anspielung auf ihre Rezitation, und dabei hob er die Hand zum Hut, wie um ihr seine Hochachtung für eine frühere Anspielung auszudrücken. Jherek seufzte und war froh über seine eigene Entscheidung, denn zumindest führte sie dazu, daß diesen Geheimnissen ein Ende bereitet wurde.

»Dann verdammst du sie alle zu dieser schrecklichen Travestie der Existenz.« Amelia runzelte die Stirn.

Jaggeds Gelächter war offen. »Trotz all deiner Erfahrung bleibst du eine Frau deiner Zeit, Amelia! Unsere wunderschöne Eiserne Orchidee findet diese Existenzform völlig natürlich.«

»Sie ist von einer Einfachheit«, stimmte die Eiserne Orchidee zu, »die ich zum Beispiel in deiner Epoche nicht finde, meine Liebe. Ich glaube, ich habe nicht den Mut, mich mit den Komplikationen auseinanderzusetzen, die ich im Jahr 1896 kennengelernt habe. Obwohl«, fügte sie hastig hinzu, »ich meinen kurzen Besuch durchaus genossen habe. Ich nehme an, es ist die Sterblichkeit, die die Leute so antreibt. Diese Welt ist ruhiger, wahrscheinlich, weil wir nicht vom Tod bedroht werden. Ich ziehe Vergnügen und Unsterblichkeit vor. Dennoch, wenn ich in deiner Lage wäre, hätte ich mich vermutlich so wie du entschieden.«

»Du bist die verständnisvollste aller Schwiegermütter!« rief Amelia und umarmte sie. »Es wird einige Dinge geben, die ich nur mit Bedauern hinter mir lasse.«

Die Eiserne Orchidee strich mit einer mattfarbenen Hand, die zu ihrem Kostüm paßte, über Amelias Hals; ihre Zunge befeuchtete ihre Unterlippe; ihr Gesichtsausdruck ließ Amelia erröten. »Oh, wirklich«, keuchte die Eiserne Orchidee, »es gibt so viel, was wir zusammen hätten tun können. Und natürlich werde ich Jherek ebenso sehr vermissen wie Jagged.«

Amelia wurde wieder zu ihrem alten, ernsten Selbst. »Nun, uns bleibt wenig Zeit, um all die notwendigen Vorbereitungen zu treffen, bevor wir morgen aufbrechen.«

»Morgen?« wiederholte Jherek. »Ich hatte gehofft ...«

»Es ist das Beste, wenn wir so schnell wie möglich gehen«, erklärte sie. »Natürlich, wenn du deine Meinung geändert hast und bei deinen ... deinen Eltern und deinen Freunden bleiben möchtest ...«

»Niemals. Ich liebe dich. Ich bin dir über eine Welt und durch die Zeit gefolgt. Ich werde dorthin gehen, wo immer du hingehst, Amelia.«

Ihr Antlitz wurde weicher. »Oh, mein Liebster.« Sie hakte sich bei ihm ein.

Lord Jagged sagte: »Ich schlage vor, wir gehen ein Stück am Strand spazieren.« Er bot seinen exquisiten Arm Amelia an, und nach einem kaum merkbaren Zögern akzeptierte sie ihn. Die Eiserne Orchidee nahm Jhereks freien Arm, und so vereint wanderten sie über den hellgelben Strand; eine Familie, so hübsch und glücklich, wie man sie kaum in der Geschichte finden würde.

Die Sonne ging allmählich unter, als Amelia stehenblieb, Jhereks Arm losließ und einen ihrer Energieringe drehte. »Ich konnte dieser letzten Versuchung nicht widerstehen«, entschuldigte sie sich.

Der gelbe Strand verwandelte sich in eine weiße Promenade mit grünem schmiedeeisernem Geländer, die sich, wie es schien, in die Unendlichkeit erstreckte. Das felsige Landesinnere wich sanft geschwungenen grünen Hügeln und einem kleinen Golfplatz. Sie erschuf einen rot und weiß gestreiften Musikpavillon, in dem eine kleine deutsche Kapelle, jener vom Herzog von Queens zusammengestellten nicht unähnlich – Strauß zu spielen begann. Sie zögerte, drehte dann einen anderen Ring, und ein weißer und grüner Rokokopier tauchte auf, mit Flaggen und bunten Wimpeln und verschiedenfarbigen Laternen, die die eiserne, weit ins Meer hinausragende Konstruktion säumten. Sie erschuf vier große Eistüten, für jeden von ihnen eine.

Die Dämmerung war fast hereingebrochen, als sie weitergingen und die funkelnden Lampen des Piers bewunderten, die sich im ruhigen, dunkelblauen Meer spiegelten.

»Es ist so schön«, sagte die Eiserne Orchidee. »Darf ich es behalten, wenn ihr fort seid?«

»Es soll mein Denkmal sein«, nickte Amelia.

Alle summten die Melodie des Walzers mit; Lord Jagged tanzte sogar ein paar leichtfüßige Schritte, als er sein Eis aufgegessen hatte, zog seinen Hut über ein Auge, und alle lachten. Sie blieben stehen, als sie den Pier erreichten. Sie lehnten sich über das Geländer und sahen hinaus auf das glitzernde Wasser. Jherek legte den Arm um

Amelias Schultern; Lord Jagged umarmte seine Frau, und die ferne Kapelle spielte weiter.

»Vielleicht«, sagte Jherek romantisch, »werden wir etwas Ähnliches im Paläozoikum erschaffen können – natürlich nicht sofort, aber wenn unsere Familie groß genug ist, um so etwas zu bauen.«

Sie lächelte. »Es wäre zumindest schön, davon zu träumen.«

Die Eiserne Orchidee seufzte. »Deine Phantasie werden wir hier am Ende der Zeit sehr vermissen, Amelia. Aber zumindest deine Inspiration wird bei uns bleiben.«

»Du schmeichelst mir zu sehr.«

»Ich glaube, sie hat recht«, sagte Lord Jagged von Kanarien und erschuf eine hellgelbe Zigarette. »Würde es dich stören, Amelia?«

»Natürlich nicht.«

Lord Jagged rauchte und sah hinauf in die unendliche Finsternis des Himmels. Sein Gesicht war wieder beherrscht und ausdruckslos, die Zigarettenspitze ein winziger Glutpunkt in der zunehmenden Dämmerung. Die Sonne, die er und die Städte erschaffen hatten, ließ den Horizont in dunkelstem Rot erglühen. Dann war sie verschwunden und ließ nur einen Streifen düsteres Orange zurück; dann verblaßte auch er.

»Also werdet ihr uns morgen verlassen«, sagte Jagged.

»Wenn es möglich ist.«

»Gewiß. Und ihr habt keine Angst? Ihr seid mit eurer Entscheidung zufrieden?«

»Wir sind zufrieden.« Jherek sprach für sie beide, um Amelia seine Entschlossenheit zu versichern.

»Ich bin von Harold geschieden worden«, sagte sie, »als er sich weigerte, mich mit in meine Zeit zu nehmen. Und wenn du uns getraut hast, Lord Jagged, glaube ich nicht, daß ich auch nur die geringsten Schuldgefühle wegen einer meiner Entscheidungen empfinden werde.«

»Gut. Und jetzt ...« Lord Jagged zog seine Frau vom Geländer fort, begleitete sie die Promenade hinunter und ließ die beiden Liebenden allein.

»Es wird ein wenig kühl«, bemerkte Amelia.

Jherek erschuf einen Mantel aus goldbesetztem Hermelin für sie und legte ihn um ihre Schultern. »Genügt das?«

»Es ist ein wenig pompös.« Sie streichelte das Fell. »Aber da dies unsere letzte Nacht am Ende der Zeit ist, kann ich mir, wie ich glaube, ein wenig Luxus erlauben.«

Er neigte den Kopf, um sie zu küssen. Zärtlich nahm sie sein Gesicht in ihre Hände. »Wir werden viel zusammen lernen müssen, Jherek. Mehr, als ich dir beibringen kann. Aber verliere nie, mein Liebster, deine Fröhlichkeit. Sie wird für unsere Kinder und auch für deren Kinder ein wundervolles Beispiel sein.«

»Oh, Amelia! Wie könnte ich sie verlieren, wo du es doch bist, die mich fröhlich macht! Und ich werde ein Musterschüler sein. Du mußt mir alles noch einmal erklären, und dann, davon bin ich überzeugt, werde ich es schließlich lernen.«

Sie war verwirrt. »Was muß ich dir erklären, mein Schatz?«

»Schuld«, sagte er.

Sie küßten sich.

George Orwell

1984

Ullstein Buch 3253

ein Ullstein Buch

George Orwells Welterfolg wird hiermit erneut als Taschenbuch vorgelegt. Mit atemberaubender Unerbittlichkeit zeichnet der Autor in diesem visionären Roman das erschreckende Zukunftsbild einer durch und durch totalitären Gesellschaft, die bis ins letzte Detail durchorganisierte Tyrannei einer absolut autoritären Staatsmacht. Dieses Buch entstand unter dem Eindruck unkontrollierter Willkürherrschaft, des Nazismus, des Faschismus, des Stalinismus, aber auch der wirtschaftsimperialistischen Tendenzen bei den Industriemächten während des Zweiten Weltkriegs. Pessimistischer und grimmiger noch als in seinen anderen Büchern bringt Orwell hier seine Überzeugung zum Ausdruck, daß die Machtstruktur einer Gesellschaft auch durch Revolution nicht grundlegend verändert werden kann und daß die Zerstörung des Menschen durch eine perfektionierte Staatsmaschinerie unaufhaltsam ist. Seine düstere Zukunftsvision gewinnt dadurch einen beklemmenden Wirklichkeitsbezug, dem sich auch der Leser von heute nur schwer entziehen kann.

Richard
Adams

Unten am Fluß
Watership Down

Roman

Ullstein Buch 3508

ein Ullstein Buch

Die weltbekannte Saga vom Exodus der Kaninchen enthält in ungewöhnlicher Frische alles, was die Abenteuer eines wandernden Volkes ausmacht: Bedrohung der alten Heimat, Prophezeiung des Untergangs, Auszug unter einem jungen Heißsporn, Abenteuer ohne Zahl im feindlichen wie im gelobten Land, Meuterei, Treuebruch und Heldenmut, Schlachten mit hohem Blutzoll – und schließlich Einzug ins Land der Freiheit, des Friedens und allgemeinen Glücks.

»Richard Adams erzählt glänzend … Es ist ein Vergnügen, diese Geschichte zu lesen.« (Sybil Gräfin Schönfeldt in DIE ZEIT)

Die Frankfurter Allgemeine Zeitung nannte diesen Weltbestseller »lecker wie frische Salatblätter« und empfahl ihn den Liebhabern behaglicher Erzählkunst und trockenen englischen Humors.